Joseph Zoderer

Der Schmerz der Gewöhnung

Roman

Mit einem Nachwort von Peter Hamm
und einem Beitrag zur Textgenese und
Rezeption von Irene Zanol

Die Edition der Werke von Joseph Zoderer erscheint in Zusammenarbeit mit dem Forschungsinstitut Brenner-Archiv der Universität Innsbruck.

AUTONOME PROVINZ BOZEN SÜDTIROL
PROVINCIA AUTONOMA DI BOLZANO ALTO ADIGE
Deutsche Kultur

Die Drucklegung erfolgte mit finanzieller Unterstützung der Südtiroler Landesregierung / Abteilung Deutsche Kultur.

MIX
Papier aus verantwortungsvollen Quellen
FSC® C083411
www.fsc.org

Auflage:
4 3 2 1
2023 2022 2021 2020

HAYMON verlag
Innsbruck-Wien
www.haymonverlag.at

Der Text folgt der 2002 im Carl Hanser Verlag erschienenen Erstausgabe. Im Einvernehmen mit dem Autor werden jedoch in der Werkausgabe die Regelungen der so genannten neuen deutschen Rechtschreibung übernommen.

ISBN 978-3-7099-3450-0

Buchinnengestaltung nach Entwürfen von himmel. Studio für Design und Kommunikation, Innsbruck / Scheffau – www.himmel.co.at
Umschlaggestaltung: himmel. Studio für Design und Kommunikation, Innsbruck / Scheffau – www.himmel.co.at
Satz: Da-TeX Gerd Blumenstein, Leipzig

Gedruckt auf umweltfreundlichem, chlor- und säurefrei gebleichtem Papier.

Für meine Tochter Brenda

1

Bald nach Natalies Tod hatte dieses Kopfweh begonnen, eigentlich mit dem Knarren des Friedhofstors, als es ins Schloss fiel. Vor vielen Jahren jedenfalls schon. Ein dumpfer Druck, der plötzlich einsetzte, wenn er alles wieder vor sich sah. Auch mitten in der Nacht. Obwohl er nicht dabei gewesen war, eine Woche vor ihrem neunten Geburtstag. Aber er sah alles vor sich, als ob er zugeschaut hätte, sah auch das durchsichtige, leicht chlorisierte bläuliche Wasser.

Durch das offen stehende Fenster drang die kühle Nachtluft ins Zimmer, aber noch nicht genug Dämmerlicht, dass er Maras Gesicht auf dem Kissen neben sich hätte betrachten können. Er hörte eine Weile ihrem leisen Atmen zu, dann streckte er den Rücken durch, legte die Hände flach auf den Bauch, dachte sich als Embryo, halb eingerollt in seinem Bauch. Das Kopfweh ließ nicht nach, es musste schon im Schlaf da gewesen sein und war stärker und stärker geworden, bis es ihn geweckt hatte. Ein dumpfes Drücken, von innen gegen sein Schädeldach. Ohne die Lampe anzuknipsen, schob er die Beine zum Bett hinaus, tastete nach der Tür. Im Bad machte er Licht, sah auf die Armbanduhr: halb vier. Sein Gesicht sah ihn im Spiegel forschend an, er hatte nicht getrunken, seit Wochen, Monaten hatte er nicht mehr getrunken. Jetzt, da er vor dem Spiegel stand, ließ der Kopfdruck nach; er trat auf die Terrasse hinaus: Durch einen dichten Hochnebelschleier schimmerte ein halber Mond. Es würde ein sonniger Tag werden, ein heißer Spätsommertag. Langsam gewöhnte sich sein Blick an das Dämmergrau, er atmete tief durch. Die Kopfschmerzen waren verschwunden – die frische Luft, sagte er sich, aber als er wieder im Bett lag, auf dem Rücken, war der Druck erneut da.

An diesem Morgen, Nebelschwaden hingen noch über den Wiesen, begleitete ihn Mara zum Waldkopf hinauf. Der Hund sprang auf den ersten Metern kläffend um sie herum, ließ sich tätscheln und lief ihnen schließlich weit voraus. Der wilde Kirschbaum am Waldrand verlor schon die ersten gelb und rot verfärbten Blätter. Mara ging vor ihm her, solange der Weg für zwei zu schmal war. Als sie aus dem ersten Waldstück heraustraten, zeigte er auf zwei, drei Raben auf der gemähten Wiese: Die sehe ich da jeden Morgen, und dann sagte er: Ich werde wegfahren. Sie durchfurchten mit ihren Schuhen das taunasse Gras, das knöchelhoch auf dem Weg stand. Mara hielt nicht an, schien nicht überrascht, fragte im Gehen: Wohin fährst du?

2

Noch einmal. Er war ja nicht alt, es war doch keine Ewigkeit her, dass er auf einem rotschotterigen Hirtenweg am Meer entlangwanderte auf der Insel Kalymnos, ein dreistündiger Fußmarsch von Myrthies zum Hafen, rechter Hand aufsteigende Felswände, von gelbblühendem Maiginster überwuchert, abgetrocknete Riffe, hin und wieder der Pfiff eines Hirten, das Gemecker von Ziegen, unten das Blau des Wassers und über ihm der weißwolkige Himmel, das war doch erst vor einiger Zeit, oder? dass er mit dem blonden Berliner Sozialversicherungsbeamten (diplomiert in Altgriechisch) und Ines, seiner ersten großen Liebe, zu der winzigen Insel Telendos in einem Fischerboot hinübergerudert und nach einer Tritonschnecke getaucht war?

Schließlich von Kalymnos nach Naxos und von Naxos nach Mykonos. In dem schmalen, weißgetünchten Zimmer (mit zwei Eisenbetten), fünf Uhr nachmittags, vor dem offenen Fenster flimmert heiß die Sonnenluft, er schaut auf die blauen und weißen Häuser des Hafens hinunter, auf die Windmühlen und das glitzernde Meer; Motorboote kommen von Delos, das stoßweise Trompeten eines Esels hört er, unter seinem Fenster blühen Zitronenbäume und scharlachrot die Granatäpfel, eine leichte Brise weht den Duft des Geißblattes ins Zimmer.

Am Abend waren er und Ines mit einem jungen Schweizer Maler, den er Dionysos Stürmli nannte, durch die engen Gässchen des Ortes gezogen, und in einer Straßenkneipe hatten sie Wein getrunken; der Schweizer hatte mit den Männern getanzt, die Hände auf ihren Schultern, hatte den immer schnelleren Rhythmus mitgetanzt, bis er plötzlich auf den Kneipenboden hinklatschte, Schaum auf den Lippen. Wie alt war heute dieser Dionysos Stürmli? Er hatte ihn nie mehr gesehen. Vielleicht war er längst schon fünfzig, vielleicht noch älter als er.

Während Jul einen Koffer mit dem Allernötigsten vollpackt, denkt er: Hier werden eben die Holunderbeeren schwarz. Von den Birken und Kirschbäumen fliegen gelb und rot die Blätter auf die Herbstwiesen, aus den Radiomeldungen fliegen ihm die Jahre entgegen und weg: Bin doch noch jung. Und fahre noch einmal. Noch einmal mit dem Koffer in kleinen Hotelzimmern sich zusammenducken (vor dem Abenteuer) vor dem Alleinsein. Das letzte oder vorletzte Mal (war das eben / oder doch schon vor Jahrzehnten?) stand er in dunkelblauem Blazer mit blitzenden Nickelknöpfen und viereckigem Köfferchen am Highway. Und erst in Kanada hatte er sich um fünf Dollar eine kurze Jeansjacke gekauft, blassblau und gespenstisch neu. Aber in Mexiko schon ohne Jacke und die Schuhe bald ohne Schnürsenkel, schmutzverkrustet, schließlich in Bastsandalen, das Khakihemd immer verschwitzt, aber den Schweiß nicht mehr gerochen in der Hängematte. Zuerst in der Hängematte geschlafen, aus Vorsicht und aus Furcht vor Ratten, vor Skorpionen, Giftspinnen und Schlangen, auch aus Ekel vor der Spucke auf dem Lehmboden, doch schließlich (um ausgestreckt auf festem Untergrund schlafen zu können) auf dem ausgelegten Schlafsack und nicht mehr an Ratten und Skorpione gedacht, nicht einmal mehr an Spucke, und das Gesicht und das Geschlecht nur noch im Pazifik gewaschen, da war er endlich frei, freier war er nie mehr gewesen. Und hatte plötzlich Hände gehabt, die reden konnten, mit allen ohne Furchtsamkeit, mit Indios, mit Indiofrauen, mit grauhaarigen Mexikanern, mit halbnackten verdreckten Kindern, mit völlig fremden Mädchen. Ohne Spiegel hatte er sich sein Gesicht ruhig und hell vorgestellt. Er lachte viel, sah auf Mangobäume, durch die offene Tür seiner Hütte auf Mangos und auf Bananenbüschel, fuhr in einem umgebauten, zu einem Wohnhaus umgebauten Lastwagen über Tausende Meter hohe Vulkanberge und badete in einem verwunschenen Indianersee; in Guadalajara kaufte er einem Mädchen aus Cleveland, Ohio, sieben rosagelbe Pfirsiche. Als Dank für Liebe.

Er packt seine paar Klamotten ein, ohne Streit, im Gegenteil, Mara hat ihn auf das Gelbwerden des Lärchenwaldes auf der anderen Talseite aufmerksam gemacht, an den Wipfeln verfärben sich die Bäume, auch Natalie hatte dies einmal gesehen; jetzt war die Zeit des Schulbeginns, wenn Natalie heimkam und gleich nach dem Essen hinauslief mit einem Nylonsack, um die roten Kirschblätter einzusammeln und die zitronengelben der Espen. Auf den Feldwegen lagen sie heute Morgen klitschnass, manche schon faulig. In der vorhergehenden Nacht dieser wütende Regensturm. Tagsüber dann der Himmel wolkenschwer, alles (sein Kopf, die Landschaft, sein Schweigen) zugedeckt von einem tiefhängenden Dach. Morgen wird es dieses Dach nicht mehr geben, morgen wird es nicht mehr regnen, nicht im Zug, und auch im Flugzeug nicht.

Schlaftabletten hat er eingepackt, er muss sich ja vor sich selbst hertreiben, er sieht, wie er (mit einer Filmpistole im Rücken) sich zur Tür hinaustreibt, immer die eigene Pistole im eigenen Rücken (er spürt den Druck), bis zum Zug, die Leute schauen, greifen aber nicht ein, er steigt über zwei Stahltreppchen in den Zug, und der Zug rollt los. Und da ist die Pistole weg. Mara ist weg.

3

Die nächste Nacht verbrachte Jul in einer Pension „Ferrara". Die hohe Flügeltür ließ sich nicht abschließen, und auch wenn er den Schlüssel umdrehte, genügte ein Ruck gegen die Klinke, dann war für jedermann der Eintritt frei. Er schob einen Stuhl formhalber gegen die Tür. Da sah er einen handgeschriebenen Zettel hängen, keinen Preiszettel oder Ähnliches, sondern einen mit blauem Kugelschreiber sorgfältig geschriebenen Beschwerdebrief irgendeines Vorbewohners, und keine Putzfrau hatte ihn bemerkt oder es wert gefunden, ihn an die Pensionsinhaber weiterzureichen. Der Schreiber beklagte sich im Übrigen ja auch, dass er in den acht Tagen, die er das Zimmer benützt habe, nie eine Reinemachfrau gesehen hätte, und die Urin-, Kot- und Spermaspuren auf dem Fliesenboden seien immer die gleichen geblieben. Nun, Jul war froh, endlich wieder ein Bett hinter vier Wänden für sich zu haben. Er war den ganzen Tag gefahren, mit dem Zug und dem Flugzeug, wollte eigentlich in Catania noch den Nachtbus erreichen nach Agrigent, schaffte es aber nicht, sein Flug war wegen technischer Probleme mehrmals verschoben worden. Als er endlich landete, war der letzte Bus schon weg. Jedenfalls war die Bettwäsche, soweit er bei dem mageren Lampenlicht sehen konnte, wohl unbenützt. Das nächste Hotel beim düsteren Bahnhof war, wie der junge Portier sagte, schon völlig belegt, was Jul wunderte, er wischte sich den Schweiß vom Gesicht, eine Nacht wie eine warme Sommernacht am Meer, zweiunddreißig Grad tagsüber, meinte der Portier, der ihm zu einem Bett verhelfen wollte und ihn deshalb durch eine Tür, auf der „Privat" zu lesen war, und über eine Kellerstiege in einen Raum hinunterführte, in dem zwei Betten mit Matratzen (aber ohne Wäsche) standen und dessen zweite offene Tür, eine Art Garagentor, den Blick auf einen dunklen Hinterhof oder Lagerraum freigab. Also zog Jul mit Dank weiter, durch menschenleere, smoggraue Straßen. Dreck auf den heruntergelassenen Geschäftsrollos, er fragte werkelnde Straßenkehrer, konnte nicht glauben, dass es in Bahnhofsnähe kein zweites Hotel geben sollte, fragte auch bei einem Zeitungskiosk, alle wiesen ihn weiter „geradeaus, dann links, dann rechts" – schließlich irrte er durch finstere Gassen, aber die Punks, die er vor einer schließenden Pizzeria fragte, gaben sich sehr freundlich: Wieder links, geradeaus und dann rechts, bis er endlich am Ende aller Straßen auf diese Pension „Ferrara" gestoßen war.

Eine vier Meter hohe Jalousientür ließ sich öffnen, davor ein schmales Balkönchen, dessen Stangengeländer ihm gerade bis zum Bauchnabel reichte. Er sah auf ein Gässchen, halb zugedeckt von niederen Hausdächern, nicht weit entfernt ragte eine pompöse Barockfassade auf, wohl eine Kirche. Bis zum Morgen hin hörte er immer wieder einmal das Husten eines Mannes und von Zeit zu Zeit eine keifende Frauenstimme – alle Schlafzimmerfenster bei dieser Hitze wohl wie seines geöffnet. Dann rumpelten die Mülleimer durch die Gasse. Er hatte Glück: Um sechs fand er ein Taxi, das ihn zum frühesten Autobus nach Agrigento brachte.

4

Im Bett, in dem Maras Vater gestorben war, hatte er Natalie gezeugt. Ein kleines Zimmer, fast quadratisch, ein oder zwei Bilder an den weißen Wänden, Luftheizung, die in der Nacht aufgeregt röchelte, trockene Halswehluft im Winter. Aber damals war Mai.

Dieses Haus gibt es nicht mehr. Und vielleicht ist es gut, wenn die Mauern der Erinnerung einfallen oder geschleift werden. Auch wenn damals der Löwenzahn die Wiesen rund um das Haus in gelbe Teppiche verwandelt hatte.

Ein Doppelbett mit weichen Matratzen, grüne Fensterläden, ein Blick auf biedere, einzeln stehende Familienhäuser und ferne Bergkonturen.

Von dem Mann, der in diesem Bett nach einem Herzinfarkt aufgehört hatte zu atmen, war ihm oft und immer wieder erzählt worden, meist für ihn Unbedeutendes, aber doch liebevoll Erinnertes. Jul hatte zugehört und dabei gedacht oder sich vorzustellen versucht, dass dies Maras Vater gewesen war und vor allem der tote Großvater von Natalie.

Es war kalt in jenem Haus, wie es hinter den Mauern dieses Hauses immer bis zum Sommer kalt war, auch wenn die Luftheizung fauchte. Im Wohnzimmer hing sein Fotoporträt, schlohweiße Haare auf dem Kopf eines erst Fünfzigjährigen. Mit verhaltenem, gleichbleibendem Fotoblick schaute er auf den Stubentisch herab, grüngraue Augen, eine starke Nase mit weitgeschwungenen Nasenflügeln, ein sanftes Lächeln auf den geschlossenen Lippen. Wäre er noch am Leben, hättest du diese Türschwelle nie überschritten, meinte bald einmal Maras Schwester Teresa auf einer Art Familiengericht in jenem ersten Sommer.

5

Was für ein staubblauer Südhimmel, unter dem er an Orangenfeldern vorbei auf sanfte Hügelwellen zufuhr, sandgelbe und bräunlichrote Dünen, zu Hügeln gehärtet, längst beackert bis zum Kamm hinauf: abgeerntete Weizenfelder, stoppelig oder schon wieder für die nächste Saat umgepflügt. Weit der Raum und unermessliches Licht, hier schien jede Einengung unmöglich. Trotzdem, dachte Jul, oder seltsam, dass Maras Vater von hier aus in die engen Tiroler Bergtäler gegangen war, sein halbes Leben dort verbrachte, umgeben von einer völlig anderen Sprache, von völlig anderen Menschen, mit einer deutschen Tirolerin Seite an Seite schlief. Links und rechts der Autobahn über weite Strecken Eukalyptusspaliere, rosa blühender Oleander auf dem Mittelstreifen. Schwarze magere Kühe weideten auf fast erdigen Wiesen. Vom fahrenden Bus aus vermochte Jul kein Gras auszunehmen, auf den Wiesen zu Hause gewiss noch grüne, saftige Weide.

In Caltanisettas Morgenverkehr sah er mehrmals ein Riesenplakat mit einem Herrensakko plus Krawatte, statt eines Kopfes stand darauf: PRIGIONE. PASSIONE TOTALE (Gefängnis. Leidenschaft total). Auf der anderen Seite der Stadt wurde die Straße von Mandelplantagen begleitet. Und an den Hügelhängen Weinäcker, die unter ihren Plastikplanen wie Wasserflecken glänzten. Das Wort PRIGIONE blieb in ihm haften, ließ ihn nicht los, auch das Wort TOTALE nicht. Ich schreib mir das auf, sagte er sich und schrieb die zwei Wörter auf die Rückseite seiner Flugkarte. Schon im Halbdämmer des Morgens in der Pension „Ferrara“ hatte er gedacht: Ich sollte diese Geräusche festhalten, auch die Gerüche, die durch die angelehnten Balkonjalousien ins Zimmer drangen.

Mehr und mehr grub sich die Fahrbahn in die karstiger werdende Landschaft ein, Ohrenkakteen, Agaven, Felsbrocken, manchmal ein Streifen mit Eukalypten. Im Winter würde hier alles verwandelt sein, der Karst sich wohl mit leuchtenden Farben schmücken. Das schwarze, schmiedeeiserne Gitter des Friedhoftors schloss sich mit einem knarrenden Geräusch, eine blonde, weißblonde oder grauweiße Frau zog es zu. Jetzt war Natalie tot. Aber er konnte sie doch nicht in dem Erdloch zurücklassen. Komm, hörte er Maras Stimme, komm. Sie hing an seinem Arm, und sie vermochten sich beide nicht von der Stelle zu rühren.

6

In seinem Hotelzimmer (weißgekalkte Wände, drei mal vier Meter, und brauner Fliesenboden) hält er die Außen- und Innenläden geschlossen, bis auf einen Spalt, und lässt die Neonlampe an der Decke eingeschaltet. Er sitzt halbnackt hinter den Fensterläden, durch den offen gelassenen Spalt strömt ein greller Strahl. Die Sonne brennt von neun Uhr morgens auf seine Fensterwand, eine Hitze wie im Hochsommer, auch wenn Oktober ist. Ich bin tot, bin wie Natalie, denkt er, dann murmelt er diese Worte vor sich hin wie ein Gebet. Ich bin gestorben, ich bin nicht hier für ein anderes Leben.

Ein kleines Hotel, ein fröhlich zwinkernder, untersetzter Portier mit Weinfahne. Und vor dem Hotel ein dreieckiger Platz, nicht groß, ins abschüssige Gelände geschnitten, früher ein Fischmarkt (erzählt der Portier), heute vollgestopft mit Autos, ein Pflastersträßchen führt in engem Bogen aufwärts und abwärts vorbei, gleich neben dem Hoteleingang die Trattoria „Da Totuccio" mit japanisch geschriebener Speisekarte neben der italienischen und englischen im Glaskasten. Statt abwärts zog es Jul aufwärts, trotz mittäglicher Hitze, die Via Sapponara hinauf zur „Madonna dei Greci", ein Tempel einstmals, dann hatten die Normannen und Spanier mit den Tempelquadern und römischen Ziegeln weitergebaut, eine stille museale Kirche mit einem ummauerten winzigen Garten, in dem jetzt eine riesige Palme und eine Zypresse standen. Er konnte diese sonnige Verlassenheit kaum fassen, beim Auf- und Abstieg durch all die schmalen Verwinkelungen, mit immer neuen winzigen Nebengässchen und Durchgängen in der Kreuz und der Quer, manchmal sah er eine Hausfrau mit Einkaufstasche, oder eine schwarzgekleidete Greisin steckte den weißhaarigen Kopf aus einer Tür; sonst alles wie ausgestorben, aber Radiomusik oder TV-Sprecherstimmen aus offenen Fenstern. Da und dort hockte eine Katze oder ein alter Mann auf der Türschwelle.

Er kaufte sich in einer Tabaccheria eine Zeitung, bloß um sie unter den Arm zu nehmen, lief an einem graublau Uniformierten mit Maschinenpistole vorbei, wieder abwärts einem öden Gebäude entlang, so lang wie die ganze Gasse, Via Bac Bac, und an der Ecke wieder ein Uniformierter mit Baskenmütze und in beiden Händen diese Maschinenpistole. Und auf dem Platz, der sich vor ihm auftat, eine Reihe blauer Polizeiautos.

Die Schrift über dem Gebäudeportal unübersehbar: Palazzo di Giustizia. Sein Hotel klebte an der Rückseite des Gerichtsgebäudes von Agrigent, überragte es sogar ein wenig. In der Bar Eden, zwischen dem Kriegsveteranenklub und dem Gerichtseingang, trank er sein erstes Bier in der Geburtsstadt von Maras Vater. Von hier weg führte die Via Atenea in sanfter Neigung hinunter zum Piazzale Aldo Moro, sie war der Laufsteg der Stadt, wie er schon nach weniger als einer Stunde feststellen konnte. Diese Straße ging er in den nächsten Tagen immer wieder hinauf und hinunter, auf ihr verkürzte sich, schrumpfte die Welt. Dabei war er am ersten Abend wie betrunken, als er auf einem weißen Plastikstuhl vor dem Café Patti saß (dort wo die Via Atenea begann) und das hundert-, ja tausendfältige Gezeter der Spatzen in den dunkelgrünen Laubkronen der Bäume hörte. Das hob seine Stimmung, er trank seinen Campari Soda mit zwei Schlücken aus. Als würde etwas Besonderes in den nächsten Minuten geschehen, standen die Männer in Gruppen herum, in weißen kurzärmeligen Hemden die Älteren, die Jungen in modischen T-Shirts, kahlgeschoren oder nur rasiert bis zum Haarkranz auf der Schädeldecke. Und an ihnen vorbei, zu dritt und zu viert, die Mädchen, die sich um alles, nur nicht um das Spatzenkonzert kümmerten. Ungerührt, mit abendlichem Gleichmut die glänzenden, schwarzen Gesichter der Afrikaner, die rund um den Park auf dem Trottoir des Viale Gioeni, aber auch auf dem diagonal den Park durchkreuzenden Spazierweg ihre

Taschen, Uhren, Gürtel und Handys auf schwarzen Tüchern ausgebreitet hatten und mit der Geduld von Anglern scheinbar vor sich hin dösten. Es ist gut, dass ich hier bin, dachte Jul, es ist der beste Ort für mich. Auf der Salita della Madonna degli Angeli, gleich das erste aufsteigende Gässchen rechts von der Via Atenea, setzte er sich an einen Gassentisch (auf fünf breit ausladenden Terrassenstufen standen weißgedeckte Tischchen) und bestellte eine Pizza siciliana und dazu Rotwein. In dieser kurvig aufsteigenden, sich windenden Gasse musste Maras Vater seine ersten Schritte auf- und abwärts erprobt haben – Mara hatte immer wieder diesen Straßennamen genannt –, aber es war ein Gässchen; das andere Haus seiner Kindheit soll dort gestanden sein, wo der Bahnhof sich jetzt ausdehnte mit zwei Bahnsteigen und zwei Rangiergeleisen. Vom Bahnhofsplatz konnte Jul bis zum Meer sehen – die Oliven- oder Mandelfelder und die weitflächigen Ackervierecke, die bis zum Strand zu reichen schienen.

7

Er fühlte sich angekommen. Und er wusste nun auch, warum es gut war, hier zu sein. Hier, woher Maras Vater kam und daher auch Maras andere Welt, von hier aus wollte er die Entfernung messen, die Meter seines Lebens, nicht nur das mit Mara und Natalie. Auch wenn er den Koffer noch immer nicht ausgepackt, sondern nur aufgeklappt am Bettende deponiert hatte, sagte er sich: Ich bin da. Lag ausgestreckt auf dem Bett oder saß auf dem einzigen Stuhl zwischen Bett und Duschraum und starrte auf den gelblichweißen abblätternden Wandverputz, auf die haardünnen Risse, die sich zu einem Netz ausbreiteten, aus dem Gesichter auftauchten, je nachdem, wie er die Augenlider bewegte, sie leicht oder fester zusammenzog.

Er hatte in einem Schreibwarengeschäft, das eigentlich ein Souvenirladen war (mit den girgentischen Tempelruinen in Gips oder Kork), ein paar blaue Schulhefte gekauft und wollte darin – wann und solange er konnte oder mochte – einiges notieren, was sein Leben ausgemacht hatte, was immer ihm einfiel, auch das scheinbar Unwichtige.

In der Nacht wachte er regelmäßig nach zwei, drei Stunden Schlaf auf und später mindestens noch zweimal, und jedes Mal schien ihm, nun müsse er bis zum Morgen wach bleiben. Manchmal setzte er sich dann an das Tischchen, im Mauerwinkel zwischen Fenster und Badetür, und schrieb ein paar Zeilen, meistens war er zu mehr nicht imstande – doch es kam auch vor, dass er kaum aufhören wollte. Einerseits, weil er den Schmerz nicht ertrug, wenn das Erinnern ... aber anderseits lebte er auf, lebte noch einmal ein Stück Zeit. Und manchmal legte er gerade deshalb den Kugelschreiber weg und schluckte Tabletten. Um zu vergessen, um zu verdrängen, versuchte er an alles Mögliche zu denken, an Fußball, ja sogar an die nächsten Parlamentswahlen in Schweden. Nur um wegzudenken von Mara und Natalie. Und auch, warum er zu keinem Facharzt gegangen war. Tatsächlich schlief er irgendwann wieder ein, bis um sechs oder halb sechs, dann schaffte er es nicht mehr. Der Druck in seinem Kopf. Als ob sich in seinem Schädel etwas verknäuelte (ein Reptil). Er sprang aus dem Bett, schob einen Fensterladen auf, stellte sich unter die Dusche.

Am Sonntagmorgen um halb sieben ging er durch eine tote Stadt; die Sonne schien schon auf die Hausdächer der Hauptstraße (die gerade breit genug war für die Durchfahrt der kleinen städtischen Busse), niemand überholte ihn, niemand kam ihm entgegen, kein Tabakladen, kein Zeitungskiosk, keine Bar oder Pasticceria geöffnet. Ja, drei Arbeiter räumten eine Wohnung im ersten Stock über einem Laden aus, einer warf das Zeug in großen Pappkartons herunter, einer seiner zwei Kollegen fing die Schachteln jeweils auf. Kurz bevor Jul auf den Platz gelangt mit dem Magnolienbaum, den Stechpalmen und Kakteen und all den anderen mediterranen dunkelgrünen Blätterbäumen, aus denen die Spatzenscharen schon längst zu diesem Tag ausgeschwärmt sind, vertreten ihm plötzlich zwei Männer den Weg und fragen ihn, ob er schon einmal von „Geova" gehört habe, und bevor er im Weitergehen weiß, was sie meinen, haben sie ihm ein Faltblatt zugesteckt, auf dem er lesen kann: dass Jehova das verlorene Paradies wiederherstellen werde auf Erden für alle jene, die bereit sind, ihm zu gehorchen wie Kinder („Er wird jede Träne in ihren Augen trocknen und es wird den Tod nicht mehr geben"). Im Park hat ein Zeitungskiosk geöffnet und ebenso das Pavilloncafé „Milano". Er setzt sich unter einen Spatzenbaum, lässt sich einen Cappuccino mit Cornetto bringen und liest, dass der Brasilianer Ronaldo endlich wieder ein Tor geschossen hat für Inter Mailand und: „Hunderttausende betroffen von Reaktorunfall in Tokaimura". Am Nachbartisch sitzen zwei ältere Männer – einer mit Spazierstock scheint gehbehindert, jedenfalls gebrechlich – und ein etwas jüngerer mit dichtem schwarzen Haargewuschel und Sonnenbrille; die Sonnenbrille ist immer wieder auf Jul gerichtet. Doch jetzt will er nicht mehr den Platz wechseln, will in Ruhe sein Cornetto kauen und lesen. Das litaneienhafte, mundartliche Reden am Nebentisch kann er so und so nicht verstehen, aber er sieht, wie zu dem Gebrechlichen von Zeit zu Zeit ältere Herren hinzutreten, auch junge Burschen, und ihn respektvoll begrüßen, manche küssen sogar seine Hand. Ein beliebter alter Mann (oder ein Boss?) in unansehnlicher Kleidung, cremig helles, kurzärmeliges Hemd und kaffeebraune Hose.

Die Stadt ist eine Kasbah, ein labyrinthisches Winkelwerk, mit Gässchen, die sich ständig verzweigen, man kommt, wenn man sich nicht auskennt, nie dorthin, wo man will, doch immer wieder tut sich unerwartet eine Verbreiterung auf, ein abgeschiedenes Plätzchen (cortile) mit dem Duft nach frischgebackenem Brot und neben dem Panificio ein Gemüseladen und manchmal auch die Officina eines Handwerkers. Die meisten Häuser sind mit diesen ockergelb bräunlichen Quadern aus Tuffstein gebaut (an einem sah er die noch grünen Blätter wilder Weinreben bis zu den Fenstern des vierten Stockes hinaufranken), darunter Palazzi aus der Renaissance und aus dem Barock mit monumentalen, von Wind und Salzluft zerfressenen Portalen (und in den Stockwerken darüber nicht selten diese Romeo-und-Julia-Balkönchen mit Eisengeländer). Über dem Schild eines Dentisten (Franco Siracusa) las er auf einem zweiten Schild: „Qui riceve la maga di Caldea“ (Hier empfängt die Magierin von C.). Wenn er jetzt zu Natalie hätte sagen können: Ich weiß, wo die Zauberin von Caldea wohnt. Er konnte von einer Terrasse des Aldo-Moro-Platzes auf den Bahnhof, auf das Dach der Bahnhofshalle und auf die Geleise schauen. Aber er stieg nicht hinunter.

8

Es war ja alles schon längst vergangen. So viele Jahre und doch wie gestern, dass er Natalie die moosige Lichtung im Wald gezeigt hatte an einem Märztag, dieses Wasserloch mit den Gelbbauchunken, nicht weit von ihrem Berghaus entfernt. Jetzt hörte Jul sich jeden Abend das Konzert der zeternden Spatzen in den Bäumen am Moro-Platz an. Unter der größten Magnolie hockte er in einem dunkelgrünen Plastiksessel und hörte den Spatzen zu. Wenn der letzte Sonnenstrahl am letzten Zweig verlöschte, verstummten sie jäh. Dann war wieder vereinzeltes Autohupen zu hören, der Motorenlärm von der Piazza Vittorio Emanuele und natürlich das Debattieren der Männer an den Bar-Tischchen und auf den Bänken des Parks. Durch das lockere Geflecht eines weißblühenden Zierstrauchs sah er ein etwa zwanzigjähriges Mädchen, das vorbeispazierenden Männern Aschenbecher aus glänzendem Metall um tausend Lire zum Kauf anbot. Mit überkreuzten Beinen saß diese Schwarzhaarige auf einer Bank und kreischte jeden Vorbeigehenden an, dabei lachte sie so seltsam über das ganze Gesicht, griff sich mit der freien Hand immer wieder ins dunkle, über die Schulter fallende Haar. Jul blickte auf ihre dicksohligen geschnürten Schuhe, sie schien ausgerüstet für kühlere Nächte im Freien, mit einer lackschwarzen Lederjacke und schwarz-weiß gestreiften Mephistohosen. Die Männer in seiner Nähe waren auch auf sie aufmerksam geworden, mehrmals hörte er den einen und anderen sagen: Una bella ragazza. Und ein schönes Mädchen war sie, solange sie nicht ihren Mund verzerrte, was sie von Zeit zu Zeit aber tat, indem sie die Lippen jäh nach oben oder in die Breite verzog.

Es war Nachmittag gewesen – ein wolkengrauer Nachmittag, sagten sie später im Dorf. Und Mara hatte Natalie zu deren Freundin Manuela gebracht, in dieses kleine Hotel an der Straße (mit Restaurant und Hallenbad). Während er, Jul, unterwegs war in Passau für eine Radio-Reportage (Suizid unter Jugendlichen). Tags darauf wusste er, dass Mara nicht allein mit Natalie zu dem Hotel gefahren war, sondern in Begleitung eines ortsfremden Italieners.

Die Kacheln im Schwimmbecken waren blau, blaues Wasser bis zu den Knien beim Einstieg, doch der Beckengrund neigte sich bis zu zwei Meter Tiefe am Beckenende. Und dort gab es eine kleine Leiter zum Ausstieg mit weißen Sprossen, die Natalie nicht mehr erreichte.

Ihm fehlt Maras Schweigen. Als ob er ohne eine Haut aus Wald und Gras und ohne Schnee und Regen und das Feuer in seinem Ofen nicht leben könnte. Es würgt ihn, die untergehende Sonne erwürgt ihn, es interessiert ihn nicht, dass Maras Vater irgendwann einmal an diesen Magnolienbäumen hier als Kind vorbeigelaufen oder als junger aufstrebender Mussolini-Faschist in der schwarzen Uniform eines Federale mit wadenengen Lackstiefeln die Via Atenea herunterparadiert ist. Er will nicht daran denken, will von dieser dröhnenden, muffigen Vergangenheit nichts wissen. Er möchte –, ja, was möchte er?

Jetzt, wo er das Meer sehen kann, läuft er nicht zum Meer hinunter, er könnte in einen Bus steigen, nach Porto Empedocle oder San Leone fahren, doch er möchte durch das vermodernde Herbstlaub zum Wald hinauf, stumm mit seinem Hund durch das Heidelbeerkraut, mit geducktem Kopf durchs Unterholz und zwischen den hohen wartenden Fichten und Föhren hindurch. Und weiß, dass ihm das nicht helfen kann, dass er seinen Kopf in den breiten Stamm eines alten Baumes müsste drücken können, aber er wäre auch dort nicht geborgen.

Dieses Hallenbad war der Stolz eines kleinen Hotels an der Straße, da oben auf dem Berg, so weit weg vom Meer. Und es gehörte Manuelas Großeltern, und Manuela war Natalies beste Freundin –, die Fliesen der Hallenwände schimmerten weiß.

9

Tagsüber, manchmal auch noch nach Mitternacht, drängten Stimmen an seine Tür, dann wurde diese Tür zunehmend dünner, eine durchlässige Haut, die ihn gerade noch vor Blicken schützte, nicht aber vor den schrillen oder herausgekehlten Worten auf dem Korridor. Am Vormittag waren es fast nur Arbeitsrufe zwischen dem Portier Mario und dessen Bruder Salvatore oder zwischen Mario und Lucia, der unauffälligen Putzgehilfin, die jedoch von den pensionierten, siebzig- und achtzigjährigen Gerichtsbeamten, Buchhaltern und Geometern, den Dauergästen des Hotels, bei jedem Sichtkontakt im Stiegenhaus oder im Gang oder unten in der Halle wie eine Schönheitskönigin begrüßt („Buon giorno, bellissima“) und mit geschnurrten oder geglucksten Komplimenten überhäuft wurde. Niemand in diesem Hotel dachte offenbar daran, dass sich irgendjemand von lautem Gerede gestört fühlen könnte. Tatsächlich fühlte auch Jul sich nie davon gestört, schon gar nicht erschreckt, im Gegenteil, diese Stimmen waren für ihn wie Lebensgesang. Er versuchte nicht, die einzelnen Worte zu verstehen – sie waren wie das Heranklatschen der kleineren und größeren Wasserränder am Meer (oder als hörte er Radio während des Rasierens, auch wenn er weder Radio noch Fernsehen in seinem Zimmer hatte). Das Auf und Ab der Stimmen war so etwas wie ein Taucherschlauch, an dem er in der Tiefe hing. Sogar dann, wenn sie mitten in die Nachmittagsstille hinein plötzlich durch die Wände hereinbrachen, keifende Frauenstimmen, japsende Altmännerwut, ein Hin- und Hergezerre zwischen Fisteltönen und Raucherbass, nicht selten noch spät nach Mitternacht – besoffenes Gezänk, Hurengekeife.

Es hatte ihn einige Überwindung gekostet, bis er nach Tagen Maras einzige Verwandte in dieser Stadt anrief, Zia Delia, die Witwe ihres Onkels Vincenzo, der der ältere Bruder ihres Vaters gewesen war. Zunächst schien es die Hausnummer gar nicht zu geben, schließlich fand er heraus, dass er auf der falschen Straßenseite suchte, dort wo die ungeraden Nummern waren, sie aber hatte eine gerade. Es war ein fünfstöckiges Haus oberhalb des pompösen Post- und Telegrafenpalasts aus der Duce-Zeit, an einer guten Straße gelegen, ein graugrün gestrichenes Haus mit einer marmorierten Treppe. Den Lift benützte er nicht, lief schwitzend das Stiegenhaus hinauf, bis endlich im letzten Stock schon eine Wohnungstür offen stand. Keine gebückte runzelige Frau in schwarzem Kleid und schwarzem

Kopftuch gab ihm die Hand, nein, Zia Delia wirkte eher wie eine Dame, großgewachsen, silberhaarig kam sie ihm in einem metallblauen, um die Hüften gefältelten Kleid entgegen, schritt wortlos lächelnd vor ihm her über den Fliesenboden ins Wohnzimmer: fünf Meter hohe Wände, drei gleich große, gleichfarbige (blaurötlichgraue) schmale Perserteppiche, ein langes Kanapee, Glastischchen und zwei Polstersessel. Jul trocknete mit einem Taschentuch sein Gesicht, blickte vom Kanapee auf diese fremde Frau, die abwartend ihm gegenüber in einem der goldbezogenen Polstersessel saß. Was sollte er reden? Warum er hier war? Um Grüße von ihrer Nichte Mara zu bringen. Fast fühlte er einen Anflug von Scham, ein Fremder für sie zu sein, dazu noch ein deutscher Fremder, und war doch ein auf Sizilianisch sehr ernst genommener Verwandter: Du bist Maras Mann, also gehörst du zur Familie, auch wenn du noch so deutsch bist, schnaubte Delia freundlich empört. Vor Jahren war er schon einmal in dieser Stadt gewesen, damals mit Mara, er wunderte sich, dass Delia sich daran erinnerte. Sie war eine pensionierte Lehrerin, hatte vierzig Jahre, wie sie selbstironisch zugab, Mathematik unterrichtet. Jetzt wollte sie von ihm auf ihr Alter geschätzt werden, sie sah wie Mitte siebzig aus, aber er wusste, dass sie zehn Jahre älter war, und heuchelte. Dem Kanapee gegenüber ein hoher gerahmter Spiegel über einer ebenholzschwarzen Konsole, eigentlich ein Flügelkästchen, rechts davon (in seinem Blick) das gemalte Porträt einer sehr schönen jungen Frau, die schwarzen Locken zu einer Haarkrone aufgesteckt, von der zu beiden Seiten geringelte Strähnen auf die Schultern fielen. Er musste immer wieder auf dieses Ölbild schauen, auf diese sinnlich vollen Lippen und die dunklen Augen, die nicht lächelten. Zia Delia folgte seinem Blick: Maras Urgroßmutter, sagte sie (la bisnonna di tua Mara), deren Mann habe sie gemalt. Ja, ja, er war Maler. Das wusste er schon, dass Maras Großmutter einen malenden Vater gehabt hatte. Und dass sie geheiratet wurde von einem Kapitän der Handelsschifffahrt, der mit achtundvierzig Jahren starb, der Vater von Maras Vater. Zia Delia bot Jul einige Aperitifs zur Auswahl an, und er nahm sich ein Glas Chinotto. Eigentlich wollte er Delia fragen, wie sie sich an Maras Vater, ihren Schwager, erinnere, wie sie ihn gesehen, erlebt habe. Aber er fragte nichts von alldem, ja, ob der Bahnhof und das Postgebäude in den zwanziger Jahren, zu Mussolinis Zeiten gebaut ... Natürlich, so sahen sie doch aus, besonders das Postgebäude mit den in den Himmel reichenden Säulen und dem kolossalen Krieger-Fresko. Auch das Gebäude der Banca d'Italia war zu dieser Zeit errichtet worden. Auf dem jetzigen Bahnhofsareal sei ein Familiengrundstück enteignet worden, murmelte Delia. Eine kalte Gleichgültigkeit lähmte ihn. Um nicht unhöflich zu sein, versprach er, sie noch einmal in dieser Woche anzurufen: Vielleicht könnten wir gemeinsam das De-Pasqua-Familiengrab besuchen? Sie nickte ihm mehrmals zu: Sì, sì, warum nicht!

Statt den Lift zu benützen, rannte Jul die Treppen vier Stockwerke hinunter, lief zum einzigen Kino der Sechzigtausendeinwohnerstadt und verschlang Kubricks „Eyes Wide Shut“, er war von jedem nackten Frauenarsch auf der Breitleinwand hingerissen.

10

Mara schrie unter ihm, wie er sie nie mehr, auch in Jahrzehnten nie mehr, vor Lust hatte schreien gehört. Er wusste, dass ihr Vater in diesem Bett zum letzten Mal geatmet hatte.

Es war kalt in diesem Haus, wie es hinter diesen Mauern immer, auch im Sommer, kalt war. Die Wände kahl oder behängt mit belanglosen, zugetragenen Souvenirartikeln, da und dort eine fabriksmäßig gefertigte Indianerpfeife oder Indianermaske, Geschenke einer Tante in Brasilien.

Dieses Familiengericht spielte sich in ihrem ersten gemeinsamen Sommer ab, nach dem ersten gemeinsam verbrachten Meeresurlaub (während Nixons Napalmbomben den vietnamesischen Wald entlaubten). Mara und Jul waren mit einem alten Kleinwagen an die kroatische Küste gefahren, sie hatten wie Kinder gelebt, genügsam, hatten anfangs sogar nur ein winziges Parterrezimmer gemietet mit einer Fensterluke ohne Blick auf das Meer, aber es gefiel ihnen alles, sie lagen tagsüber auf der Betonmauer eines Anlegeplatzes für Fischerboote, blickten in blitzblaues Wasser, tauchten hinunter und sonnten sich auf der wassernahen Mauer (erst nach Tagen merkten sie, dass nur zwanzig Meter entfernt ein offener Müllberg angelegt war). Sie aßen, was immer ihnen in dem staatlichen Gastbetrieb angeboten wurde, meistens Sardinen mit Bratkartoffeln oder Nudeln mit Gulaschsoße. Mara war schwanger, nur sie zwei wussten es und redeten davon auch nicht nach ihrer Rückkehr. Er erinnert sich an das Gartentürchen (auf Nabelhöhe und mit Karbolineum dunkelbraun gestrichen), dahinter – eben herbeigeeilt – Maras Mutter, noch nicht geblondet, mit ihren natürlich grauen Haaren, laute, freudig sich überschlagende Begrüßungsrufe für Mara, in die er eher zufällig mit einem Kopfnicken einbezogen schien, dann der Empfang im Hausinneren durch Maras Schwester Teresa und ihren schwammgesichtigen Mann Carlo. Ein Familiengericht bei Nachmittagstee. Ja, Mara und er waren am Nachmittag zurückgekommen, an einem heißen Julitag. Und Maras Schwester verkündete schon nach einer Stunde das Urteil: Lebte unser Vater noch, hättest du nie diese Türschwelle überschritten. Dass Mara und er allein, also ohne Anstandsbegleitung, ans Meer gefahren waren und also auch die Nächte miteinander verbracht hatten ... Für Teresas Entrüstung lieferte Jul tatsächlich mehr als einen Grund – allem anderen voran musste er sich noch von Ines scheiden lassen. Aber da war ja noch das eine: Er war weder Kaufmann noch Rechtsanwalt noch Arzt, er war nichts als ein lose beschäftigter, sogenannter freier Journalist. Außerdem – er war ganz und gar nicht karrieresüchtig, war nicht ehrgeizig. Er verstand – mit den Augen Teresas war es absurd, ihn neben Mara zu sehen.

11

Maras Vater, den er nie lebendig gesehen hatte, nur als Foto, war an einem Ersten Jänner an Herzinfarkt gestorben. Zu Tode gehetzt, wie Jul sich später dachte, wenn Mara ihm das Ende ihres Vaters erzählte, den sie liebte, obwohl er ein Faschist gewesen war. Jul hatte Mara zum ersten Mal in einer linken Diskussionsrunde gesehen. Dass sie ihren Vater liebte, fand er völlig natürlich, auch wenn er ein Faschist gewesen war. Mara, die achtzehn Jahre alt war, als ihr Vater starb, hatte von ihm nur den zärtlichen Teil an Erinnerungsbildern bewahrt, und darauf beharrte sie. Zum Beispiel: ihr Betreten des Arbeitszimmers des Vaters, der, vertieft ins Aktenstudium, erst nach einer Weile aufblickte und sie heranließ, ihr dann sogar bei der Lösung von Rechenaufgaben behilflich sein wollte, aber dabei schnell die Geduld verlor. Im Rechnen sei er nicht besonders sicher gewesen, erzählte Mara, sie habe ihm in späteren Jahren, in ihrer fortgeschrittenen Studienzeit, sogar rechnerische Arbeiten abnehmen müssen. Mara sprach beinahe ehrfürchtig von ihrem Vater, so dass Jul sie auf Zehenspitzen in das Studio, das Arbeitszimmer eines Advokaten, hineintrippeln sah. Für Papà sei sie die kleine Tänzerin gewesen, Papà habe sie manchmal auf das Knie gehoben, doch ihr jüngerer Bruder Carmine sei darauf versessen gewesen, dem Vater, wo immer es ihm möglich war, die Aktentasche zu tragen. Nach dem Mittagessen, bei dem es meistens sehr laut zugegangen sei – Papà habe sich leicht und schnell geärgert, habe jähzornig geschrien, aber sich ebenso rasch wieder beruhigt –, sei er in seinem Studio verschwunden und dort auf dem Kanapee in einen kurzen, tiefen Schlaf versunken; so tief und fest sei der gewesen, dass sie sich – wenn Mutter es wollte – risikolos dem über eine Stuhllehne geworfenen Sakko nähern und daraus die Geldtasche des Vaters habe herausholen können. Die Mutter habe sich einige Scheine genommen, und sie, Mara, habe das Portemonnaie wieder in Papàs Tasche zurückgesteckt, und dieser Vorgang sei kein Einzelfall geblieben, zu genau könne sie sich daran erinnern, Vater aber habe nie etwas davon bemerkt.

In den Sommer- und Winterferien kam er immer am Donnerstagabend, erzählte Mara, von der Stadt, mit seinem erbsengrünen Fiat 600. Zuvor habe er einen dunkelblauen Fiat 1100 E gefahren, aus zweiter Hand, das heißt, von einem seiner Schwäger erworben. Ein altes Modell, erinnerte sich Mara mit einem Auflachen: Wir mussten es meistens anschieben, Mutter, meine Geschwister und ich, wir stemmten unsere Hände gegen den gewölbten Kofferraum hinten, drückten und schoben, und Vater fluchte, ich höre ihn noch, wie er Onkel Stefan, von dem er den Fiat gekauft hatte, beschimpfte, weil der Motor nicht anspringen wollte; das Auto rollte hundert und mehr Meter weit das ziemlich geneigte Straßenstück lautlos hinunter und ließ meistens erst kurz vor dem Einbiegen in den Dorfplatz endlich die ersten Motorgeräusche hören.

Trotzdem: Wenn der Vater zu Hause war, sei jeder Tag zu einem Festtag geworden. Wenn Papà am Donnerstagabend von der Stadt kam, habe er immer unglaublich stark nach Fisch gerochen, jedes Mal mehrere Kilo toter Meerestiere mitgebracht und sei sehr stolz auf seine Auswahl gewesen. Er habe der Mutter bis in alle Kleinigkeiten erklärt, wie sie die verschiedenen Fische zubereiten musste, habe sich natürlich als Fischkenner gebärdet, er, der am Meer aufgewachsen war, während Mutter für ihn eine Gebirglerin gewesen sei, die sehr gut Knödel kochte. Wenn Vater zu Hause war, habe er sozusagen das ganze Haus ausgefüllt, alles habe sich nach ihm ausgerichtet. Ich weiß nicht, aber das Haus war tatsächlich immer voll, wenn er da war, am Freitag trafen seine Gäste ein, um Fisch zu essen, manchmal oder meistens waren wir eine zwanzigköpfige Tischgesellschaft, erinnerte sich Mara. Der Sohn des Bauern, der die Wiese rund um das Ferienhaus mähte, erzählte ihm, Jul, später einmal, das „walsche Herumkommandieren" des Advokaten mit seiner Frau sei oft bis in die Nachbarhäuser hinein zu hören gewesen, ebenso das Gejohle seiner Gäste.

Alles drehte sich um Vater, wenn er da war, sagte Mara. Meine Mutter schickte uns Kinder um Pfifferlinge und Pilze in den Wald, weil sie Papà so schmeckten, schon am Mittwoch, also am Tag vor seiner Ankunft, gingen wir um Erdbeeren in den Wald (perché piacciono a papà), weil Papà sie so gern hat, ermunterte uns Mutter. Wir aßen immer sehr gut, wenn Vater zu Hause war. Aber selber ging er nie in den nahen Wald, er, der Meeresmensch. Er las lieber zu Hause den „Corriere della sera“; die einzige Wegstrecke zu Fuß ging er am Sonntagvormittag – die hundert Meter zur Kirche. Aber nie ein Spaziergang in den Wald, der für mich, sagte Mara, eigentlich genauso geheimnisvoll ist wie das Meer.

Ein einziges Mal habe der Vater sie in den Wald begleitet, und ich war, sagte Mara, sehr stolz darauf: Da zeigte er mir die Grenzsteine eines Waldstückes, das unserer Familie gehörte. Es sei ein komisches Gefühl gewesen. Ich bewegte mich zwischen den Fichten, als ob ich sie zählen sollte, und schaute sie dementsprechend ganz anders an; das Waldstück war sehr licht, es war durchsonnt, und die Schwarzbeeren schmeckten wie in anderen Teilen des Waldes. Später habe sich der Vater immer wieder einmal bei ihr nach diesem Waldstück erkundigt, habe sie, wenn es Pfifferlinge zu Tisch gab, gefragt, ob sie diese „Fifferlinghe“ in dem von ihm gezeigten Wald gefunden habe; ein andermal: ob noch alle Fichten dort vorhanden wären, und: ob neue Bäume nachgewachsen seien. Ich, lachte Mara, fühlte mich auf einmal für diesen Wald zuständig. Dabei wüsste ich heute nicht mehr, ob ich dieses Waldstück noch finden könnte, heute bräuchte ich dazu wohl einen Grundbuchauszug oder einen Forstbeamten.

Mit ihm, Jul, war Mara oft und immer wieder durch die Wälder der Umgebung gewandert. Für ihn bedeuteten diese Wälder hier, aber auch die Wiesen und die von Flechten grauen Holzzäune, ein Zurückfinden in Winkel abhandengekommener Vertrautheiten. Es war das letzte Mal, dass er sich fast vollkommen in unscheinbar kleine Momente seiner Kindheit zurückversetzen konnte, er erlebte sie hier noch einmal, wenn er vor der verwitterten Lattenwand einer abgelegenen Heuschupfe stand und in die Brennnesseln schaute, die unter dem Holunderstrauch wucherten, sogar die Sandmulden in den Wegbiegungen waren ihm wie Schlafbilder vertraut. Und die endlosen Kukuruzäcker, die sich vor Maras elterlichem Ferienhaus im Sommer ausdehnten. Im Frühherbst lief er mit Mara auf schmalen Feldwegen durch dieses Maiskolbenmeer, die Schaftspitzen über den Köpfen.

12

Dieses Landhaus war Maras Erinnerungshaus, hier hatte sie ihren ersten Hund gehabt, auch ihren ersten Hasen in einer Kiste, hier grub sie sich im Garten mit ihren Geschwistern ein Haus unter der Erde („ich rieche noch die lehmfeuchte Erde, und es war finster, weil wir Bretter über das Loch gelegt hatten, mein älterer Bruder Raffaele rauchte mit Freunden gestohlene Zigaretten, und wir spielten Karten“).

Das Landhaus hatten sie nach dem letzten Weltkrieg gebaut, ein Häuschen, eine Zwergenvilla. Der Vater hatte diesen Maurer aus Sizilien gefunden, Calogero. Sehr früh am Montagmorgen kam Calogero in blauem Anzug, weißem Hemd und schwarzer Krawatte, zog sich hinter einem Bretterverschlag um und schuftete, bis es Nacht wurde. In wenigen Wochen hatte er die Mauern samt Decken stehen. Für unseren Vater wohl der schönste Lebensabschnitt, war Raffaele immer überzeugt, es war sein erstes selbstgebautes Haus, das nur er (und nicht seine sizilianische Familie oder die deutsche seiner Frau) finanziert hatte, ein kleines Haus, das er Ziegel um Ziegel und Brett um Brett bis zum First hinauf mit seinem selbstverdienten Geld hatte bauen lassen. Damals, in den frühen fünfziger Jahren, hatte er, der Meeresmensch, sogar die fixe Idee, sich – wenn schon nicht als Tiroler Bauer, so doch als eine Art Agrarunternehmer – eine zusätzliche Einkommensquelle zu schaffen, vielleicht auch, um der deutschen Verwandtschaft seiner Frau etwas wie ländliche Verbundenheit zu beweisen. Kaum war die Villa gebaut, ließ er ein Waldstück roden, die Wurzelstöcke sprengen und den Boden zu einem großflächigen Erdäpfelacker umpflügen. Zeitweilig beschäftigte er bis zu achtzehn Landarbeiter für das Setzen und Ausgraben der Erdäpfel, wobei auch die Frau und die Kinder mithelfen mussten. Die schönste Stunde am Tag war, erzählte Mara, wenn Mutter zu Mittag mit den Maccaroni in Paradeissoße auftauchte.

Tatsächlich konnten schon im ersten Erntejahr drei Waggons Erdäpfel verkauft werden, aber nach dem zweiten Jahr rebellierte Maras Mutter – sie hatte ihre Kinder und den Haushalt zu betreuen und sollte dazu noch die Arbeitskräfte im Dorf suchen, sie beaufsichtigen und bewirten, während der Advokat in der Stadt hinter dem Studiotisch saß oder in der Toga im Gerichtsgebäude große oder kleine Reden hielt. Also gab Maras Vater das Erdäpfel-Projekt auf und ließ Pfefferminze auf den Äckern säen und später Lavendel. Dazu brauchte es nur von Zeit zu Zeit einen Landarbeiter. Er habe die geernteten Kräuterberge in großen Tüchern fassen und bündeln lassen, erinnerte sich Mara, ja, einmal sei sie selbst mit Vater nach Bozen gefahren, das Auto sei innen bis zum Dach hinauf vollgepresst gewesen mit Kräuterbündeln. Im Süden der Stadt, in der Nähe der Etsch, habe der Vater die Duftbündel in einer riesigen Lagerhalle abgeliefert, also wohl auch verkauft, sagte sie. Aber das hat sich ja alles nicht ausgezahlt, Maras Mutter schüttelte noch in späteren Jahren als Witwe den Kopf, Mitleidslachen um den Mund.

Auf den ehemaligen Erdäpfel- und späteren Minze- und Lavendelfeldern ließ der Vater schließlich Pappeln setzen, ähnlich wie es unter Mussolini in den versumpften Etschauen südlich von Meran geschehen war, Pappeln wie in der Poebene und wie in Teilen von Sizilien, Maras Meeresmenschvater ließ dort, wo er Jahre zuvor, um seine Erdäpfeläcker anlegen zu können, Fichten, Föhren und Lärchenbäume fällen und deren Strünke hatte sprengen lassen, dort ließ er nun Pappeln pflanzen, die schnell wachsen und daher schnell wieder für Bauholz abgeschnitten werden sollten. Zum Schutz vor Rotwild oder

Baumdieben ließ er den Jungpappelwald mit einem hohen Stacheldrahtzaun absichern. Aber gerade der Stacheldrahtzaun war das Einzige, erzählte Mara, auf das die Diebe es abgesehen hatten in der abgelegenen Gegend, der Draht wurde ratenweise, Länge für Länge, abgezwickt und fortgebracht. Ihren Vater habe dies tief gekränkt, am Anfang habe er geradezu getobt, zuletzt sei es ihm schon egal gewesen, was mit dem Pappelwald geschah, ob die Pappeln nun wuchsen oder verkamen. Es wurde jedenfalls auch nichts aus der Pappelplantage; in kurzer Zeit sprossen die angeflogenen Samen von Fichten und Föhren, und bald wuchs wieder ein Tiroler Bergwald heran, vor allem Föhren zwischen den südländischen Pappeln, und gediehen so prächtig, dass sie die Laubbäume mehr oder weniger schnell abwürgten. Die Platanen erstickten in wenigen Jahren in einem immer finsterer werdenden Nadelgehölz, und zuletzt war der ursprüngliche Wald zurückgekehrt, den Maras Vater Jahre zuvor mit forstamtlicher Genehmigung, einer mühevoll erkämpften, erstrittenen Genehmigung, abholzen und bis auf die Wurzelstöcke hatte wegputzen lassen. Was davon übriggeblieben war, bekam Jul von Mara auf einem ihrer frühen Spaziergänge durch die Kukuruzfelder und über Wiesenpfade gezeigt: die „Grub'n" – eine fast bis zur Grenze der Bezirksstadt Bruneck sich hinunterziehende breite Mulde, die streckenweise von einem talwärts plätschernden Bergbach durchschnitten wird. Jul sah ein langgezogenes Stück Wiese, die überging in einen zuerst schütteren, dann immer dichter verwachsenen Wald, und nach längerem Hinsehen, angespornt von Mara („Schau da links unten, und hier auch! gleich neben dem, nein, zwischen den zwei dicken Föhren dort, siehst du?"). Ja tatsächlich, er konnte, zwar mit Mühe, aber nach längerem Hinsehen konnte er vereinzelt ein paar verkümmerte Laubbäume zwischen dem Föhren- und Fichtenwald erkennen, die grünweiße Rinde von schmalen, verhungerten Pappelstämmchen.

13

Maras Vater war Faschist gewesen, ein ranghoher faschistischer Funktionär, nicht irgendeiner, der Mussolini nur verehrte. Und Jul hatte Mara in einer antifaschistischen, außerparlamentarischen Bewegung kennengelernt. Er sah sie während nächtelanger Diskussionen in einer Garage ohne Autos, in einem italienischen Viertel Bozens, nicht allzu weit von der historischen, deutsch-österreichischen Altstadt entfernt, unter einem der schnell gebauten Nachkriegshäuser. Ich sah zuerst, Mara, deine scheinbar ins Ferne schauenden Augen, die mir riesengroß und blau vorkamen.

Aber Mara saß ja immer ziemlich weit weg und das elektrische Licht mag ihn getäuscht haben, auf jeden Fall hatte sie in all der Zeit, in der er sie nur stumm beobachtete, blaue Augen, erst als er mit ihr zu reden anfing, bemerkte er, dass ihre Augen braun waren, braun wie polierte Milchschokolade. Er wusste damals nichts von ihr, außer wie sie aussah und was ihn anzog an ihr – das Italienische, das Fremde, ja, für ihn war sie ein italienisches Mädchen, also etwas Fremdes, das Andere. Er wusste nicht, kümmerte sich nicht, wer ihre Eltern waren, woher sie kam, tatsächlich erschrak er beinahe, als er erfuhr, dass sie eine deutsche Mutter hatte, und zwar eine Mutter, die sich erkundigte, wer das war, der da nach Mara gefragt hatte. Doch Jul hatte lange keine bestimmten Fragen im Sinn. Er hörte der politischen Debatte in dem Garagenkeller abends bis weit über Mitternacht zu, war im Großen und Ganzen einverstanden, wenn es um den Sinn oder die Notwendigkeit von Veränderung ging (ich hätte gerne an einer Veränderung mit Hand angelegt – wie auch immer – ich hätte an jeder Art, Versuchsart von Revolution mitgemacht, ich weiß nicht ... hab mir nie im Einzelnen Gedanken gemacht, ob das meine Haut gekostet hätte oder anderer Leute Blut, ich war jedenfalls bereit, auf der anderen Seite zu stehen, auf der Seite jener, denen nicht zugeklatscht wurde, ich wollte was tun für eine andere, natürlich gerechtere Zukunft). Aber konkrete Vorstellungen zu irgendeiner Veränderung gewann er nicht, sah keine Möglichkeit zur Verwirklichung all dieser Dinge, die sie in den nächtlichen Diskussionsrunden besprachen, es ging tatsächlich nicht so sehr um bestimmte Vorschläge oder Pläne, sondern vielmehr um die Erfassung und die Beurteilung der erlebten gesellschaftlichen Situation. Gegen Mitternacht überkam ihn zunehmend

Müdigkeit, sein Schlafwiderstand ließ nach, es fiel ihm von Minute zu Minute schwerer, die Augen offen zu halten. Die Garagenwände waren kahl, rau in ihrer betonierten Nacktheit, nicht einmal ein Plakat, kein Poster, kein Manifest hingen daran, alles Klebbare löste sich nach einem Tag oder schon in einer Nacht von den Wänden und fiel zu Boden, rollte sich ein. Jul schaute auf diese grauen Wände, hörte die düsteren Analysen und verglich Maras Augen mit den Augen der anderen.

Er weiß nicht den Tag und auch nicht, wo er erfahren hat, dass Maras Vater Faschist gewesen war, wahrscheinlich hatte Mara es ihm gesagt, aber dass sie die Tochter eines toten Faschisten war, störte seine Gefühle nicht. Dass er und sie zusammen auf die Straße gingen, um auf der Seite der anderen zu sein, der Ausgebeuteten und Ausgeschlossenen, vielleicht löschte das für sie die Vergangenheit ihrer Väter aus: Auch Juls Vater war ein Nazi gewesen, kein großer und kein kleiner Funktionär, aber doch einer von den vielen Mitläufern.

14

Als sie sich zum ersten Mal alleine in einer Großstadt trafen, in Rom, kam Mara in blauverwaschenen Jeans und einer Strohtasche, worin sie ihre paar Sachen hatte, aus ihrer Universitätsstadt Mailand, nach Tagen von Straßenkämpfen mit der Polizei (in ihrer Hochschule hatten sie Arbeitslose und Obdachlose zu Hunderten einquartiert und sich mit ihnen verbarrikadiert). Sie kam mit dem Morgenzug kurz nach sieben. Er wartete am Ende des Bahnsteigs im Gewühl der Ankommenden und Abreisenden und sah sie trotzdem sehr schnell, ihr weißes, schmales Gesicht, fast ohne Lächeln, die Augen scheinbar gesenkt, da kam sie mit müde geschwenkter Strohtasche, ihrem einzigen Gepäck, auf ihn zu. Sie liebten sich in einem rottapezierten Attica-Zimmer, das man nur über einer offenen Dachterrasse des Hotels erreichen konnte. Und nachdem sie auf ausgebreiteten Zeitungen, noch immer auf dem Bett, Wurst und Käse, auch kalte Hühnerstücke, zusammen mit Oliven und Essiggurken gegessen und Wein dazu getrunken hatten, lasen sie gemeinsam in dem Roman „Vogliamo tutto". Ein wenig irritierte, ja befremdete ihn dieses Buch oder das Lesen darin, andererseits aber verstärkte diese Mischung von intimer Existenz und politischer Solidarität sein Daseinsgefühl, vor allem diese Liebe, und ließ ihn alles intensiver erleben, bewusster und weltverbundener.

Sonntags sonnten sie sich auf der Treppe der Piazza di Spagna, mit der Zeitung in der Hand, lasen von den Rückschlägen der Amerikaner in Vietnam, bummelten durch die Via Babbuino zur Piazza del Popolo, tranken unterwegs in einer Bar ein Glas Martini dry mit grüner Olive, schauten durch das Auslagenglas der Feltrinelli-Buchhandlung und lasen später auf den Marmorquadern des Forum Romanum wieder in „Vogliamo tutto".

Wie das alles zugedeckt, so tief vergraben werden kann, sagte Mara damals in Rom, ich merke, wie unfähig ich bin, die Bilder wiederzufinden für meinen Vater. Oder hat man, fragte sie sich, mit einem Vater doch nicht viel Gemeinsames? Ihr Vater sei für sie vor allem abwesend gewesen, die meiste Zeit einfach nicht da gewesen, und wenn er zu Hause war, habe er gearbeitet –, und da mussten wir alle auf Zehenspitzen gehen. Ihr Vater habe sie oft in sein Arbeitszimmer gerufen, auf dessen Boden ein ockerfarbener Teppich lag, die Vorhänge aus goldglänzendem Damast (für Mara waren sie aus goldener Seide, damals). Hinter dem Tisch die Bücherstellage aus Nussholz, an der Wand gegenüber ein altes Madonnenbild aus seiner Geburtsstadt Agrigento. Auf dem im Barockstil nachgemachten Tisch – er hatte Holzwurmlöcher, worauf der Vater stolz gewesen sei wie auf einen Altertumsbeweis – musste Mara für den Vater multiplizieren und dividieren. Oft eine halbe, manchmal auch eine ganze Stunde lang. Sie tat dies nicht besonders gerne, ihr Vater habe sehr schnell die Geduld verloren, habe sie angeschrien: Rechne genau, kontrollier noch einmal, bist du ganz sicher, dass alles so stimmt, hast du dich nicht verrechnet? Sie sei ihm gegenüber gesessen an dem schweren Tisch, auf dem sich immer Berge von Papieren getürmt hätten. Er habe ihr nur kleinformatige Blätter gegeben, eine Art Blockzettel, es sei auch wenig Platz gewesen auf diesem Tisch zwischen den Aktentürmen. Während ich rechnete, erzählte Mara, stand er meistens auf und sah mir über die Schulter oder er ging auf und ab, und wenn ich mit allem fertig war, sagte er: Geh jetzt. Wahrscheinlich überdachte er, was herausgekommen war, und wollte nicht gestört sein.

Wann immer Mara von ihrer Kindheit erzählte, stand stets der Vater im Vordergrund, und vor allem sein Tod, der ihr den ersten und größten Verlust zugefügt hatte: An jenem Jahreswechsel im winterlichen Ferienhaus, mitten in den Vertrautheitstagen zwischen Weihnachten und Neujahr, plötzlich dieser Herzinfarkt und kein Arzt zu erreichen in dieser Feiertagszeit, genau an Silvester.

Damals, als Mara das letzte Jahr in die Oberschule ging, sprachen die italienischen Sportlehrer in Bozen den Namen ihres Vaters noch fast ehrfürchtig aus. Sein Name stand hier für das Erziehungssystem der Jugend unter Mussolini, er war für die Ausbildung der jungen Faschisten, für ihre sportliche und geistige Entwicklung verantwortlich gewesen. Aber Mara behauptete, sie habe sich nie besonders um die Vergangenheit ihres Vaters gekümmert. Als Jul sie einmal (noch vor Natalies Geburt) fragte, ob sie in ihrer Schulzeit etwas von der faschistischen Karriere des Vaters zu spüren bekommen habe, sagte sie mit einem halben Lächeln: Meine italienische Turnlehrerin behandelte mich besonders streng, anscheinend weil ich die Tochter von dem und diesem war, ich sollte wohl so etwas wie ein sportliches Vorbild abgeben. Ganz anders sei es ihr in der Volksschule ergangen, die sie in deutschen Klassen am Fuße des Skiberges

„Kronplatz“ besucht hatte. Sie habe sich von Anfang an als etwas anderes als ihre Mitschülerinnen gefühlt, nicht als etwas Besseres oder Minderes, bloß als etwas anderes: Ich spürte, dass ich irgendwas nicht gemeinsam mit den anderen hatte, wusste aber nicht, was, später dachte ich – weil ich keinen deutschen Vater hatte.

Maras jüngerer Bruder Carmine, den Jul ebenfalls in der Garage kennengelernt hatte als einen linken Aktivisten, auch Carmine hatte sich angeblich nie belastet gefühlt von der Vergangenheit seines Vaters. Das Erste, was mir in den Sinn kommt, wenn ich an meinen Vater denke, hatte er zu Jul gesagt, ist sein Brüllen, sein Schreien, Papà war einer, der immer laut sein musste, jedenfalls bei uns zu Hause. Und einer, der – ganz gleich, ob in der Stadtwohnung oder im Ferienhaus am Land – sich stets mit vielen Menschen umgab, Freunden, Bekannten, Geschäftspartnern, immer schleppte er Gäste an, und Mama kochte und kochte, und wenn irgendetwas nicht so war, wie er es haben wollte, dann brüllte er los.

Carmine erzählte das in einem Tonfall, der ohne Vorwurf war, eher etwas wie Verständnis, auch Zuneigung anklingen ließ. Seine Augen zwinkerten belustigt. Carmine sprach von seinem Vater wie von einem, der in der Familie ein geliebter Kauz (oder ein geliebter Fremder?) gewesen war, einer, den man gern hatte und doch belächelte, jedenfalls jetzt, lange nach seinem Tod. So unbefangen wie Mara erzählte, dass sie sich auf Wunsch der Mutter in das Studio geschlichen habe und, während Papà dort sein Mittagsschläfchen hielt, aus seiner über einen Stuhl gehängten Jacke die Geldtasche herausstibitzte, so erzählte Carmine schmunzelnd von dem Barometer, auf dem sie dem Vater mehr als einmal Schönwetter-Aussichten herbeigeschwindelt hätten, Papà habe nämlich eine Art meteorologischen Tick gehabt und sich einen Dosenbarometer ins Speisezimmer gehängt, morgens, mittags und abends, vor und nach jeder Mahlzeit habe er einen prüfenden Blick darauf geworfen, und da er sich bei Schlechtwetteraussichten immer ärgerte, hätten sie manchmal heimlich die drehbare der zwei Lanzetten so eingestellt, dass Papà sich auf einen Sonnentag habe freuen können, wenigstens ein paar Stunden lang.

Eine andere Marotte sei die Absicherung der Besitzgrenzen gewesen, im Besonderen rund um das Ferienhaus. Papà habe zu diesem Zweck eines Tages eine große Anzahl von riesigen, leeren Blechdosen herangeschafft, Dosen, die einmal zehn Kilogramm Marmelade gefasst hatten, er, Carmine, habe sie (und wie stolz er auf diese Aufgabe gewesen sei!) mit Zement und Wasser füllen müssen – als eine Art Marksteine hätten diese Betondosen den Besitz abgrenzen sollen, da sie aber nie in die Erde versenkt worden seien, hätten die Nachbarn sie beliebig verrücken können.

Über Politik hatte Carmine angeblich nie mit seinem Vater geredet. Carmine war sechzehn, als sein Vater starb. Meine Freunde, gab er beim Mittagessen an einem Sonntag in ihrem Berghaus, kaum zwei Jahre nach Natalies Tod, zu bedenken, waren Italiener wie ich, keine deutschen Südtiroler, und sie hatten eigentlich alle ehemalige Faschisten als Väter. Mussolini hat nun einmal keine Kommunisten heraufgeschickt, um das deutsche Etschland zu italianisieren. Wie hätte ich Söhne von italienischen Kommunisten oder Sozialisten meines Alters kennenlernen können? Er war sich in diesem Augenblick seiner Distanz zur Vatervergangenheit so gewiss, dass er lachen konnte.

Carmine hatte eine begeisternde Pfadfinderzeit hinter sich, war mit sechzehn ein Oberfuchs gewesen. Schon ein paar Jahre zuvor waren in einer Herzjesu-Nacht (was Herzjesu für Andreas-Hofer-Tiroler bedeutete, begannen die Italiener im Lande erst damals allmählich zu erfahren) Dutzende von Strommasten in die Luft geflogen, die Landeshauptstadt Bozen war ohne Strom, Licht und Telefon. Und dann explodierten nicht nur Hochspannungsleitungen, sondern auch fast fertiggestellte Wohnbauten, die für italienische Zuwanderer aus dem Süden geplant waren.

Italien hatte den Südtirolern nach dem Zweiten Weltkrieg ihre kulturellen Rechte als Minderheit garantieren müssen, hatte aber dieses Versprechen dann die längste Zeit nicht eingehalten. Carmine wusste davon nichts, er wusste nur von den Anschlägen auf die Brenner-Bahnlinie, auf die „heiligen Gebeinhäuser“ der angeblich in Südtirol gefallenen Italiener und von den Anschlägen auf Carabinieri- und Finanzpolizeiposten. Also demonstrierte er mit seinen italienischen Freunden vor dem faschistischen Siegesdenkmal in Bozen („Von hier aus haben wir / die anderen / durch Sprache, Gesetze und Künste / veredelt") gegen die Südtiroler Terroristen, gegen die Deutschen (Daitschn/crucchi) und marschierte mit Hunderten von grölenden MSI-Faschisten durch die Museumstraße zum Obstmarkt und schrie mit den anderen: „Siamo in Italia – Il Brennero è nostro – Qui si parla italiano!" Und denk, was du dir heute denken magst oder musst: Aber ich habe drei Monate nach der letzten Anti-Südtirol-Demonstration mit meinen italienischen Mitschülern das italienische Lyzeum besetzt. Da war Papà noch nicht lange tot. Wir Söhne von Ex-Faschisten haben unsere Schule besetzt, und unser Vorbild war Rudi Dutschke. Von da an hatte ich auch Südtiroler Freunde, viele sogar, und sie sprachen wie meine Mutter deutsch. Eigentlich habe er sich, meinte schließlich Carmine, im Grunde nicht anders benommen als sein Vater. Denn wie er habe er sich gesellschaftlich einmischen wollen, etwas tun wollen, nicht abseits stehen, und sei so aktiv geworden in der außerparlamentarischen Bewegung. Natürlich seien Vaters Jugendzeiten anders gewesen, dennoch sei Papà Idealen gefolgt und einer der jüngsten politischen Führer seiner Stadt geworden, auch wenn freilich als Federale, als Parteiführer des Duce in seiner Stadt Agrigento, während er, Carmine, als Oberfuchs nur für zwanzig, später aber immerhin für vierzig Pfadfinder Verantwortung getragen habe – trotzdem.

15

Es war ein heller Morgen, ein blauer Südhimmeltag, als er Zia Delia mit dem Taxi abholte zum Friedhof über dem Tal der Tempel. Die Leute standen auf den Trottoirs herum, zwischen den Palmen im Park, im Schatten der Magnolien, vor den Fischgeschäften, in den Bars; die Autos rollten Stoßstange an Stoßstange ohne irgendein Gehupe. Er führte Zia Delia am Arm, bemerkte erst jetzt, dass sie gar nicht so eine hochgereckte Riesin war, sondern ihm eben noch bis über die Schulter reichte, und einen leicht geneigten Nacken hatte sie auch. Das Taxi ließen sie vor dem großen Tor der Totenstadt warten. Zwanzig Minuten etwa, sagte Delia zu dem Fahrer, der ihr mit auffälligem Respekt aus dem Auto geholfen hatte. Einen bunten Strauß in der linken Hand, spazierte Jul mit Delia am rechten Arm langsam in die Nekropole hinein, tatsächlich eine Stadt mit Straßenfluchten und beidseitig aufragenden kleinen Totenhäusern. Flachgräber sah er nur wenige, auf jeden Fall nicht in dem Teil, durch den Zia Delia ihn dirigierte. Kuppelhäupter von Pinien, in denen ein feiner Meereswind wedelte. Und da sah er, noch bevor Delia ihn darauf hinweisen konnte, aus einem Augenwinkel Maras Familiennamen in großen schwarzen Buchstaben auf einem der größten Grabhäuser prangen. Ein etwa sieben Meter hohes und fünf Meter breites Mausoleum, die Stirnwand mit grauweißen Marmorplatten bedeckt, und zwei marmorne Stufen zur drei Meter hohen vergitterten Glastür. Zia Delia sperrte das Schloss auf, Glas hinter schwarzen Metallstangen, und Jul trat in einen Kapellenraum mit Altartisch, zwei dreiarmigen Kerzenständern und einem Kruzifix. Darüber ließ ein Glasfenster, auf dessen blauem Grund weiße grünblättrige Blumen gemalt waren, blässlich gefiltertes Licht herein. Acht braune Kaffeehausstühle luden vor dem Marmoraltärchen zum geruhsamen Meditieren ein. Er setzte sich neben Delia und las die Namen auf den Marmorplatten an der linken Wand, hinter der Maras sizilianische Toten lagen. Zehn Kammern zählte er, sechs davon schon belegt: die Eltern ihres Vaters und vier von deren Kindern. Maras Vater lag nicht hier, er lag in Bozen auf dem St. Jakobsfriedhof unter der Smoghaube der Industriezone, aber beschützt von den so hohen Tiroler Bergen. Als Zia Delia das Familienmausoleum wieder schloss – das Taxi wartet, sagte sie –, ging Jul noch die wenigen Meter zum Ende dieser Totenstraße und hatte den weiten blauen Horizont im Blick, das Meer, über das die Kartharger gekommen waren und die Griechen und die Araber, er sprang auf die niedere Mauerbrüstung und sah unter sich das Tal der Tempel, schüttere Mandelbaumwäldchen, Olivenhaine, und dahinter den langgezogenen Sandstrand zwischen San Leone und Porto Empedocle. Das Licht, die rasende Helligkeit, machte ihm Herzklopfen, Lebenslust.

Damals, als Maras Stimme aus der Telefonmuschel zu ihm drang (und dieser eine Satz, mit dem er alles erfuhr), hatte er sich wie weggerissen von ihr gewusst statt zu ihr hingerissen.

Jul brachte die alte Frau nach Hause und flanierte dann über die sonnengrelle Via Gioeni hinunter zur Porta di Ponte, von dort schlenderte er zwischen Autos und dahintrödelnden Passanten gemächlich die Via Atenea hinauf. Bevor er aber in sein Hotelzimmer zurückkehrte, sah er kurz in die Bar „Arlecchino“ des Benito Peri hinein, obwohl er wusste, dass ihn dessen fensterlose, muffige Bude kaum weiter aufmuntern würde: staubige Flaschen und alte Keksschachteln und vor der Theke kein anderer Kunde. Der schlohweiße Barinhaber mit dem niedlichen Vornamen des einst (und von nicht wenigen noch heute) hochverehrten Duce Benito saß auf einem Stuhl (auf der anderen Seite des Gässchens, das kaum zwei Meter breit war) gegenüber der offen stehenden Bartür und erhob sich erst, als Jul bereits an der unbeleuchteten Theke stand. Vor sich hin summend ließ der rotwangige Benito eine Neonröhre aufflammen und fragte ihn dann in fast verschwörerischem Ton nach seinem Wunsch. Campari? Kein Problem, sogar mit limone, aber ohne Eis.

Ein andermal würde Jul mit dem Alten auch ein paar Worte wechseln, nur heute nicht.

Von einem deutschen Bahnhof aus hatte er – nein, er wusste es genau, es war in Passau gewesen, er hatte am Tag zuvor Studenten interviewt, ein Junge, gerade sechzehn, war aus einem Fenster gesprungen, auf den Platz vor der Nibelungenhalle, Kopf voraus und offenbar freiwillig –, Jul war am Morgen (ohne Frühstück) zu Fuß vom Hotel zum Bahnhof, wollte mit dem ersten Zug über München nach Hause, er hatte zwanzig Minuten bis zur Abfahrt, trank einen Kaffee, kaufte Zeitungen (las mit Wut und Verachtung Reagans neuesten Einsparungsplan im Sozialbereich bei gleichzeitig beschlossener Erhöhung der Rüstungsausgaben) und rief dann aus einer gelben Telefonkabine Mara an. Gestern Mittag hatte er noch Natalie im Ohr gehabt, sie war eben von der Schule heimgekommen –, jetzt war sie tot.

16

Als Mara und Jul sich im Bett des Vaters liebten, waren die Wiesen rund um dieses Ferienhaus gelb von Löwenzahn. Sie redigierten Artikel für ein unregelmäßig erscheinendes, außerparlamentarisches Informationsblatt, entwarfen auch den sogenannten Spiegel – die Aufteilung der Artikel und überhaupt das Erscheinungsbild der Zeitung – und die Überschriften. Zwischendurch kochten sie, spazierten über die Feldwege, durchstreiften die nahen Waldstücke.

Zum ersten Mal aber hatte er Mara ein Jahr zuvor – daran konnte sie sich später kaum noch erinnern – auf einem der eher seltenen gemeinsamen Ausflüge ihrer Gruppe angesprochen, einem Polentafest oben an einem der Berghänge, die die Stadt umlagern. Vierzig oder fünfzig deutsche und italienische compagni hockten oder lagen im Gras, tranken Wein, Bier und Obstsäfte aus Pappbechern; der eine und die andere kümmerten sich um das Holzfeuer, einige um die Würste und die Polenta. Jul sah, wie Mara sich über den Kessel beugte und mit einem langstieligen Löffel rührte, aber er weiß nicht mehr, ob sie da schon miteinander redeten, er fuhr sie jedenfalls in einem Kleinwagen, einem fünfhunderter oder sechshunderter Fiat, den er von einem compagno ausgeliehen hatte, die engen, steilen Kurven der Bergstraße hinab, sie wollte den Zug nehmen nach Mailand, allerdings musste er sie zum Haus ihrer Mutter bringen, nicht zum Bahnhof (ich merkte mir nicht die Hausnummer, eine italienische Häuserfront, nicht weit von der Innenstadt, fuhr weg, ich weiß nicht mehr, wohin, vielleicht wieder den Berg hinauf, zurück zum Polentafest, zum Kumpel, dem das Auto gehörte). Mara mag sich geängstigt haben während seiner halsbrecherischen Fahrt die Bergstraße hinunter, aber er hatte sich grandios gefühlt, er liebte das schnelle Fahren im Gebirge.

Mara gestand ihm später, dass er ihr an diesem ersten Tag gar nicht sympathisch gewesen sei; ihr sei er irgendwie zu laut und zu direkt vorgekommen, nicht gerade prahlerisch, aber doch so ähnlich, und im Übrigen habe er sie nicht mit einem geliehenen Fiat eines compagno, sondern im Autobianchi 121 ihrer Mutter wie ein Verrückter die abschüssige, damals geländerlose und schwer überschaubare Bergstraße hinunter nach Hause gefahren, und vor der Haustüre habe er das Auto verlassen und sei zu Fuß irgendwohin weggegangen.

Als Mara ihm dies mit lächelnder Sachlichkeit sagte, erinnerte er sich plötzlich selbst an eine andere Einzelheit dieses Polentafestes: Er hatte mit Mara abseits auf einem Wiesenstück gesessen oder auch gelegen, wie man irgendwo in der Sonne an einem Meeresstrand liegt, und hatte zu ihr von seinem interpunktionslosen, antiautoritären Text gesprochen, der eben erst in einer ausländischen Zeitschrift abgedruckt worden war, und er weiß nun wieder, wie enttäuscht er war, dass dieses Mädchen Mara sich dafür ganz und gar nicht interessierte.

Sie verloren sich wieder aus den Augen, weil keiner den anderen gesucht hatte, ja, Jul wusste, dass Mara in einer Art Zeltgemeinschaft mit Freunden in Kalabrien unterwegs war, freilich wusste er nicht, dass der so sympathische, schweigsame compagno Luca immer neben ihr im Zelt lag, er, Jul, lebte seinen eigenen Sommer, und in den folgenden Herbst- und Wintermonaten sah er Mara hin und wieder an dem Versammlungsort in der Garage, er hörte den Reden zu, wahrscheinlich sah er auch immer wieder einmal Maras geweitete Augen oder ihm fiel ihr ernsthaftes Notieren auf, er sah auch die graukahlen Betonwände und die Hundertwattbirne über dem rechtwinkeligen Tischviereck. Irgendwo draußen, über ihren Köpfen oder seitlich davon, auf jeden Fall über ihnen, rumorte der Verkehrslärm, rumorte das Leben. Er musste täglich schon um fünf Uhr früh in der Radioredaktion sein, er ging seine eigenen Wege, wie im Übrigen auch sie.

Erst im neuen Jahr, Mitte oder Ende Jänner, begann er plötzlich Mara zu suchen, das heißt, er wollte von einem Tag auf den anderen wissen, wo sie wohnte, wer ihre Familie war, wie er sie tagsüber einmal treffen könnte, er wollte mit ihr reden. Tatsächlich kannte er nur ihren Vornamen, so wie von den meisten, mit denen er in der Garage die Abende verbrachte. Ein compagno wusste Maras Familiennamen und dass sie bei ihrer Mutter wohne, wenn sie von Mailand nach Hause kam, ihr Vater sei schon vor einigen Jahren gestorben. Bei einem Glas Wein in einer Bar erzählte der Kumpel ihm auch, dass Mara sehr gut Ski fahren könne. Jul hatte in diesem Winter mit viel zu langen, unerfahren gekauften Skiern ein paar Anfängerstunden absolviert auf einem der stadtnahen Berge, der Seiser Alm, und er wollte nicht alleine Ski laufen gehen. Noch in der Bar fand er im Telefonbuch die Nummer ihrer Familie und rief sofort an. Er war erstaunt, als sich eine deutsche Frauenstimme meldete, schrill und neugierig, es war ihre Mutter, die ihn wissen ließ, dass Mara sehr wahrscheinlich am nächsten Samstag von Mailand kommen werde. Er werde dann wieder anrufen, versprach Jul, und er rief auch wieder an. Als er Maras Stimme aus der Telefonmuschel hörte, wusste er plötzlich nichts mehr von ihrem Gesicht. Sie wusste ihrerseits nicht, mit wem sie sprach, er vergaß oder vermied es, sie daran zu erinnern, dass er vor mehr als einem halben Jahr mit ihr über eine Bergstraße talwärts gerast war. Später erzählte sie ihm, sie habe nur verstanden, dass er ein compagno sei, der mit ihr einen Skiausflug machen wolle, und dagegen fiel ihr nichts ein.

Jul hatte damals in einem der neuesten Wohntürme eine piekfeine Garçonnière mit Bad und Balkon und einem freien Blick zum Wald des Kohlerer Berges, und wenn er sich scharf nach links wandte, konnte er hinter den Smogwolken die Bergkette des „Rosengartens“ ausmachen. Um die Einrichtung des Appartements hatte er sich aber kaum gekümmert. So stand die Küche völlig leer mit geweißelten Wänden da, ohne Herd oder Abstellregale. Er benützte den Wasserhahn in der Küche nur, um zu trinken oder sich heißes Wasser über einen Löffel Nescafé rinnen zu lassen. Auch schlug er manchmal (fast immer am Morgen) ein rohes Ei am Rand des Wasserhahns auf, um es im Stehen auszuschlürfen. Im geräumigen Zimmer, das zum Balkon hin eine Glaswand hatte (sein großes, sein einziges Fenster), waren die Seitenwände auch leer, nichts als weiß, am Boden war längs der Wand, gegenüber dem Balkonfenster, eine Matratze gebreitet und davor auf umgekippten leeren Äpfelkisten eine rotgestrichene Pressplatte, auf der seine Schreibmaschine und ein paar Bücher lagen. Das war alles. Im angrenzenden, bis in Brusthöhe weißgekachelten Bad ragte seine Zahnbürste aus einem Glas unter dem Spiegel und auf einem Hocker bauschte sich seine Toilettentasche. Es war, als lebte er in einer äußerst bequemen Felsnische über den Dächern der Stadt, und er war nicht einmal allein, er hatte eine Katze, eine Siamesin, die ihn schon seit Jahren begleitete.

Im Vorraum neben der Tür standen seine Blizzard-Ski, zwei Meter zehn. Er war schon startbereit, im schwarzen Skianzug (mit einem weißen Lastexstreifen an den Außenseiten der Hosen, Gustav-Thöni-Look), als seine Wohnungsklingel, wie vereinbart, um acht Uhr morgens losschrillte. In der Nacht hatte es stark geschneit, Jul trat mit seinen Moonboots auf den Schneeteppich des Balkons hinaus: Unten stand Mara mit roter Wollmütze neben einem Kleinwagen, dessen Dach vollgepackt war mit Skiern. Sie schwenkte einen Arm, als sie ihn erblickte, und er hätte ihr gerne ein paar Schneebälle hinuntergeworfen, er rief aber nur: Ich komme, vengo subito! Irgendwie war er enttäuscht oder doch irritiert, dass sie nicht allein gekommen war, sondern sich typisch italienisch (wie er dachte) abgesichert hatte mit einer Begleitung. Im Autobianchi saßen ihr jüngerer Bruder Carmine mit seiner Verlobten und ein gemeinsamer Jugendfreund, Luca, ein compagno, den Jul von der Garage her kannte, ohne zu wissen, dass er für Mara mehr als ein Kindheitsfreund war, mit dem sie nicht nur die letzten Zeltferien in Kalabrien verbracht hatte. Und wie hätte er den Tod seiner noch nicht geborenen Natalie mit diesem milde lächelnden Weltfreundgesicht Luca in irgendeine Ahnungsnähe bringen sollen, und überhaupt das Unglück seiner (damals noch nicht vorstellbaren) Ehe. Jul gab allen die Hand und setzte sich vorne neben den chauffierenden Bruder. Jedenfalls trug Mara eine geranienrote Jacke und über der roten Wollmütze eine Skibrille, die ihr in seiner Erinnerung ein wenig das Aussehen eines sportlichen Maikäfers verlieh. Sie fuhren auf den Karerpass, und zwar zur Paulinerpiste, von der er routinierte Skifahrer schon hatte schwärmen gehört. Wahrscheinlich hatte er nicht viel geredet während dieser Autofahrt hinaus aus der selten so weiß wattierten Stadt. Zum ersten Mal, dass er mit Mara in einem engen Raum eingepfercht war, in diesem kleinzylindrigen Wagen, und dennoch fühlte er sich gleichgültig bis zur Glücksverachtung. Ihren geranienroten Jackenrücken und ihren ebenso grellroten Mützenhinterkopf im Blick, zuckelte er später hinter Mara in einem blechernen Liftsessel zur Pauliner Höhe hinauf. Solange sie zwischen Bäumen hindurchschaukelten, weideten sich seine Augen vor allem an den dickgepolsterten, von Schnee niedergedrückten Zweigen, kleinere Bäume waren fast ganz in der tiefen Neuschneeschicht versunken und gerade noch erkennbar als Kuppen oder weiße Kegel. Bisher war er nur auf glatt präparierten Skipisten gefahren, aber hier war alles anders. Sie waren unter den Ersten, die an diesem Tag die Bergstation erreichten; man hatte eine Slalomrinne durch den meterhohen Neuschnee gezogen, jeder Rechtsschwung oder Linksschwung führte um einen aufgetürmten Schneehügel herum – für Jul eine schwer zu meisternde Herausforderung. Außerdem sah er sich, kaum dass er mit angeschnallten Skiern aus dem Sesselkübel gerutscht war, nur zwei Meter entfernt vom Rand eines Sturzhanges: Ein unvermeidbarer Raketenstart, dachte er, und Mara war schon gestartet, mit lockerem Schwung, die anderen bereits vor ihr abwärts gewedelt, aber er konnte nicht anders als kerzengerade hinunter, schaffte nicht einmal den ersten Linksschwung, oder vielleicht doch, den zweiten nach rechts jedenfalls nicht mehr, da steckte er schon in einem der Schneehaufen, im ersten oder zweiten, immerhin fand er noch seine Brille und warf sich wieder nach unten, weit kam er freilich nicht, lag sehr bald mit dem Gesicht im Neuschnee der letzten Nacht, ziemlich tief eingebettet, und hatte nur mehr einen Ski angeschnallt und keine Brille mehr, grub nach der Brille, fand den anderen Ski und schließlich sogar seine Augengläser –, weit und breit keine Mara. Damit war für ihn dieser Skiausflug oder überhaupt das Abenteuer mit Mara erledigt. Er trocknete mit dem Schnäuztuch die Brille, schulterte seine gelben Blizzard und stapfte quer über die Piste durch den Pulverschnee. Ihm war alles egal, er konnte nicht Ski fahren, Mara wusste nun Bescheid, und so wollte er diesen Tag hinnehmen, wie er eben verlief. Jul versank bis über die Knie im Schnee, aber es war ein blauer Himmel mit wenigen bauschig-weißen Wolken über ihm, die Sonne machte ihn schwitzen, er öffnete den Reißverschluss der Jacke, wollte so schnell wie möglich talwärts kommen zu einer Straße oder zu einer Hütte. Schließlich sah er geparkte Autos schräg unter sich und das Dach einer Gastwirtschaft, eine dieser schnell und hübsch hingebauten Heuschupfenkopien. Minuten später saß er auf einem steilen Hocker in der morgendlich leeren, doch gut gewärmten Stube an der Schank und staunte nicht wenig, dass ihn vor dem Hintergrund der reich bestückten Flaschenwand ein bekanntes Mädchengesicht anlachte.

Seine Brille war noch etwas dampfbeschlagen von der jähen Wärme, trotzdem lachte ihn untrüglich Martina an, eine der Sekretärinnen aus seiner Redaktion. Sie helfe ihrem Bruder, dem Wirt hier, manchmal am Wochenende aus, klärte sie ihn augenblinzelnd auf. Es war wohl erst halb zehn, und Jul hockte da an der Theke mit schneegepudertem Skianzug, jedenfalls in den ersten Minuten, dann lösten sich auch die Eiskruspen von seinem Bart, und er zog die wasserdichte, tropfende Jacke aus. Er ließ sich Whisky einschenken mit viel Soda, und bald danach noch einmal. Anfangs war er sogar ein wenig wütend auf Mara und die compagni, die hinuntergesaust waren, ohne sich zu kümmern, ob er ihnen folgen könnte, doch bald war ihm klar, dass er sich höchstens über sich selbst hätte ärgern müssen, jedenfalls wusste er, dass er vor Mara eine lächerliche Figur abgegeben hatte und damit diesen Flirtversuch auf Skiern vergessen sollte. Martina nahm sich, über die Budel gelehnt, Zeit für ihn, hörte ihm zu, schäkerte. Und sie lachten beide viel, besonders als er sein Herumwühlen im Schnee auf der Suche nach der Brille schilderte, sein Aufstehen und erneutes Starten und erneutes Brillensuchen. Je länger er Martinas Lachen im Ohr hatte, desto selbstverständlicher schien ihm schließlich ihr Vorschlag, zusammenzubleiben, miteinander zu Mittag zu essen, dann habe sie ihre Nachmittagsruhe, könne tun, was sie wolle in ihrem Zimmer im Haus nebenan, ihr Bruder, der die Gastwirtschaft führe, sei nicht pingelig. Sie könnten morgen früh mit ihrem Wagen ins

Büro fahren, sagte sie. Draußen lag der Schnee meterhoch unter der Vormittagssonne, allmählich füllte sich die Gaststube mit fröhlich geröteten Gesichtern. Ein italienisch-deutsches Stimmengewirr umrauschte ihn. Martina musste nur die Gäste bedienen, die sich an die Theke setzten, so dass er sie dauernd vor seinen Augen hatte, witzelnd und mit lustiger Zunge. Da hörte er plötzlich hinter sich seinen Namen rufen, wandte sich um und sah Mara in der aufgerissenen Tür stehen, wie aus einer Schneemulde aufgetaucht, mit aufgeschnallten Skischuhen, in der geranienroten Jacke und vor allem mit der energisch über die Mützenstirn hochgeschobenen Riesenbrille: Finalmente, da bist du ja! schnaufte sie, und er bemerkte, wie von ihren glänzend roten Hartgummischuhen die Schneereste wegschmolzen. Sie wollte nichts trinken, lehnte seine Einladung auf einen Whisky ungläubig lachend ab: So früh am Morgen? Sie stand in der Tür und winkte ihm zu kommen. Und so murmelte er ein paar entschuldigende Worte zu Martina hin und rutschte vom Hocker herunter. Damit war alles entschieden, weiß er jetzt. Mara hatte ihn gesucht, war, wie sie ihm erzählte, kreuz und quer über die Piste gefahren, war den Kübellift hinauf und wieder herunter, und schließlich hatte sie angefangen, die umliegenden Imbissstuben und Einkehrhütten abzuklopfen. Wenn er daran dachte, sah er blitzartig immer eine Tür aufgehen, hörte das kurze, polternde Geräusch schwerer Skischuhe und sah Maras Gesicht – forschend, erfreut, empört. Bisher hatte er sie meistens stumm erlebt, still und zurückhaltend. Ihre Scheu zog ihn an. Und jetzt hatte er sie wütend gesehen.

Einige Meter von der Kneipenhütte entfernt warteten die anderen im Auto. Erst lange danach kam ihm der Gedanke, dass Mara ihn damals nicht wie einen gesucht haben mochte, den sie in ihrer Nähe haben wollte, sondern einfach wie einen, für den sie sich verantwortlich fühlte, da er im Auto ihrer Familie auf den verschneiten Berg gefahren war. Sie saßen aneinandergepresst im Fond des Kleinwagens, und vermutlich redete er – vom Whisky beflügelt – in seinem holzhackerischen Italienisch zu laut und zu viel, und deshalb wohl hinterließ die Erinnerung ihm kein einziges Wort, so als wären sie in stummer Nähe den Berg hinuntergerollt, durch Kurven und Tunnels und an Schneerändern vorbei, bis sie sich in der Stadt unten die Hände drückten und auseinandergingen. Sie gingen auseinander ohne irgendeine Verabredung, und sie sahen sich erst nach Wochen wieder bei einer Versammlung in der Garage.

17

Ein Lawinenunglück, bei dem sieben Alpini, italienische Gebirgssoldaten, unter den Schneemassen erstickt waren, brachte sie erneut zusammen. Das Unglück war – nach Analyse und Urteil in der Garage – durch Verantwortungslosigkeit, Ehrgeiz, Leichtsinn und Ignoranz von Offizieren verursacht worden, von

Offizieren, die eine militärische Routineübung trotz amtlicher Lawinenwarnung hatten durchführen lassen: Eine Kompanie war über einen gefährdeten Hang marschiert und hatte einen enormen Schneeabgang ausgelöst, sieben junge Männer konnten nur mehr tot aus dem Schnee gezogen werden. In der Garage wurde beschlossen, in allen größeren Orten des Landes eine Flugblattaktion durchzuführen, eine Art pazifistische, jedenfalls gegen die militärische Obrigkeit gezielte Gegeninformation, gegen „Offiziersdünkel", „Kriegsspielerei", „verantwortungslose Karrieregeilheit", der das Leben junger Menschen ausgeliefert worden sei. Und Mara meldete sich (an einem Wochenende, das sie zu Hause bei ihrer Mutter verbrachte) ebenso wie Jul zum Flugblattverteilen in einem der Seitentäler, dem Pustertal, das ihm am fremdesten, ihr aber am vertrautesten war.

Sie fuhren mit noch zwei anderen Gesinnungsfreunden los – wieder im Kleinwagen, der Maras Mutter gehörte, den diese aber nie benützte, weil sie aus Angst vor dem eigenen Fahren sich lieber in einen Zug oder Bus setzte. Mara und Jul waren sich nicht mehr fremd, aber irgendwie benahmen sie sich noch so. Mara ging die Aktion sehr gelassen an, er auch. Er saß neben ihr im Auto, und sie lenkte, während auf den Rücksitzen Bruna und ein compagno über die Lawinentragödie sprachen; Mara und er murmelten manchmal auch ein Wort nach hinten, noch öfter aber machten sie beide einander auf das eine oder andere in der vorbeifliegenden Landschaft aufmerksam: Schneereste auf kahlem Baumgeäst, ein Rabe, der steif auf einem in die Erde gerammten Stock hockte, und die Eiskristallruten über dem Flüsschen Rienz.

Sie parkten das Auto in den Dörfern wenn möglich auf dem Platz vor der Kirche und begannen in den umliegenden Straßen und Gassen den ihnen entgegenkommenden Leuten die Informationszettel entgegenzustrecken. Einige nahmen das Blatt entgegen, Überrumpelte, die keine Zeit zu überlegen hatten, andere rannten aus dem gleichen Grund wie verängstigt weiter.

Jul blieb bei Mara. Ohne dass sie es verlangt hatte, wollte er sie nicht allein lassen. Sie begnügten sich damit, die Flugblätter einigen Passanten in die Hand zu drücken und ein paar Blätter an das Glas einer Auslage oder an eine Hauswand zu kleben, aber sie ließen kein Gasthaus oder Café aus. In Welsberg wurden sie, kurz nachdem sie in einem behäbigen Wirtshaus am Hauptplatz ihre Zettel an ein paar Männer an der Schank verteilt hatten, auf der Straße von einem italienischen Polizeibeamten angehalten und ins nahe gelegene Bezirksgericht geführt. Dort, über ihre Personalien befragt, erklärte Jul sich kurz entschlossen als Maras Bräutigam, außerdem als Korrespondenten einer ausländischen Zeitung, der, auf Besuch bei seiner Verlobten, diese bei Ausübung ihrer bürgerlichen Rechte begleitet habe. Mara hatte das Abgeführtwerden und die Befragung unaufgeregt, beinahe gleichgültig hingenommen, überrascht und verwirrt wurde sie aber ganz offensichtlich durch seine Behauptung, ihr Verlobter zu sein. Wieder auf freiem Fuß, lachten sie alle vier lauthals im Auto auf der Rückfahrt. In ihrem Übermut parkten sie sogar in unmittelbarer Nähe eines Militärpostens (eines mit Stacheldraht umzäunten Häuschens, nur wenige Meter entfernt von der Mühlbacher Klause), zwischen und unter zwei winterkahlen Straßenlinden pinkelten Mara und er in den abgasgrauen Schnee und warfen auch ein paar Flugzettel auf die Böschung; dabei kicherten sie so laut, dass ein Uniformierter sich hinter dem Stacheldrahtzaun aufpflanzte und über die Straße schrie: Wer ist da? Sie sprangen ins Auto und fuhren unbehindert davon.

18

Jul wusste, dass er sich bei der Festnahme in Welsberg komisch benommen hatte, aber ihm hatte sich nicht so sehr die Demütigung eingeprägt als vielmehr dieses neue Gefühl des Ausgeliefertseins mit Mara, dieses jähe öffentliche Zusammengehören, auch wenn es List war seinerseits, ein Gewaltakt, diese Erfindung von Nähe, erlogene, aufgezwungene Vertrautheit, er bereute davon nichts. Ja, er hatte Mara überrumpelt, er hatte sich in Maras Kopf als ein möglicher Verlobter hineingedrängt.

Auf jeden Fall hatte sich ihr Verhältnis verändert, auch wenn sie mit den zwei compagni im Wagen fast ausschließlich wieder über politische Themen sprachen. Von diesem Tag an verband Mara und ihn etwas Bestimmtes, ebendieser Vorfall. Sie wollten sich wiedersehen und vereinbarten ein anderes Wochenende zum Skifahren. Diesmal in nächster Nähe der Wälder und Wiesen, wo Mara ihre Kindheit während der Sommer- und Weihnachtsferien verbracht hatte, eben auf dem Berg über dem kleinen Landhaus ihres Vaters.

Sie waren nicht allein, sondern in Gesellschaft von Maras älterem Bruder Raffaele und ihrer Schwester Teresa, die von ihrem Mann Carlo begleitet war. Jul genoss die Minuten, die er oben auf der Bergkuppe (zwischen Gondelstation und dem nächsten Hüttenausschank) ohne Ski an den Füßen verschnaufen konnte – den Rundblick und die Sonne –, dann allerdings suchte er an eine Theke zu kommen, und während Mara sich auf der Toilette vermutlich Sonnencreme auf den Wangen verstrich, trank er ein großes Glas Grappa. Mara liebte den Nordhang mit Blick auf den Talkessel, ein Schattenhang mit schnellerem Schnee, eine mit riesigen Schneewarzen übersäte, breite Piste vom Start weg, und Mara vergnügte sich, wedelte in kurzen Schwüngen hinunter, er stürzte ihr mit angeschnapster Kühnheit nach, manchmal schaffte er es, einem Schneehügel auszuweichen, meistens nicht, aber diesmal wartete Mara jedes Mal in freundlicher Entfernung, bis er sich wieder aufgerappelt hatte. Ihre Geschwister kümmerten sich zum Glück nicht um ihn, waren längst woanders unterwegs. Es war schön, hinter Maras Schwüngen herzustürzen, in weitem, aber scharfkantigem Zickzack, und dann aufwärts gezogen zu werden von einem Schlepplift, im Blick immer Maras schwarzes, auf den Jeanshintern genähtes Perlonherz. Und es war schön, mit ihr längs einer Glaswand des Berggasthauses Spaghetti alla Bolognese zu essen bei einer Flasche Rotwein. Sie fuhren am frühen Nachmittag sogar die ganze Länge der Silvesterpiste hinunter, von wo Maras väterliches Ferienhaus dann zu Fuß schnell erreichbar war.

Damals war er zum ersten Mal durch das dunkelbraune Gartentörchen gegangen, über den verschneiten Gartenrasen und hatte zum ersten Mal Maras Mutter gesehen, eine schöne, feingesichtige Frau mit kurzgeschnittenen, silbergrauen Haaren und einem fast ängstlich lachenden Gesicht, einem Dauerlächeln, das wie eine Schutzschicht über Neugier und Sorge gezogen schien (erst später bemerkte er die hoch angesetzten Wangenknochen, die ihrem Ausdruck beinahe slawische Züge verliehen). Er wurde in eine laute Herzlichkeit hereingeholt und fühlte sich dennoch eher wie ein abgetastetes Objekt, ein betrachteter Gegenstand. Vielleicht war es dies, warum Mara und er sich bald verabschiedeten. Er weiß nicht mehr, ob er Mara durch einen Blick oder ein zugerauntes Wort aufgefordert hat oder ob sie beide es gleichzeitig wollten, jedenfalls unternahmen sie allein mit dem Auto noch eine Spazierfahrt in die Umgebung. Wahrscheinlich tranken sie auch etwas in einer Bar oder einem Gasthof, um schließlich nur mehr so durch die verschneiten Felder zu laufen. Plötzlich hatte er das Gefühl, dass er Maras Haare berühren durfte und auch ihr Gesicht. Sie blieben auf einer Brücke stehen, lauschten auf das Lärmen des Wassers, und Jul zog den Ehering seiner toten Mutter von seinem Finger und warf ihn in den Bergbach, um Mara näher zu sein.

Seither begann Mara ihm aus Mailand zu schreiben, auf kuriosem Format, Kärtchen, die in vier mal sechs Zentimeter kleine Kuverts hineinpassten, witzige Sätze, zum Beispiel: Ich bin heute Morgen einer Bürste begegnet.

Jul hatte kein Telefon. Aber eines Tages klingelte die Wohnungsglocke, und als er die Tür öffnete, sprang die Siamkatze von seiner auf Maras Schulter, kaum dass sie ihre Arme um ihn gelegt hatte. Er lachte voll Stolz auf seine Katze, die sich über Maras leicht gebeugten Nacken schmiegte, es war das erste Mal, dass Mara seine Garçonnière betrat. Sie hatte es ihm zuletzt versprochen (als der Ring in den sprudelnden Bach geflogen war). Trotzdem war er überrascht, denn Mara war vom Bahnhof direkt zu ihm gekommen, ihre Mutter wusste nicht, dass sie in der Stadt war. Er ließ das heiße Wasser in das Waschbecken der Küche laufen, schöpfte Nescafépulver in zwei Gläser und sah dann, wie Mara daran nippte und zurückzuckte, sie lächelte und sah sich zwischen Zimmer und Balkon um, er nahm ihr das Kaffeeglas aus der Hand. Es war ihr erstes Geheimnis: dass sie da auf dem Betonbalkon standen und über die Häuser schauten, Mara vielleicht auch in Richtung des Hauses ihrer Mutter blickte, die sie jetzt in Mailand vermutete.

Juls Matratzenbett überragte vielleicht um zwanzig Zentimeter den Parkettboden; seine Siamkatze schlief am liebsten auf dem Kopfpolster, aber sie verschwand sofort, als Mara sich auf der Decke niederließ. Wahrscheinlich vergingen Minuten, möglicherweise auch eine Viertelstunde, bis ihm Maras Veränderung auffiel, eine Veränderung ihrer Haut, zuerst sah er diese winzigen roten Flecken an ihrem Gesicht, dann auf ihrem Hals und auf den Brüsten, ihr ganzer Körper war übersät von diesem Scharlachrot. Er erschrak und dachte, Maras Körper reagiere auf ihn allergisch, auf seinen Bart oder weiß was sonst. Mara atmete schwer, er zog sie hoch, und sie atmete auch stehend nur mit Mühe, hustete, röchelte, er wagte sie nicht mehr mit einer Fingerspitze anzurühren. Sie musste möglichst schnell zu einem Arzt gebracht werden, aber Mara wollte nichts von Ambulatorium oder Krankenhaus hören, sie sagte, ihre Familie habe seit jeher einen Hausarzt, und dem werde sie sich anvertrauen, daher müsse sie, und zwar gleich, zu ihrer Mutter. Es waren ja nur hundert oder zweihundert Meter bis zu ihrem Haus, Jul begleitete sie, aber sie wollte allein mit dem Aufzug in den dritten Stock fahren – er könne sie am Abend anrufen.

Ihr Hausarzt war schon ein älterer Herr, wahrscheinlich einer, der Maras Vater noch aus früheren Zeiten gekannt hatte. Er diagnostizierte bei Mara eine akute Rippenfellentzündung und verordnete zwei Wochen strengster Bettruhe und täglich eine Penicillinspritze. Und so bekam Mara ein gutes Dutzend

Ampullen injiziert, obwohl sie keinerlei erkältungsbedingte Entzündung hatte, sondern, wie sich später herausstellte, eine asthmatische Allergie, verursacht und ausgelöst durch Pulcinella, Juls Siamkatze.

Als er am Abend anrief, bekam er nicht Maras ruhige Stimme zu hören, sondern eine Unglückslitanei vonseiten ihrer Mutter, mit freundlich hoch angesetzter Stimme, die sich öfters überschlug, aber ohne Vorwurf ihm gegenüber. Jul begann Mara zu besuchen, betrat zum ersten Mal dieses Haus am Gerichtsplatz, das ihr Vater nicht lange vor seinem Tod gebaut hatte. Ein nüchternes, unauffälliges Wohnhaus der frühen sechziger Jahre, auf italienische Weise rational, mit schmalen, langgezogenen Balkonen und einem Aufzug. Maras Mutter führte ihn zu einem Zimmer, das wie eine Zelle zwischen zwei anderen in einer Art Klostergang lag, einem Seitenarm der großen Wohnung. Plötzlich sah Jul nicht mehr aus einer Garagenperspektive auf ein großäugig vor sich hin sinnierendes Mädchengesicht, sondern stand vor einem fremden Bett, sah auf Mund und Augen, die in Polster versinken wollten. Er war jäh in eine Nähe gerückt und fühlte sich ratlos, auch irgendwie schuldig.

Er kam jeden Tag und er war Maras Mutter dankbar, dass sie ihm so selbstverständlich die Wohnungstür öffnete und ihn die paar Schritte bis zu diesem Zellenzimmer allein weitergehen ließ. Obwohl ihm bewusst war, dass er aus der Sicht dieser Frau wahrscheinlich wie ein Unglück durch die Tür hereintrat. Er war um einiges älter als Mara und hatte eine völlig andere Welt hinter sich. Und schon seine erste Annäherung hatte Mara krank gemacht. Aber Jul tat, was er tat, mit der Leichtigkeit eines Menschen, der sich auf Essen und Trinken freut, aus einer Notwendigkeit, die wie Atmen war. Von jetzt an gehörten sie zusammen. Als Mara sich wieder erholt hatte und nach Mailand zurückfuhr, verabredeten sie, sich Mitte März in Rom zu treffen.

19

Er hatte einen Kaffee am Bahnhofsbuffet in Passau getrunken und eine Buttersemmel mit Käse gegessen, bevor er Mara anrief. Maras Stimme wird er für immer im Ohr haben: Ich kann es dir nicht sagen, ich kann es dir nicht sagen. Nun sag schon endlich, was ist – hatte er in die Telefonmuschel geschrien. Und wusste doch schon alles.

Als hätte er etwas versäumt, als müsste er etwas suchen, rannte Jul aus dem Hotel hinaus und durch die verwinkelten Gangliengassen die Salita della Madonna dei Greci hinauf, über die Scaletta Gubernante, hörte am helllichten Sonnenwerktag singende Frauenstimmen aus der Kirche und schlappte an Arbeitern vorbei, die oben auf dem bischöflichen Hügel den Tuffstein an den Mauern der Kathedrale sauberkratzten. Er stieg über die weitgeschwungenen Steinstufen zum Hauptportal hinauf. Es war verschlossen, und so drehte er dem Dom wieder den Rücken zu, ja, er schwenkte seine Arme wie Flügel, weit und breit kein Tourist, kein Passant. Zwischen den Hausdächern blitzte das Meeresblau auf, und rechter Hand sah er tief unten das von Straßenbändern durchzogene Hügelland, Flecken von gedämpftem Mandelbaumgrün, auch Olivenhaine und Weinäcker, vor allem aber die graubraunen, viereckigen Flächen der abgeernteten Weizenfelder. Wo immer er Dörfer ausmachte, waren sie an Hügelhänge oder an die Flanke eines Bergrückens hingeduckt. Bist du mit deinem Leben zufrieden? hatte er unvermittelt Zia Delia gefragt. Wie oder was hätte sie darauf antworten sollen? Sie zuckte die Schultern, drehte ihre nach oben gerichteten Handflächen hin und her. Hab keine Wahl, sagte sie mit erstaunten (oder erschrockenen?) blaugrauen Augen, und er hatte sie zu verstehen geglaubt: Hab nie viel auswählen können. Ihr Mann habe immer jede Wahl gehabt, mehr als genug Frauen und Mädchen, sagte sie und schüttelte ihre hochgehobene Hand.

Mehrmals umrundete Jul die Piazza Don Giovanni Minzoni unterhalb der Kathedrale, trank in der Bar „Duomo“ einen Campari, den der Bruder des Barkeepers erst aus dem Magazin-Verschlag vom Hinterhof holen musste. Langsam, als könnte er so den latenten Druck in seinem Kopf wenigstens im Gleichgewicht halten, schlug Jul dann (mit gerecktem Oberkörper) den Vicolo Seminario hinunter zum Stadtzentrum ein, es wäre auch die Richtung zum Meer gewesen. Vor einem einst wohl häufig aufgesuchten Ladeneingang blieb er stehen: Eine verrammelte Holztür, die bräunlichrote Farbe in winzigen Äderungen zersprungen, blätterte ab, an der Mauer links von der Tür konnte er auf einem verrosteten Blech noch „burro naturale" entziffern. Als er von dem Vicolo Seminario in die Via Lo Cicero einbog, mit diesem ungebremsten Abwärtsschritt, erschrak er – fast wäre er auf eine kauernde Männergestalt aufgelaufen. Vor einem dieser links und rechts sich immer wieder einmal öffnenden kleinen Hinterhöfe, eigentlich Vorhöfe (cortili), mit oft mehr als einem Stiegenaufgang, also halb auf der Gasse, halb schon innerhalb eines solchen cortile (c. Balletti oder cortile Aranciario), blickte er auf einen gekrümmten Männerrücken, und erst im zweiten Moment begriff er, dass ein schwarzstoppeliger, eher junger Mann über einer Katze kniete. Nach einem flüchtigen Blick wollte Jul schnell vorbei, aber da wandte sich der Fremde ihm zu und hob ihm sogar die Katze entgegen: Verletzt, si è fatto male, sagte er in gutem Italienisch, nicht im Dialekt, auch wenn die Aussprache ihn als Sizilianer auswies. Als ob er ihn als Zeugen erwartet hätte, führte er Jul vor, wie schlecht es der Katze ging, genauer einem Kätzchen, das Jul auf zwei oder drei Monate schätzte. Das Tier zog eine Hinterpfote schlapp über das Pflaster, konnte er deutlich erkennen, aber der junge Sizilianer wollte ihn die Verletzung noch genauer sehen lassen, reckte ihm das braunweiß gefleckte Kätzchen mit einer Hand entgegen, und da sah Jul die Bisswunde, eigentlich die Abbisswunde: Am rechten Hinterbein fehlte die Pfote. Eine Kanalratte vielleicht, kaum ein Hundebiss, meinte der Schwarzstoppelige mit strengem Ernst im Gesicht. In diesem Moment hörte Jul sich reden, sah geradezu, wie er sich an die Stirn griff, weil er so Unwichtiges daherredete: Er sei ein Katzenliebhaber, sagte er, habe jahrelang eine Siamkatze bei sich gehabt, hier freilich sei er ein Fremder, rief er aus und hob die Arme, er kenne in dieser Stadt keinen Veterinär. Da streckte ihm der junge Mann die katzenfreie Hand hin und stellte sich vor: Angelo. Diese Katze müsste zu einem Tierarzt gebracht werden, sagte Jul. Und Angelo, der eine rostighelle Lederjacke trug, nickte zustimmend, andiamo! forderte er sich, die Katze und Jul auf, als ob sie sich nicht zufällig, sondern fix verabredet in dieser Via Lo Cicero getroffen hätten. Aber sie gingen nicht zu einem Veterinär, und vielleicht gab es in dieser Stadt auch keine Tierklinik, immerhin trug Angelo die Katze behutsam an seiner Brust und achtete nicht einmal auf die Blutflecken, die seine Lederjacke abbekam. Am Ende der Gasse überquerten sie die Via Atenea und stapften die abschüssige Via Bagli hinunter, wobei Jul immer wieder den Meereshorizont hinter der einen oder anderen Biegung in den Blick bekam. Der Platz, von dem eine enge Betontreppe zu Angelos Behausung hinaufführte, war auf einer Seite flankiert von vielstöckigen Büro- und Wohntürmen und auf der anderen Seite von einer Kirche mit Glockenturm. Vor seiner Wohnungstür angekommen, reichte Angelo ihm die Katze. Und dann stand Jul mit dem verletzten Tier in den Händen in einem Maleratelier und sah von einem Fenster auf diesen Parkplatz mit Tankstelle hinunter. Während er Angelo half, die Bisswunde, also die Amputationsstelle, zu versorgen (Angelo goss eine Desinfektionsflüssigkeit darüber, Jul hielt die Katze fest umklammert, bis sie, vielfach bandagiert, in eine Kartonschachtel gelegt wurde, die Angelo mit einem Pullover ausgelegt hatte), blickte Jul, ob er wollte oder nicht, auf großflächige Ölbilder, auf Schiffskiele, die in popartiger Ausführung bis auf Handbreite aufeinander zuzustreben schienen. Es war nicht so, dass Angelo ihm seine Arbeiten vorgeführt hätte. Im Gegenteil, er stand nicht neben ihm, lehnte auch nicht an einer Wand und wies ihn nicht auf dieses oder jenes Detail hin. Nein, er winkte ihm zu folgen und führte ihn über eine winkelige Stiege auf eine kleine Dachterrasse über dem Atelier und genoss sichtlich Juls Staunen über den großartigen Ausblick. Tatsächlich glaubte Jul das Meer zu seinen Füßen zu haben, so prall leuchtete das Blau des Wassers bis zum Horizont. Unter sich sah er freilich auch die Tankstelle, davor die daran vorbeiziehende Via Empedocle und direkt unter dieser Straße Zuggeleise, dahinter eine Häuserkulisse, die aber den Meereshorizont nicht zu verdecken vermochte.

Angelo bot ihm ein Glas Rotwein an aus einer grünen Gallonenflasche. Und sie begannen zu reden. Tranken und redeten mitten am Tag, redeten über alles, auch über Angelos Vater, den er früh verloren habe, aber von dem er wusste, dass er dort oben im Norden, in diesem Alto Adige, seine Rekrutenzeit verbracht und sich verliebt hatte in eine Südtirolerin (una ragazza tedesca). Seine Geschichte ist auch meine Geschichte, murmelte Angelo, wenigstens soweit sie seinen Vater zu einem glücklichen oder zu einem unglücklichen Menschen gemacht habe.

Dobbiamo vederci quanto possibile – hatte Angelo irgendwann am Nachmittag gesagt. Und Jul versprach ihn anzurufen. Aber er wusste schon in diesem Moment, dass es zumindest halb gelogen war.

20

Natürlich wusste Mara bereits (wie vermutlich viele seiner Freunde in der Garage), dass er verheiratet und noch nicht geschieden war, er selbst hatte es ihr auf dem Spaziergang erzählt, als er den Ring seiner Mutter in den Bach warf. Und später in Rom hatten sie lange darüber geredet, während das erste Frühlingsgewitter, das sie gemeinsam erlebten, sich mit Blitz und Donner über der Stadt entlud; vom Bett aus sahen sie durch die offene Mansardentür, wie die dicken Regentropfen auf den Fliesen der Terrasse aufsprangen und zerplatzten. Er war schon fast drei Jahre von seiner Frau getrennt, hatte sich aber in all dieser Zeit nie ernsthaft Gedanken über eine Scheidung gemacht. Es war früher Nachmittag, als Mara und er dem Regentrommeln in Rom zuhörten, und Jul schwor sich wortlos, diese Nähe mit Mara für immer zu bewahren.

Mein Vater erzählte gerne, aber welche Geschichten? fragte Mara sich selbst in diesem römischen Hotelzimmer. Besonders erinnerte sie sich, dass er vom Krieg erzählte, und zwar vom Krieg in Albanien, doch sogar davon war ihr nur seine oft wiederholte Beschreibung der kahlen Berge in Erinnerung geblieben. Er wollte immer, sagte sie, dass ich Tänzerin würde, ich war noch sehr klein und durfte auf seinem Schoß sitzen, ich wollte ihn nicht enttäuschen und tanzte auf dem grauen Teppich in der Stube, bis ich schwindlig wurde und hinfiel. Später malte ich Bilder für ihn, er legte sie in eine Schublade, und als er starb, gab mir Mutter einige davon, und ich habe sie verloren.

Mara und Jul gingen nicht tanzen, das heißt, sie gingen nie auf einen Ball oder in ein Night, aber sie tanzten miteinander auf dem gemeindeeigenen Wiesenstück gegenüber dem väterlichen Ferienhaus. Sie tanzten auf dem Kirchweihfest im Juni, auf der Bretterbühne und zu den üblichen Schlagerschnulzen, deutschen Marsch- und Foxtrottrhythmen. Nein, sie gingen nie am Abend aus, um zu tanzen. Obwohl sie viel getanzt haben auf ihre Weise, wollte ihm scheinen, sogar wenn sie sich stocksteif gegenübersaßen und nichts als redeten.

Mara erzählte gerne von ihrer Kindheit, vom Leben in den Wäldern und auf den Wiesen rund um das Landhaus, aber sie erzählte auch gerne von den frühen Jahren in der Stadt, zuerst in dem villenartigen Haus hinter dem Corso d'Italia, an einem schmalen Wiesenkanal gelegen, in den sie ihre Füße hineintauchen konnte, an dem sie und ihr jüngerer Bruder Mühlen bauten und Bootsanlegestellen und in den sie einmal hineingerutscht und beinahe darin ertrunken wäre; dieser Stadtbach durchquerte kaum fünfzig Meter hinter dem Corso damals noch Wiesen mit Kirschbäumen und Weinpergeln. Nicht weit davon entfernt hatte ihr Vater eine ganze Häuserzeile errichten lassen, eine solide Miethäuserfront. Und das erste Haus davon stand, als es fertig war, für eine längere Zeitspanne beinahe idyllisch allein da; auf den Weinäckern an seiner Rückseite wurden im Frühherbst noch Trauben geerntet, während die Frontseite auf einen weiten, noch unasphaltierten Platz sah, den zwei protzige Gebäude aus der Faschistenzeit flankierten (mit breit angelegten Treppenaufgängen): der Justizpalast und das Finanzamt. Ich ging in die erste Klasse der Mittelschule, als wir von der Villa am Bach in das Haus am Gerichtsplatz zogen, erinnerte sich Mara. Links und rechts ihres Hauses sei noch an den anderen (vom Vater finanzierten) Häusern gebaut worden. Wir Kinder lebten zwischen Baustellen, es gab große Erdhügel, auf denen wir kurvige Bahnen für Murmeln anlegten, und auf der damals noch nicht geteerten, sondern mit weißem Splitterkies bedeckten Piazza spielten wir den Giro d'Italia nach. Der große, weite Platz sei für sie und für ihren jüngeren Bruder aber nicht nur Spielplatz, sondern im buchstäblichen Sinn auch ein Schauplatz gewesen, so etwas wie eine Kino- oder Theaterbühne, auf die sie vom Küchenfenster des dritten Stockes in schulfreien Stunden hinuntergeschaut hätten, zum Beispiel am Sonntag, wenn die Erwachsenen auf dem Kies „tamburello“ spielten, eine Art Schlagballspiel.

Später, sagte Mara, als aus der Piazza ein Parkplatz geworden sei, habe sie oft gegen Abend am Küchenfenster sitzend auf das Auftauchen von Vaters Auto gewartet. Immer wieder einmal habe sie mit ihrem Bruder Carmine die Autos gezählt, die vom Corso zum Gerichtsplatz einbogen. Und sie hätten gewettet, wer der Anzahl von Autos am nächsten käme, die innerhalb von einer oder von zwei bis drei Minuten auf den Parkplatz einfahren würden. Es war immer am Abend (er sah Maras Lächeln noch jetzt im Erinnern), und wir dachten nur an Vater und fragten uns, ob er jetzt oder in fünf Minuten oder wann endlich er mit seinem Fiat in den Platz einböge. Er war ja viel unterwegs, aber am Freitagabend kam er immer von Bruneck nach Hause, in Bruneck hatte er nach dem Krieg eine Kanzlei in der rötlichbraun getäfelten Stube unserer Großmutter, seiner Schwiegermutter, eingerichtet. Das Erste, was wir sahen, wenn er aus dem Auto stieg, war seine dicke, schwarze Aktentasche, die er aus der Tür hinausreckte, dann erst tauchte vorsichtig seine Stirnglatze auf, die weißseidigen Haare. Carmine rannte das Stiegenhaus hinunter, um Papà die Aktentasche abzunehmen, aber viel an Papier war darin nie, eher etwas zum Essen, oft ein großes Stück Speck, das er von einem bäuerlichen Klienten bekommen hatte. Wenn er guter Laune gewesen sei, habe Papà nach dem Abendessen meistens etwas erzählt,

Carmine habe die Pantoffeln geholt und ihm die Straßenschuhe von den Füßen gezogen, und sie, Mara und Carmine, hätten links und rechts des grüngepolsterten Sessels sitzen dürfen, aber auf diesem Polstersessel sei Vater leider schnell müde geworden und eingeschlafen. Wir Kinder durften dann im Wohnzimmer nur mehr auf Zehenspitzen gehen, hatte Mara sich nicht nur im Hotelzimmer in Rom erinnert, sondern ihm auch noch später mehrmals erzählt: Mama ließ uns dort nicht einmal lesen oder die Schulaufgaben machen, ich habe noch heute Papàs Schnarchen nach dem Essen im Ohr.

Wirklich fröhlich sei Vater ausnahmslos an Sonntagen und Feiertagen gewesen, da habe Mama ja besonders üppig und köstlich gekocht, rotoli alla siciliana zum Beispiel, und dazu habe Papà meistens Freunde eingeladen. Wir Kinder, zürnte (im Nachhinein) Mara, auch wenn vergebungsvoll, durften dann aber am Tisch nicht dabei sein, wir hörten sie nur hinter der Wand kreischen, schreien, diskutieren, und sie aßen sehr lange und sehr viel.

An gewöhnlichen Tagen jedoch sei Vater oft müde und dann ein ganz anderer gewesen. Schon wenn Geringfügiges am Gewohnten gefehlt habe, sei er außer sich geraten. Nun ja, er habe Gemüse geliebt, habe Knoblauch sogar am liebsten zehenweise in den Mund geschoben, gekaut und geschluckt, besonders gerne habe er coste gegessen, weißgrünes Rippenmangold, in Wasser mit Knoblauch gesotten. Wehe aber, sagte Mara, es war einmal nicht richtig gesalzen oder nicht mit dem richtigen kleinen Maß Olivenöl angemacht, da konnte er jäh explodieren: Er kippte den Teller, schüttete alles auf den Boden, auf den Teppich des Speisezimmers. Ähnlich sei es mit seinem Pfeifenbesteck gewesen (dafür sei sie zuständig gewesen, nicht Carmine, betonte Mara fast noch mit Stolz), wenn diese läppische Nettapipa einmal nirgends zu finden gewesen sei, da habe Papà augenblicklich die Nerven verloren. Und dann sei dieses Zeug doch immer wieder unter seinen Papieren im Studiozimmer gelegen. Aber wir wussten ja auch, sagte Mara, dass es weder die zu wenig gesalzenen Mangoldstängel noch die verlegten Pfeifenbürsten waren, sondern irgendetwas uns Unbekanntes, das der Vater am liebsten auf den Teppich hingeschüttet hätte, um darauf herumzutrampeln. Anderseits, gab Mara zu bedenken, hielt Vater uns Kindern keine Predigten, dafür war Mama zuständig, aber er kümmerte sich sehr um unsere Ausbildung, hielt sich auf dem Laufenden, wie es in der Schule ging. Uns erzählte Mutter, dass sie im Krieg, als Vater unter anderem auch für die Ausspeisung in den Schulen zuständig war, immer mit den wenigen zugeteilten Lebensmittelkarten habe auskommen müssen; oft sei zu Hause keine Butter mehr gewesen, trotzdem habe Papà, der viele Lebensmittellager zu verwalten hatte, nie ein Stück mitgenommen und der Familie gebracht.

Er war auch nicht außerordentlich eitel, meinte Mara, allerdings legte er Wert darauf, gut gekleidet zu sein, er ging zum Schneider, weil er klein und dick war, und er kaufte auch den Stoff jeweils selbst. Und so wie er nur maßgeschneiderte Anzüge trug, ließ er sich die Schuhe von einem Schuster in Bruneck anfertigen, er freute sich über Solides. Leider, sagte Mara, rauchte mein Vater sehr viel, sie habe ihn oft in der Früh husten gehört, sei beinahe regelmäßig gegen fünf aufgewacht, weil er draußen auf dem Wohnungsflur gehustet habe, ein tiefes, röchelndes Husten.

21

Maras Vater kam aus Agrigent in dieses deutschsprachige, seltsame Bergland Südtirol, das die Faschisten (wie schon Napoleon) Alto Adige nannten – Oberetschland. Dieses österreichische Alpengebiet sollte nach Mussolinis Willen schnell italianisiert werden, möglichst von heute auf morgen. Maras Vater kam als Vizefederale, war Centurione (bei Kriegsende General), verantwortlich für die Jugend, die oberste Autorität für Erzieher, vor allem für Turnlehrer, er war für nichts weniger als für die Faschisisierung der Kinder und Jugendlichen zuständig: Die Italianisierung der Südtiroler Zukunft hatte er zu erledigen. Wenn er erfolgreich sein wollte, musste ihm die Verwandlung von (verschiedenartigen) tirolischen Dialekt sprechenden Berg- und Talkindern in italienisch parlierende Faschisten glücken.

Caetano de Pasqua war als Halbwaise herangewachsen, eine von sechs Halbwaisen, die sein Vater zurückgelassen hatte, als er achtundvierzigjährig an Nierenversagen starb. Keine arme Familie, in der Maras Vater mit zwei Schwestern und drei Brüdern groß wurde. Sein Vater hatte das Kapitänspatent der Handelsschifffahrt erworben, war auch Mitbegründer einer Bank und schließlich Direktor an dem hochangesehenen Istituto Tecnico seiner Heimatstadt. Nein, keine arme Familie.

Maras Vater trug, als er nach Bozen kam, den damals so bewunderten Streifen, der die Rom-Marschierer ehrenvoll kennzeichnete, auf dem Ärmel seiner imposanten schwarzen Uniformjacke. Er war einer der jüngsten faschistischen Gauleiter, mit vierundzwanzig Jahren hatte er bereits als Federale in seiner Geburtsstadt Agrigento Befehlsgewalt. Auf einem Foto, das Mara nach seinem Tod von der Mutter gezeigt bekam, sah sie einen kleinen, gertenschlanken jungen Mann, der vor einer auf zwanzigtausend Köpfe geschätzten Menschenmenge sprach, in der Stadt, in der er nur wenige Jahre zuvor noch in die Oberschule gegangen war.

Dass Maras Vater auch Natalies Großvater war – dieser Gedanke hatte Jul nie beschäftigt. Als Natalie geboren wurde, ein Kilo sechzig leicht, war Fasching, eigentlich noch Winter, aber über den Talferwiesen strahlte ein blitzblauer Vorfrühlingshimmel. Ein Engerling war sie, eine überdimensionale Schmetterlingspuppe in einem Terrarium ohne Erde, aber aus Glas. Jul konnte mit hautdünnen Gummihandschuhen durch zwei runde Löcher in den Brutkasten hineingreifen und Natalie berühren.

Dass auch Maras Vater sie hätte berühren dürfen, und sei's mit Gummihandschuhen wie er, das war Jul über all die Jahre nie in den Sinn gekommen. Erst recht nicht damals in Rom (wie hätte es anders auch sein können), als Mara und er auf umgestürzten, im Gras liegenden Säulensegmenten des Forum Romanum hockten, im Blick großflächige Akanthusblätter, das warme Märzblau des südlichen Himmels und den Vesta-Tempel, und dann doch wieder weiterlasen in dem Buch über die Arbeitskämpfe in den Turiner Fiatwerken. Mara hatte kurzes, aber dichtes, dunkelbraunes Haar, das sie gerne hinter das linke oder rechte Ohr strich, sie war fast knabenhaft schlank. Wenn sie sich berührten, machten sie es wie Verschwörer, als könnten sie damit jemandem einen Streich spielen.

22

Wann immer Mara nun an Wochenenden nach Bozen kam, fuhren sie in die Wälder um den Montiggler See, wanderten auf den Traktorwegen der Weinäcker, saßen auf nachmittäglich heißen Gasthofterrassen unter Weinlauben. Sie kauten Speck und Käse, tranken Kalterer oder Magdalener oder Lagreindunkel. Er redete mit Mara italienisch, weil sie für ihn eine Italienerin war. Auch wenn sein Italienisch wohl hölzern klang, mit deutschem Akzent. Aber er liebte Maras italienisches Reden wie eine Geheimsprache, die ihre gemeinsame Nähe nach außen absicherte.

Was ihn verwunderte und irgendwann auch ärgerte, war, dass ihre deutsche Südtiroler Mutter auch italienisch mit ihr sprach, nicht viel weniger hölzern als er und ebenso mit diesem deutschen (Crucco-) Akzent. Denn Mara konnte Deutsch sprechen, lesen und schreiben, ihr sizilianischer Vater hatte sie als einzige seiner Kinder in eine deutsche Volksschule geschickt. Trotzdem redeten ihre Mutter und auch Jul italienisch mit Mara – die Mutter vielleicht aus einer Art Treue zu ihrem Mann, während Jul glaubte, dass Maras Gedanken und Gefühlswelt durch und durch italienisch sein müssten, möglicherweise, weil er sie zuerst nur Italienisch reden gehört und überhaupt unter Italienern kennengelernt hatte. Tatsächlich war Maras Deutsch anfangs vielfach ein italienisches Deutsch. Sie übersetzte spontan italienische Denkweise zu wörtlich ins Deutsche und beging auch entsprechende kleine grammatikalische Sünden, von denen sie einige nie endgültig ausmerzen sollte. Aber für Jul waren diese Sprachabweichungen oder Redeeigenheiten (Mara sagte zum Beispiel, wenn sie vom Ehemann einer Frau sprach, statt ihr Mann immer wieder einmal *sein* Mann) von einem besonderen, fast exotischen Reiz, sofern sie überhaupt deutsch miteinander sprachen, was in der ersten Zeit selten geschah, und wenn, war es wie Ballspielen, auch eine Art Liebesspiel oder der wechselseitige Versuch, hinter die Grenze des anderen zu gelangen, einzudringen in das

Andere, in das abenteuerliche Unbekannte. Er liebte an Mara die Fremde oder überhaupt das Fremde.

Und so wanderten sie, Italienisch sprechend, auch durch ihren ersten Mai, der kühl war zu Füßen des Skiberges und windig, aber für Stunden, wenn die Sonne durchbrach, öffneten sich die Löwenzahnblüten, und die leicht geneigten oder welligen Wiesen verwandelten sich in wogendes Gelb. Es war schön, aufwärts dem Waldgrün entgegenzugehen, dann den Bach zu überqueren, auf die kugeligen, weißgrauen Steine hinunterzuschauen, im Ohr das Aufglucksen, Aufsprudeln des abwärtsdrängenden Bergwassers, und irgendwann abzubiegen, an friedlich geduckten Häusern vorbei, zwischen Stadel, Stall, Misthaufen und dem Wohngebäude eines Gehöfts hindurch, schließlich ins unbewohnte Freie der Wiesen, streckenweise noch an grau verwitterten Lattenzäunen entlang, erdig und in der Mitte mit Grasnarben besetzt die Wege, manchmal durchschnitten vom mageren Lauf eines Wiesenbächleins, Holunderbüsche erst im Ergrünen. Für Jul ein Wandern durch die Gerüche seiner Kinderwünsche, die er in einem anderen Dialekt gedacht, geträumt oder auch ausgesprochen hatte, jetzt versuchte er sie zu übersetzen, sie Mara auf Italienisch nahezubringen, so wie sie ihm die Baumgruppen oder auch einen einzelnen Baum zeigte: am Waldrand die dickstämmige Lärche, unter deren zum Teil blankliegenden Wurzeln sie Höhlenhäuser, Rindenhäuser, Grashäuser gebaut und eingerichtet hatte. Möglicherweise war es hier oder doch in dieser Zeit, dass sie plötzlich deutsche

Wörter einschob und dann auch halbe Sätze, schließlich ganze und ihn anlachte, als wollte sie die gemeinsame Berechtigung, diese Wiesen und diese Bäume als Heimat zu haben, in sein Bewusstsein bringen.

Auf dem Weg nach Lamprechtsburg nahm er in winzigen Portionen Besitz von Maras zwiespältiger Heimat, und sie verwandelte sich allmählich, je öfter sie ihre Kindheitswege gemeinsam gingen, von einer italienischen Italienerin in eine deutsche Italienerin (von einer aus Mailand oder Bozen gekommenen Italienerin in eine deutsche Italienerin) und von einer deutschen Italienerin in eine italienisch-deutsche Südtirolerin, in jedem Fall verwandelte sie sich in eine andere – zum einen war sie ein Pustertaler Mädchen, das vom frühesten Kleinkindalter hier durch diese Wiesen gelaufen war, in diesen Wäldern Beeren und Pilze gesucht und gepflückt hatte, mit ihren Händen in diese Erde eingetaucht war zu den Erdäpfeln ihres Vaters, das mit den Bauernkindern gespielt und auf die Gipfelzacken der Ahrntaler Berge geschaut hatte wie ihre Mutter, deren Mutter von einem armseligen Bauernhöfl in Taisten als Kellnerin in dieses Bergstädtchen Bruneck gekommen war und dort Maras Großvater geheiratet hatte, diesen Kirchenkuppel klempernden, Milch- und Waschschüssel herstellenden Schmied, Witwer und Sonntagsjäger, auch Kartenspieler – zum anderen war Mara für Jul die sizilianische Italienerin oder überhaupt die Sizilianerin, deren Vater als Kind und als Erwachsener auf die Reste einer griechischen Tempelstadt schaute, an der Südküste der größten italienischen Insel geboren, mit vielleicht griechischen, normannischen und arabischen Ahnen im Blut, ein hochrangiger Befehlsvollstrecker, nach Südtirol gekommen, um diese alpine Habsburgerwelt in ein faschistisches Stück Italien zu verwandeln. Jul begann Mara von einem Mal zum anderen verschieden zu erleben, wurde allmählich zum Mitwisser ihrer Verschiedenheit. Aber sie lebten *jetzt,* am Anfang und auch lange danach nur im Jetzt.

23

Zia Delia hatte ihn am Tag nach dem Friedhofsbesuch zum Mittagessen eingeladen. Und der langgezogene Tisch bog sich unter den Tellern und Gläsern und Speisen: Artischocken in durchsäuertem Öl, nussgroße grüne Oliven, Buffalo-Käseschnitten, Parmaschinken – das zum Vorgeschmack, und erst dann ein Berg von Spaghetti mit Paradeissoße und gebratenen Auberginenschnitten, dabei nahm sie sich selbst kaum eine Gabel voll auf ihren Teller. Doch ließ sie sich gern etwas Rotwein in ihr geschliffenes Kristallglas (bis einen Fingerbreit unter den Rand) einschenken, im Übrigen sah sie ihm zu, wie er aß, kaute und trank. Wie war er denn, Maras Vater, dein Schwager, wie siehst du ihn heute noch in deiner Erinnerung? Sie tat sich mit dem bisschen, was sie aß, schon schwer genug, auch mit den ihr vom Dentisten nicht besonders gut eingepassten Zähnen, und darum dauerte es immer ein Weilchen, bis sie etwas verlauten ließ. Aber diesmal kam ihre Antwort überraschend schnell: Er war ganz anders als seine Geschwister, niemand war so lebhaft, so unternehmungsfreudig, und er war sehr unterhaltsam, ein ausgezeichneter Redner, war ja Advokat! Aber erst nach dem Krieg, warf er ein. Sie hob, ein paar Spaghetti zwischen den Zähnen, die linke Hand, machte wichtige Augen: Era un federale, il federale di Agrigento! Ihre gesenkte Stimme betonte die Bedeutung dieser Worte ohne Ironie, ohne Distanz.

Zia Delia kehrte wieder in die Küche zurück und brachte, kaum war er mit den Nudeln fertig, einen Teller mit dickbäuchigen Rotbarben von zartestem Geschmack, in Olivenöl gebraten, mit winzigen zerhackten Knoblauchstückchen und Petersilie. Während er mit dem Messer die rotgoldene Knusperhaut von der ersten Triglia löste, wollte er wissen, ob Maras Vater die einzige faschistische Parteigröße in der Familie gewesen sei oder ob einer seiner Brüder nicht auch ein wichtiges Parteiamt bekleidet habe. Sie kaut und schweigt, senkt den Kopf über ihren Fisch, hebt ihn wieder, alles sehr gemessen, und er sieht ihre wasserblauen Augen, aber sie sagt nichts, sondern schüttelt nach einer Weile nur den Kopf und entlässt einen rauen Ton durch die Nase, wohl so etwas wie ein geschnaubtes Nein. Ihm entging nicht, dass sie ihn ständig beobachtete: ob es ihm ja auch schmeckte.

Er fragte zu viel, statt mit Eifer und Vergnügen zu essen. Also lobte er mehrmals ihre wirklich vorzügliche Küche, doch als er – um sein langsames Essen zu rechtfertigen – hinzufügte, dass man diese teure Sorte Fisch sogar kalt genießen könne, und sich dabei auf einen griechischen Freund berief, der oft zum Frühstück ein kaltes Fischgericht vom Vorabend zu Ende esse, war sie damit ganz und gar nicht einverstanden: Fisch sei nur geschmackvoll, wenn er heiß aus der Pfanne oder vom Grill gegessen werde! Er sah ihren zweiflerischen Blick auf die zwei Triglie gerichtet, die er noch auf seinem Teller liegen hatte. Schließlich schaffte er sogar einen samtrotgelben Pfirsich zum Nachtisch.

Bevor er ging, wollte ihm Zia Delia noch ein Foto zeigen. Es wurden daraus zwei Stunden des Herumkramens in einer Schachtel mit Hunderten von Fotos. Juls Finger verschmierten Staub, sein Kopf füllte sich damit – er hatte es ja längst gewusst, doch diese Masse an bildlicher Information war ein ganz anderes Erfahren: eine erzfaschistische Familie. Nicht nur, dass er Maras Vater in allen möglichen Varianten faschistischer Gesellschaft sah, in Knickerbocker, in Milizuniform, in Offiziersgala (bei der Hochzeit mit Maras Mutter im offenen schwarzen Landauer, die Jackenbrust mit Verdienstspangen bestückt, das Tapferkeitskreuz darunter, am Kopf die gewaltige Tellerschirmmütze, sein Strahlen und ihr verschämtes Lächeln vor den gaffenden Leuten), sondern auch seine Brüder als Parteibonzen im Paradeglanz, Delias Mann sogar einmal abgebildet mit dem Nobelpreisträger Luigi Pirandello, in der gemeinsamen Heimatstadt, eben hier in Agrigento.

Und unter den Fotos lagen die von Benito Mussolini unterschriebenen Urkunden, dass sie zu den Getreuen der ersten Stunde gehörten, dass sie an seiner endgültigen Machtergreifung, nämlich am sogenannten Marsch auf Rom (achtundzwanzigster Oktober bis erster November neunzehnzwoundzwanzig) teilgenommen hatten. Auf den meisten Fotos Maras Onkel Vincenzo, Delias Mann, mit schönen Frauen und Parteibonzen. Er war ein vor Eifer glühender Faschist, sagte plötzlich Zia Delia und warf bedeutungsvoll den Kopf zurück. Als hätte sie Juls Frage beim Essen nicht gehört oder verstanden. Für sie war es jetzt nichts Ungehöriges, nichts Peinliches, nichts, weswegen man sich heute hätte schämen müssen. Lorenzo sei bis zu seinem Tod (sechsunddreißig Jahre nach Mussolinis Erschießung) ein ehrenwerter, angesehener Mann geblieben, er habe sich sogar noch im vorgerückten Alter – viele Jahre nach dem Zweiten Weltkrieg – auf der Liste der Neofaschisten in den Stadtrat wählen lassen, freilich vor allem, weil er einen Gehsteig vor seinem Haus haben wollte, lächelte Zia Delia, er, ein Ingenieur, der Bauten projektierte, zum Beispiel das fünfstöckige Haus, in dem nun sie noch immer wohnte, mit Blick zum Tempeltal hinunter und zum Meer. Und natürlich war auch von Maras Vater nichts anderes zu sagen, als dass er bis zu seinem Ableben ein sehr geschätzter Advokat, ja auch Wirtschafts- und Steuerberater und schließlich ein tüchtiger Bauunternehmer gewesen sei, ohne jemals existenzbedrohliche Probleme zu haben, schon gar nicht wegen seiner faschistischen Karriere, letztendlich habe ihn das Verteidigungsministerium in Rom noch neunzehnhundertfünfzig, fünf Jahre nach dem Krieg, mit einer Tapferkeitsmedaille wegen seiner Umsicht beim Rückzug von der Front in Griechenland (Anfang der vierziger Jahre) ausgezeichnet und ihn zum Cavaliere ernannt. Und wie Jul von Mara selbst wusste, war ihr Vater nach dem Krieg bald ein gesuchter Jurist geworden, vor allem von Tiroler Kaufleuten und Unternehmern, wegen seiner weiterhin intakten Beziehungen zur Staatsbürokratie in der Hauptstadt. Und weil er so vieles erfolgreich „richten" konnte, war er nicht zuletzt auch für prozessierende Südtiroler Bauern ein bekannter, ja geschätzter „walscher Advokat" gewesen.

24

Natalie – sein Kind, tot? Es war ihm, als müsste er vor jäher Kälte ersticken. Aber vor den Zugfenstern war ein fast frühlingshafter Februarmorgen, ein grüner Schimmer schon über den Wiesen, auf denen der Frühnebel rauchte. Jul hatte die zusammengerollten Zeitungen zwischen den Händen, presste das gerollte Bündel. Am Morgen seiner Abreise – vorgestern war das erst – hatte er behutsam die Türklinke zu ihrem Zimmer heruntergedrückt und nach dem Lichtschalter getastet, sie für den Schulweg geweckt; zusammengekrümmt unter der Daunendecke, war von ihr nur ein brauner Haarwust zu sehen. Und doch ruckelte sie ihren Kopf gleich über das Kissen herauf, als er sagte: Ein blauer Sonnenhimmel heute!

Er musste in München umsteigen, und sein Passauer Zug hatte noch vier Haltestationen vor sich.

Tagelang spürte er nichts von dem Kopfweh, sein Kopf war leicht, aber dann war es wieder da, plötzlich, mitten am helllichten Morgen, während er sich die Zähne putzte. Wie ein fernes Klopfen anfangs, so dass er sich zu irren hoffte. Doch bald wurde daraus eine pulsierende Wolke, die er beinahe zu sehen glaubte, wie sie sich ausbreitete unter dem Schädeldach, eine breiig schwarze, schwere Wolke, die alles verdunkelte. Es dauerte oft Stunden, manchmal nur Minuten, ja, Sekunden, bis sie sich zusammenzog, auf einen Punkt schrumpfte, einen winzig stählernen, den er ebenso zu sehen glaubte, doch nicht zu bestimmen vermochte: Einmal drückte er über dem linken Auge, wanderte die Stirn hinauf, dann wieder vibrierte er unter der Schädelmitte, als ob er sich in ein kleines Geldstück verwandelt hätte, das sich in seine Hirnrinde bohren wollte. Oder war er es, der sich unter ein Dachgebälk verkriechen wollte, in eine Fuge, in einen Spalt des ausgedörrten Balkenholzes?

Immer waren ihm Dachkammern, Giebelwinkel ein geträumter Rückzugsort gewesen. Vielleicht hatte er auch deswegen von allen Räumen dieses Ferienhauses unter dem Skifahrerberg am liebsten die Mansardenkammer gehabt, die über eine ausziehbare Metalltreppe erreichbar war. Einmal oben, konnte man die Treppe hochziehen, womit sich gleichzeitig die Bodentüre wie eine Klappe schloss. Mara hatte als Kind hier oben, besonders an sommerlichen Regentagen, gespielt, mit ihren Geschwistern oder allein, hier war ihr Unterschlupf gewesen, wo sie nicht nur mit ihren Puppen allein sein konnte, hier las sie auch in den Büchern, die an den kniehohen Regalen unter den Dachluken gereiht waren. Auf der gegenüberliegenden Seite lud ein Pritschenbett unter der Dachschräge zum Faulenzen ein, mit dem Kopf lag man unter einem kleinen Fenster, mit den Füßen zur Bodentüre. Von hier aus, aber noch lieber von der Hängematte aus, die quer durch die Mansarde an zwei Balken festgehakt war, schaute Jul auf Maras Kindheitszuflucht und hörte auch das Trippeln der Regenfüße auf den Dachziegeln oder die Stille, die an heißen Tagen in den Balken zu knistern schien. Wo immer Platz war, hingen Pfeile und Bogen, hölzerne Dolche und geschnitzte Friedenspfeifen, Indianermasken und Schilde. Und an der schmalen Seite des Kamins, der neben der Bodenluke zum Dach hinausführte, entdeckte er ein kleines, hellblau gerahmtes Bild, das Mara als Kind für ihren Vater gemalt hatte, ein versuchtes Selbstporträt, das mit seiner Starre rührte. Unter den Büchern fand er viele Jungmädchenbücher der dreißiger und vierziger Jahre – alles deutsche Bücher, die meisten in der Nazizeit gedruckt, die Jugendlektüre und zum Teil wohl auch Erwachsenenlektüre von Maras Mutter und deren Schwestern, immerhin entdeckte er darunter den einen oder anderen Dostojewski, Tolstoj und Tschechow.

Dann gab es noch einen kaum einsehbaren Winkel, der wie ein richtiges Versteck jedem Zufallsbesucher entgehen musste, es war, wenn man die Metalltreppe hinaufstieg, gleich linker Hand ein Stück verschlossener Dachschräge, und zwar hinter dem Kamin, ein Kämmerchen zum Hineinkriechen. Mara öffnete einmal die niedere Holztür und zog ein paar hellbraune, fast ins Rötlichgelbe gefleckte Offiziersstiefel heraus, lederne Gamaschenstiefel, die an den Waden mit Schnallen zu schließen waren; Jul und Mara bezeichneten sie als Abessinien-Stiefel, wohl weil italienische Offiziere solche Stiefel im Abessinien-Krieg getragen hatten, aber Maras Vater hatte nie in Afrika gekämpft, sein Krieg war der in Albanien gewesen. Jul zog diese Stiefel mehrmals wie einen Hippieschmuck an, stolzierte damit durch die Wiesen. Ja, in diesem Schlupfloch mit Holztür und Schieberiegel lag auch der Faschistenfez, diese schwarze, runde, randlose, doch turmfeste Kopfbedeckung mit Quaste. Maras Vater hatte sie gewiss bei jedem feierlichen Anlass getragen – wie auch bei seiner Reise mit einer Faschistendelegation in Hitlers Reich.

Mara und Jul reden nicht darüber, sie leben jetzt, lachen sich an, aber sie reden nicht über die Vergangenheit ihres Vaters. Jul wacht in einem fremden Haus auf, spürt Maras warmen Arm auf seiner Brust, durch die herzförmigen Luken der grünen Holzläden fällt der Tag herein, Sonnengebrösel, oder sie hören den Regen, dieses Geräusch, das ihnen zu einem Lieblingsgeräusch wird (fließende Regenwände). Sie reden nicht über ihre Eltern, sie öffnen das Fenster, sie streichen gegenseitig über ihre Gesichter, sie steigen die Holztreppe hinab, folgen einem kurzen rechten Winkel; im dunklen Hausflur der kalte Fliesenboden, dafür ist es in der Küche hell, das Fenster nicht sehr groß, aber fast so groß wie eine Küchenwand; Kaffee kochen in der Espressomaschine, sie sitzen nebeneinander auf Hockern vor dem großen Küchenfenster und trinken Kaffee mit Milch, bestreichen Semmelschnitten mit Butter und Marmelade und schauen auf die Erdrippen des grünlich werdenden Kukuruzackers, so viel Licht, und alles liegt vor ihnen, sie stoßen sacht die Schläfen aneinander. So vieles, fast alles, ist weiß in dieser Küche, der Kühlschrank weiß, der Gasherd weiß mit schwarzen Metallaufsätzen, die Kacheln über dem Eisschrank cremigweiß mit bräunlichrotem Muster. Die Wände kalkweiß und kalkweiß auch die Decke. In Kopfhöhe das hellbraune Holz der Einbaukästchen. Sauber war alles in diesem Haus, für ihn immer zu sauber. Wäre das Mansardenzimmer nicht gewesen, hätte es keinen wirklichen Rückzugsort für ihn gegeben. Das Dachzimmer und der Keller, ja der Keller hatte eine ebenfalls rechtwinkelig geknickte Stiege. Dort unten lauerte aber der Schwarze Mann, den Maras Mutter immer gerufen hatte, wenn sie sich nicht mehr zu helfen wusste (erzählte Mara) in ihrer Ohnmacht gegenüber Kindern, Mara und Maras Brüdern gegenüber und später auch gegenüber deren Kindern. Maras Mutter versprach alles, vergaß davon das meiste, wollte vergessen, was die Kinder sich gemerkt hatten, und bezahlte dann schlussendlich auch für Gehorsam, Bravsein und schließlich sogar für Kindesliebe mit Süßigkeiten, Spielsachen und nicht zuletzt mit barem Geld. Zuvor jedoch, um sich das alles ersparen zu können, zuvor drohte sie. Solange die Kinder noch klein genug waren, machte sie Angst mit dem Schwarzen Mann, und der lag da unten im dunklen Keller. Es war der hellste, trockenste, sauberste Keller, den Jul in seinem Leben gesehen hatte – diese unmögliche Heimat für den schwarzen Angstmann. Mit dieser grünen Bierkiste, den alten Schuhen und alten Skibrettern, den Gläsern voll eingeweckten Marillen hatte der Schwarze Mann wohl nicht viel zu lachen. Allerdings waren da noch die Weinflaschen, darunter uralte, noch vom Advokaten aus Sizilien gebracht, in Sizilien abgefüllt, eine Flasche sogar aus Maras Geburtsjahr, ansonsten nur geringes, schon beiseitegestelltes Gerümpel, alles in allem eine waschküchensaubere Öde.

25

In Vietnam, hörten sie aus dem Radio, belagerte der Vietcong die Provinzhauptstadt Quang Tri. In Neapel feierten Hunderttausende Arbeiter den Ersten Mai. Mara und Jul liefen nach dem Frühstück über die Felder, verlangsamten ihren Schritt, sahen sich um – so viel helles, fast wässeriges Grün, aber auch dunkles, ja schwarzes Waldgrün hoch über ihren Köpfen, wuchernde Schatten an den Bergflanken. Das Einbiegen in den sandig-schotterigen Weg zur Lamprechtsburg, entlang verwitterten Zaunlatten, schiefgedrückt, am frühen Vormittag: sie zwei die ersten, die einzigen Gäste auf dem Burghof (mit Ausschank). Ein Feiertagsaperitif, diesmal ein Glas Weißburgunder, zum Wohl, salute! Sagten sie „salute" oder sagten sie „zum Wohl"?

Er weiß nicht mehr, wann ihre Sprache endgültig zu wechseln begonnen hatte, denkt, dass er „salute" zuerst und dann „auf uns" oder auch nichts gesagt hat. Damals war ihm nicht bewusst, dass er der Fremde dort auf diesen Äckern und Wiesen war und Mara die Mauern von Lamprechtsburg wie Heimatmauern anschaute. Und doch war er so stumm und froh, als wäre er der Besitzer des Landes. Er fühlte sich umgeben von einem Land, das ihm durch seine deutsche Sprache von Geburt her zuzugehören schien, während es für Mara ein Land sein musste, das er ihr sozusagen überließ, ja, sie sollte denken, es wäre ihr eigenes, obwohl sie eine halbe Italienerin war. Auch als Fremder auf ihres Vaters Grundstück fühlte sich Jul wie ein Gastgeber (oder Fremdenführer?). Über Quang Tri flogen die B-52 an diesem Ersten Mai, las er tags darauf in der Zeitung, vierhundertfünfunddreißig Einsätze, Bombenteppiche, und in Neapel marschierten hunderttausend Arbeiter und Angestellte durch die Straßen und schrien „rote Parolen"; in Palermo versprach der MSI-Faschist Almirante vor vierzigtausend Sizilianern eine gerechtere, soziale Zukunft.

Mara las mit ihm die Artikel, die von den Garagen-Compagni geschrieben waren, er und Mara machten die „Rote Zeitung“, die Mainummer, jeden Monat eine Nummer oder eine für zwei Monate, viel zu lang immer die Artikel, die ihnen zugeschickt oder zugesteckt worden waren, mit einer meist schwerfälligen, abstrakten Diktion und theoretisch abgehoben. Auf seinem Hotelbett liegend, mit Blick auf die feinen Risse im Kalk der Zimmerdecke, kam Jul das Schmunzeln, wenn er an die Begeisterungs- und Empörungssprache von damals dachte: „Die Herren“, „Die Pfeffersäcke“, „Die Geldsäckel der Herren“ – „Der Kampf für unsere Rechte“ und „In Solidarität mit Gleichgesinnten“. Er hatte mit Mara die Artikel am braunlackierten Tisch gelesen, in der sogenannten Stube, die für ihn eine italienische Stube war, mit einem gutplatzierten grünen Kachelofen. Ein eher kleiner Raum, aber mit vier Fenstern (jedes einen Quadratmeter groß) und zwei Türen, und außerdem weiße Wände, es gab hier keinen Rückzugswinkel, nur eine halbgemütliche, fensterlose Ecke gleich neben einer der Türen, immerhin nur zwei Armlängen entfernt vom grünen Kachelofen, der fast nie geheizt wurde, doch liefen in seiner Nähe zwei Kanapees zu einer Sitzecke zusammen. Für ihn war diese sogenannte Stube keine Tiroler Stube, es fehlte ihm die Holztäfelung, hier, auf immerhin tausend Meter Seehöhe, auf der Nordseite des Skiberges „Kronplatz“, fehlte ihm die Geborgenheitswärme einer Tiroler Bauernstube. Trotzdem: Er konnte durch die Fenster auf ein Stück Wiese mit

Obstbäumen, Kirsch- und Apfelbäumen, schauen und auf den Acker für Kukuruz oder Erdäpfel. Diagonal vom Kanapeewinkel entfernt war der Speisetisch in die andere Ecke gerückt. Auf diesem Tisch hatten Mara und er die Artikel ausgebreitet. Es war kalt im Zimmer, aber sie waren allein, sie konnten sich sehen, hören, riechen, und gegen Mittag fiel die Sonne quer über den Tisch, sie steckten die Köpfe zusammen, machten ernste Gesichter, schauten sich ab und zu auch flüchtig aufs Haar, auf die Lippen, lachten, manchmal fuhr Mara mit einem Fingernagel knapp über seinen Handrücken oder sein Gesicht. Er liebte den hereinfallenden Sonnenstrahl, er liebte sogar dieses italienisch-deutsche Stubengemisch, weil es für ihn ein anderes, nie zuvor gekanntes Alleinsein bedeutete. Mit Mara erdachte er jetzt Zeitungstitel, es war fast wie Verse drechseln oder Kreuzworträtsel lösen: „Die Wahlmusik ist aus – wir tanzen nicht danach“. Beim Aufblicken hatte Jul auch immer wieder einmal Maras Vaterporträt im Blick, mit weißem Hemdkragen und schwarzer Krawatte, dieses Lächeln mit geschlossenem Mund, die levantinische Nase mit leicht geschwungenen Nüstern und diesen starren Fotokastenblick (wie der eines Hoffenden in der Phase der Erschöpfung?). Als hätte er schon gewusst, dass er so und nicht anders nach seinem Tod würde angesehen werden, von seiner Frau, von seinen Kindern. So wie Jul ihn auch jetzt noch sah (mit geschlossenen Augen in seiner Hotelzelle), als posierenden Alltagsmenschen auf Fotokarton und überhaupt nie anders als auf diesem schwarzweißen Fotopapier, tatsächlich weiß die Haare, noch weißer als das Hemd, schwarz nur die Krawatte und nebelgrau die Augen.

Dass Mara und er in diesem Haus da hockten, stundenlang an einem Esstisch voll von Artikeln mit Aufrufen, Appellen, Sozialanalysen, Werkreportagen, Provokation, Angriff, Agitationsschrei, kurz, um alles für die Arbeitenden, Ausgebeuteten, Übervorteilten –. Dass dies ihre heftigste Liebeszeit war –. Sie strichen, kürzten, klebten und schauten zwischendurch auf die Bäume vor den Fenstern, auf die knospenden Kirsch- und Apfelbäume, auf die schon gelb werdende Löwenzahnwiese. Und stiegen die Treppe hinauf, rechts die winzige Kammer der abwesenden Mutter, vor ihnen die Bubenkammer, links aber das Zimmer, das ein Doppelbett hatte. Sie lagen nackt auf dem Leintuch, über ihnen hing ein Kruzifix. Und das Bett war Mutters und Vaters Bett gewesen.

Schon lange vor Weihnachten sei Papà, hatte Mara ihm erzählt, von Finanzsorgen, von Zweifeln bedrängt worden: ob das Geld, riesige Summen für seine Bauprojekte ... vor allem, ob sein Finanzpartner auch zuverlässig sei, und dieser Kompagnon soll ihm kurz vor Weihnachten nicht mehr zuverlässig erschienen sein; es ging um Hunderte von Millionen Lire, jedenfalls war Maras Vater wegen dieses Partners in ständiger Unruhe, aber zu Weihnachten, am Fuße dieses Skifahrerberges, in diesem Häuschen mit karbolineumgetränkter Holzverschalung und den grünen Fensterläden, inmitten seiner Familie, war, so schien es, alles wieder anders, trotz Schneegipfelblicks konnte er sich zu Hause fühlen (in Italien). Mit seinen Kindern und seiner Frau sprach er natürlich italienisch, Deutsch konnte er nicht. Er hatte sich seiner Familie überlassen, ohne sich je der Umgebung zu überlassen, nicht dem Schnee, nicht dem verschneiten Wald, nicht einmal Spaziergängen, vielmehr freute er sich, wenn die anderen ihm von ihrem Vergnügen beim Skifahren oder Wandern erzählten, aber für ihn selbst kam kein Skiausflug mehr in Frage, auch kein Spaziergang, das Haus war ihm Erholung genug, weit und breit kein Finanzpartner, dafür umso mehr Schlaf und viel Essen zu Mittag und zu Abend.

Maras Mutter kochte viel und kochte gut, kochte eigentlich immerfort, wahrscheinlich auch noch im Schlaf, wenn sie sich die Menüs des nächsten Tages für Mittag und Abend austräumte. Sie nahm dieses Kochen so wichtig, dachte Jul (sogar jetzt noch in seinem elendigen sizilianischen Hotelzimmer), dass sie ihr Lebtag lang eigentlich nur kochte, immer wieder nur kochte; statt am Tisch zu sitzen und zu essen, statt zu genießen, was sie kochte, räumte sie ab, oft noch vor dem letzten oder gar vorletzten Bissen nahm sie einem den Teller weg. Sie kochte, auch wenn sie nicht kochte, indem sie davon redete, später auch in täglichen Telefongesprächen mit Mara, auf jeden Fall blieb die Zubereitung der Speisen für sie wichtiger als das Verzehren dieser Speisen. Es war, als ginge es ihr vor allem darum, einen Speisegang so schnell wie möglich durch den nächsten zu ersetzen. Maras Vater hatte das wohl immer wieder erlebt. Sie war eine ideale Dienerin. Und doch muss sie einmal ein springlebendiges, vielleicht auch spröd-ängstliches Mädchen gewesen sein, eines von diesen kaum ansprechbaren, ein nordisches für ihn, den Sizilianer, ein schwerverständliches Wesen, blaugrauäugig, blond, und ließ sich nicht anrühren, lächelte immer, lachte stets, aber drehte sich abrupt ab, wenn er auf dem Kanapee im Hause ihrer Mutter saß, in der schwarzen Uniform eines Centurione, und mit seinem Gesicht ihrem Gesicht nahe kommen wollte. Ihr jüngster Bruder Stefan saß in der Nähe (mit seinen dreizehn oder vierzehn Jahren), zu ihrem Schutz, weil es ihre Mutter wollte, der Bub musste aufpassen, und so konnte Stefan jederzeit beschwören, dass seine Schwester Hermine unübertrefflich naiv gewesen sei, hundertprozentig unberührt und selbstverständlich bereit, jeden zu heiraten, den ihre verwitwete Mutter zu heiraten richtig befunden hätte. Ob Hermine jemals verliebt gewesen sei und in wen, das hätte niemand zu sagen gewusst, vielleicht nicht einmal sie selbst. Mara und Jul wussten davon auch nichts, legten sich ohne Vergangenheitsfragen in dieses Doppelbett, das für Jul ebenso ein Weltbett wie ein Zufallsbett war. Das Haus leer bis auf sie zwei, die hintereinander die Stiege hinaufgingen, mehrmals am Tag, und wo sie in der Nacht nebeneinanderliegen, die Haut atmet, sein Mund ist ihrem Mund auch im Schlaf noch nahe. Jul hört seine Füße, wenn er hinaustritt auf den Flur, ein Fremder in diesem Haus, der zwischen Esszimmer, Küche, Bad, Schlafzimmer, Mansarde täglich unzählige Mal herumgeht, auf- und niedersteigt und oft auch über Maras Gesicht sich beugt, ihre Haare in seinen Händen. Dieses Haus, ein gut ausgehecktes Schneckenhaus, war in fruchtbarsten Ackergrund hineingebaut, den der Advokat sozusagen als Honorar von Hermines Mutter erworben hatte nach dem Unfalltod ihres Sohnes Toni, Hermines Lieblingsbruder (in seinem Auto auf einem unbeschrankten Bahnübergang von einem Zug zu Tode gequetscht), dem die Mutter, Maras Oma, einen Hof mit Wirtschaftsgebäuden und vielen Hektar Grund gekauft hatte, um ihn zu einem virtuellen Bauern zu machen und auf diese Weise vor dem italienischen Militärdienst und dem Krieg an der Front zu bewahren. Nach dem Krieg hatte Maras Oma das Hofgebäude von ihrem Schwiegersohn, dem Advokaten, verkaufen lassen, und er, Maras Vater, hatte sich als Honorar ein paar Hektar Wiesen- und Ackergrund im Katasteramt überschreiben lassen und darauf Anfang der fünfziger Jahre diese Schneckenvilla gebaut, mit den Händen des Maurers aus Sizilien, der morgens immer sehr früh daherkam in weißem Hemd und schwarzer Krawatte.

26

In diesem Haus explodierte Maras Schrei ungehemmt in der Stille des weißgekalkten Zimmers (und die italienische Polizei verhaftet Arbeiter und Studenten, um den Fall Feltrinelli zu klären, die Hintergründe dieses Verleger-Todes bei der Explosion eines Stromhauptumsetzers in Segrate-Mailand, und entdeckt, zufällig oder nicht, Waffendepots der Linken, bald sind in Italien Parlamentswahlen: Die Christdemokraten haben an ihrer ewigen Kandidatenspitze Andreotti, Forlani, Flaminio Piccoli, und Aldo Moro lebt noch; den MSI-Faschisten wird ein gewaltiger Stimmenzuwachs vorausgesagt). Während Mara sich öffnet, denkt Jul an seine Scheidung von Ines. Aber jetzt, er wusste von Mara ihre Tage im Monat, und dieser Schrei, den Mara nie mehr in ihrem gemeinsamen Leben wiederholt hat. Dieser Schrei, der vielleicht auch den Tod mitgewusst, den Tod vielleicht mitgenossen hat, ihres Vaters letzten Atemzug in diesem Bett und die Tränen ihrer Kindheit. Draußen die Sonne auf den Wiesen, ganz gelb von den Löwenzahnblüten.

Jul fuhr über den Brenner, mit dem Zug in die andere Hauptstadt. Zum Glück leidet kein Kind, leidet vielleicht überhaupt niemand an dieser Scheidung, sie, Ines, ist nicht allein oder tut so, hat, was sie will, oder tut so, als hätte sie ausreichend von allem. Sie beide jedenfalls gehen, quasi Hand in Hand, ins Zivilgericht, in dieses Monumentalgebäude an der Zweier-Tramlinie, aber zuvor noch ins „Raimund-Café“, schräg gegenüber dem Volkstheater, und er wie auch Ines lassen sich an diesem frühen Vormittag auf einen Whisky ein (wie oft hatten sie im Winter rund um das Volkstheater im Schnee einen Parkplatz gesucht und vom endlich geparkten Wagen waren sie durch den gelblich beleuchteten Schnee zum Theater gestapft, hatten die Tramgeleise überquert, manchmal vom Justizgebäude herkommend oder vom Ende einer Josefstädter Nebengasse). Jetzt diesen Whisky am Vormittag und gleich darauf der schmale Gerichtssaal, eher eine getäfelte Kammer, ein barockgetäfeltes Kabinett. Sie, zwei Erwachsenensünder, nicken und unterschreiben. Und darauf nochmals ins „Raimund“ und nochmals einen Whisky.

Wieder zurück über die Westbahn und über den Brenner, hatte Jul im Zug an die Zukunft und kaum noch einmal an die Vergangenheit gedacht (Jahre später hat er gehört, dass Ines sich nach dieser unerwarteten Scheidung ganze Haarbüschel ausgerissen hätte). Ein sanfter Maihimmel, gemähte Wiesen, die mitflogen, schwarzgrün geduckte Waldinseln, aber auch Einblicke in ausgehackten Hochwald wie in gegrätschte Frauenbeine, ein Maitag wie ein Sommerreisetag durch einen verglasten Tunnel, und er ein reisender Zukunftsegoist, ein Zukunftsbesessener. Er fuhr mit den Augen neben dem Zug her, quasi mit dem Kopf draußen neben dem Zug, das Whiskylächeln noch auf den Lippen. Und stieg in Franzensfeste/Fortezza aus, Bahnsteig zwei, lief auf Mara zu, sah ihre mädchenhaft fragenden Augen.

Das Scheidungspapier hat er ihr im Auto gezeigt, aus der Jackentasche gezogen und im halben Licht des Wagens hinübergereicht wie ein Abschlusszeugnis, Motor anlassen und über die Staatsstraße am Franzensfester Staubecken vorbei (unter den Kanonenschlitzaugen der Franzensfestung hindurch) ins Pustertal abgebogen zum braun verschalten Häuschen unter dem Skifahrerberg. Diesmal rumorte Maras Mutter in der Küche, war aber eigentlich überall, in einem der oberen Schlafzimmer und stieg doch auch vom Keller herauf, immerzu lächelnd wie freundlichstes, schreibfreundlichstes Pergament. Hallo, ich bin geschieden, geschieden für deine Tochter, frei für ein neues Leben, frei für deine Tochter! Und sie weiterhin freundlichst lächelnd, immer das gleiche Lächeln, auch für jedes mögliche Unglück schon dieses vorbereitete Lächeln: Wenn ihr euch lieben (also haben) müsst – hier mein Lächeln! Und natürlich hat er nicht Du zu Maras Mutter gesagt, sondern Sie – noch lange Zeit ausschließlich *Sie* zu ihr gesagt, Jahre nach der Heirat, weil sie selbst ihn in dieser ganzen Zeit nur als dritte Person angesprochen hat als Er, wie: „Mag Er noch etwas vom Suppenfleisch?“, „Hat Er schon Salat genommen?“, immer Er und Er. Jul war die ins Haus gedrungene Er-Fremdheit. Und natürlich ein Unglück. Und ein geschiedener Mann. Er hat sie – er muss etwas haben, womit er sie verhext hat. Zurück aus der Scheidungsstadt Wien, aßen er und Mara von den Tellern ihrer Mutter die soßegetränkten Rindfleischstücke und gerösteten Zucchinischeibchen, von der stehenden Mutter gereicht und wiederholt von ihr angespornt zum Essen, zum Kauen. Und mitten in einem Wort, flugs war der Teller abgeräumt, ausgetauscht, ersetzt mit anderem Gemüse, Käse oder Kompott. Mara und er trugen im Wettkampf mit Mutter den Tisch ab (die Küche schon vollgestapelt), wurden von ihr verjagt, ließen sich verjagen, hörten vom Zimmer darüber gleich darauf ihr Rumoren, das Klappern von Geschirr, und zogen sich aus.

Es störte ihn nicht, dass Maras Mutter unten, direkt unter ihnen, noch werkelte – auch Mara störte es nicht, zeigte keinerlei Unruhe, schlief mit ihm ein, nicht im Elternzimmer, nein, nicht im Sterbezimmer. Wenn die Mutter im Haus war, schlief Jul im Zimmer, wo einstmals Maras Brüder geschlafen hatten, auf einem der zwei kurzen, dunkelbraun furnierten Vorkriegsbetten mit hohem, gerundetem Kopf- und Fußende, eingehakten Seitenbrettern und gefederter Drahtmatratze. Zwei Betten hatten in dieser Zwergenkammer Platz und dazu noch zwei Nachtkästchen und ein dunkelbraun furnierter, schmaler Kleiderschrank mit geschwungenem Aufsatz, der ihn an einen verbreiterten Napoleonhut erinnerte. In einem dieser für ihn zu kurzen Betten schlief er mit Mara schließlich Mund an Mund ein.

Wenn die Mutter im Haus war, blieb das Eheschlafzimmer leer, von niemandem benutzt, ein Gedächtniszimmer, aber auch ein Feriengästezimmer. Dort richteten sich, wenn sie aus dem Stiefelsüden heraufkamen, um als vertraute Fremde den gebirgigen Norden zu genießen, Maras Schwester Teresa und ihr hamsterbackiger Mann Carlo im Sommer zu Ferragosto oder im Winter zu Weihnachten und Fasching ein. Nun war Jul geschieden, und der Juni wurde immer grüner, während sie zwei bereits an der roten Sommerzeitung arbeiteten; die Doppelnummer Juni/Juli sollte im ungünstigsten Falle bis zum Herbst reichen. So wählten sie für Seite eins schon jetzt, da die gelben Löwenzähne sich eben erst in greisenweiße Wegfliegköpfe verwandelt hatten, den Aufmachertitel: „Kampf um die Tarifverträge im Herbst hat begonnen!" Sie kümmerten und sorgten sich um Kümmernisse und Sorgen, die nicht ihre Kümmernisse und Sorgen waren.

Am Morgen zerwühlte Mara das Bett im Kinderzimmer, ihrem Mädchenzimmer, damit es so aussehe, als hätte sie darin geschlafen. Und ihre Mutter räumte nach dem Frühstück auf und schüttelte auch Kopfpolster und Tuchent im Mädchenzimmer. Jul und Mara schrieben auf der letzten Seite der roten Sommerzeitung: „Wer melkt die heilige Kuh in Südtirol?" Und zweispaltig: „In Mailand – Mord an Kommissar Calabresi. Eine Exekution. Mit Schüssen."

Unter ihnen hatte das Küchenrumoren aufgehört, jetzt lief der Fernseher, jetzt murmelten durch den Fußboden der Kammer die Fernsehstimmen, und Mara trug kurzes, schwarzbraunes Haar, das ihr knapp bis zum Nacken reichte, sich dort wellte, starkes, buschiges Haar, das sie bändigte mit Essigduschen, am liebsten hätte sie wie Zia Maria, ihres Vaters älteste Schwester, Petroleum genommen, das dunkle Haar in Petroleum gebadet.

27

Das Kopfweh war über Stunden wie weggeblasen. Als ob es ihn für immer verlassen hätte. Immer weniger, aber doch immer wieder glaubte Jul, nun sei es vorbei, er könne aufstehen und müsse nichts mehr befürchten. Es war diese plötzliche Leichtigkeit im Kopf, dass er sich gerne täuschen ließ, weil dieses Gefühl, befreit zu sein, normal zu den Normalen zu gehören, ihn rauschhaft beschwingte.

Geh zu Calogero, hatte Zia Delia so zielgewiss gesagt, als er (nur so nebenher beim Reden über Wetter und Gesundheit) auch auf sein Kopfweh zu sprechen gekommen war. Geh zu San Calogero.

Er stieg als Tourist über diese breite Basalttreppe hinunter zum Eingangsportal, den nervösen Vormittagsverkehr in den Ohren, es roch nach Abgasen, aber der Himmel glänzte blau und frei von Wolkenschlieren. Umso dunkler erschien ihm das Kirchenschiff, kaum dass er die Innentür seiner Hand entgleiten ließ. Obwohl er die wenigen verstreut in den Bänken knienden Körperumrisse wahrnahm, wurde sein Blick sofort angezogen von einer rotbeleuchteten, halbrunden Höhlung hinter dem Altar, erst allmählich sah er, dass dieses Feuerrot aus der Apsis flammte. Und mitten in diesem glühenden Dunkelrot stand eine männliche Kuttenfigur mit einem schwarzbraunen Gesicht und langen weißen Bart, über dem Hinterkopf ein golden durchbrochener Glorienteller – unsympathischer war ihm noch nie eine Heiligenstatue vor die Augen gekommen. Ein Magier, ein Zauberer, eine Höllenerscheinung, dachte Jul spontan. Links und rechts der Figur begrenzten zwei kleine, gewundene Säulen, rot bestrichen wie mit Blut, die Apsis. Zu Füßen des Heiligen standen zwei dreiarmige Kandelaber mit roten Kelchen, aus denen das Kerzenlicht mit dünnen Feuerzungen leckte. Auf dem Altar und an den Chorseiten kein Jesus, kein Gekreuzigter. Rückwärts schreitend erst entdeckte Jul an der rechten Wand des Kirchenschiffs einen gipsernen Christus und auf der Seitenwand gegenüber dessen Mutter Maria, ebenfalls in Gips.

Sein Kopfweh schlief über dem Nacken. Jul spürte Kraft in Armen und Beinen. Und doch verließ er ohne Marschtritt und ohne seine Arme zu schwingen diesen dämonisch dunklen Raum. Er war froh, das Vorbeirollen der Autokolonnen wieder zu sehen und zu hören und den schreienden Alten, der die Zeitung „Il Giornale di Sicilia“ ausrief. Kaum zwanzig Meter weiter, kurz vor dem Polizeidirektionsgebäude, öffnete sich ein zu dieser vormittäglichen Zeit menschenleerer kleiner Platz, in dessen vorderem Mittelteil ein seltsames Denkmal seine Aufmerksamkeit anzog – ein Gott mit menschlichem Gesicht, der den rechten Arm mit gestrecktem Zeigefinger in den Himmel reckte, umzingelt bis zu den Hüften von monumentalen Flammen oder Wellenzungen, aus denen ein menschlicher Doppelkopf hervorschaute, während sich ein Delphin um die Beine des Gottes schlang. Auf der vorderen Sockelseite las Jul die Verse:

Erano anche prima
e sempre saranno
nel tempo infinito
(Sie waren schon vorher/ und werden immer sein/
in endloser Zeit).

Zwischen den vielen geparkten Autos vor dem Polizeigebäude fiel Jul noch die Schildkröte ein, die das Kopfstück einer Harfe bildete unter der Schrift. Und gleichzeitig wurde ihm bewusst, dass er zwischen blauen Polizeiautos herumstreifte und sogar mehrmals mit dem Finger Linien in die Schmutzschicht der Karosserien gezogen hatte. Aber niemand behelligte ihn. Er steuerte unter Calogeros Schutz auf die „Oasi-Bar" neben dem Stadtkino zu.

28

In Mailand der Polizeikommissar Calabresi erschossen. Die Radionachricht am Morgen. Sehr früh an diesem Morgen (vor seiner Fahrt zur Arbeit in die Landeshauptstadt) spürt er Maras verschlafenen Mund auf seinem Gesicht und beim Kaffeetrinken hat er auf den schon kniehohen Kukuruz vor dem Küchenfenster geschaut, auf die Taunässe an den Maisstängeln und dann Maras warmen Pyjamamorgenkörper an sich gedrückt in der offenen Tür. Während der Fahrt im Auto hat er noch zweimal die Nachricht auf Deutsch und auf Italienisch gehört, auf der Staatsstraße an dem Flüsschen Rienz entlang, vorbei an Sankt

Lorenzen, rechts ober ihm die Sonnenburg, Kniepass, zuvor das Kirchlein mit der Zwiebelkuppel, die Maras Großvater, Mutters Vater, in seiner Spenglerzeit aufgesetzt hatte. Auf der Staatsstraße nach Kiens taucht eine Melodie in seinem Kopf auf, er sieht Wiesen links und rechts und immer wieder auch das Flüsschen oder ein Stück Wald rechts und Wiesen links, auch umgekehrt, im Kopf aber tönen Fetzen dieser Melodie, die er bei Demonstrationen oft gehört und mitgesungen hat: Calabresi sei assassino – Calabresi, du bist ein Mörder. Den italienischen Text weiß er trotzdem nur beiläufig – „dovrai pagare" – eines Tages wirst du dafür zahlen ...

Die Einfahrt nach Bozen erlebte Jul jedes Mal wie ein Herausgezogenwerden, wie ein Herausfallen aus einer Dämmerung in eine jähe Helligkeit, ja andere Luftfärbung: Hier war die Apfelblüte fast schon vorbei, Rosen rankten an Hausgemäuer, und die Kastanienallee vom Bahnhof zum Waltherplatz war bereits zu einem grünen Tunnel zusammengewachsen.

Hier muss Maras Vater aufmarschiert sein, erwartet, akklamiert, und hier wird er andere, rangmäßig noch höhere faschistische Bonzen begrüßt und durch die marmorverkleidete Bahnhofshalle über die ebenso marmorverkleideten, protzigen Treppen hinuntergeleitet haben. Aber die Rosskastanienallee war wohl erst gepflanzt und stand mit dünnen Bäumchen da, die dann mittelgroß waren, als er, Jul, hier zur Schule ging – die letzten zwei Lyzeumklassen vor der Matura. An diesem Bahnhof war auch er immer ausgestiegen, aus der melangebraunen Liturina, dem Lokalzug von Meran nach Bozen, und in diese kurze Kastanienallee eingetaucht in Frühling oder Frühsommer, jedes Mal der Anfang von Zukunft, wenn die Blattknospen zu platzen begannen und grün angestaubt die Stadt war. Sogar im Winter empfand er diese Allee schon als ein südliches Versprechen, wenn die Sonne durch das Gerippe der Äste fiel bis auf den Asphalt und bis auf den Rasen des Bahnhofparkes.

Jetzt hier mit dem Wagen eingebogen, vom Pustertal über das Eisacktal hergekommen, den Sankt-Magdalener-Hügel knapp durchschnitten und dem Pappkartonkoch zugenickt, der mit weißer Mütze am Kopf unentwegt einen Spaghettiteller zur Straße hinreckte.

Damals, Anfang der Siebziger, war Jul ein Radioredakteur, zuständig für die frühen Nachrichtensendungen, ein freier Journalist ohne vertragliche Anstellung, konnte arbeiten, wann er wollte oder eigentlich wann der Chefredakteur es wollte. Er stellte täglich den Wecker auf vier und vergaß bald auch auf das Einstellen des Weckers, wachte so und so immer zum richtigen Morgen auf. Für die Fahrt nach Wien hatte er sich freie Tage genommen und kam heute quasi nur zur Begrüßung vorbei, aber auch, um den Chef wissen zu lassen: Morgen bin ich für die ersten Frühnachrichten wieder an meinem Platz. Und in Mailand der Kommissar Calabresi erschossen. Eine Nachricht, die in dieser auf die gefährdete Heimat konzentrierten deutschen Redaktion nur eine unter unzähligen Nachrichten war, beinahe Ausstoßmaterial, man musste schließlich immer auswählen, ausscheiden, entscheiden, was für die eigenen Hörer, für dieses kleine Sonderland interessant, wichtig, erwähnenswert war. Und war dieses italieninterne politische Geschrei auf den Straßen der so fernen Industriestädte Turin, Mailand, Bologna irgendetwas, was die Leute in den Tälern und auf den Berghängen Südtirols interessierte? Sie anging? Dieses Skandieren und Parolen-Brüllen auf den Straßen, auf fremdredenden Stadtstraßen? War ja nicht in Deutschland, war nicht in Österreich, nicht einmal in der Schweiz, und schon gar nicht in München.

Am nächsten Morgen wacht er wieder auf der bodennahen Matratze im sechsten Stock auf, muss sich die Katze von der Brust heben. Mara verbringt diesen Tag noch mit ihrer Mutter unter dem Skifahrerberg, jedenfalls bis nach dem Mittagessen – vielleicht wird sie zuvor noch einkaufen in der Stadtgasse (unten an der Rienz), zu Fuß vielleicht hinunterwandern durch die Felder. Er aber jetzt zum Mazziniplatz, seinem Arbeitsplatz, wieder in dieses Glaswandgebäude, vielstöckig, Rundfunk- und Fernsehsitz der Provinz.

Zu Fuß oder mit dem Auto ist er jahrelang zum Mazziniplatz und hat nie an Mazzini gedacht. Und erst viel später hat er gewusst, dass dieser radikale Republikaner ein Streiter für Italiens staatliche Vereinigung war und ein scharfer Gegner von Anarchie und Sozialismus und dass Mazzini (im neunzehnten Jahrhundert) nach einem patriotischen Feldzug gerufen hatte, um Italiens „natürliche Grenzen“ zu sichern, woran Benito Mussolini, noch ein Halbsozialist damals, bald nach Ausbruch des Ersten Weltkrieges anknüpfte und die Angliederung von Triest und Fiume sowie der Alpennordgrenze forderte. Jul hat immer in der Nähe dieses Denkmals eine Parklücke gesucht, wenn möglich den Wagen hinter dem sitzenden Mazzini geparkt, mit der Autoschnauze zum unteren Rückenteil der italienischen Geschichtsfigur, aber daran nie einen Gedanken verloren, vielmehr im Morgengrauen des Frühlings an den Frühling gedacht und in der Morgenfinsternis des Winters an den Winter, an Mara und später an das Kind, nie an Mazzini gedacht am Mazziniplatz, sondern wennschon: wann er seinen Cappuccino in der „Little-Bar", in der Arkadenecke und später in der „Columbia-Bar" auf der anderen Straßenseite werde trinken können, in der Pause zwischen den Nachrichten.

29

Auf Mara war immer Verlass, wenn er, sie zu sehen, einen bestimmten Zeitpunkt mit ihr ausgemacht hatte, und anderseits nie Verlass, wenn er sich darauf verließ, dass sie von sich aus ihn suchen würde. Trotzdem: Sie wusste immer, was sie wollte, schien aber für ihre Absichten verblüffend mehr Zeit zu haben als andere. Das zog ihn an, machte ihn auch unruhig, wenn er sie nicht sah – doch er wusste ja, dass sie noch einige Examen vor sich hatte in Mailand. Neben Flugzettelverteilen und Parolensprühen auf Mauern und

Schaufenstern wollte sie so schnell wie möglich ihr Studium abschließen, und sie war schwanger.

Wäre Papà noch am Leben, hatte Maras Schwester Teresa zu Jul gesagt, hättest du nie einen Fuß über diese Schwelle gesetzt. Wer erinnert sich heute noch des Avvocato Caetano de Pasqua? Gab es noch Freunde? Schattenfreunde, die Schattenfreunde hatten? Im Schatten-Rom, im Schatten-Bolzano, im Schatten-Milano? Hatte Maras Vater vielleicht auch mit der Mafia zu tun gehabt? Die silberweiße Zia Delia machte eine Faust und streckte nur den Zeigefinger horizontal aus, Pistole oder Revolver: Die Faschisten hätten ihnen den Garaus gemacht, ja, unter dem Duce sei mit der Mafia-Plage Schluss gewesen, aber nach dem Krieg seien alle wieder da gewesen, wie auf Knopfdruck, Agrigento, die Stadt der Faschisten (Jul hatte die Aufmarschfotos gesehen und die Schwarzhemden mit Soutanenpfarrer auf den Stufen des Concordia-Tempels), und heute wieder die Stadt der Christdemokraten und der Mafia. Die Stadt der Arbeitslosen – der jungen Arbeitslosen und der Frührentner.

Alles, aber schon wirklich alles, was in dieser Stadt mit Macht zu tun hat, ist längst in der Hand der Mafia, sagte ihm Franco, der Buchhändler, der seinen kleinen Laden mit Monatsende schließen muss. Für Bücher oder Kunst im Allgemeinen interessiere sich diese Stadt nicht. An manchen Tagen müsse er froh sein, wenn ein einziger Mensch hereinschaue, ja, er habe hier schon ein paar Freunde, die sich für Bücher interessierten, aber meistens holten die sich bei ihm Bücher wie aus einer Leihbibliothek, brächten sie gelesen oder ungelesen auch wieder zurück, und dann seien da noch die wenigen Leseratten, die ihre ausgewählten Bücher auf Kredit mitnähmen. Alles in allem – er seufzte, es gäbe nicht einmal eine ernstzunehmende Kunstgalerie in Agrigento: Wir sind tausend Lichtjahre von dem Kulturniveau entfernt, auf dem das Tal der Tempel einstmals ... Und ob Juno-Tempel oder Herakles-Tempel, das kümmert die Leute hier nicht im Geringsten. Wenn es nach denen ginge, stünden dort auch schon agrigentinische Wolkenkratzer. Er meine die zehn-, zwölfstöckigen Wohnkästen, hinter denen die historische Altstadt verschwindet, verrottet und zerfällt. Dieser herzoperierte Buchhändler Franco fährt quer durch das Land von seinem Wohnort Mazara im Westen der Insel hundertzwanzig Kilometer, um wie ein Missionar, sagt er selbst und verzieht den grauschnurrbärtigen Mund zu einem masochistischen Lächeln, dieser kulturstumpfsinnigen Stadt ein bisschen Weltliteratur in seinem Buchladen anzubieten, seit eineinhalb Jahren, und er schnauft: Aber nun reicht es, noch zwei Wochen, dann schließe ich die gläserne Eingangstür endgültig ab und bleibe bei meiner Familie in Mazara.

Was ging Jul das alles an? Wollte er davon überhaupt etwas wissen? Es war doch leichter und besser, als Irgendwer durch die verwinkelten Gässchen zu laufen, über Treppen in winzige Hinterhöfe zu schauen, oder?

Und vor sich hin stieren an den Theken der Bars, auf ein Glas Martini dry oder den x-ten Caffè macchiato. Und den gehackten, ratternden Gutturallauten zuhören.

Früh am Morgen war er mit einem orangefarbenen Stadtbus vom Bahnhofsplatz ans Meer gefahren, auf der gewundenen Asphaltstraße, die das Tal der Tempel durchschneidet, vorbei an einzeln stehenden Pinien, mehrere Meter hohen Kaktusbäumen, Eukalypten; lange den Concordia-Tempel im Augenwinkel, Mandel- und Olivenfelder. In San Leone (dem Zweitwohnungs-Villenort der wohlhabenden Agrigentiner) bummelte er über die Betonpromenade, linker Hand Palmwedel-Allee, rechter Hand verdreckte Strandfelsen, Abwässergestank und das Meer, Schäferhunde und Huskys an der Leine. Abgeschlossene Restaurants und Bars und Ferienhäuser. Und doch sah er auch Bettwäsche in offenen Fenstern. Je weiter er sich von den Häusern entfernte, desto vertrauter wurden Jul wieder die Geräusche des heranschwappenden Meeres, er watete durch feinkörnigen Sand; auf den Felsbarrieren, die streckenweise parallel zum Strand aufgeworfen waren, standen Angler und schleuderten ihre Ruten aus. Stidda. Mit dem rechten Zeigefinger hatte Mario, der rundliche Portier seines Hotels, dieses Wort auf das verschmutzte Seitenfenster eines geparkten Autos geschrieben. Stidda, das sei der Name derjenigen, die hier in Agrigento (und in Sicullia und Racalmuto etc.) sagen, was zu tun ist, der Name der agrigentinischen Mafia. Warum schreibt ihm der Portier das auf? Will er denn irgend so was wissen? Nein, Jul wundert sich nur, wie die Menschen hier leben, und weiß, er wird es nie wirklich begreifen. Aber ihn wundert schon, dass sie darüber reden, auch wenn sehr leise. Nicht anders dieser schwarzstoppelige Maler, den er – obwohl er es doch mehrmals tun wollte – noch immer nicht angerufen und nun zufällig vor dem Fischgeschäft am Beginn der Via Atenea wiedergetroffen hatte, ja, auch dieser Angelo sagte ihm, fast raunend, über ein Glas Bier hinweg: Sie reden davon, um dir zuvorzukommen, das schützt sie vor bestimmten Fragen und auch vor bestimmten Verdächtigungen, sie reden und bestimmen so die Rede, und sei gewiss, du wirst nichts Besonderes erfahren.

Jul konnte es gleich sein, er war hinter nichts her; was ihn höchstens interessierte: In welcher Welt lebte Maras Vater, und was waren das hier jetzt für Menschen? In der düsteren Café-Bar „Atene" trank er mit Angelo ein dänisches Bier und hörte seinem ernsten Erzählen zu. Ein technischer Zeichner, arbeitslos, will ein Künstler sein, der sich mit Olivenbaumwurzeln auseinandersetzte, er zeichnete und malte Wurzeln und wollte, wie er sagte, sie auf seine Weise zum Erzählen bringen. Angelo war bei archäologischen Ausgrabungen häufig dabei, hatte gesehen, wie die Ölbaumwurzeln bis zu fünf Meter und tiefer in Gräberstädte, in die Stadtwohnungen der antiken Toten hinuntergetaucht waren, um ihre Nahrung zu suchen, den Saft ihres Wachsens; das Öl ihrer Früchte holten sie aus den verfallenden Stätten der Geschichte, sie zehrten vom Müll der Jahrtausende, lebten von den Toten. Angelo, der sich mit dem Malen von Schiffskielen und Tauknoten beschäftigte, bearbeitete mit dem Schnitzmesser auch abgeschnittene, ausgebuddelte Wurzeln, versuchte ein Ohr, eine Nase, schließlich ein ganzes Gesicht freizulegen, dieser Angelo, der ihn so gravitätisch begrüßt hatte („bacio le mani"), dieser dunkeläugige, schwarzstoppelige Olivenwurzelkenner sagte: Sie können nicht neun Millionen umbringen. Das war Angelos Argument gegen die Stidda oder die Mafia im Allgemeinen. Und so wusste Jul nun auch, dass es jedenfalls neun Millionen Sizilianer gab.

30

Als Maras Vater nach Südtirol kam, in dieser eleganten schwarzen Uniform, war Juls Vater schon lange arbeitslos, das Kur- und Ferienparadies um Meran und Bozen hatte sehr schnell seinen Glanz verloren, auch für Engländer und Amerikaner, seit faschistische Squadristen auf offenen Lastwagen herauftransportiert worden waren, um in der (für sie) norditalienischen Stadt Bozen von den Laderampen zu springen und grölend loszuziehen. Wie überdimensionale Heuschrecken fraßen sie sich in die Ruhe der morgendlichen Straßen, ohne irgendetwas von dieser altösterreichischen Stadt zu kennen, überhaupt zu wissen, wo sie waren, ob in einer Handwerkerstraße oder auf einem uralten Marktplatz (dem Obstmarkt, wo auch schon Goethe und Heine Birnen kauften und herumflanierten, vielleicht grünviolette Bozner Feigen kosteten), diese Faschisten wussten von da und hier nichts außer: Qui siamo in Italia – cacciamo via i tedeschi, verjagen wir die Deutschen! Einige von ihnen schossen nicht nur in die Luft, eine Kugel traf einen deutschen Lehrer, der sich mit einem Kind in einen Hausflur flüchten wollte, tötete ihn.

Als Maras Vater hierher beordert wurde, war der Erste Weltkrieg schon zwanzig Jahre vorbei und doch für viele, wenn nicht für die meisten, noch immer nicht zu Ende. Maras Vater kam aus dem Albanienkrieg, wo ihm angeblich bewusst geworden war, wie aussichtslos seine Soldaten sich über macchiabewachsene Hänge hinaufkämpften gegen die oben postierten albanischen Gewehre und Geschütze. Jul hörte Maras Erzählen, hatte aber daraus nie erfahren können, ob ihr Vater irgendwann, irgendwo im albanischen Krieg überhaupt dem Tod nahe war, er hörte von Mara nur, dass ihrem Vater diese wenigen Monate Fronteinsatz, doch als Endzeit, als „sehr schlimm" in Erinnerung geblieben seien. Caetano de Pasqua kam von Albanien in ein fast idyllisches Land, hatte als Federale in Gorizia, dem ehemaligen k.u.k. Görz, nur für wenige Monate Station gemacht und sah sich dann von einem Tag zum anderen versetzt ins Alto Adige, nein, nicht strafversetzt, wie andere redeten, überhaupt nicht, denn nach der slawischen Nordostgrenze Gorizia galt es jetzt die deutsche Grenze fernzuhalten von Rom. Eben noch Feindgebiet, dieses urbäuerliche Alpengebiet mit über tausend Jahre sturem, tirolerisch deutschen Dialekt. Und da jetzt die Arbeit machen für den Duce, angefangen bei den Kindern: das rechte Händchen hoch, das Ärmchen gestreckt und flach die Hand zum römischen Gruß.

Als Maras Vater in schwarzpolierten Stiefeln durch die Säle des Präfekten-Palais in Bozen schritt oder die paar Stufen ins Rathaus hinaufstolzierte, stellte sich Juls Vater in Meran um jede nur mögliche Arbeit an, in Reih und Glied einer Kolonne. Er war einmal Hotelfaktotum gewesen, hatte ab fünf Uhr früh die schwarzen, braunen, weißen, blauen Schuhe der Fremden gesäubert, eingecremt und geglänzt, dann im Herbst Äpfel und Weintrauben geerntet für die jeweiligen Besitzer, hatte sich beworben für die Stelle eines Stadtgärtners, hätte nicht nur die Parkwege mit Rechen und Besen saubergehalten, hätte auch gerne Rosen geschnitten, Blumenbeete gesäubert, aber seine Bewerbung war aussichtslos, er hatte seinen Familiennamen nicht, wie vom Regime gewünscht, abändern, italianisieren lassen. Blieb die Hoffnung, als Hilfsarbeiter unterzukommen, bei öffentlichen Bauten. Mussolini war ein Straßenbauer, nicht nur ein Denkmalerrichter, und tatsächlich gab es da Arbeit, allerdings auch nur unter der Bedingung: Italiener zu werden, was damals Faschist werden bedeutete, also zumindest ein Parteibuchfaschist, ein eingeschriebenes Mitglied, sonst ade, sonst gab es keine Arbeit von Staats wegen. Und so wurde auch Juls Vater, der sich in den zwanziger Jahren wie viele junge Südtiroler gegen die Italianisierung gewehrt hatte, gegen das Verbot Deutsch zu sprechen auf der Straße, im Zug oder im Gasthaus, gegen das Verbot auch, Tiroler Kleidung zu tragen, Lodenjacken mit roten oder grünen Aufschlägen oder Lederhosen und weiße Stutzen, und die Namen plötzlich alle verwelscht: Jacopo statt Joggl, Giuseppe statt Josef oder Sepp, Guglielmo statt Willi, Giovanni statt Johann, und das sogar noch auf den Grabsteinen. Dagegen, und zwar nicht nur daheim am Küchentisch, hatte Juls Vater rebelliert und geschrien, mit und ohne Faust zwischen den Tellern, und war aufgesprungen und hin und her gerannt zwischen Herd, Tisch und Stühlen, aber gerade er ... Und am Schluss, als er mit Juls älterem Bruder und der älteren Schwester angefangen hatte, von Bauernhof zu Bauernhof zu gehen, um etwas Essbares zu erbitten, ein paar Erdäpfel, eine Handvoll Mehl, in den mitgetragenen Sack hinein, und manchmal vielleicht sogar ein Stück Speck oder grauen Käs, am ehesten Äpfel und Mostbirnen, aber die haben sie auch selbst gefunden wie die Espelen und die Nüsse und grünstacheligen Kastanien auf dem Gras- und Erdboden neben den Wegen, sogar ihren weißschwarz gefleckten Zwergrattlerhund bot der Vater den Bauern zum Tausch gegen Essbares an, er, der alle Tiere, auch Blindschleichen und weiße Mäuse, Stieglitze und Kreuzschnabel, liebte, er bot den Familienliebling Titti an und bekam dafür ein Stück Speck. Sie alle weinten einen Abend lang und die Schwester die halbe

Nacht. Aber am übernächsten Morgen war Titti wieder bei ihnen zu Hause. Vater hat den Hund noch einige Male verschachert, eingetauscht gegen Brot, Eier, Fleisch, jeweils bei einem anderen Bauern, auf einer anderen Talseite, Titti war die Rettung geworden. Bis er nicht mehr zurückkam. Und inzwischen hatte der Vater ein Parteibuch, er, der in der Nacht den Italienern aufgelauert hatte mit anderen Burschen und mit dem Stecken, er, der die „Walschen" verdroschen hatte, die Schwarzhemden, er war jetzt selbst ein Faschist, hatte ein schwarzes Hemd, einen Fez und ein Parteibuch. Und deshalb endlich auch eine Arbeit. Bekam nun Geld ausbezahlt, weil er endlich wieder schuften durfte, für sich und für die Familie. Jul war damals der Jüngste, ein paar Jahre erst auf der Welt, als sein Vater den Pferderennplatz in Untermais bearbeitete: den Rasen gesät, die Buchsbaumsträucher und die Pappeln gesetzt und die Mauer gebaut, die endlos scheinende Mauer um diesen Pferderennplatz, die uns Arbeiterkinder samt Eltern von der reichen Welt ausschloss, sagte Jul zu Mara im Ferienhaus, während sie an der „Roten Zeitung" arbeiteten, die Mauer war so hoch und so glatt verputzt, auch von meinem Vater, dass kein Mensch ohne Eintrittskarte jemals die laufenden Pferde sehen konnte. Und vor der Mauer auch noch Pappeln, parallel zum Gehsteig, eine Promenade, über die dann niemand promenierte, weil sie außerhalb der Wohnwelt verlief, in einer Vakuumzone. Auf der anderen Straßenseite Kasernen vor allem und Magazine, Obstmagazine. Damals aber, als der Centurione Caetano de Pasqua, eben erst dreißigjährig, in geglänzten, schwarzen Stiefeln die neue Sportzone inspizierte, damals war dies eine Zukunftszone, entsumpfte und schon blühende Obstwiesen. Und wie viele neue Straßen mussten noch gelegt werden! Also Arbeit und endlich Zahlabende, freilich nur für Arbeiter mit faschistischem Parteibuch, und daher auch für Juls Vater. Und jede dieser Straßen breit geplant, allein von der neuen Untermaiser Pfarrkirche bis zur Marlinger Brücke eine kilometerlange erdige Fläche, die Pflasterstein zu Pflasterstein bedeckt werden musste. Tage-, wochen-, monatelang kniete Juls Vater auf dieser Tirolererde, um sie für die Zukunft zu verschließen, zuzupflastern, während die von ihm mitgepflanzten Pappeln links und rechts der Zukunftsstraße noch kaum einen Schatten warfen.

Das war die Zeit, als Maras Vater, wie es später hieß, verliebt gewesen sein soll in eine blonde deutsche Boznerin, eine Friseuse, ein Gerücht, belächelt und nur vom Hörensagen weitererzählt, angeblich nie ernst genommen, außer von fernen Verwandten. Oder doch? Die Partei sah das Techtelmechtel mit einer Deutschen nicht gern. Und wenn schon, dann heiraten, und zwar vorbildlich, eine exemplarische Hochzeit, aber doch nicht mit einer Friseuse. Und wie dachten die anderen? Unmaßgeblich die Meinung von Maras Onkel Stefan, kaum vierzehnjährig, als Caetano de Pasqua in der Brunecker Stadtgasse Besuche zu machen begann: sie, Hermine, noch ein treuherziges, blondes Mädchen, wie ihr jüngster Bruder Stefan beteuerte (immer etwas eifersüchtig, weil so viele junge Männer vorbeikamen und in den Laden hereinschauten und seine Schwester grüßten, ohne irgendetwas zu kaufen). Immer hat sie geputzt, aufgeräumt, verkauft, immer war sie zum Lachen aufgelegt, es hat nie jemand gewusst, sagte Stefan viele Jahre später, ob sie verliebt oder nicht verliebt war, ob sie überhaupt jemals verliebt gewesen war.

Mitten in diese schöne Unaufgeregtheit gleichbleibender, sich scheinbar aufs Haar ähnelnder Tage ist dieser sizilianische Offizier aufgetaucht, in einer eleganten Uniformjacke, die sich bis zu den Hüften hinunter straffte, glänzende Knöpfe und die gebauschten Reiterhosen in schwarzen Stiefeln, ein Centurione, ein junger Oberst, fast schon ein General. Einmal in schwarzer Jacke und schwarzen Stiefelhosen, ein andermal in feldgrüner Jacke und feldgrünen Reithosen mit doppelten Seitenstreifen, immer eine Ehrenspange mit Auszeichnungen über der linken Brusttasche und Epauletten, und von rechts nach links zum Schnallengürtel hinunter diesen Lederriemen, an dem die Revolvertasche hing. Ich hab ihn sehr gern gehabt, ehrlich, soll Onkel Stefan mehr als einmal Mara beteuert haben nach ihres Vaters Tod, aber ihm, Jul, sagte er, kaum ein Jahr vor seinem eigenen Sterben: Für meine Schwester hatte ich mir doch etwas Fescheres erwartet.

Caetano de Pasqua war klein, etwa eins sechzig, was damals, Anfang der vierziger Jahre, eine Durchschnittsgröße der Italiener war. Hätte jemand nur sein Gesicht gesehen, abgeschnitten von Umgebung und Körper, wie Jul es sah auf vielen Fotos, sozusagen eine weiße Linie oder besser ein weißes Leintuch knapp unter sein Kinn gehalten, dann hätte er ein schönes Gesicht gesehen, vielleicht auch ein Schauspielergesicht, gewiss ein Willensgesicht, ein umgekehrtes Trapez als Kinn, auf jeden Fall eine fast zum Lachen große Ähnlichkeit mit Mussolini – diese geschwungenen, an den Enden aufwärtssteigenden Lippen (beim Duce freilich abwärtsneigenden), wer weiß aber, wenn Maras Vater auf dem Platz zu reden anfing vor Tausenden in Agrigento, Arezzo oder Bolzano, vielleicht schwollen da seinerzeit auch seine Lippen auf und stülpten sich nach vorne wie beim Benito, während die Lippenenden sich womöglich unter dem pathetischen Gewicht der Worte links und rechts senkten. Wenn Jul weißes Papier unter Maras Vaters Fotokopf schob, schien ihm Maras Vater ein freundschaftssuchender Wolf zu sein, der aus Übermut oder aus Unsicherheit die Augenschlitze nur halb offen lässt. Dort auf den Fotos, wo er seine Augen ungeschützt lässt, da sah er ihn manchmal auch als einen störrischen, begabten Schüler, den das langsame Begreifen der anderen ungeduldig macht.

Gewiss, Jul wäre wohl nie über die Schwelle des Hauses am Gerichtsplatz, auch nicht über die Schwelle des Häuschens am Fuße des Skifahrerberges oberhalb von Bruneck getreten, nie über die Schwelle der Advokatenkanzlei in Bozen, wenn er damals ein etwa Gleichaltriger gewesen wäre. Er hätte wohl nie die Welt von Maras Vater, seine Interessenwelt, seine Freundeswelt, seine Machtwelt mit einem Wimpernschlag gestreift, auch mit keiner Schuhsohle.

Ja, in Delias Wohnung hatte Jul sich über Fotos gebeugt, die ihn hineinzwängten in Maras Vaters Welt, er sah sich selbst mit vorgestülpten Lippen, die Hände auf dem Rücken, ohne Pulsschlag für Mara.

31

Heute Morgen wollte er das Hotelzimmer nicht verlassen, er hatte sich über das Waschbecken gebeugt, ihm war brechübel. Obwohl er nicht getrunken hatte, spürte er Gallegeschmack in seinem Mund. Aber er konnte sich nicht übergeben. Ohne den Lichtschalter zu suchen, tappte er zu den Fensterläden, zog die Holzjalousien, so fest er konnte, dicht; der schmalste Lichtschimmer bohrte sich durch seine zusammengepressten Lider in den Hinterkopf und begann dort in Funkenwolken zu zerstieben. Jul wollte sich einrollen unter der dünnen Leinendecke, eigentlich sich für immer einrollen ins Lichtlose und an nichts denken, an nichts, was war. Kein Jetzt mehr. Und vor allem kein Gestern und kein Vorgestern.

Auch als er Mara in der Taramelli-Garage zu sehen und ihr Gesicht zu beobachten begonnen hatte, lebte Jul mit keiner Faser seines Hirns im Gestern oder Vorgestern. Er war damals von einer langen Amerikareise zurückgekommen, fühlte sich so frei wie nie zuvor und voll pulsender Neugier darauf, wie die Menschen, denen er begegnete, sein Leben beeinflussen, verändern, dabei mitspielen könnten; er war aus Neugier und weil ihn die machtlose oder fast machtlose Seite der Gesellschaft interessierte, in diese düstere Betongarage hinuntergetaucht. Weil Leben für ihn Anderssein bedeutete, das Gegenteil von Unterdrücken, von Ausbeuten, von Lügen. Er hockte wach, halbwach oder auch vor sich hin dösend in dieser Debattierhöhle bis in die Nacht hinein. Oft nach einem Tag, an dem er jede Minute seiner Freizeit genossen hatte, vor allem beim Flanieren durch die Stadt, sogar das Banale und immer wieder Gesehene behielt für ihn einen fremden Reiz, so wenn er bei Sommerhitze über den Corso d'Italia oder bei Regen unter den Mussolini-Arkaden der Freiheitsstraße, dem Corso della libertà, dahinschlenderte, mit kürzeren oder auch längeren Blicken auf die Auslagen, auf saloppe Anzüge, auf die dünnen Schenkel der Frauenpuppen, die locker gefalteten Röcke über den Kunststoffknien; gleich danach das Brathuhn, das sich langsam dreht am Spieß hinter einem Ristorofenster; hinein an die Theke, ein Glas Weißburgunder in diesem Abholminirestaurant, spezialisiert auf Huhn und pancetta.

Eine aufregend fremde und doch schon gekannte Stadt, extrem verschieden – die Lauben, der Obstmarkt, der Waltherplatz, die Silbergasse und die Bindergasse, und andrerseits die Mietkasernen von „Shanghai", und

„Bronx“, geradezu geometrisch überschaubar diese südtirolfremden Straßen mit ihren italienischen Namen – Palermostraße, Capristraße, Baristraße, Romstraße etc. Das italienische „Shanghai“ so nahe und doch viele Hunderte Jahre entfernt von der Altstadt: Silbergasse, Mustergasse, Bindergasse, Goethegasse, Museumstraße und den Lauben. Auf einmal fühlte Jul, dass diese seine Heimat so echt war wie die Bahnhöfe und Autobushallen, die er als Reisender, oft als Autostopper oder wie ein Streuner, zu seiner Lebenswelt gemacht hatte. Und nun streunte er wieder durch Bozen, diesen Ort, den er schon einmal, aber mit anderem, sozusagen halbem Blick durchstreift hatte (immer nur die Gassen und Gässchen der deutschen Altstadt) während der letzten zwei Jahre vor der Matura. Er war als geschasster Gymnasiast hierhergekommen und ohne irgendeine Empfehlung (Sohn eines arbeitslosen Halbinvaliden) aufgenommen worden in das Elitegymnasium des Landes, das Bozner Franziskanergymnasium, dessen Extraruf ihm freilich erst allmählich bewusst wurde, ein Jahr lang geduldet, dann warf ihn Pater Elmar hinaus, ein Strahlemann von Intellekt und Physiognomie, ein durchleuchtetes Skifahrergesicht.

Jul erlebte in Bozen erstmals das Abenteuer, ein Zimmer für sich allein zu haben. Endlich kein Institutssaal mehr mit Dutzenden Betten. Es war in der Kapuzinergasse, fast ein gerader Strich zur Goethegasse und zum Obstmarkt (zu überqueren nur der Dominikanerplatz). Seine Zimmervermieter waren diese Besitzer oder Pächter des Cafés „Tirol“ am Ende des Obstmarktes, an der Ecke zur Franziskanergasse. Nette Leute, er hatte sie nie gefragt, von welchem Berg sie kamen, Mann und Frau in den Vierzigern mit einem etwa fünfzehnjährigen Sohn und einer achtzehn- oder neunzehnjährigen Tochter. Jul hatte noch nie das Meer gesehen, aber Bozen war für ihn gleich eine Stadt, die nach Meer roch, eine südliche Stadt zwischen den Bergen mit Muschelgeruch, auch mit Apfel- und Bananengeruch. Und das Mädchen mit glänzend schwarzen Haaren unter dem gleichen Dach. Tagsüber trug sie dieses quellende Haar gebündelt zu einem Zopf, ihre Augen lachten immer, schien ihm. Manchmal hörte er am Nachmittag durch die Wand aus ihrem Zimmer René Carol, diese traurig versunkene Stimme, und er dachte kaum einmal daran, dass sie jetzt ihre Mittagspause hielt – müde vom Spaghettiausteilen an die Marktleute, an die Bauern und Bergler, Touristen und Pensionisten, er hörte die Melancholie der Welt (konnte eine Nacht sein in Paris) aus Carols Gesang. Und für ihn war jetzt Bozen wie (das nie gesehene) Paris.

Er kam ja aus muffigen Schlafsälen, von braunen Schulbänken, er kam aus der Welt der gesenkten Köpfe und war nun jäh aufgetaucht in der Helle spätsommerlicher Septembertage – auf dem Obstmarkt mit Hügeln von graublauen Trauben, goldgelben Birnen und grünblauen Feigen. Eine süßlich duftende Luft, durch die er ging, Wespen schwärmten über dem Obst, er schlängelte sich durch die Leute, sah fast nichts anderes als schöne, in helle Farben gekleidete Frauen und Mädchen und hörte die andere Sprache, die er nur von seiner Schullektüre her kannte, von Dantes „Inferno", Manzonis „Promessi sposi", auch von einigen Versen der Poeten Leopardi, Carducci und von D'Annunzio, aber das alles war ja nur Papier in seinem Kopf, keine Worte, um italienisch reden zu können mit den Menschen, die er sah. Dennoch fühlte er sich wirklich in der Ferne, er hatte ein ihm noch kaum bekanntes Zuhause, mit einem Gemisch von Menschen, die zum Teil so sprachen wie er, und solchen, deren Worte er nur bruchstückhaft verstand, und vor allem einen Süden aus Früchteduft und Sonne. Bald wusste er auch, dass die modisch Gekleideten eher zu denen gehörten, deren Sprache er nicht verstand, nämlich Italienerinnen und Italienern. Und der graue Eisack floss in den flachen Bauch der Etsch, die Jul eigentlich nur vom Zugfenster aus kannte, nie hatte er auf einem ihrer verdreckten Ufersteine gesessen.

Mit den Schulbüchern unter dem Arm (mal Horaz, Sappho und Physik, mal Thukydides, Chemie und Dante, mit Gummiband zusammengehalten) bummelte er zu Mittag nach Unterrichtsschluss an den Obstständen vorbei, ließ sich Zeit, hörte und schaute, sah hier den Sarner Bauern mit dem Federkielgurt um den Bauch, dort den Überetscher in blauem Schurz neben dem eleganten Tailleur einer schwarzhaarigen Italienerin. Und durch die Luft schwirrten gleichzeitig Wortfetzen in venezianischem und neapoletanischem ebenso wie in Bozner oder Pustertaler Dialekt. Er schlief manche halbe Nacht zum Morgen hin bei dem oder dem anderen Freund – nach einer Trinkrunde oder einer Wohnungsparty –, bei Zahnarzt-, Advokaten- und Kaufmannssöhnen aus den Nebentälern auf den Bretterböden ihrer Mietzimmer (beim Tulli, beim Erlacher, beim Beikircher), manchmal nicht weit von seinem Erbrochenen, und ging oft verkatert zur Schule, rezitierte trotzdem Catull, Horaz und Sappho wie gewünscht aus dem Stegreif. Er war sogar verliebt, erstmals verliebt bis zum Küssen.

Dabei war ihm damals nicht oder höchstens beiläufig in Erinnerung, dass er aus einem großen Krieg kam, der freilich schon eine Ewigkeit her war, nämlich zehn Jahre. Und erst recht plagte ihn kein Gedanke, dass er der Sohn von Optanten war, von Südtirolern, die, getäuscht oder nicht getäuscht, für das Hitler-Reich gegen das Mussolini-Imperium gestimmt hatten.

32

Mit dem rechten Zeigefinger fuhr Jul manchmal den Haarrissen, den Windungen des zersprungenen Kalkanstrichs seiner Bettwand entlang, die seine Weltwand geworden war. Halloo, hörte er sich rufen und war doch die längste Zeit leise genug, um keinen Zimmernachbarn zu beunruhigen. Gesichter über Gesichter tauchten aus dem Verputz. Hallo! schrie er jäh und sprang vom Bett, warf sich ins Badezimmer, das keine Wanne hatte, nur eine Duschecke, in die hinein er sich kauerte. Die weißen Kacheln, immerhin bis über den Spiegel, der rund war und einen fingerbreiten, weißen Plastikrahmen hatte. Jul fixierte die längst vertrauten, bräunlichroten Bodenfliesen, die er kannte wie einst das Fell seines Hundes. Hallo, riefen so viele Stimmen zurück, zärtlich fragende aus irgendwelchen Berg- oder Stadthäusern. Sie alle waren wie einstürzende Fassaden aus Zucker und Beton. Er verstand sie alle, weil er seine eigene Stimme kannte. Er war ungeduldig geworden. Hallo! rief er. Wo war der Tod? Dann ließ er Wasser auf sich herunterrinnen, sah später sein Gesicht im Spiegel, Idiot, sagte er, während er sich kämmte.

Unten in der Halle stand Mario in der offenen Eingangstür. Mario, der unrasierte Mario, grüßte ihn immer, wie ihm schien, mit liebevollem Respekt. Jetzt humpelte er, kaum hatte er Jul bemerkt, freundlich zur Seite; tatsächlich hatte Jul nie zuvor bemerkt, dass der Portier einen Fuß nachzog, jetzt sah er es, wie er auch Marios buntgestreiften Pullover zum ersten Mal bemerkte und den kleinen Vorstehbauch. Es war kühler geworden, Jul setzte den Hut auf.

Als Jul in seine Geburtsheimat Südtirol zurückkehrte, hatte er schon längst die Bombennächte in Graz hinter sich und auch das darauf folgende schwarze Schweizer Paradies in einem jesuitisch geregelten Institut. An einem Novembertag war er vor dem Institutstor gestanden und ging dann die Straße rechts hinunter, dorthin, wo er einen landwirtschaftlichen Großbetrieb wusste, eine Pferdemetzgerei mit Stallungen, auch mit Kuh-, Schweine- und Schafbeständen.

Er wurde kurzfristig Stallbursche und Metzgergehilfe, vor allem aber war er Rossknecht, Rossputzer, Rossstriegler – fast so etwas wie ein Cowboy, weil er die träge im Stall stehenden Pferde von Zeit zu Zeit ausreiten musste. In der Mehrzahl waren es nämlich Militärpferde, in Futter und Pflege gegeben von der Schweizer Armee. Hunderte von Dragonerpferden waren täglich zu füttern, zu tränken und zu säubern, aber auch zu selektieren. Altersschwache, verstörte oder störrische Tiere endeten im weißgekachelten Schlachtraum der Metzgerei.

Täglich ab fünf Uhr früh stand Jul zwischen den warmen Pferdeleibern, putzte Mist weg, warf Heu in die Raufen, goss Wasser in ihre Tränkekübel und striegelte das Fell mit der Bürste. Nach dem Frühstück wechselte er in die Dampfhitze der Wursterei und füllte die Mischmaschine mit minderem Fleisch von Pferd, Kuh und Schwein oder schnürte die Wurstschlangen jeweils nach zehn oder fünfzehn Zentimetern blitzschnell ab. Eine willkommene Abwechslung war, wenn er zwischendurch in den Winter geschickt wurde, und zwar in die Gefrierhalle, um Fettabfall, weißen Speck in flache Zweihundertkilo-Körbe zu laden. Er ging gern dahin, kurzärmelig aus dem Dampf der Wursterei, wo sie zu zweit oder dritt arbeiteten, in diese abgeschlossene Eigenwelt: Stille, Kühle, vor allem Befehlsstille, er allein mit dem vereisten weißen Speck, den er in Klumpen oder eher Fladen in „sein

Schiff" warf, in das Eiskellerstrohboot, ja, diese dichtgeflochtenen Körbe hatten die Größe von auseinanderklaffenden Särgen, er musste sie über die eiskühlen Bodenfliesen zerren, ruckzuck, und dachte: Wenn einmal alles zu schwimmen beginnt, werfe ich mich darauf und entkomme, schwimme auf einem Haufen Schweinefett weg.

Bevor er zu den Pferden und in die Gefrierhalle kam, war er in jenem von Jesuitenregeln dominierten Institut auf geistigen Nahkampf gedrillt worden, in einem Missionshaus, wo die Schüler für die Einsamkeit in der Sahara ausgebildet wurden. Es war ein unauffälliges Dreistockhaus mit Nebenanbau und einer Fortsetzung von Gartengrün und Ackerland: fast ein hufeisenförmig angelegtes Militärcamp. Auf jeden Fall mussten alle Schüler um halb sechs morgens, auch im Winter, auf dem Hof Liegestütze machen, Elf- bis Fünfzehnjährige, und immer glücklich alle mit dieser frischen Luft um den Ohren, nicht nur bei Schulbeginn Mitte August, sondern ebenso im Januar und Februar. An jedem Morgen um fünf, wenn der diensthabende Pater mit Knopfdruck den Weckschriller auslöste. Zwischen den Pferdeleibern war er ein Davongekommener, aufgenommen bei den Pferden, die er von der Straße jenseits der Institutswände immer wieder jahraus, jahrein gehört hatte. Plötzlich, aus tiefem Schlaf heraus, hatte er das Klappern der Hufe gehört, regelmäßiges Klappern vieler eisenbeschlagener Pferdehufe, unterwegs in die Welt, wo er nicht war. Und nun bewegte er sich mit kurzgeschorenen Institutshaaren zwischen ihnen, roch sie und begann ihr Schnauben zu unterscheiden. Aber den Ton geben die Profi-Knechte an, Algerier, Tunesier, Ostdeutsche, auch vor den Schweizer Kumpeln, doch die schaffen in der Metzgerei, gutmütig, längst über der Mitte ihrer Jahre, erzählen milde Witze, und ihn schieben sie in die Metzgerei, in die Dampfküche der Wursterei. Die Pferdemetzgerei ist nur eine Sparte dieser Tierhaltungs- und Tiertötungsfarm. Es gibt jede Menge Schweine, aber auch Hunderte Schafe und Dutzende Mastrinder; Jul durchquert alle Ställe, ist irgendwann überall gewesen, hat den Schuss gehört, immer wieder diesen Knall der Leere, hat auch die Schlachtschussmaschine gesehen, angesetzt an der Stirn, und gleich darauf den Knall im Ohr gehabt, das Zusammenbrechen des Tieres vor Augen, den streichelwürdigen Kopf mit den grauweißlichen Hörnern und den scheinbar so wissenden Augen. Auch das Hälften hat er mit angesehen: wie der Kuhkörper gespalten, geteilt, aufgeschnitten und zerhackt wird in wertige und minderwertige Fleischpartien. Und er hat Überstundengeld zu verdienen versucht (zwei Franken pro Schädel), indem er Kuhköpfe mit einem oder zwei scharfgeschliffenen Messern bearbeitete und die halblederne, noch weiche Haut ablöste. Eine Woche später machte Jul so etwas wie einen Karrieresprung, durfte, musste eine halbe Stunde früher aufstehen und schon ab halb fünf Uhr morgens mit dem Oberwachhund (wie sie den ostdeutschen Vorarbeiter nannten) die Pferde zu striegeln anfangen, er zeigte Jul, wie er sich den schwierigen Militärpferden nähern sollte mit der Bürste. Jul selbst kam auf anderes, für ihn Wichtigeres, ihn interessierte das Gesicht des Pferdes, und er signalisierte sein Näherkommen anders, als es ihm der Schaffer vorgemacht hatte. Er musste nicht laut reden oder gar brüllen, wenn er an die Box herantrat, er stellte sich an den Boxenwandpfeiler, blieb dort ruhig stehen, sagte ein Wort, irgendetwas, er hätte auch flüstern können, jedes Mal wenn er den jeweiligen Pferdenamen von sich gab, eher wie eine Liebkosung – hallo, Big Joe – flüsterte, machte ihm das Pferd (Cindy, Windhorse oder Big Joe) Platz, scharrte mit den Hinterhufen einen Schritt zur Seite, so dass er mit der Zunge schnalzend gefahrlos an der linken Flanke vorbei – die Hand schon tätschelnd – nach vorne gehen und das Maul, die Kinnbacken in seine Hände nehmen konnte (den Unmut oder die Ruhe einer Pferdenacht).

Er bekam sehr schnell, kaum zwei Wochen nach seiner Ankunft, eine eigene Stallung anvertraut, eine Sondereinheit sozusagen, ein Ställchen mit sieben Dragonerpferden, einer Sorte von Veteranen, noch nicht ganz im Pensions-, also Schlachtalter, aber Persönlichkeiten, keine übermütigen Fritzen, sondern ausgewachsene Charaktere mit Temperament und Launen. Er war stolz wie ein Besitzer oder genauer: Er fühlte sich plötzlich in einer ihm zugeteilten eigenen Wirklichkeit und begann darin mit Lust zu leben, wenngleich für sich allein, mit sich und den sieben erfahrenen Dragonerpferden, er war ihr Spezi, mehr Freund als Herr oder Betreuer. Er gabelte das ruppige, aber doch noch schwach nach Sonne riechende Heu in ihre Futterraufen aus gedrechselten Gitterstäben. Es war die ruhigste Zeit, die er hatte, wenn er am frühen Morgen Big Joe, Cindy, Windhorse, Franzi, Nelly, King und Mizzi striegelte, zu saufen gab und fütterte und zwischendurch den Stall ausmistete. Dann begann der andere Teil seines Arbeitstages in der Wurstküche – mitten im Jänner mit aufgekrempeltem, weißem Sonntagshemd am Montag und auch noch am Dienstag mit aufgestürzten Sonntagsärmeln. Immer wieder war er unterwegs zwischen der Dampfküche und der Tiefkühlhalle, stets abrufbar, auch in der Schlachthalle, oft noch mit den Straßenschuhen durch frische Blutlachen, denn hier wurde tagaus, tagein immer aufs Neue getötet, Schlachtschussapparat an die Stirne unter dem bisschen Kraushaar, abdrücken, Knall und einknicken, seitwärts klatschen: ein riesiger Fleischklumpen plötzlich nur, Pferd oder Rind. Alles andere noch schneller, serienweise Schweine und Schweine, manchmal auch Schafe. Ich, Jul, war sechzehn, wurde nur langsam größer, erwachsen und wusste, dass ich von Männeraugen beobachtet wurde, wenn ich an ein in der Mitte auseinandergehacktes Schwein herantrat, das kopfabwärts mit jeweils einem Bein am Haken hing. Mit beiden Armen musste ich es knapp unter der Bauchhälfte umschlingen und es mit einem jähen Aufwärtsruck aus dem Haken heben, so dass es auf meine rechte Schulter fiel – nur jetzt nicht außer Tritt geraten, ich war stolz, weil sie mir zusahen; sie warteten nur darauf, dass ich ausrutschte, dass ich umkippte, aber ich fiel nie um, obwohl der Kachelboden glitschig war.

Am Abend war Jul ab sieben Uhr wieder im Stall, schloss die paar Fensterluken, die er für den Tag geöffnet hatte, warf Heu hinter die Raufen und begann mit dem Säubern des Bodens. Er hörte das Malmen und schaufelte den Dreck weg. Zwischendurch stellte er jedem Tier einen vollen Eimer Wasser unter die Raufe. Von einer Stallung in die andere wurde geschwiegen oder jäh gebrüllt, alles in allem aber roch Jul um vieles mehr, als er hörte, den Atem der Tiere im Stall wie tagsüber das Blut in der Schlachthalle, Exkrementengeruch, Kuhfladen-, Pferdeäpfelgeruch, Menschenschweiß-, Pferdeschweiß-, Angstschweißgeruch, Hoffnungsgeruch der schlafenden Zimmergenossen, Masturbationsspermiengeruch. Er stellte Kübel um Kübel unter die Pferdemäuler, und während sie soffen, das Wasser in sich hineinschlürften, karrte er den Mist hinaus auf den quadratisch angelegten Haufen. Später das Einsammeln der leer gesoffenen Wassereimer. Ein schwaches Vierzigwattlicht, das er schlussendlich ausknipste bis fünf Uhr früh.

Er war kein Weltflüchtling, er hatte die Tiere sehr gern, war ihr Kumpan, aber er dürstete nach Menschen außerhalb der Mauern, wollte einfach zuhören, ganz gewöhnlichen Gesprächen zuhören und die redenden Gesichter sehen. Er sehnte sich nach dem

Samstagabend, um endlich bei denen da draußen zu sein, wo, wie er dachte, das Leben sein musste.

Er hatte Freunde im Nachbardorf: Karl, den Bruder eines Mitschülers im Haus des Schweigens, und Egon, einen richtigen Kumpel, den er über diesen Bruder kennengelernt hatte, vor allem aber Marlene, Karls Schwester. Jul hatte sie zwei- oder dreimal vom Krankenzimmerfenster und einmal sogar von einem Kapellenfenster aus vorbeigehen gesehen, unten auf der Straße vor dem schwarzen Eisentor, ihr kurzes, über dem Ohr zurückgekämmtes, blondes Haar. Jetzt war er auf der anderen Seite des Eisentores, er traf sich mit ihrem Bruder, ging mit Karl am Samstagabend aus, manchmal in ein Gasthaus, wo aufgespielt und getanzt wurde. Die ganze Woche freute er sich darauf. Sechs Tage lang lebte er wie in weiter Ferne, im Nachbardorf zwar, aber in einer so ganz anderen Welt, unter so ganz anderen Menschen, dass er schon am Freitag die Stunden zu zählen begann, die ihn vom Samstagabend noch trennten, als hätte er einen Hafturlaub vor sich.

Und so war es auch an jenem Samstag. Statt um sieben Uhr abends stellte er den Pferden schon am Nachmittag um fünf die Wasserkübel hin und warf Futter in die Raufen. Er wartete eine halbe Stunde, dann räumte er die Kübel weg, auch die halbvollen. Wusch sich, zog ein weißes Hemd an, schlüpfte in den Sonntagsanzug und in die Halbschuhe und lief quer über Äcker und Wiesen dem anderen Dorf zu. Dort war er plötzlich wieder er selbst, schon das Gehen auf dem Straßenasphalt war aufregend, weil er sich wie zugehörig fühlte, wenn er auf der Hauptstraße zum Kirchplatz marschierte, vorbei am Konsum-Laden und an der Reparaturwerkstätte des Fahrradmechanikers.

Dann das Hocken mit seinen Freunden Karl und Egon in der zigaretten- und stumpenrauchigen Gaststube vor einem Bier, einem Glas mit Henkel. Das Schauen, Hinschauen, Hinhorchen auf die Gesichter, fast ausschließlich Männergesichter am frühen Abend, kniffelige, grinsende Gesichter, auch knitterigernste, manchmal ein aufgerissener Mund, krakelig laut. Jul saß gern mit dem Rücken an der braungetäfelten Holzwand. Er schlitzte die Augen, hörte, ohne Genaueres hören zu wollen. Ihm gefiel alles, er hätte auch ohne Bier so dahocken und den abgestandenen Gaststubenschmauch riechen mögen; er sah das gebrochene Licht in den Saalecken und diese ewige Dämmerung hinter der Schank und die triste Tür zu den Toiletten, alles Tunnels zu den Jahren, die vor ihm lagen. Er schaute auf die lappigen Lippen eines grauschopfigen Alten, der seine Worte gepresst von der vorgestülpten Unterlippe abschoss. Jul empfand Schrecken und Lust zugleich, in dieser Erwachsenenwelt zu sein. Für ihn war dies die größtmögliche vorstellbare Freiheit, hier an einer solchen Gaststubenwand hocken zu können inmitten fremder Menschen, die er aus einer Nische der Vertrautheit beobachten konnte, denn seine Freunde, mit denen er hergekommen war, gaben ihm das Gefühl, vertraut zu sein mit dieser fremden Freiheit.

Ein paar rotblaugelbe Papiergirlanden hingen kreuzweise über dem Raum, und über jedem Tisch leuchtete matt ein bunter Lampion. Weihnachten war noch nicht lange her, aber die Faschingszeit hatte in diesem Jahr früh begonnen. Auf einem kleinen Podium spielten zwei Musikanten mit Trompete und Ziehharmonika auf, und bald war die Gaststube voll von maskierten und kostümierten Tänzern. Vor seinen Augen drehten sich Rücken und Masken, auch Karl und Egon tanzten, obwohl sie nicht einmal eine Clownnase trugen. Plötzlich – Jul hatte schon angefangen, auf die Uhr zu schauen – wurde er unbegreiflicherweise von einer Maskierten auf den Tanzboden geholt. Nie zuvor hatte er einen Tanzschritt zu aufgespielter Musik gemacht, und jetzt wurde er herumgezogen, nein, gewiss nicht herumgezerrt, er spürte die schmale Hand an seiner Schulter, wie sie ihn mit sanftem Druck dirigierte, dahin und dorthin, er fühlte sich geführt wie zum Fliegenüben. Wäre in dem Gedrängel nur Platz gewesen, er hätte abheben wollen, ja, er hätte wahnsinnig gerne diese Cowboymaske da oben über dem Mädchenrock ein wenig näher an seine Wange herangerückt, aber stattdessen drückte die Tänzerin seinen Kopf unter ihr Kinn, er roch die Haut ihres Halses, roch Milch und Seife und gleichzeitig hörte er über sich die frauliche Stimme des Maskencowboys, die ihm ruhig, doch unentwegt zuredete, auf jeden Fall vor Mitternacht das Gasthaus zu verlassen, unbedingt vor Mitternacht, wenn alle Tänzer und Tänzerinnen die Masken abnehmen müssten. Aber er wollte nicht weggehen, er wollte bei ihr bleiben, weiter mit ihr das Fliegen üben. Zuletzt, eine Viertelstunde vor Mitternacht, sagte sie ihm, dass sie rothaarig sei und nicht mehr jung, und bot ihm an, ihn mit ihrem Mann („schau die Koboldmaske") bekannt zu machen: Wir haben keine Kinder – du kannst bei uns über Nacht bleiben. Da ließ er sie los, zwängte sich durch das Foxtrott-Gedränge auch an dem Tisch der Freunde vorbei, der jetzt leer war, ohne Karl und Egon, die noch tanzten, und stand vor der Gasthaustür.

Zuerst hatte er den Asphalt der Dorfstraße unter den Schuhen, dann die gefrorenen Wiesen- und Ackerbuckel, er schritt forsch aus, dann begann er zu rennen; seine Samstagsjacke, sein Wochenendsakko war kein Mantel, er hastete und stolperte über die gefrorenen Wiesenkuppen, rannte querfeldein in Richtung zum Nachbardorf, spürte die vereisten Erd- und Grasstücke unter den Schuhen, ruderte mit den Armen, ohne hinzufallen. Es ekelte ihn, ohne dass er wusste, wovor und warum. Und so und nicht anders kam er zu den Stallungen, bog durch sie hindurch, stieg die Holztreppe hinauf zu der Schlafkammer, die er mit drei ausgewachsenen Männern teilte, Ausländern wie er. Schnarchen, Körperausdünstung. Die Kleider in den Spind hängen. Er war kein Kind mehr. Das kalte Bett. Die Finsternis. Er war tot. Und schlief ein.

Kaum ein paar Stunden später striegelte er wieder seine Pferde. Es hatte ihn niemand geweckt – diese Morgenzeit, diese Aufstehpflicht war in ihm, wie eingeschweißt, die Institutszeit, das jähe Gewecktwerden hatte er in den Knochen oder im Blut. Schon von den Alarmsirenen der Bombenangriffe in Graz. Und während die Pferde soffen und fraßen, bürstete er eins nach dem anderen. Aber da tauchte der ostdeutsche Kapo in der Stalltür auf und hinter ihm die massige Gestalt des Chefs, Baumgarten persönlich, der Herr dieser Stallungen und Schlachtanlagen, Eigentümer der Kühe, Schafe und Schweine sowie aller ausgedienter Dragonerpferde, die zum Zerkleinern vorgesehen waren für den Frischfleischverkauf, vor allem aber für die Verwurstung. Baumgarten baute sich jenseits der zementierten Latrinenrinne auf, schaute grußlos eine Weile Juls Striegeln zu, zog den Atem oder den Nasenschleim in regelmäßigen Abständen so heftig ein, dass es wie Grunzen klang, und schwieg. Doch plötzlich donnerte er los, hackte er mit seinem rheintalerischen Schwyzerdütsch auf ihn ein: was er, Jul, grünschnäbeliger Hundsfott, sich denn herausnehme, schwoofe (tanzen) zu gehen und die Rösser verdursten zu lassen – eine, nein gar zwei Stunden vor Arbeitsschluss davonzuschliechen („Gottverdammi, häsch du kei Gewisse?") und das Vieh hier ohne Wasser! Er warnte ihn mit erregtem Grunzen: Wenn so etwas noch einmal ... („dann fliegsch! verschtooscht?")! Dann lasse er ihn von der Fremdenpolizei ... raus aus der Schwiez, denn für einen lausigen Italiener – er sagte „Tschink" – gebe er keine Garanzie mehr ab für einen Arbeitsaufenthalt, oder? Damit drehte der Chef sich von ihm ab und stampfte mit diesem Nasengeräusch zur Stalltür hinaus, ist grunzend hinausgestampft aus dem Stall, in die Morgenfinsternis, es war ja erst wenig nach fünf.

33

Er hatte das Striegeleisen in eine Futterraufe geworfen, ging stumm unter den Blicken des ostdeutschen Kapos zur Stalltür hinaus, überquerte das Gelände zwischen den Stallungen und stieg in die Bettkammer hinauf. Im Sonntagsanzug sprang er wenig später aus einem Parterrefenster in den Morast des umzäunten Schweineauslaufs, er hatte niemandem adieu zu sagen, verzichtete auf Restlohn und lief mit seinem kleinen, hellbraunen Pappkoffer und in kotbespritzten Schuhen zurück über die Felder zu dem Dorf, wo sein Kindheitsgefängnis, dieses Institut, aber auch seine einzigen Freunde waren. Zum Glück fand er Egon in einem Gasthaus; das halbe Dorf schlief noch, war bei der Stallarbeit oder in der Sonntagsfrühmesse. Egon war stark verkatert, wahrscheinlich hatte er in dieser Nacht nicht einmal sein Bett gesehen. Jul wusste eigentlich nicht, ob und was er arbeitete, ob er überhaupt ein Zuhause, etwas wie Eltern oder Geschwister hatte. Aber Egon war immer besser angezogen als Karl, sozusagen modisch, mit Pfiff, es stand ihm alles gut, und sein Haarschnitt hatte eine Bogartwelle.

Egon meinte, da gäbe es nur eines zu tun – abhauen, sofort verschwinden, am besten in einer Stadt untertauchen. Denn ohne Aufenthaltsgenehmigung gibt's auch keine Arbeitsgenehmigung – du bist niemand, das heißt: Du darfst nicht existieren in diesem Land.

Egon fuhr mit ihm in die Kantonshauptstadt. Auf Feldwegen (hinter den Häusern) hatten sie sich an den Bahnhof geradezu herangeschlichen, und Jul war mit ihm in den nächsten Zug nach Sankt Gallen gestiegen, Egon war verkatert, aber er hatte Geld. Sie nahmen ein Zimmer in einem Gasthof oder so etwas wie einem Hotel und strolchten den Rest des Tages durch die Straßen der Stadt. Einmal zeigte ihm Egon Geldscheine (im Bahnhofsrestaurant oder in einem Gasthaus in der Nähe des Bahnhofs), er lachte und ließ ihn, in einer Handhöhle zusammengerollt, auch eine Halskette anschauen, achtzehn Karat, sagte er. Jul hatte die Gedanken woanders, war zum ersten Mal in dieser Stadt, von der er als Schüler immer wieder hatte reden gehört. Und jetzt hier mit Egon (einem Freund, der im Haus des Schweigens undenkbar gewesen wäre) in einem weitläufigen Gasthaussaal mit vielen Tischen und wenigen Gästen. Aber bald würde auch Egon weggehen. Zum Zug und zurückfahren. Und Jul hierbleiben. In dieser Stadt, wo er niemanden kennt. Also morgen Arbeit suchen, und wo schlafen?

Am nächsten Morgen tastete er mit den Fingern die paar Franken ab, die Egon ihm in die Jackentasche gesteckt hatte, er ging langsam und ohne Ziel durch die Montagsstraßen, unendlich lange, schien ihm, waren die Geschäftsauslagen lichtlos, augenlos, entweder heruntergezogene Rollos oder ohne Beleuchtung, gewiss, es war früh am Morgen, zu früh noch, aber auch nach sieben sperrten nur Bäckereien auf, dann erst, eine Stunde später, Lebensmittelläden und ja, die eine und andere Metzgerei. Jul wanderte stundenlang durch die Straßen, bog mit Scheu und Scham um die Hausecken herum, bis er sich endlich einen Ruck gab und einen Fleischerladen betrat. Ohne Blick für das reiche Wurst- und Fleischsortiment, steuerte er geradewegs auf die blonde Frau an der Kasse zu. Für seinen Geschmack (oder was er bisher vergleichsweise gesehen hatte) war die vollschlanke Dame mittleren Alters wie für eine Sonntagsmesse herausgeputzt, in einem rosaroten Kostüm, über dem ein ebenso rosiges Gesicht, umrahmt von sonnengelben Dauerwellen, ihm erstaunt zulächelte. Aufgeregt, wie er war, fragte er beinahe forsch, ob er in diesem Geschäft arbeiten könnte. Er war mittelgroß und sein dunkelbraunes Haar hatte noch den Institutsschnitt. Das wurde ihm bewusst, während ihn die blondondulierte Frau wortlos mit schmal lächelnden Lippen musterte. Er sagte, er habe schon einige Zeit in einer Metzgerei gearbeitet, sagte aber auch, dass er eigentlich Student sei, der jetzt lieber einmal zupacken („schaffe“) wolle. Da stand sie hinter der Kasse auf, war gleich groß wie er und sagte, sie sei die Chefin, doch sie stellte keine Fragen, sagte nur: „Wommer a bitzli luega“ und „chomm“. Sie führte ihn in die Metzgerei, und irgendeiner der Männer musste ihm den Stiegenaufgang zeigen zu seinem Platz in einer Sechsbettenkammer. Kurz darauf sortierten seine Hände schon wieder Fleisch zum Verwursten, und später, als er damit fertig war und vielleicht den anderen im Weg stand, schob ihn der Schweizer Vorarbeiter, ein drahtiger Fünfziger und, wie er bald wusste, Otto, der Chefmetzger, über die Kellerstiege hinunter. Er zeigte ihm den großen Ofen der Zentralheizung und wie er ihn zu bedienen hätte. Mein Gott, das gefiel ihm alles: diese Finsternis, die er haben konnte, wann er wollte – beim Betreten des Raumes, solange er den Lichtschalter nicht drückte und im Keller stehend oder hockend allmählich den hellen Fleck der einzigen Fensterluke wahrnahm, die in zweieinhalb Meter Höhe auf das Trottoir hinausging. Aber wenn er den Schalter anknipste, tröpfelte von der Sechzigwattbirne an der Decke eine trauliche Wärme, die für ihn Stille und Geborgenheit war. Im Ohr hatte er das Knistern oder Schmatzen der Flammen hinter der Stahlwand des Ofens wie aus weiter Ferne. Ein kurzbeiniger Hocker ohne Lehne und der Korb mit den Knoblauchzöpfen. Er schälte unzählige Knoblauchzehen, lernte schnell, sie mit immer geschickteren Messerbewegungen zu enthäuten, liebte bald sogar auch den scharfen Geruch. Der Keller wurde sein Lieblingsort, am liebsten hätte er den ganzen Tag dort verbracht, ihm fehlten weder die Menschen noch die Gespräche.

Aber natürlich wurde er auch für anderes eingesetzt, für fast alles – auch für das Reinigen des Gehsteigs vor dem Geschäft. Damit begann überhaupt sein Tag: zuerst der Gehsteig, dann der Kachelboden des Kundenraums, selbstverständlich mehrmals in der Woche alles, was aus Glas war, die gläserne Eingangstür und die Auslagenscheiben, und natürlich täglich die Ladenbankvitrinen, außerdem jeden Morgen vor Geschäftsöffnung die Kachelwände, und die Kacheln reichten bis zur Decke. Schließlich schleppte er wieder in Körben Fleisch und Wurstkränze, alles, was die Männer in der Metzgerei zurechtmachten, in den Laden, wo der halb kahle Otto die Ware auslegte oder an die Wandhaken hängte. Dann, wenn die ersten Kunden, fast immer Kundinnen, den Laden betraten, durfte er, musste er augenblicklich verschwinden, in den Keller. Er musste es schaffen, den Ofen mit Briketts nach und nach so zu versorgen, dass er für die nächsten Stunden ohne kurzfristigen Nachschub weiterbrannte. Denn zu Juls Vormittagsbeschäftigungen gehörte auch das Austragen, eigentlich das Ausfahren, von telefonisch bestellter Ware zu einzelnen Kunden. Er pedalte mit dem Fahrrad (dem Velo) in eine vorher so nie gekannte Alltagswelt. Er läutete an Wohnungstüren im zweiten Stock, klingelte an Villentüren hinter Zierhecken und verschneiten Bäumen. Ihm machten ausgemergelte Frauchen auf und wanstige Lockenwickelträgerinnen, manchmal auch eine unausgeschlafene Schönheit mit offen hängendem Morgenrock. Er bekam Trinkgelder, sogar blanke Zweifrankenstücke; gelegentlich musste er eintreten, wurde hinter die Tür in ein Zimmer gebeten, mit besonderem Lächeln. Aber meistens kassierte er mit den Schuhen auf dem Abstreifer vor der Tür.

Er radelte bei Schnee, Regen und Sonne, er war gern mit dem Velo unterwegs, schlängelte sich mit besonderem Vergnügen zwischen die vor den Ampeln abbremsenden Autos, wich auch über den Gehsteig aus. Er hatte keinen Regenmantel, oft kam er triefnass zurück in die Metzgerei, wo er dann gleich in den Keller hinab durfte. Dort war es warm, und er sah mindestens für eine Sekunde, solange er den Lichtschalter nicht drückte, das Linienviereck des Feuerscheins, den Rand der Ofentüre. Seine Haare, die Jacke und die Hose trockneten, während er Knoblauchzehen schälte.

Die Wände des Kellers waren unverputzt, nicht gekalkt, aber für Jul war dieses grobe Grau wie eine stumme Waldmauer, er hätte seine Stirn daran lehnen können. Hierher kam er mit den Geräuschen und Bildern zurück, die er unterwegs eingesaugt hatte auf dem Fahrrad. Er übersetzte sie vielleicht sogar Stück für Stück in die Fast-Lautlosigkeit und in die Fast-Farblosigkeit seines Kellers. Alles bekam hier eine eigene Tonleiter, eine eigene Farbskala, manchmal leuchtete schrillrot der Pantoffel an einem Frauenfuß auf, manchmal das Weiße eines vorgestreckten nackten Armes, er hörte bruchstückartig, ja, staccato, dann wieder wild durcheinander, die aufgenommenen Straßengeräusche, sogar Fußgängerschritte glaubte er zu hören und das Quietschen von Autoreifen. Er begann eine eigene Welt sich aufzustellen wie Kulissenwände, machte darin Zimmertüren auf, verschloss Villentore, saß auch an Küchentischen herum. Es war aber nie jemand da, der mit ihm mehr als zwei, drei Sätze geredet hätte.

Und dann holte ihn eines Tages die Polizei aus dem Keller. Zwei Herren in mittlerem Alter, freundlich lächelnd und in Zivil. Er erschrak, als plötzlich die Kellertür aufging und zwei fremde Männer in saloppen Straßenanzügen, etwas gebückt, herunterkamen und vor dem Korb, halbvoll mit gelbweißen, geschälten Knoblauchzehen, stehen blieben. Sie rieten ihm, die Schürze abzulegen und in seine Jacke zu schlüpfen. Dann musste er mit ihnen hinauf in den Laden. Das Schlimme daran war, dass sie ihn durch die Kundschaft hindurch zur Kasse führten und seiner blonden Chefin – für alle hörbar – erklärten, ihn zu einer Befragung aufs Polizeikommissariat mitnehmen zu müssen. Er verstand nicht, warum sie das mussten, auch nicht, warum sie das durften. Doch sie waren freundlich, ja beinahe väterlich zu ihm, einer bot ihm im Polizeiwagen sogar ein Pfefferminzbonbon an. In der Polizeistube (oder war es ein Kommissariat?) zeigte ihm ein anderer Uniformierter das Foto. Er sah das freundlich grinsende Gesicht seines Freundes Egon. Ob er den kenne?

Ja natürlich, mein Freund.

Und wann zum letzten Mal gesehen?

Wie? Was?

Wann zum letzten Mal gesehen, mit ihm zusammen gewesen?

Damals am Bahnhof, als er wegfuhr und ich hierblieb, mein erster Tag hier.

Seltsam, sie fragten nicht, warum er, Jul, wann er und wie er von den Pferden weggelaufen, in den

Schweinemorast hinuntergesprungen und von dort hierher, in diese Stadt Sankt Gallen, geflüchtet war. Nein, sie wollten nur alles wissen, was er von Egon wüsste. Aber er wusste wenig: dass er in jenem Dorf mit ihm am Samstagabend oder auch Sonntagabend manchmal, zuletzt auch regelmäßig, an Wirtshauswänden oder Gaststubenwänden herumstehend, hockend oder lehnend, das eine und andere Glas Bier getrunken hatte. Und die Halskette? Davon wusste er nichts, außer, dass er sie ihm gezeigt hatte vor dem Wegfahren.

Aber diese Halskette sei gestohlen gewesen, sagte der Uniformierte.

Jul dachte daran, wie Egon ihm zugelacht hatte. Und dennoch schämte er sich nicht für ihn.

34

Während Jul die Bac-Bac-Gasse hinunterging, stolperte er, Pflastersteine, uneben und schmierig am Morgen, sagte er sich und suchte mit dem Blick den Friseurladen und sah ihn verschwommen, war sich plötzlich nicht sicher, ob er in die schmale Vitrine des Fleischerladens gegenüber schaute. Die Luft flimmerte grell, als wäre die Sonnenkugel in Schieflage geraten, ein einseitiges Sonnenlicht, registrierte er und wollte jede Unruhe wie mit einem Löschblatt in der Schule wegsaugen. Er hatte nicht erbrochen und das Kopfweh war sogar abgeklungen.

Was hatte er Mara in jenem ersten Sommer von sich, über sich erzählt? An der kroatischen Adriaküste und auf der Insel Korçula. Vielleicht ist er nicht so auf die Details eingegangen, hat vieles weggelassen, weil für den Moment keine alte Geschichte so wichtig war, aber vielleicht hat er im Gegenteil sogar Einzelheiten hervorgehoben, hat möglicherweise gerade Unwichtigkeiten hervorgehoben und übertrieben. Bestimmt hat er nichts verheimlichen wollen.

Mara war schwanger, er wurde zum ersten Mal Vater, sein Kind würde eine Italienerin zur Mutter haben.

Jul saß in jenem Sommer vor und nach der Fahrt zum Meer an großen Glasfenstern, konnte die Hand von der Schreibmaschine heben und mit den Fingern das Glas der Redaktionsfenster berühren. Er lebte heiter, war leichtsinnig, er rannte in Alleskanngeschehen hinein. Vielleicht war er ein Scharlatan. Er riss die meterlangen Nachrichten-Papierschleifen von den Fernschreib-Apparaten, wählte aus, was ihm berichtenswert erschien, drückte den Inhalt auf Radiomeldekürze, verwarf vieles, der Papierkorb füllte sich rasch.

Mara sammelte indessen in Mailand das Material für ihre Dissertation, sie lebte in einer Wohngemeinschaft mit Gesinnungsfreunden und schrieb ihm winzig kleine Briefchen, Jul erfuhr wenig von ihr. Wenn er an sie dachte, sah er sie als ein gertenschlankes Mädchen, immer in blauen Jeans, die Haare halblang im Nacken, sie sah kaum wie zwanzig aus, und er hatte schon ein Dutzend Jahre länger gelebt. Irgendwie wirkte sie scheu, jedenfalls zurückhaltend, ja beinahe schläfrig, niemand hätte ihr die Disziplin zugetraut, mit der sie ihr Prüfungsprogramm neben der Arbeit an der Dissertation erfolgreich erledigte. Dabei ließ sie kaum eine Demonstration aus und saß abends, schrieb sie ihm, fast immer noch in einer Diskussionsrunde. Nie aber ein Anruf von ihr in der Redaktion; in der Wohnung hatte Jul kein Telefon. Je länger Mara in Mailand war, je länger sie miteinander nicht reden konnten, desto mädchenhafter erschien sie in seinem Kopf – ein für ihn zu junges Mädchen, das ihn erschreckte: keine Abenteurernatur, Tochter aus bürgerlichem Haus, kaum risikofreudig, bestenfalls mitgezogen, hineingezerrt, vielleicht gerne überrumpelt.

Damals wusste er nicht, dass auch Luca in ihrer Wohngemeinschaft lebte und dass Mara, schon schwanger, mit Luca zu diesem künstlich angelegten Freizeitsee, Idroscalo, nicht weit vom Mailänder Flughafen Linate, hinausfuhr, um mit ihm in einem Segelboot herumzuwerkeln. Er wusste es nicht, aber Mara wohl: dass sie den Vater ihres Embryos heiraten musste.

Und er, Jul? Wollte er zum Spaß heiraten, sozusagen stolz auf seine Kühnheit, seine Verrücktheit? So als könnte er mit seinem und Maras Leben spielen, als könnte er, wann immer er wollte, aus dieser Nähe wie aus einem Kino hinausgehen oder so wie einen Fernsehfilm wegschalten?

Hatte er Mara überhaupt jemals gefragt, wo sie mit welchen Freunden oder Freundinnen die Nachmittage verbracht hatte, damals oder gar, als sie zwölf oder dreizehn oder fünfzehn war? Die Juninachmittage – die Aprilnachmittage? Er hatte sie nicht gefragt, ihn interessierten ihre Abwesenheiten nicht und schon gar nicht ihre Mädchenjahre, jedenfalls nicht der Alltag, den sie vor ihm verlebt hatte; hin und wieder war sie mit dem einen und anderen Satz darauf zu sprechen gekommen, und das hatte ihm genügt.

Zwei Abende vor der Hochzeit hatte er, schwer betrunken, vor einem Freund geweint. Eine Dezembernacht, mild wie eine Märznacht. Keine Schneeluft, eher Geruch nach moderigem Frühling.

35

Er wollte Angelo treffen – dieser ewig blaue Himmel, diese noch immer blendende Novembersonne brachte ihn mitten am Tag zum Taumeln, Jul bog von der Via Atenea zur Discesa Gallo ab, verlangsamte aber den Schritt in dem moderig riechenden Hausdurchgang, in dem wie zum Hohn mittendrin an der Decke eine Art Salonlampe pendelte, beinahe stolperte er danach auf dieses zugemauerte, einstige Hotelportal zu, folgte dann, immer auf Katzen- oder Hundekot zu seinen Füßen achtend, der Wegführung nach links in die Discesa Boccerie, alle diese vernagelten, angeschimmelten Holzveranden, verrotteten Abflussrohre und Strom- sowie Fernsehleitungen in schwarzen Kabeln über sich und im Blick, auch die vergilbten

Grasbüschel in den Mauerecken. Von der Boccerie trieb es ihn hinunter (in scharfen Windungen) in die Via Vallicaldi, vorbei an bewohnten und längst unbewohnten Wohnlöchern, bis er den Platz wieder vor sich hatte, den Piano Ravanusella mit der Tankstelle und der Chiesa Santa Lucia. Jul überquerte die Via Empedocle vor der Tankstelle und lehnte sich an das Geländer, unter dem die Verschiebegeleise des Bahnhofs sich ausdehnten. Buntbesprühte Nachtwaggons standen da, cuccette, las er, während er einen Bahnarbeiter beobachtete, wie dieser die verschmierten Waggons entlangschritt und mit einem Lappen nur den Einsteigegriff an jeder Wagentür mit zwei, drei kurzen Wischern putzte. Hinter den Waggondächern sah Jul die Bläue des Meeres, als ob sie direkt von den Waggondächern weg den Horizont verflüssigte. Die Luft war so blau, dachte er, wie die Tellerränder und das Kleidchen, das Natalie trug, als er sie eines Sonntags als Siebenjährige auf der Holzterrasse hinter dem Berghaus fotografiert hatte: Natalie auf einem Geländerbalken sitzend, vor einem langen Tisch mit leeren Tellern (die eingeladenen Freunde waren noch nicht eingetroffen), hinter ihr sonnenbeleuchtetes Haselgebüsch und ungemähtes Maigras. Ihre halbgeschlossenen Augen. Als wüsste etwas in ihr, was sie selbst nicht wusste – dieser müde, halbgeöffnete Mund.

Jul folgte der Via Empedocle bis in die Nähe des Moro-Parks. Er wollte jetzt nicht, konnte niemanden, auch Angelo nicht, als Redenden ertragen.

Er hatte Maras Zittern gespürt, als sie auf dem Bahnsteig die Arme um ihn warf, ohne Worte, und er hatte sich viel zu schnell aus ihrer Umklammerung gelöst. Damals, als er von Passau kommend in Franzensfeste ausstieg, hätte er sich ihrer Umarmung überlassen sollen, aber im Gegenteil, er hatte sich fast gewaltsam daraus befreit.

In Passau hatte er mit dem sechzehnjährigen Hippie-Mädchen geredet, dessen kaum viel älterer Freund sich mehrere Stockwerke tief auf die Straße zu Tode hatte fallen lassen. Zwischen die Füße der Käufer und Käuferinnen im Geschäftszentrum. Jul hatte freilich außer Schniefen und Tränen nicht viel brauchbare Sätze für eine Radioreportage herausholen können.

Und dann diese Redeunfähigkeit zwischen Mara und ihm nach dem Unglück, dieses Stummsein, das sich zwischen ihnen dehnte. Und Jul ließ es zu, auch Mara tat nichts dagegen. Als ob der eine wusste, was der andere nicht hätte wissen sollen.

Besonders an strahlendblauen Sonnentagen konnte Jul eine Schwere überkommen, eine Müdigkeit oder Leere, die ihn niederdrückte, tatsächlich auf die Bettmatratze niederdrückte. Ohne Wut, ohne Bitterkeit. Auslöschung. Nicht mehr Widerstand leisten. Er traute sich nichts mehr zu, keine Zukunft, er wollte nur noch das Kleine, Banale, Alltägliche: Holz ins Haus tragen, die Handtücher wechseln, Teewasser auf die Herdplatte stellen, und vor allem schlafen, schlafen. Doch am wenigsten hielt er es auf der Matratze aus, er war zu müde, um schlafen zu können. Er hätte mit Mara über den Tod reden wollen – über Natalies Abwesenheit. Aber um darüber reden zu können, hätten sie einander noch lieben müssen – reden, um zu heilen, nicht um zu beschuldigen, diese Zeit war vertan.

Mit offenen und mit geschlossenen Augen sah er immer wieder, was er nicht sehen wollte: die Stubenecke, dort, wo der Esstisch vorher und nachher stand, diesen weißen Holzsarg und Natalies schmales Gesicht, den Satinglanz ihres Kleides, das sie nur einmal zuvor getragen hatte, um diese Hostie, dieses Stück Gott, in die Hände und in den Mund zu nehmen. Diesen Stubenwinkel, wo sie geplappert, gespielt und gegessen hatte, diese Ecke, wo alles war – das tägliche Essen, aber auch das Warten auf Weihnachten –, dort lag sie zwei Abende lang zum Anschauen für das ganze Dorf, das zum Beten kam.

Aber es ist ja Fasching, träumt er mit wachen Augen, Fasching, und Natalie ist zwei Stunden früher von der Schule heimgebracht worden, es ist Faschingsdonnerstag, der Unsinnige. Alle Schulkinder maskiert und verkleidet, Natalie in diesem Jahr als „alter Intellektueller“. Das hat sie sich selbst so ausgedacht, schon vor Wochen, und hat mit Mara verschiedene Jacken und alte Hosen mehrmals anprobiert, schließlich eine malzbraune, viel zu weite Jacke ausgewählt sowie Juls einstige grau-schwarz gestreifte Hose (von Mara abgeschnitten) und seine Baskenmütze, dazu eine dickglasige Brille; Natalie sieht sehr gut, doch sie hat im Geschäft auf dieser Behindertenbrille bestanden. Jetzt nach der Schule ist sie müde, vielleicht auch enttäuscht (die anderen tummelten sich kostümiert auf dem Eislaufplatz, für sie jedoch gab es keine passenden Leihschlittschuhe mehr). Trotzdem will er sie als „alten Intellektuellen“ mit Polaroid festhalten, so hat sie es sich ja noch am Morgen dringlich gewünscht, ein Bild für ihren Fotokalender. Doch nun mag sie nicht mehr, hat schon die Baskenmütze vom graugesprayten Haar gezogen. Ach, Natalie, ruft er, mit dem Apparat im Anschlag, nur eine halbe Minute und dann hast du dein Erinnerungsfoto! Widerwillig lüpft sie die Mütze wieder auf den Kopf. Da fährt er mit der freien linken Hand hin, versucht die Kappe ein bisschen zu ihrem rechten Ohr zu ziehen, um sie etwas kecker erscheinen zu lassen. Aber Natalie faucht ihn an: Lass das! Und das trifft ihn jäh, zwei-, dreimal stampft er mit dem Fuß auf den Steinboden vor dem Haus auf: Stell dich sofort dorthin! Mara will ihm den Fotoapparat aus der Hand nehmen. Nein, brüllt er, jetzt ist Schluss, jetzt ist der Fasching aus! Und er rennt mit der Kamera ins Haus und wirft sie in den Wäschekorb. Er hockt auf einem Stuhl und hört durch die offene Stubentür, wie Mara das Kind im Flur zu beruhigen versucht. Dass er unrecht hat, weiß er, also greift er in den Wäschekorb und tritt mit dem Apparat wieder auf den Flur hinaus, ganz ruhig, sagt er, Natalie, ich mach jetzt das Foto. Aber Mara sagt: Siehst du nicht, dass sie weint, gib mir das Ding. Nein, ruft er scharf und öffnet die Haustür: Komm, Natalie! Und Natalie folgt ihm mit störrisch gesenktem Kopf.

Stell dich dahin! Er zeigt auf die eisweiße Burg, die sie mit ihm nach dem letzten starken Schneefall gebaut hat, er weiß, das kann keine lustige Aufnahme mehr werden, trotzdem will er dieses Foto, um erlöst zu sein, als wäre nichts gewesen. Er hebt die Kamera an sein Auge, sieht das traurig trotzige Gesichtchen, sieht, wie Natalie steif dasteht mit dem Spazierstock seiner Großmutter lose in der rechten Hand, die Baskenmütze flüchtig mitten auf dem Kopf abgelegt, nicht zurechtgezogen, und er sieht die schwarzgerandete Kurzsichtigenbrille, die gemalten Bartstoppeln, von Tränen verwischt, der Schnurrbart fast schon weg. Und die rote Krawattenfliege. Er drückt ab. Es ist wie eine Exekution. Er hat Mitleid mit ihr, könnte sich verfluchen. Mara nimmt ihm den Apparat aus der Hand: Lass *mich,* sagt sie und schiebt Natalie vor die braune Tür der Holzkammer, halb vor die Tür, halb vor die graue Mauer. Schade, murmelt er, warum dort, bei diesem blauen Sonnenhimmel und dem glitzernden Schnee. Und sobald Mara geknipst hat, greift er noch einmal nach der Polaroid und lässt Natalie zum verschneiten Nussbaum gehen. Das letzte! ruft er beschwichtigend und rückt ihr diesmal näher, kaum zwei Meter vor sich sieht er die dunkelblauen Stiefel des „alten Intellektuellen" und Natalies unverändert versteinertes Gesicht. Faschingsdonnerstag. Er drückt zum letzten Mal ab.

Mit zwei Orangen suchte er sein Arbeitszimmer, sein Studio, auf, schälte sie und aß sie hastig, so dass er sich beinahe verschluckt hätte.

Nach Natalies Tod war er ein Zeittöter geworden, langweilte sich nie. Konnte stundenlang in einem Raum hocken, liegen, herumlaufen, er lebte, phantasierte, zerkaute Erinnerungen. Auf seinen Bergspaziermärschen, die ihn oft anödeten, weil sie Tag für Tag die gleichen waren und ihm nichts anderes mehr auffiel oder einfiel als das, was er seit Jahr und Tag gesehen hatte, wiedersehen würde – morgen, vor oder gleich nach Sonnenaufgang. Herrlicher Schnee. Polsterschnee. Sauberer Schnee. Frischer Schnee. Alles schneeweiß. Auch die Eschen weißgepolstert und die Haselstangen weißpelzig und die ewig weihnachtlichen Fichten und die glitzerig-weißen Föhrenzweige und alle seine bösen Erinnerungen, mit ihren Spaghettiwurzeln, ihren Kaktusschlupfwinkeln.

Obwohl kein neuer Grund zur Wut dazugekommen war, begann der Tag meist mit linken Füßen und lief darauf fort, half sich nur mit linken Händen. Das trockenste Eschenholz brannte nicht im Kachelofen. Und doch hatte Jul dürres Reisig über Zeitungspapier geschichtet, das allerdings zur Seite rutschte, so dass er, ohne auf die Flammen zu achten, mit der Hand hineintauchte, um die Reisigzweige ins Feuer zu rücken, und sich dabei die Hand verbrannte. Er fühlte sich gehetzt.

Und im Spiegel: sein Blick, sein aufgesperrter Mund. Der Wolf, wie er sich sah in wiederholten Träumen. Manchmal verordnete er sich aber auch selbst Erinnerungshaltungen: Stand wieder im Flughafen in einer Windung der Korridorschlange, sah auf die Anzeigetafel von Gate elf, er ganz schwarz betucht, schwarzer Hut, schwarzer Mantel mit hochgestelltem schwarzem Kragen, schwarze Hose, schwarze Stiefeletten und schwarzes Hemd. Und kannte sein todernstes, bleiches Gesicht, als sie, die immer Geträumte, die Koffertasche vor sich herschiebend, auf ihn zukam mit gesenktem Lachgesicht. Jetzt war er nur mehr Wolf. Sank auf die Knie und stieß seine Nase in die Senke.

36

Mara fuhr in jenem ersten Sommer, schwanger, wie sie war, zunächst mit ihrer Mutter ans Meer, und ihre Mutter wusste nicht, dass sie mit einer schwangeren Tochter badete. Mara schrieb ihm von diesem Strand kurze Zeilen, die sich wie Zärtlichkeitswünsche lasen. Sie begegne ihm in der Tiefe beim Tauchen. Auch an der Wasseroberfläche – du bist ein blauer Kamm. Bist du anwesend, wenn ich den Kopf unter Wasser halte?

Für zehn Junitage war er mit dem Mittelmeer verbunden, hatte eine blaue Nabelschnur zur Sonne. In der Redaktion in Bozen hatten sie indessen wie immer irgendeinen Anlass zum Feiern, den Geburtstag eines Kollegen oder einer Kollegin, sogar den Kauf eines Autos eines Kollegen oder einer Kollegin. Die Fernschreiber spuckten Vietnam-Nachrichten aus, Meldungen über Allendes Linksallianz in Chile und die Regierungsumbildung in Rom. Jul schaute von außen zu – sozusagen als Österreicher, der er auch nicht mehr war, nicht als Passinhaber, immerhin aber als jemand mit unbefristeter Aufenthalts- und Arbeitsbewilligung, das heißt: Für sich war er ein Teil, zumindest ein geistig zugehöriges Partikel von Musils „Mann ohne Eigenschaften“ und ebenso von Heimito von Doderers „Strudlhofstiege“. Als Student in Wien war er jahrelang immer wieder durch die Porzellangasse hinüber zur Liechtensteinstraße gegangen oder umgekehrt zum Schottentor und über die Freyung. Er war an sommerlichen Sonntagen durch die menschenleere Servitengasse geschlendert, aber auch durch Schneematsch die Berggasse hinaufgestapft, vorbei am Sigmund-Freud-Haus zur Währinger Straße, Ecke Anatomisches Institut (dem Leichenzerstückelungshaus), bis zur Volksoper, und dann entweder nach links oder rechts unter mageren Alleebäumen über den „Ring“.

In diesem Juni, als Mara zum letzten Mal mit ihrer Mutter allein Ferien am Meer machte, fragte sich Jul oft, warum er in diesem Fernseh-Radiogebäude mit dem Lift auf und nieder fuhr, Nachrichtenpapierschleifen von tickenden Fernschreibermaschinen abriss und las, schnell und immer wieder Nachrichten las aus Thailand, New York, Vietnam, London, Laos, Rom, China, Wien, Chile, Paris und Bonn, und zwischendurch in der Little-Bar oder auf der anderen Seite der Freiheitsstraße (Corso della Libertà) einen Espresso oder flugs einen Weißen kippte, fragte sich auch, warum nicht er mit Mara statt ihrer Mutter in das Mittelmeerblau hinausschwamm, und weil er sich dies fragte, schwor er: Mara, und nie mehr ein Labyrinth.

Er schwor es erst recht, als sie vom Meer zurück war und er die zunehmende Wölbung ihres Bauches nackt sah. Trotzdem stieg er ohne sie ins Auto, fuhr zum Stadtrand, sah in einer Gasthofecke Ines, seine geschiedene Frau, mit neuem Kumpan und dessen Freunden, lachte oder grinste, trank sein Glas aus, erhob sich bald, kehrte allen höflich den Rücken zu, ein Fremder ohne Fremdgefühl, und schwor: Keine Angst, Mara! Er wollte weiterleben, ohne ihr jemals wehzutun. Er war einverstanden, dass seine Zukunft mit ihr begonnen hatte, und fühlte sich frei von Bosheit, ja, sein Bedürfnis war grenzenlos, ihr Haar zu streicheln und alles Weh von ihr abzuhalten für immer.

Die Hochzeit schien seinen Freunden eine launische Improvisation – sie kamen wie zu einer Kastanienparty, kaum Verwandte, nur Maras Mutter und Juls jüngerer Bruder waren da. Dennoch, ein wunderbarer Hokuspokus – ohne kirchliches Zeremoniell, Mara in safrangelbem Glockenmantel, darunter ein scharlachrotes Kleid, das den schwellenden Bauch fast unauffällig machte. Und Jul in schokoladedunkler Schnürlsamtjacke, in der Hüfte schmal, eine schwarze Samtschleife unter dem weißen Hemdkragen und über allem der Wildledermantel mit dunklem Pelzkragen und eng im Bund. Im Rathaus der Landeshauptstadt beglaubigte der deutsche Vizebürgermeister ihr Zusammensein als Mann und Frau. Es war Weihnachtszeit, ein Vormittag vor Heiligabend, Gedränge in den Straßen der Altstadt, vor allem unter den Lauben, Einkaufsfieber, doch weit und breit keine Schneeflocke. Aber er so heiter, mit den anderen singend, kaum Schweiß auf der Stirn, und Mara lächelte unentwegt, als müsste sie allen die Fröhlichkeit verzeihen.

Sie saßen an Bauerntischen mit dem Rücken an holzgetäfelten Wänden in einer Stube, die schon längst ein Restaurantzimmer geworden war für Liebhaber von geschmäcklerisch zubereiteter einstiger Armenkost, wie Knödel, Schmarrn, Nudelsuppen, Einbrennsuppe, Schweinsbraten oder Selchkarree mit Sauerkraut, vor allem für die in dieser Diaspora geborenen Italiener. Für die sogenannten Hiesigen, also deutschen Südtiroler, meist Bozner, gab es hier die feinsten „Schlutzer", eine Art kleiner Teigmuscheln, gefüllt mit Spinat oder Faschiertem (ähnlich wie Ravioli, die man auch aus der Tiefkühltruhe haben konnte). Vor einer Woche hatte er zwischen diesen Tischen noch gerauft, und der Wirt hatte ihn vor die Tür zu werfen versucht, was ihm aber nicht gelungen war. Aus Trotz, wenn schon nicht aus Stolz, hatte Jul dieses Lokal Mara vorgeschlagen. Einer seiner Freunde, ein bärtiger Maler, strich sich die schwarz glänzenden Haare hinter die Ohren, beklopfte und bezupfte seine Gitarre und sang. Streckenweise, auf jeden Fall den Refrain, krächzten oder kreischten die meisten mit.

In der Nacht, ihrer Hochzeitsnacht, träumte er, dass Mara mit ihm auf dem Uferdamm eines breiten Flusses stand, ja, sie standen auf der obersten Stufe einer sehr, sehr breiten Treppe, die aus massivem Holz war und irrwitzig steil abfiel, so dass sie sich spontan auf den Hintern setzten, aus Angst abzurutschen, hinunterzuschlittern in den grauen Fluss. Aber sie konnten es nicht verhindern, kaum saßen sie, rumpelten sie schon über das vereiste Treppenholz hinunter, Mara in ihrem safrangelben Glockenmantel, doch sie fing den Schwung am Ende der Treppe so geschickt ab, dass sie zum Stehen kam, und seltsamerweise stand auch er nach der rasanten Rutschpartie neben ihr. Er sah sich zu, wie sie gemeinsam die träge Flussströmung bestaunten. Das Wasser war kloakentrüb, aber man konnte in unmittelbarer Ufernähe trotzdem Steine unter Wasser erkennen. Scherzhaft sagte er zu Mara (obwohl es ein eisigkalter Tag war): Jetzt hier hineinhechten und schwimmen! Im gleichen Moment warf Mara ihre Handtasche von sich und sprang, sie mit ihrem Hochzeitsmantel und dem roten Kleid, ließ sich nur kurz von der Strömung mitnehmen und schwamm dann mit größter Leichtigkeit stromaufwärts zu ihm zurück. Bist du wahnsinnig! schrie er und sah, wie sie unter Wasser den Mantel auszog und auch das Kleid, aber dennoch beides in einer Hand festhielt und so aus dem Wasser stieg, in ihren schmalen Schuhen mit breiten Absätzen. Du bist von Sinnen! rief er ihr zu, während sie die triefenden Kleidungsstücke wieder anzog. Wie willst du so diese Kälte überleben? Sie sah ihn von unten, mit halb gesenktem Blick, an, spöttisch, auf jeden Fall selbstsicher.

Mitten in der Nacht, zwischen zwei und drei, hatte er davon Mara erzählt. Ja, ich hör dir zu, murmelte sie und schlief weiter und wusste am Morgen nichts mehr davon. Und er hatte sich keine Mühe gegeben, es ihr noch einmal zu erzählen.

37

Er konnte es keinem Arzt sagen, nicht einmal seinem Arztfreund. Wenn er es nur dachte, sah er schon, wie sich dieses beschwichtigende Lächeln, eigentlich das Lächeln professioneller Ungeduld, über ihn stülpte. Dennoch, er hatte das Knarren einer dieser beiden schmiedeschwarzen Flügelgattertüren im Ohr. Und mit diesem Geräusch hatte es begonnen, zuerst dieses Knarren, dann dieses Klopfen, und die ungewöhnlich warme Februarsonne über dem schmalen Grabloch – er mit dem Hut in der Hand neben Mara, und dieses plötzliche dumpfe Klopfen im Hinterkopf.

Er vermochte Mara nicht zu helfen – er musste durch diesen grauen Tunnel ihrer Zurückgezogenheit, ihrer Verschlossenheit, ihres düsteren Gesichtes am Morgen, zu Mittag, am Abend – auch mitten in der Nacht, wenn er von einem Alptraum aufschreckte, in dem er ihre braungestrickte Weste aus einem trüben Aquariensarg herausgezogen hatte, voll von Würmern, Schnecken und Schildkröten, und am Ärmel ihre angenähten Hände sah mit wuchtigen, langen Krallen. Wann immer, spürte er gegen Morgen ihre Hand auf seinem Gesicht, ihr Halbwachsein, aus dem sie die Hand nach ihm ausstreckte, sein Gesicht traf mit unsicher tastenden Fingerkuppen. Und er sich zurückhielt.

War er, als sie heirateten, ein Betrüger gewesen? Er war hochgehobenen Mutes, fühlte sich mit Mara vor einem Aufbruch, vor einer langen Zukunft. Vielleicht belog er sich selbst, lebte wie in Abenteuergeschichten – denn Geld (oder die Frage, wie sie Möbel, Brot und Kleider beschaffen würden) kümmerte ihn nicht besonders. Uns werden sie irgendwann einmal ein Schloss überlassen, das sonst verrotten würde, sagte er zu Mara, die von Anfang an alles, was er aus Lebenslust übertrieb, freundlich aufnahm, aber als lächelnde Zweiflerin. Sie liebte ihn möglicherweise, weil oder obwohl er alles umkrempelte, was sie von den ersten Lebensjahren an eingetrichtert bekommen hatte. Sie pinselte ja rote Parolen auf Mailänder Häuserwände und schwieg wohl deshalb, duldete fast alles, seine Art, von der Hand in den Mund zu leben, auch seine Netzhemden mit offenem Brustlatz. Schließlich holte er sich als freier Mitarbeiter ohne garantierte Anstellung sein Honorar jeden Vormittag im Kassenbüro des sechsten Stockes, nachdem er ab fünf Uhr früh allein von vier Fernschreibern Dutzende Meter Nachrichtenschleifen abgerissen und jeweils zu einer Zehn-Minuten-Information zusammengetippt hatte.

Nein, er vermochte Mara nicht zu helfen; schon seit langem, bestimmt aber, seit es Natalie nicht mehr gab, registrierte er nur sein Warten, ohne enttäuscht zu sein, wenn er umsonst gewartet hatte. War das sein anderes Ich, der Anfang der zukünftigen Vergangenheit? Bin ich jetzt nicht mehr der vor einem Monat?

Der vor einem Jahr? Während er die Post durchsah, Käse und anderes auf dem Tisch zerkleinerte, zum Mund führte, während er kauend las und zwischendurch mit Mara eine Zeitungsnachricht austauschte, schrillte jäh das Telefon. Hallo, wie geht's, was tust du, was hast du in all der Zeit getan, gelebt, erlebt?

Dieses Angerufenwerden, so verlogen es sein mochte, belebte ihn, hielt ihn wach. Er lauerte und wusste.

Aber trotzdem: Warum? Von einer Wand zur anderen, und (mit hingeneigter Stirn) durch die Wand sinken. Mehr und mehr bedrängte ihn die davonrasende Zeit, er wollte sich wehren, sich wehren gegen diesen Druck im Kopf, denn er wollte noch teilnehmen, selbstverständlich noch teilnehmen können.

Er streifte in der Küche an Mara vorbei, auf der Treppe und sogar im Traum. Am Morgen, unter der Dusche, hätte er sie mit der Kraft eines Banditen an sich ziehen können. Und dann spürte er ihre trockenen Lippen auf seinem Mund. Du bist so streng im Tonfall, hörte er sie sagen, oder: Warum schreist du? Und er hatte geglaubt, witzig oder gar herzlich gewesen zu sein.

Sogar über den Teufel geredet – sie meinte, der sei lebendiger als Engel. Er lachte auf: Bin ich zuständig?

Aber du bist – oder bist du nicht ein Teufel?

Warum ich? Und er schmunzelte vielleicht und rieb sich die Augen: Lebendigsein ist aggressiv, wütend, virulent, also irgendwie eher teuflisch, als oblatenkeusch oder silberstimmig. Möglich, dass er lachte und sagte: Vielleicht ist Leben die größte Stille. Sie stritten jedenfalls nicht darüber. Es war wohl nur wie ein Ablauschen, ein Ausmessen des Alleinseins des anderen: He, du da!

Die Hochzeitsnacht hatten sie auf der zehn Zentimeter dünnen Matratze seiner Junggesellenbude verbracht. Ohne Katze und also auch ohne Asthma- oder Hautallergierisiko für Mara (die Katze hatte er verschenken müssen). Die Hochzeitsnacht jedenfalls verbrachten sie in seinem katzenhaarfrei gesaugten Zimmer im sechsten Stock mit Balkon und Blick auf den Kohlerer Berg, auf Waldstücke des Schattenbergs über der Stadt. Auf dem Parkettboden stand das Grammophon, das Hochzeitsgeschenk seiner Redaktionskollegen, und Mara ließ die Vivaldi-Platte, die mitgeschenkt war, in dieser Nacht sehr lange laufen. Und dann gleich auch noch am Morgen, in der späten Helle eines wolkenlos blauen Dezemberhimmels. Weihnachtsabend. Zu Mittag erwartete Maras Mutter sie zum Essen und für den Abend auch: in einer Wohnzimmerecke sogar ein kleiner Christbaum, gleich neben dem unbenutzten offenen Kamin von Maras Vater. Am Tag danach fuhren Mara und er auf Hochzeitsreise – nicht sehr weit, immerhin auf den nächsten Skiberg. Obwohl nur Jul die Ski mitnahm, Maras Bauch wölbte sich nach der Hochzeit auffälliger als zuvor. Sie bezogen ein kleines Appartement in einer Bauernpension und versanken in den Federbetten, hofften auf Schneefall, ließen das Licht auch tagsüber brennen und lasen und lasen (wenn sie nicht ineinanderkrochen). Manchmal fuhr er mit dem Wagen zu einer Skipiste auf die Seiser Alm, mit der Schneesonne in den Augen und im Kopf das Bauchnest, mit dem Mara in einer dämmerigen Schlafkammer zurückgeblieben war. Nach dem einen und anderen Schluck Williamsschnaps schoss er ziemlich schnurstracks die Piste hinunter. Er war ein armseliger Skiathlet, aber er freute sich auf das Kind, und Mara hatte ein umwerfend schönes Mädchenprofil. Sie war kindlich neugierig auf das Leben, doch immer so, als lauschte sie mit einem Ohr in die Richtung, aus der die Worte ihrer Mutter kamen.

Die Hochzeitsreise dauerte nicht lange. Noch vor Silvester telefonierte Mara mit ihrer engsten Studienfreundin und erfuhr einen sehr nahen Abschlusstermin, den Termin für die Präsentation ihrer Dissertation. Jul brachte sie über die halbverschneiten Hangstraßen hinunter zum Bahnhof.

Aber zuvor dieser ihr erster Sommer, in dem Natalie in Maras Bauch wuchs – was war das für ein Sommer gewesen? Ein Sommer des halben Bewusstseins, heißweicher Trottoirteer, an den er sich erinnerte, flirrendes Stadtfensterglas und Erwartung, er mit ausgeliehenen Autos unterwegs zwischen Montigglersee und Kalterer See, Mara neben ihm lächelnd und stumm, während er redete und redete. Aber auch sie konnte plötzlich wasserfallartig losplatzen mit einer Politanalyse, die ihn nicht nur überraschte, sondern meist überzeugte. Er horchte, strich ihr mit der Hand über den blauen Jeansschenkel, doch sie ließ sich nicht abbringen vom Ernst ihrer Meinung. Erst wenn er hielt, gern unter einer Trauben-Pergola, schaute sie ihn wieder an, als entdeckte sie ihn aufs Neue, und nie war die Nähe dieser Entdeckerfreude so jäh spürbar wie unter einem Sommerregen, wenn die Gewitterwolken bleiern bis zur Rebenerde herunterreichten.

Das Regentrommeln auf dem Autodach – ein Geräusch, das ihn hereinholte in das Vertrauteste, zurück zu den Kindertagen in den Hinterhöfen, zurück in die Toreinfahrten, aus denen heraus er und seine Freunde das Zerspritzen der Regentropfen auf dem Asphalt, das Zerplatzen der Wasserstrahlen zwischen den Straßenbahngeleisen in Graz beobachtet hatten. Dieses Regentrommeln hatte er immer geliebt, als wäre es seine Kindhaut gewesen, eine beschützende Nesthaut – dieses Nasse, dieses Strömende, auch den moderigen Mauergeruch und den zerfließenden Blick durch Fensterglas.

Vielleicht war jener Sommer nicht schöner gewesen als andere Sommer. Aber Mara ging mit ihrem wachsenden Geheimnis im Bauch durch das Gras unter dem Skiberg, mit ihm vorbei an weißblühenden Erdäpfeläckern; fast hüfthoch, dann schulterhoch die hellgrünen Kukuruz-Stangen, sie streifte sie oft bewusst auch mit der Hand, nicht nur mit der Hüfte. Dieses Gehen nebeneinander, vom Ferienhaus hinauf zum Waldrand, kaum hundertfünfzig Schritte, vereinte sie, schuf einen Erinnerungsboden (eine Liebesheimat), wo sie ihm auch die alte Lärche zeigte, mit den über den Boden sich wölbenden Wurzeln, Mara kauerte sich hin, und mit dem Finger wies sie auf die schmalen Ein- und Ausgänge dieses Wurzellabyrinths, das noch immer, wie die Spuren bezeugten, bespielt wurde von Kindern.

Wenn sie sich mit dem Rücken zum Baumstamm drehten, sahen sie durch den abendlich dünnen Wärme- oder Smogschleier die Kleinstadt Bruneck wie in einem gerundeten Handteller. Waldkühle im Gesicht und im Ohr vielleicht auch das kaum bemerkte Aufflattern eines Vogels – Mara nahm dies mit ihm auf und sah schon am nächsten oder übernächsten Tag wieder durch ein Zugfenster auf die Kornfelder der Poebene.

Wenn sie von Mailand zurückkam, war Mara müde und (vielleicht vor Erschöpfung) traurig, ein Mädchen, dessen Leib sich veränderte, wovon niemand außer ihm wusste, weder Mutter noch Schwester, schon gar nicht ein Bruder. Mara lebte mit einem verbotenen Glück, hatte er gedacht, denn wenn sie beide zusammen waren, lebte sie schnell auf, konnte fröhlich sein und mit ihm lachen, sie freute sich auf alles, was auf sie zukam, glaubte er in jenem Sommer. Sie hatten sogar schon eine Stadtwohnung in Aussicht, mit Balkonterrasse und Blick auf einen Weingarten.

Erst Jahrzehnte später sagte Mara ihm, dass dies für sie kein schöner Sommer gewesen sei, kein besonders glücklicher. Damals war sie ihrer Familie fremd geworden und hatte sich noch nicht an ihn gewöhnt, sie hatte sich aufgemacht in die Fremdheit, und es war erst der Anfang.

Jahrzehnte später sagte sie, warte, mir fällt schon was zum Lachen für dich ein, und eilte in die Küche, sah im Backrohr nach, ob die Lasagne eine braune Knusperhaut bekamen. Jeder von ihnen hatte da schon lange die eigenen Probleme seiner Arbeit im Kopf, sie gingen oft aneinander vorbei, ohne zu bemerken, dass sie schwiegen. Aber sie schwiegen wohl auch, um sich zu strafen für irgendwelche banale Vergehen, wie für die von ihm weggeworfene Kaugummihülle oder dass Mara seine über eine Stuhllehne geworfene Hose unausgebürstet ließ.

Ja, sie waren in jenem Sommer an der kroatischen Adriaküste gewesen, das verleugneten sie beide nie, hatten auf Felsen gelegen, die in Wirklichkeit Dammblöcke waren gegen das heranstürmende Meer, und neben ihnen lag einmal ein älteres amerikanisches Paar, das wie sie den Wahlsieg von Nixon fürchtete. Und dass sie auf der Insel Korçula in einem Turmzimmerchen unter einer orientalischen Plüschdecke schliefen (angeblich hatte schon Marco Polo hier übernachtet, sie lachten darüber), erinnerten sich auch immer, dass das Meer – vom Zimmerfenster aus gesehen – mit einer chinesischen Seidenhaut überzogen war.

38

Mara wollte Modezeichnerin werden – Stoffe, Linien, Formen faszinierten sie, auch Design hatte sie in ihren Plänen, aber dann zogen sie in diese Wohnung in Bozen ein mit einem Balkon nach Osten und einer ausladenden Terrasse nach Westen, zu Füßen oder unter den Augen einen Rebgarten mit blauen Trauben im Herbst. Obwohl sie die Wände weiß und fast unverstellt von Möbeln beließen, war es ein luxuriöser, sonniger Wohnort. Und hier trug er die von Darmkrämpfen geplagte kleine Natalie im Wechsel mit Mara durch die Zimmer hin und her, summend, singend, lallend. Mara war wie verwandelt, freudig (obwohl unter Schmerzen) pumpte sie die Milch aus ihrem Körper in die Flasche, aus der Natalie trank. Sie hatte nur Augen für das Kind, hörte auch den leisesten Wehlaut mitten im tiefsten Schlaf durch die Zimmerwand, taumelte traumwandlerisch ans Gitterbett, bemerkte ihn kaum, wenn er mit der gewärmten Flasche aus der Küche kam. Mit dieser gleichen wilden, alles andere beiseiteschiebenden Fürsorge stand sie auch das Jahr darauf in jeder offenen Zimmertür, scheinbar allgegenwärtig, um das Herumkrabbeln des Kindes zu behüten, und dann erst recht die ersten tapsigen Gehversuche. Natalie war die Alleswelt für sie geworden, nicht nur ihr Jetzt, alles, auch Vergangenheit und Zukunft schienen inbegriffen. Nie ein Wort mehr von Mode oder Designplänen. Wenn Jul von der Arbeit heimkam, warnte sie ihn schon auf der Türschwelle, diesen oder den anderen Stuhl ja nicht anzurühren, auch die Sitzbank rund um den Wohnzimmerofen, bitte, nicht, denn das waren von Natalie tagsüber in Besitz genommene belebte Orte – was immer ihr lieb oder wichtig war, Papierfutzelchen, Steine, Gräser oder Stoffreste – alles, was sie in der Wohnung sammelwürdig fand, legte sie auf zwei, drei Stühlen und auf der Ofenbank aus, als würde sie damit Bilder hergestellt haben, auf jeden Fall durfte man daran nicht rühren, nichts ändern, nur hinschauen und sich freuen. Mara ging in dieser Welt auf, und Jul war es recht.

So kamen sie zu dem Entschluss, ganz für sich zu leben: sie zwei mit und für Natalie. Und für Natalie wollten sie vor allem Gras, Tiere und Wald haben, ein Haus weit weg von der Stadt. Die Garagendebatten hatten aufgehört, statt Flugzettelaktionen oder Demonstrationen wurden in den Mittsiebzigern „Kulturzentrumsabende" in öffentlich zugelassenen Stadtsälen abgehalten. Daher lasen sie eines Samstagmorgens ein Zeitungsinserat als Glücksbotschaft. Sie kauften ein halbverfallenes Bauernhaus am Berg – probten es sogar vier Monate (Spätfrühling, Sommer und Herbstbeginn) unter dem löcherigen Dach aus, bis eine Windböe die hölzerne Westwand wegriss. Aber schon im nächsten Frühling gaben sie die sonnige Stadtwohnung auf und richteten sich im Heu des Stadels, zehn Meter östlich von dem verfallenden Bauernhaus, ein. Ein Kleiderkasten, drei Matratzen (weil das Heu alt war und staubte). Und die Bauern des Weilers halfen ihnen, das Wohnhaus abzutragen, zuerst das Schindeldach, dann die Balken, die Bretterwände – nur das Erdgeschoß mit Küche und zwei Stuben war ummauert –. Mara zeichnete, phantasierte mit ihm. Von einem Morgen auf den anderen wechselten ihre Vorstellungen von diesem Haus, aber sie bauten es schließlich, wie sie es haben wollten, mit Hilfe eines Maurers, der freilich dem Alkohol verfallen war und oft tagelang verschollen blieb. Trotzdem – manchmal schippte er, Jul, den Mörtel vor Maras Beine, und sie zog Ziegel für Ziegel eine Zimmerwand hoch. Es war Frühling, die Kirschbäume weiß, die Wiesen gelb von Löwenzahn. Natalie mit ihren drei Jahren wollte mit ihnen bauen, trug einen Ziegel oder ein Holzstück zu Maras Füßen. In der Nacht oder bei plötzlich herunterprasselndem Gewitterregen kuschelten sie sich im Stadel in eine Heumulde. Obwohl auch die keine Sicherheit bot gegen die herunterzuckenden Blitze – an den licht- und luftdurchlässigen Holzwänden lehnten all die metallenen Arbeitsgeräte – Keileisen, Zinkengabeln, Beile, Schaufeln u. a. mehr. Für Jul war es die schönste Zeit mit Mara –. Er schob, drückte den Mörtelkarren den Wiesenhang zum Bau hinauf, meistens mit ihr, die ihn mit einem Eisenhaken am Karrengestänge aufwärts zerrte. Am Abend, erst wenn der Maurer den Mörtelkübel und die Kelle, freigeschabt und gewaschen, zu seinem Verstreichbrett gelegt hatte und nur mehr Mara und er auf das Baugerüst blickten, die Füße in wadentiefem Gras, erst dann hörten sie das Zirpen der Grillen und den Ruf des Kuckucks. Natalie schlief zwischen ihnen, aber sie zwei wechselten oft die Schlafplätze, so dass er damals nie wirklich von Mara getrennt war.

Zu Sommerbeginn tauchte dann Luca auf, um ihnen zu helfen. Er hatte in einer Zahnarztpraxis in Venedig zu arbeiten begonnen, in der Lagunenstadt fühlte er sich natürlich wie zu Hause, noch immer lebte die Familie seiner Mutter in Mestre nicht weit vom Hafen. Aber sein Vater war ein Bozner Geometer, ein italienischer Bergnarr, der Luca schon als Kind auf Almhütten und zu Gipfelkreuzen mitgenommen oder mitgeschleppt hatte. Und so bewegte Luca sich auch bei ihnen wie zu Hause, dieser Aufbruch oder dieses Durcheinander gefielen ihm: Während Jul mit seinen Radionachrichten in Bozen beschäftigt war, ersetzte er ihn wenigstens kurzfristig, karrte mit Mara den Mörtel dorthin, wo der Maurer ihn brauchte. Zuerst war er nur für ein paar Tage gekommen, wie er sagte, schließlich verbrachte er aber seinen ganzen Sommerurlaub bei ihnen, und Jul hatte ihm gedankt, er selbst musste jeden Werktagmorgen schon um vier für die ersten Nachrichten den Berg hinunter und kehrte erst am frühen Nachmittag zurück. Gewiss, die Nachbarn boten sich an, halfen auch immer wieder ein paar Stunden aus, aber wichtig war doch einer, der dem weinfreudigen Maurer nicht nur mit Mörtel und Ziegel zur Hand ging, sondern ihm so etwas wie Freude am Wachsen der Mauern zu vermitteln vermochte. Und das konnte Luca, berichtete Mara immer aufs Neue, und Jul selbst hatte mehrmals beobachten können, wie Luca diesem eigensinnigen Albin mit italienisch gebrochenem Südtiroler Dialekt zuredete, ihn mit wenigen fremd akzentuierten Tiroler Worten ruhig hielt und zu mancher schwierigen Arbeitsentscheidung zu überreden imstande war.

Wenn Jul durch Gewitterregen oder bei prallem Sonnenschein über die Autobahn, an Klausen und

Brixen vorbei, von der Arbeit auf den Berg hinauffuhr, fühlte er sich so froh, wie wenn er an der Welt selbst mit Steinen, Mörtel und Ziegeln gebaut hätte. Natalie erwartete ihn unter dem Baugerüst mit kurz ausgebreiteten Armen. Und er brachte ja neben Nägeln, Schrauben, Walzenblech und Spezialzement immer auch Proviant – Wein, Salami, Käse und einiges Süßes für Mara und Natalie mit. Am Abend schichtete er bei windstillem Wetter mit Luca aus Bauholzresten einen Scheiterhaufen, und dann hockten sie am Feuer und tranken Rotwein aus der Flasche. Er hatte nie einen besonderen, einen anderen Blick zwischen Luca und Mara aufgefangen. Sie schliefen zu viert in der Heumulde im Stadel.

Bis in den Herbst hinein kam Luca an allen seinen freien Tagen immer wieder – als wäre es irgendwie auch sein Haus geworden, das er mit ihnen bis zum Dach hinauf mitbaute: Er heiratete erst im Jahr darauf.

Wenn Jul im Morgengrauen ins Auto stieg, hörte er bei klarem Wetter aus allen Bäumen und Büschen das Rufen und Zwitschern der Vögel, er saugte die Luft ein, das Leben gehörte ihm.

Dass sie sich für dieses stadtfremde Leben auf dem Berg entschieden hatten, war wie eine Art Liebesspiel passiert –. Als ob sie zwei drei Leben vor sich gehabt hätten, spielten Mara und er mit ihrer Zeit: Indianer auf einem Tiroler Berg, und weil so viel Auslauf, so viel Raum auch für das Kind war.

Mara fand nun die Mode zum Lachen und bewarb sich um eine Stelle als Zeichenlehrerin.

In der getäfelten Stube (das halbe Haus hatten sie innen und außen mit Holz zunageln lassen) trippelte Natalie hin und her, fand für die Stofftiere und ihre zwei oder drei Puppen stets ein gemütliches Zuhause, unter oder ober der Stubenbank, unter einem der zwei Tische oder im Winkel zum Schrank. Mara und Jul sahen ihr immer wieder zu, aßen, tranken, knackten auch Nüsse.

Ja, Mara, hätte er jetzt gerne aufgeschrien. Aber –

Sie liebten sich wie zwei aneinandergeschmiegte Felltiere, sie hatten ihre Nähe wie eine andere Haut übergezogen: Er freute sich, wenn er sie über die Steinstufen des Hauses herab auf ihn zukommen sah, doch keine ihrer Bewegungen, anmutig und selbstvergessen (wie die Schläfrigkeit einer Raubkatze), warb um seinen Blick.

Sie redeten nie über Luca. So wie sie nach dem Unglück fast nie mehr über Natalies Tod redeten. Sie waren sich bis zu Juls Abreise wechselseitig mehr und mehr nur noch Objekt aus Fleisch und Blut.

39

Oft wanderte Jul schon früh am Morgen über die Promenade – die aufgehende Sonne blendete ihn, er zertrat die eichelgroßen Früchte der Ficus-Allee, rechter Hand unter sich hatte er das Tempelareal und weiter draußen das Meer. Ein Schlepper nahm Kurs auf Porto Empedocle. Im Bonfiglio-Park beschien die Sonne noch leere Steinbänke, aber auf dem Kinderspielplatz hockten bereits halbwüchsige Schulschwänzer, kauerten wie Krähen (aber mit bunten Rucksäcken) auf einer Art Hochstand über dem Sandspielplatz, andere auf einer Schaukel. Ein räudiger Hund, der nur mehr auf dem Rücken einen dünnen rötlichbraunen Haarstreifen trug, humpelte schnüffelnd herum. Jul sah, dass sein rechtes Hinterbein lahmte; immer wieder tauchte das Tier mit Hängeohren aus einem Gebüsch auf, sah ihn von der Seite her an, und Jul wich schnell seinem Blick aus, er war sicher, dass der Hund ihm sofort folgen würde, wenn er ihn nur einmal direkt anschauen würde. Dieser Park, der kaum Schatten bot mit seinen wenigen Palmen, Agaven, einigen Zypressen und Pinien (immerhin aber auch einem dickstämmigen Eukalyptus), war ein schöner Zierpark, doch ohne Zuflucht für ihn. Mehrmals umkreiste er den Brunnen, in dessen Mitte ein Obelisk die eingemeißelten Namen der Gefallenen dieser Stadt trug. Ungeachtet des stets beklagten Wassermangels in der Stadt (Zia Delia war schon glücklich, wenn alle vier Tage einmal ihre Badewanne voll wurde), besprühten dünne Wasserstrahlen aus Düsen vom Beckenrand her unentwegt die Namen der Toten, als könnten die sonst in ihren Buchstaben verdursten.

Dieses Brunnenwasser blieb hier grauweiß oder weißgrau wie der Beckenstein, aber die Kacheln des Schwimmbeckens am Berg waren blau (jetzt längst von der Baggerraupe weggerissen). Jul sah, obwohl er ja abwesend war (in Passau herumlief), er sah, wie

Natalie erschrak, plötzlich über sich und das Wasser, das sie nicht trug, und er sah, wie sie mit den Händen entschlossen nach Halt suchte und schon um sich schlug, sah, nein, hörte und sah, wie sie schrie, ein spitzer Vogellaut, mit dem sie nach Mara und allem schrie, vielleicht auch nach ihm. Nach Mara auf jeden Fall, nach Mama, die eben erst am Beckenrand gestanden hatte und jetzt nicht da war. Natalie schrie wohl nicht lange, eine Ewigkeit von Sekunden. Und Mara war auch nur drei oder fünf, maximal zehn Minuten weg. Wohin und warum? Weil an der Hotelbar Luca auf sie wartete, geduldig, jedenfalls ohne Zeitprobleme, vor einem Glas saß oder sich in der Gaststube umsah? Mara hatte nicht aufgepasst, dieser Satz ging Jul auch vor dem Obelisk nicht aus dem Kopf.

Als ob er von ihm nur geträumt, als ob Luca nie wirklich existiert hätte, verschwammen die Gesichtszüge seines Freundes, sobald er mit geschlossenen Augen an ihn dachte. Und nicht nur das Gesicht, auch sein übriges Äußeres hatte verschwimmende Konturen: Einmal war sein Gesicht schmal und blass, dann wieder vollwangig, bläulich von der Rasur, und die Haare einmal dunkelbrünett und gewellt, dann aber doch nur an den Schläfen dicht gekraust und die Stirn hoch, mit einem Ansatz von Kahlheit. Und war er groß und schlank gewachsen oder eher breitschultrig und nur in den Hüften schmal? Manchmal, wenn er die Augen schloss und an Luca dachte, sah er sich selbst, obwohl er mit offenen Augen kein scharfes Bild von sich selbst zu machen vermochte. Er hasste Luca nicht, nein, zu keinem Augenblick hatte er ihn gehasst, auch nicht dafür, dass er Maras Geliebter gewesen war. Vielleicht hasste er seine Ruhe, nein, er hasste nichts an Luca, nicht einmal dieses ewig stille Lächeln, das viele als ein Lächeln der Überlegenheit hinnahmen oder als ironische Distanziertheit. Er nicht, er dachte eher an ein erwachsenes Kind, das sich schützen wollte. Und doch ging von Luca viel Männlichkeit aus, auch wie er seinen Alltag organisierte, wie er urteilte und schnell entschlossen sein konnte. Luca lebte in einer anderen Welt, in Venedig, und war doch oft hier bei ihnen gewesen, in seiner selbstgewählten Bergheimat.

Hatte er schon damals, mitten in ihrer Begeisterung für dieses Haus, das sie aus einer Ruine in ein Refugium, in einen gemütlichen Unterschlupf für ihr Leben verwandelten, hatte er, Jul, schon damals alles auf sich zukommen lassen und nichts weggestoßen, fast wahllos bereit, alles, was sich nicht wehrte, zu umarmen? Diese langsame Selbsttötung vollzog sich freilich unbewusst oder nur halbbewusst und bestand eigentlich in Lust, die ihn allmählich umbrachte, und zwar in totaler Alltäglichkeit, so angelegt von ihm: dass er, statt im Wald zu sein, nur durch den Wald ging, statt zwischen den Bäumen sich selbst zu treffen, wie früher, an den Bäumen vorbeistreifte und sie nur wie Tapeten sah an der Wand seiner Gedanken, seiner Phantasien. Er dachte und lebte mit andersartigen Erwartungen, hatte ernsthaft damit zu leben begonnen, mit diesen anderen Welten – er liebte, was ihn nicht liebte, und rollte und tollte damit durch die schwer einteilbare Zeit. Manchmal legte er sich auf ein Bett, lag da und wartete, und beide waren sie ohne Verlangen. Und doch suchte er ihren spröden, unwilligen Mund. Sie hatte weder ihre Bluse noch ihren Gürtel geöffnet, ruhte auf dem Rücken, in blauen Jeans und schwarzseidiger Bluse, neben ihm, so dass er sich über sie beugen musste. Und die Bluse aufknöpfen. Und die Metallknöpfe der Hose. Ach nein, nicht heute ... Dann schwieg sie. Aber sie duldete seine tastende Hand und kroch schon bald selbst zu ihm, öffnete den Reißverschluss seiner Hose, streichelte und umfasste seinen Teil, stülpte ihre Mundhöhle darüber, doch als er sie zurückzustoßen versuchte und hör auf! schrie, lass mich zu dir, drückte sie ihn von sich fort: Nein, heute nicht.

Jul lief die Bergwege ab, in alten Hosen, altem Pullover, altem Mantel oder Trench, aber in der Stadt stieg er in modisch jugendlichem Anzug aus dem Wagen, überquerte die Straßen und Gassen wie eh und je im Bewusstsein, da zu sein wie eh und je, wurde gegrüßt, verschwand anonym unter den Passanten, tauchte in der nächsten winzigen Eckbar auf, sah wie eh und je den grünlichen Staub des Platanenfrühlings auf dem Gehsteigasphalt in Bozen – er war sich nicht bewusst, dass er sich wehrte.

Dieser Kopfschmerz, der mit dem Knarren des schmiedeeisernen Tores eingesetzt hatte – diese Migräne oder was immer es war, fiel immer häufiger und auch heftiger über ihn her, mit zunehmend kürzeren Pausen –. Dieses In-die-Stadt-hinunter- und Auf-den-Berg-zurück-Fahren, dieser täglich schnell wiederholte Höhenunterschied war es nach Ansicht seines Arztfreundes: Du musst dich entscheiden – Stadt oder Berg, sonst ist es langsamer Selbstmord. Jul entschied sich für das Haus dort oben und gab die Redaktionsarbeit auf, schrieb seither Kommentare für das Radio und Glossen für eine Zeitung.

Er log und mimte. In der Nacht schwitzte er vor Beklemmung. Und wollte doch nur geliebt werden. Immer wieder begehrt und geliebt werden. Und immer anders. Wie ein Ertrinkender, der um sich schlägt.

Dabei genoss er es, an Sommerabenden vor dem Haus zu sitzen und ins Grillenzirpen hineinzuhorchen.

Er hasste das Schmelzen des Schnees, das Tropfen von den Dächern. Stieg dennoch jeden Morgen in Stiefeln über die morastig weichen Feldwege aufwärts, überquerte Wiesenhänge, sank in Ackererde ein. Die kahlen Haselsträucher – so fern von seinen Stadtgedanken, die Fichtenwipfel nicht erreichbar.

Er fuhr jedes Frühjahr über taunasse, schmale Landstraßen an aufhüpfenden, aufflatternden, schwarzweiß gefiederten Elstern vorbei und an aperen Wiesenflecken, graubraun gesprenkelt von ausgeworfenem Kuhmist. Und doch sah er noch immer eher diesen Inselschnee, diese in der Sonne gleißenden Eiskruspen des Dezemberschnees. Dann die über den Straßenhang gerollten, aufgeschichteten Baumstämme, die Fichten und Föhren für irgendeinen Stall- und Stadelbau, er sah die hellen Schnittstellen an den Bäumen, im Kopf hörte er das Surren der Motorsäge. Warum, dachte er jedes Mal, wenn er an diesen gestapelten Stämmen vorbeifuhr, warum hältst du nicht einmal, ein einziges Mal, in der nach links geknickten Kurve, warum riechst du nicht an der geschälten Haut dieser Bäume?

40

Was sie nie hätten tun sollen, und was sie dennoch Jahr für Jahr taten: auf diese griechische Insel fahren, sich jeden Sommer wieder auf diese blau- oder grüngestrichenen Stühle setzen, die austauschbar gleichen, auf denen sie gesessen hatten auf der Platia (das Abendmeer vor Augen) bei Bier, Ouzo und Cola oder Eis und Orangensaft für Natalie. Er sah immer aufs Neue, wie Natalie sich zwischen den aufgeputzten Frauen und Mädchen und den hemdsärmeligen Männern hindurchschlängelte und wie sie den kleinen Mädchen zuschaute, die zur Bouzouki-Musik aus den Lautsprechern der Bars da und dort am Platz tanzten. Dann stand sie plötzlich vor ihm und bettelte: Komm, tanz du mit mir. Und er hatte den Kopf geschüttelt mit stummem Lachen: Ich bin Kroko, das Wassertier – da laufen alle davon, wenn ich tanze.

Auch in diesem letzten Sommer hatte er mit Mara wieder auf dem Platz gesessen, am Rande der Platia, die von Kneipen und offenen Imbissstuben umstellt ist, und an einem grünen oder blauen Tischchen nippten sie an einem Wasserglas, halbvoll mit Ouzo, oder tranken eisgekühltes Bier. Sie lebten ohne Natalie weiter, er glaubte es tatsächlich zu schaffen. Obwohl Mara missmutig geworden war und keine Leichtigkeit des Plauderns ertrug, sie reagierte gereizt auf jeden schäkernden oder ironischen Ton in seiner Stimme. So dass sie meistens stumm vor sich hin lächelnd auf die sitzenden oder vorbeispazierenden Leute schauten, auch auf das Abendmeer hinter den wenigen Tamarisken. Und es war, als sähe er noch immer die drei etwa gleichaltrigen Mädchen vom Ort, die Natalie mehrmals umkreist hatten, ohne mit ihr zu tanzen. Komm, tanz du mit mir, hatte sie ihn gebettelt. Und als er nicht wollte, hatte sie ihn gefragt: Weißt du, was an afrikanischen Erdbeeren anders ist? und hatte sich gleich selbst eine Antwort gegeben: Der Waschgeschmack.

Kaum drei Monate bevor er das Flugzeug nach Catania nahm, hatten Mara und er noch einmal (und er wusste – so und so zum letzten Mal) auf dieser Platia gesessen bei Tsatsiki, Fisch und Reis in jungen Weinblättern. Mara lächelte vor sich hin, aber es war kein Lächeln, das ihn verlocken sollte. Sie bestellte Mineralwasser, ließ ihn den Weißwein allein trinken. Plötzlich fragte sie ihn, ob er je wirklich in sie verliebt gewesen sei.

Er war wie vor den Kopf gestoßen, aufgeschreckt inmitten einer Windstille. Ja, aber ja, sagte er und sah ihr über das Weinglas hinweg in die Augen, sie wisse doch, wie er sie auf der Straße zwischen den fahrenden Autos geküsst habe. Die Antwort wäre ihm noch leichter gefallen, wenn sie ihn gefragt hätte, ob er sie über all die Jahre geliebt habe.

Ja, er hatte sie geliebt, auch wenn es eine immer bewusstlosere Liebe geworden war, eine angenehme Selbstverständlichkeit, die ihm das Nachhausekommen leicht machte, eine dünne Haut aus Erinnerung und Verstehen band sie aneinander, aber diese Haut der Einsicht wurde nach Natalies Tod immer dünner, konnte jeden Augenblick rissig werden, auch zerplatzen.

Im Ärger hatte er Mara immer häufiger als Italienerin angesprochen. Wie eine, die auf der anderen Seite stand, und zwar auf der Seite derer, die er – wenn die Wut ihn entblößte und unvorsichtig machte – mit beleidigenden Vorurteilen überschüttete. Der Verlust des Kindes, sein Fernsein vom Leben, auch seine Verbitterung wegen Luca, alles gerann zu einem Stückchen Nitroglyzerin, das aus nichtigen Gründen explodieren konnte. Obwohl er, noch während er diese Infamien mit kalter Ruhe hersagte oder hinausschrie, sich ihrer Nichtigkeit, Gemeinheit bewusst war, steigerte er sich mehr und mehr in absurde Haltlosigkeiten hinein, spuckte alle Gemeinplätze aus: ein Volk von Schlitzohren, Analphabeten, Egoisten, Menefregisten, Umweltzerstörern, Verantwortungslosigkeitsspezialisten, Hinter-mir-die-Sintflut-Schlauen. Mehr als einmal hatte er ausgerufen, er werde die Staatsbürgerschaft wechseln: weil diese gestikulierenden Schönlinge, Äußerlichkeitsfetischisten, Schwätzer, larmoyanten Pathetiker und Übertreiber in der überwiegenden Mehrheit die Politik der Betrüger und Lügner (in Übereinstimmung mit ihrem eigenen Denken und Handeln) teilten, unterstützten und auf keinen Fall bekämpfen wollten. Wenn er Mara schnell und tief (wie mit einem Hackmesser ins Fleisch) treffen wollte, nannte er sie: Sizilianerin. Und noch schlimmer: Tochter eines Faschisten. Warf ihr auch noch die sorglose Kindheit vor, die bürgerliche Herkunft: alles immer geschenkt bekommen, auf ewig verwöhnt, die Abhängigkeit von ihrer Mutter, dass sie nie die Nabelschnur zu ihrer Familie, Bruder, Schwester, Mutter, durchschnitten hätte. Im Gegenteil, sie habe sich mehr und mehr an ihre Leute geklammert, statt mit ihm wirklich ein eigenes Leben zu leben. So sei er unaufhaltsam zum Ausgeschlossenen geworden im eigenen Heim.

Es war, als ob er in einer fensterlosen Zelle mit den Fäusten gegen die Wände schlüge, tatsächlich schlug er auf sich ein und traf doch nur Mara. Er hätte weggehen sollen nach Natalies Tod, aber die Steine und Ziegel, die er mit seinen Händen für die neuen Mauern dieses Berghauses herangeschleppt hatte, hielten ihn wie Heimatkrallen fest. Vielleicht war das sogar wahr. Obwohl er es jetzt anders sah: Mara war die intimste, die wichtigste Zeugin, dass Natalie existiert hatte. Davon wollte oder konnte er sich nicht trennen.

Aber er spürte, dass sie sich einem Abgrund näherten. Die meiste Zeit sah er dem wie hypnotisiert zu, dann wieder versuchte er den Gang der Dinge anzuhalten und wunderte sich, dass Mara ihm dabei nicht half, im Gegenteil, sogar in den Ferien am Meer, auf dieser griechischen Insel, lag sie meist schweigend einen Meter entfernt von ihm, von Anfang der Nacht weggedreht von ihm auf dem Bett, suchte ihn nicht mit der Hand, und auch wenn sie ihn suchte, er ihre Finger ohne Zartheit auf seiner Haut spürte, sich von ihr anfassen fühlte und er ihr folgte, ihr gehorchte, in sie eindrang – nicht einmal dieses Ineinanderkommen vermochte sie aus ihrer wachsenden Entfernung zurückzuholen. Sie blieb stumm, tätschelte ihn mit einer Hand und schlief schon wieder oder tat so, wenn er vom Bad zurückkam.

Er schlief nie so tief und nie so lange wie sie. Seine Nacht war mehrmals unterbrochen und um Stunden des Wachseins länger. Und mitten in diesem nächtlichen Wachsein überkam ihn manchmal ein unerklärliches Daseinsgefühl, ein grundloser Triumph – es war eine Art Glück des kopfwehbewussten Unglücklichseins: Er glaubte das Haus zu hören, ja, das Atmen der Balken.

Oft betrachtete er Maras schlafendes Gesicht – der Schlaf ließ ihre Nase hervortreten, längs der gewölbten Nasenflügel wuchsen zwei Falten herunter, schnitten in das schlafgeschwollene Gesicht. Mara schlief mit wild entschlossenem Ernst, auch die Stirnmitte war zwischen den Augenbögen von einer strengen Falte gezeichnet, als müsste sie sich im Traum zu einer Rede oder einem Überdenken konzentrieren; der Mund leicht geschürzt, so dass die Oberlippe an einen lose gerafften Vorhang erinnerte. Er war für diesen Menschen da. Wie dafür abgestellt, ein Wächter. Manchmal dachte er: wie ein bezahlter Leibwächter.

Es ist so – es ist in der halben oder (fast) ganzen Welt so, ging ihm durch den Kopf, und gleichzeitig sah er in Maras weißhäutigem Gesicht Natalies bleiche Wangen und die großen, dunkelbraunen Augen darin. Das versöhnte ihn immer wieder, machte ihn geduldiger, auch zäher. Und wenn er nicht drängte, sondern sich auf Distanz hielt, überraschte ihn von Zeit zu Zeit Maras Mund, der sich über ihn beugte bei Tisch, auf der Stiege oder im Bett. Er wusste nicht, warum, aber sie sagte: Oh du Lieber. Dann fielen die Falten des Vorhangs auseinander, wurde ihr Gesicht wieder mädchenschmal, immer etwas bleich, und der Mund wellte sich zu einem vertraulichen Lächeln.

41

Mara meidet die Leute im Dorf, sie fühlt sich anders, und natürlich ist sie anders. Auf keinen Fall aber will sie weggehen, sie liebt die Stille und vor allem das Gehen durch die Wälder, sie liebt die Gräser, den Heuduft und den Schnee auf den Feldern, das Gehen im Nebel, im Regen, im Schneefall die Wege bergauf mit dem Hund, und früher mit Natalie. Sie liebt das alles, vermutlich weil sie es schon als Kind geliebt hat, weil sie das Licht im Wald, den Wind in den Juniwiesen als Teil ihrer Kindheit immer wieder erlebt. Sie streift nicht als Feriengast zwischen den Baumstämmen umher, sie ist Besitzerin von einigen Hektar dieses Landes, und doch geht sie ohne Geschichte, ohne eine Wurzelgeschichte wissen zu wollen, dachte er oft, durch diese von ihr geliebte Landschaft, obwohl sie eine Wurzelgeschichte hätte, wenn sie nur wollte. Denn ihre Mutter und deren Vater und Mutter hatten nie eine andere Landschaft gekannt als diese hier. Mara aber hatte sich anders entschieden (oder sollte er sagen: hatte anders gewählt, ohne zu wissen, ob sie das je bewusst getan hat?), und zwar für die Welt ihres toten Vaters, nicht für dessen Weltbild oder Ideologie, nein, ganz und gar nicht, sondern einfach für das Südliche, das Mediterrane, aus dem ihr Vater kam, und für die Menschen der Meeresnähe im Süden, für die Welt von Pirandello, wer weiß, vielleicht auch für die in der Sonnenglut gebeugten Rücken der sizilianischen Weizensichler in Giovanni Vergas Erzählungen (die sie wie Jul auch für das Abitur gelesen haben musste) oder vielleicht nur, weil die Aura des Mittelmeerbereichs ihr geheimnisvoller erschien als die ernüchternde Kühle des Pustertals.

Sie, die auch Gefallen fand an halbverfallenen Kornkammern auf den Tiroler Berghöfen, die – wenn sie in einer noch erhaltenen getäfelten Bauernstube saß – auch die schlaffen, runzeligen Gesichter der Alten zu verstehen glaubte, sie, die mit ihm stundenlang, im Sommer immer ein- oder zweimal mit Natalie über

Almwiesen voller verstreuter kleiner Felsbrocken hinaufgestiegen war und sich dabei wie in einer Meereslandschaft gefühlt hatte – den weißwolkigblauen Julioder Augusthimmel wie Wasserhorizont im Auge –, sie wollte oder konnte nicht die Geschichte, ihre Vorstellung von Vergangenheit und Zukunft, mit diesen älplerischen Menschen teilen. Mara blickte von außen wie durch ein Fenster auf diese Menschen und machte sich damit zu einer Touristin, die sich aus Vorliebe für diese Landschaft hier auf einen Daueraufenthalt eingelassen hatte, vielleicht für den Rest ihres Lebens.

Aber sie liebte diese Menschen hier nicht wie Touristen, schon gar nicht wie italienische Urlauber, die das zu tun glauben, sie zuckte zusammen, wenn die Blaskapelle einen vaterländischen Marsch über den Dorfplatz schmetterte: „Mir sein die Kaiserjager ...“ Und erst recht, wenn die jungen Schützen in ihrer Andreas-Hofer-Uniform aufmarschierten. Irgendwie sah sie die nicht vorhandenen Gewehre südwärts gerichtet, also gegen die Italiener, und letztlich gegen sich selbst und ihren Vater. Während Jul beim Anhören der Blasmusik an seinen Vater dachte als siebzehnjährigen Kaiserjäger an der Dolomitenfront des Ersten Weltkrieges und an seinen Bruder, der in einer Blaskapelle Trompete gespielt und später, als seine halbe Lunge (die andere Hälfte war im Zweiten Weltkrieg in Russland weggeschossen worden) nicht mehr genug Atem lieferte, eine Trommel geschlagen hatte, lächelte Mara mit einer verlegenen Miene. Auch Jul verzog die Lippen oder schmunzelte, wenn der fettleibige Schützenhauptmann „Habt acht!“ oder „Schützen ruht!“ rief mit seiner fistelig dünnen Stimme – ein wenig schämte er sich sogar wegen dieses künstlichen Getues der rotznasigen Motorradflitzer, BMW-Besitzer und Computerfritzen, und das alles in diesem seltsamen Maskenkostüm ehemaligen Tirolerseins –, aber andererseits sagte er sich: Lass ihnen dieses bisschen eingebildete Haut von Vergangenheit, diese nylondünne Vergangenheitshaut, harmloser allemal, dachte er, als die tätowierten, kahlrasierten Schlägertrupps der Neonazis. Oder war die nylondünne Vergangenheitshaut auch nichts anderes als eine Glatze von morgen? Für ihn war diese Schützenuniform, in der die jungen Burschen bei den Sommerprozessionen schwitzten, ein eher beruhigendes Signal: Solange sie in dieser Uniform steckten, würden sie nicht mit Eisenstangen oder Baseballschlägern aus dem Nachthinterhalt auftauchen und auf Fremde losdreschen. Für Mara war dies eine schwach kaschierte Komplizenschaft mit ihnen, eine Parteinahme. Und vielleicht hatte sie im Grunde recht. Er war nicht nur hier geboren, er konnte sie alle verstehen: ihre Einsilbigkeit, ihre Grobklotzigkeit, ihre linkischen, unsicheren Bewegungen. Mara hingegen war das polternde Reden der Männer, diese Hemdsärmeligkeit in den Gaststuben, schließlich jede deutsche Radio- oder Fernsehnachricht von Jahr zu Jahr suspekter geworden, sie verdächtigte alle – von der deutschen Regierungspartei bis zu den Vereinen, den Alpenverein, den Verband Südtiroler Musikkapellen, die Vereinigten Volksbühnen, den

Rettungsdienst Weißes Kreuz und sogar die Freiwillige Feuerwehr – letztlich der Heuchelei, wenn nicht gar der Verschwörung gegen das Andere, das Fremde im Lande, in erster Linie gegen die ehemaligen Besatzer, die Italiener, und dementsprechend sah sie in der überwiegenden Mehrheit der deutschsprachigen Südtiroler keine Landsleute ihrer Gesinnung, sondern rechtsgerichtete Vergangenheitspatrioten. Im Grunde trugen (aus ihrer Sicht) die meisten Südtiroler, auch die meisten Frauen, diese entsetzlichen Gamsbärte auf ihren sichtbaren oder unsichtbaren (jedoch immer vorhandenen) Tiroler Filzhüten.

Sie, die schüchtern war und einen Schritt hatte, der nicht auffallen wollte, sympathisierte mit den redefreudig auftretenden Italienern, den immer irgendwie schick und geschmackvoll gekleideten Urlaubern aus dem restlichen Staatsgebiet. Sie hatte für deren anderes Benehmen eine Art ärgerliche Nachsicht (denn auch ihr gefiel nicht, dass sich römische Touristen beim Einkauf nie oder selten in die Reihe vor der Kasse im Lebensmittelgeschäft anstellten und dass der Wald von Mitte Juli bis Ende August übersät wurde von Toilettenpapierchen und zurückgelassenem Müll in Nylonsäcken).

Während Jul immer eine Hand hob, wenn er ein nur entfernt bekanntes Gesicht sah, hatte es Mara aufgegeben, die Bauern oder Nachbarn, an denen sie vorbeifuhr, aus dem Auto heraus zu grüßen, sie winkte niemandem mit der Hand, vielleicht verzog sie ihren Mund zu einem Grußlächeln, das kaum jemand bemerken konnte. Sie war von Natur aus verschlossen und voller Scheu, eine Initiative zu ergreifen, worum immer es auch gehen mochte. Obwohl sie fast immer wusste, was sie wollte, und sehr dickschädelig sein konnte, dachte man eher an Wachs, an Nachgiebigkeit, wenn man sie sah. Jul ärgerte sich über ihre scheinbare Passivität, die verletzend werden konnte, unverständlich für Nachbarn, für die Leute im Dorf. Ihre Schüchternheit wurde für die anderen zur Arroganz, zur Überheblichkeit einer Zugewanderten, tatsächlich machte Mara, so sah er es, sich selbst gnadenlos zur Fremden.

Nach einer kurzen Anfangsphase, in der Jul und Mara ihren 68er-Optimismus im Kauf und im Neuaufbau dieses verlotterten Bergbauernhauses umgesetzt hatten, als Mara alles und alle mit einem geisterhaften Umarmungskuss wunderbar fand, wundervoll finden wollte, so wie Touristen den Bankbeamten des Urlaubsortes, den Kaufmann und den Gastwirt als ihre ureigenen Freunde duzen – nach dieser begeisterten Phase, in der sie alles verklärt sah, hatte Maras langsamer, aber unaufhörlicher Rückzug von der Illusion des Dazugehörens begonnen und gleichzeitig ihre Annäherung an die Wirklichkeit (in der Auseinandersetzung mit ihrer Herkunft und den Schon-immer-hier-Gewesenen). Sie schätzte die Verlässlichkeit der Handwerker, ihre Tüchtigkeit, ihre Redlichkeit – auch die Hilfsbereitschaft der Bauern, aber sie konnte mit ihnen nicht reden, gewöhnte sich nicht an ihre Art, um den Brei herumzureden, das einsilbige Abtasten der Dinge im kargen Dialekt, dieses Witzeln und, wie ihr schien, stets listige Reden. Auch wenn sie über das Wetter, das häufigste Bauerngesprächsthema, redeten, fühlte sie sich sprachlos inmitten dieser Sprachlosen (die sich aber untereinander mit einem Augenzwinkern, einem Verziehen der Lippen und sogar mit ihrem Stummsein anscheinend bestens verständigen konnten). Kam ein Nachbar oder irgendwer aus dem Dorf, dann trat sie vor das Haus und redete mit ihm bei offener Tür oder ließ ihn, wenn es kalt war, in die Diele herein und besprach, was es zu besprechen gab, stehend im Hausflur, lud nie einen Dörfler zum Sitzen in die Stube ein. Ihr wurde dieses geringe Entgegenkommen – in seinen Augen pure Unhöflichkeit – scheinbar nie bewusst. Aber er glaubte sie besser zu kennen: Sie war einfach hilflos, wie gelähmt von Unvertrautheit gegenüber diesen ihr fremden Landsleuten.

Am liebsten wäre sie mit niemandem außerhalb ihrer Familie und dem engen Freundeskreis in Kontakt gekommen. Das Zusammensein mit anderen verursachte ihr Unbehagen. Und so fuhr sie mit dem Auto an den Leuten vorbei, auch wenn sie wusste, dass die noch Kilometer zu Fuß zu gehen hatten.

42

Er selbst war nicht stolz auf seine Heimat – und manchmal verleugnete er sie sogar, weil sie ihm zu touristisch, zu schön war: diese weißen Dolomitengipfel, dieses

Höhenmeer an Felsriffen, über die der blaue Himmel schwappte oder der Nebel, und die nach Schneefall mit weißen Häuptern auftauchten im Sonnenglitzern, diese Hochebenen, über die man wie zum Abfliegen mit ausgebreiteten Armen gehen konnte, an einzeln stehenden, verwitterten Lärchen vorbei oder über die Almen mit ihrer bukolischen Verlassenheit, dem Anschlagen der Kuhglocken, den flechtengrauen Steinbrocken, hingeworfenen Felsquadern, um die herum das sperrige Alpenrosengesträuch grün und rosig wucherte – ich, sagte er sich und hatte es sich mehrmals wiederholt gesagt, ich wäre lieber in Andalusien auf die Welt gekommen oder in der Sahara neben einer Blechdose oder vielen Blechdosen, in denen der Wind sich gedreht hätte, es wäre auch meine Kindheitsmelodie geworden: für immer. Er hätte eine kargere, unauffälligere, vielleicht auch eine Landschaft wie die nebelige Plattheit der Poebene oder das Heideland im deutschen Norden oder die endlos scheinende Morgentraurigkeit niederösterreichischer Schlachtfelder der Türkenzeit, des Marchfeldes, aller und jeder Postkartengefälligkeit vorgezogen.

Diesen Aufmarsch mit Baldachinen und Monstranzen, mit Jesus und Maria, das hätte er schmunzelnd oder feixend hingenommen (und hatte es auch einige Male mitgemacht). Was ihn aufbrachte, war diese Selbstzufriedenheit, mit der sie Barrieren errichteten. Aus Wut beschimpfte, verleugnete er von Zeit zu Zeit seine Heimat: nicht die verschneiten Waldwege im Dezember oder die rotblättrigen Kirschbäume im Herbst, sondern die Arroganz der Ignoranz, diese ganze Stammtischbrüderschaft – da fühlte er sich fremd wie Mara. Aber andererseits wurde er Mara gegenüber mit zunehmender Übergewöhnung selbst zu einem lederhosigen Heimatverteidiger, eigentlich zu einem selbsternannten Heimatbesitzer, der sie von Mal zu Mal spüren und auch mit Worten wissen ließ, dass er der Einheimische und sie eine Besatzerstochter war. Mehr als einmal rief er: Sag mir, in welcher Sprache ich mich dir verständlich machen kann, soll ich Griechisch oder Latein sprechen? Und sie: Red nicht so Blödsinn –.

Alptraumhaft verfolgte ihn die Erinnerung an einen Sonntag in ihrem Bergbauernhaus, in ihrem und seinem Haus: Mara hatte ihre Familie zum Essen eingeladen – die Mutter und die Brüder Raffaele und Carmine samt Frauen und Kindern. Draußen auf den Feldern und im Wald war es noch winterlich, auf jeden Fall zu früh für Frühlingswärme; sie saßen um einen langgezogenen, schweren Lärchentisch und tafelten, aßen gegrillte Koteletts mit Spinatknödeln, Käseknödeln und Speckknödeln. Jul hatte weiße Kerzen auf drei Porzellanständer (in die ausgehöhlten Köpfe der Heiligen Drei Könige Kaspar, Melchior und Balthasar) gesteckt, und das Kerzenflackern schaffte noch mehr Gemütlichkeit in dem holzgetäfelten Raum, dessen größtes Fenster in die niedrighängenden Zweige einer dickstämmigen Föhre hinausging. Vielleicht reizte ihn die schrille Stimme seiner Schwiegermutter oder dass sie als deutsche Südtirolerin immerfort italienisch redete, während Mara und die Brüder meistens auf Deutsch antworteten. Auf jeden Fall war es Maras Mutter, die irgendein Tagesthema, einen Artikel in einem italienischen Lokalblatt ansprach, um uneingeschränkt Partei zu ergreifen für die Italiener: Ist das richtig, dass der Durnholzer, der Landeshauptmann, machen kann, was er will? – horch einmal! und sie sprach ihn, Jul, als den deutschen Ehemann ihrer Tochter direkt an: Findest du das richtig? Dass sie das Siegesdenkmal niederreißen wollen? Und bald werden sie auch noch die Häuser rundherum abreißen, nur weil sie zu Mussolinis Zeiten gebaut worden sind. Ihre Freundin, die Elvira, wohne schon seit fast fünfzig Jahren in so einem Haus, im vierten Stock am Corso della Libertà mit einem herrlichen Ausblick auf die Freiheitsstraße und auf den Rosengarten. Und jetzt müsse sie sich ängstigen, wie lange ihr die Wohnung noch bleibe – ihr Mann (der in der Mussolini-Partei einmal etwas war) sei ja schon vor zwanzig Jahren gestorben.

Und Jul, der sich noch Sekunden zuvor wohl gefühlt hatte, unter seinesgleichen sich gefühlt hatte, wenn er Raffaele und Carmine immer wieder nachschenkte, er sagte: Ach was, es geht doch um ein bisschen mehr – wozu soll dieses protzige Siegesdenkmal gut sein? und überhaupt diese Piazza della Vittoria, faschistische Aufgeblähtheit, weg damit, weg mit dieser Beleidigung!

Was für eine Beleidigung? hörte er Angela, Raffaeles Frau, fragen.

Beleidigung für alle die, denen die Vergangenheit total und die Gegenwart hier nur mehr zu zwei Dritteln gehört, denen, die hier ihre Urgroßeltern und deren Urgroßeltern auf den Friedhöfen wissen – im Gegensatz zu den Kindern oder Enkeln der Besatzer, die den Sieg und dieses Land von den Alliierten nach dem Waffenstillstand neunzehn-achtzehn geschenkt bekommen haben.

Wir leben nicht in der Vergangenheit, mischte sich Carmine mit gequältem Lächeln ein, er, den Jul in der Taramelli-Garage oft hatte sprechen gehört: über die soziale Lage, über das revolutionäre Potential der Arbeiter in den Fabriken, er, Carmine, sagte mehr oder weniger: Ist doch alles so in Ordnung, wie es ist – was fehlt den deutschen Südtirolern?

Und Jul: Ihr vergesst etwas, oder ihr habt es nie bemerkt, aber ihr, ich meine, die Italiener sind hier Fremde, denn wie soll jemand aus Bari oder Caltanisetta oder Empoli jemals so denken, so fühlen wie ein Bauer auf einem dreißig Grad abschüssigen Erdäpfelacker im Martelltal oder in Talson im Pustertal?

Ich bin keine Fremde, warf Lara, Carmines Frau, mit ihrer gutturalen Tabakstimme ein, ich bin hier geboren, mein Großvater war ein Innsbrucker Arzt.

Und deine Mutter war die erste Frau mit einem faschistischen Pilotenschein, sagte Jul und schenkte nach, goss die Gläser voll – er fühlte sich leicht und aufgeblasen von spielerischer Angriffslust. Aber ihm entgingen nicht die Blicke von Raffaeles Söhnen, die ihn bisher als ihren Onkel behandelt hatten, vielleicht irrte er sich auch da und war von jeher der ganz andere in ihrer familiären Welt gewesen, vielleicht so etwas wie ein Alternativonkel, einer, der in den Reden der Eltern und Tanten und Onkel sehr anders auftauchte (manchmal als Springball, dann wieder als ein absaufendes Autowrack), ein Exot, der das Zusammenkuscheln des Familienclans störte.

Es konnte nicht nur der Wein sein – es war so viel Unausgesprochenes, was ihn für diese Minuten zum (eingebildeten) Hellsichtigen machte: Er sah Maras Brüder und ihre Frauen und Kinder als mit Blindheit Geschlagene, die er beschützen musste. Natürlich sah er auch noch die dunkelgrün gerandeten Kacheln seines Ofens und ihre gelblichgrünen Innenflächen mit den Sprüngen der Jahrhunderte, und er sah auch die von ihm mit risikoreichen Holzschutzsäften getränkte Wandtäfelung, aber sie, diese dunkeläugigen Neffen und Maras kleinwüchsige Brüder mit ihren arabisch klugen Gesichtern, erschienen ihm – nicht weniger als die Mailänder Stadtaugen seiner Schwägerinnen – als eine einzige Manifestation der Nichtzugehörigkeit zu dieser Schnee- und Waldbergwelt. Gewiss, wir sind zu selbstverständlich einander durchs Leben begleitenden Menschen geworden, dachte er, und plötzlich doch: nein. Er schrie ihnen seine weinselige letzte Wahrheit entgegen: Ihr wisst nicht, dass ich euch schütze, dass ihr unter dem Schirm meines deutschen Namens steht – ihr fühlt euch, wie wenn ihr zu Hause wäret. In Ordnung, weil ich meinen Namen dafür hergebe. Aber übertreibt nicht! Fast wollte er sagen:

Benehmt euch nicht zu normal, also nicht, wie wenn ihr wirklich Südtiroler wäret.

Da sprang sein immer rund und verbindlich lächelnder Schwager Raffaele vom Stuhl am Ende des langen, dunkelbraunen Tisches auf – Jul saß am anderen Ende – und murmelte, bleich im Gesicht: Ora basta – es reicht – noi ce ne andiamo – wir gehen! Und alle erhoben sich gleichzeitig und folgten auf die Sekunde genau seiner Aufforderung. Der eben noch gastlich gedeckte Tisch stand verlassen da, mit Tellern bestückt, die noch voll waren von erst angeschnittenen Fleischstücken, angebissenen Knödeln. Niemand nahm Partei für ihn, auch Mara nicht. Carmines Frau Lara, mit der er oft eine Art Einsamkeitspartei innerhalb von Maras Familie gebildet hatte, zischelte ihm beim Weggehen zu: Vergognati – schäm dich. Und er dachte, sie hat recht. Während die letzten aufgeregten Stimmfetzen über die Treppen abwärts verklangen, war Jul schon klar genug, dass er ihnen allen, auch Mara, recht gab, allerdings sich selbst genauso.

Er verstand sie, verstand, dass sie so beleidigt aufgebrochen und gegangen waren. Sie hatten keine andere Wahl gehabt, als mit verletztem Stolz die Wahrheit, die politische Wirklichkeit von sich zu weisen. Er jedoch hatte recht, ohne recht haben zu wollen – er fühlte sich elend, wusste mehr denn je, dass die unsichtbaren Gräben quer durch Freundes- und Familienbande gingen. Sie alle, auch er, konnten überzeugend lachen, ein herzgewinnendes Gesicht aufsetzen, häufig aus Höflichkeit, meistens aber aus Selbstschutz.

Manches Lächeln hätte eigentlich tödliche Folgen haben müssen. Er verstand, dass zumindest Maras Brüder, die sich von Pubertätszeiten an von der Faschismusglorie ihres Vaters zu lösen bemüht hatten, dass sie sich jetzt von ihm aus einem heiteren, familiären Himmel hinuntergestoßen fühlten. Eine Bitternis, unter der er selbst litt und die er doch auch genoss, denn für ihn war es die Wahrheit: Sie waren die Nachkommen von Unterdrückern, und jetzt war eine andere Zeit. So kann Wein benebeln. Natürlich war er für ein friedliches Zusammenleben – aber sie (die anderen) sollten zumindest wissen, wer die echten Einheimischen waren. Er hatte nicht im Sinn, ihnen das zu sagen, was die Hälfte, wenn nicht die meisten der Südtiroler dachten: Geht – auch wenn es nicht eure Schuld ist, hierhergebracht oder hier geboren worden zu sein, aber dies ist und war nie euer Land, also geht!

Dass er es nicht sagte – das sollten sie wenigstens fühlen.

43

Seither litt er unter diesem Alptraum. Er hatte den Faschisten in sich entdeckt, die Intoleranz, die Arroganz eines Rassisten. Und die Lust, sich wie ein Herr eines Stückes Land aufzuführen, wie ein Heimatbesitzer. Tatsächlich: Er hatte sich wegschwemmen lassen von diesem Gefühl, ein Recht mehr als andere zu haben, einen erdhaften Anspruch geradezu vor Menschen, die dieses Recht, diesen Selbstverständlichkeitsanspruch nicht wie er erheben konnten. Und diese Menschen waren seine Frau, die Mutter seines (toten) Kindes, und Maras Geschwister und deren Familien. Er hatte sozusagen eine Kriegserklärung formuliert, eine Frontlinie gezogen und sie zu Heimatfremden machen wollen, sie, die hier geboren waren – und bloß eine andere Herkunftsgeschichte hatten als er und seine Familie.

Irgendetwas stimmte nicht, er fühlte sich durch sich selbst ins Unrecht gesetzt. Er redete (wenn er gereizt war, zornig oder betrunken), wie er fühlte, und war das Gefühl nicht ehrlich? War es nicht wahr –? Nein, das Gefühl war nicht die Wahrheit, es war die Bequemlichkeit, es war die Faulheit des Denkens aus Gewohnheit, er hockte in seiner gepolsterten Vergangenheitsecke und wollte nicht gestört werden vom Ungewohnten. Er wollte sich nichts vormachen: Die Leute gingen einander auf die Nerven, sie litten unter dem anstrengenden Anderssein der anderen. Reichte nicht schon dieser kleine Ärger, mitten im Sommer, und zwar täglich, wenn man kaum noch einen Parkplatz fand vor der Post, vor der Bank, vor dem Gemischtwarenladen, vor dem Gasthaus, wenn die Wege und Straßen vollgestellt waren mit rücksichtslos geparkten Autos (mit italienischen Kennzeichen)? Und von allen Seiten dieses Geschrei, diese kreischenden, schrillen Zurufe; der Hauptplatz verwandelt in ein einziges Fremdenzimmer, in dem diese Römer, Römerinnen, Mailänder, Bergamasken, Vicentini und

Neapolitaner herumgestikulierten, als wären sie zum Kommandieren hergekommen, als wären sie nicht Gäste, sondern selbstverständliche Mitbesitzer dieser Erde und natürlich auch der Bergluft. Dass ihnen Erde und Luft zustanden, vergaß er, wenn er sie sah, vergaß es, wenn er, statt wie gewohnt höchstens fünf bis zehn Minuten im Mini-Kaufhaus zu verbringen, jetzt das Dreifache an Zeit brauchte, um mit seiner Milch, dem Brot und dem Obst für den Tag aus dem Laden zu kommen. Aber bis es so weit war, stand er in der Reihe, stumm und mit schmalgezogenen Lippen, und musste sich ansehen, wie immer wieder Italiener mit einer Zeitung zur Kasse traten, um sie (als gäbe es nicht die Warteschlange der anderen Kunden) rasch zu bezahlen, und natürlich brauchten sie schnell auch noch ein paar Päckchen Zigaretten und einige Briefmarken. Zwischendurch konnte er sich ebenso die Anordnungen anhören, die ein neapolitanischer Signore (über alle Zwischenregale des Geschäfts) seinem pakistanischen Hausgehilfen zurief: Albicocche – mezzo chilo (halbes Kilo Aprikosen), salame – fettine fettine (sehr dünn die Salamischeiben), frisch und fröhlich, als wäre der Laden sein Zuhause und alle anderen Leute Luft.

Ganz anders und doch mit der gleichen Selbstvergessenheit hatte er einige Sommer später noch einmal diese jähe schrille Wut auf das andere an sich selbst erlebt. Er war mit Mara und deutschen Freunden (darunter auch sein Arzt) im August auf dem Rückweg von einer Bergtour in einer Almschenke eingekehrt, sie hatten Bier und Schnaps getrunken, waren alle übermütig gelaunt. Sie saßen auf klobigen Holzbänken vor der Hütte, an anderen Tischen tranken und aßen italienische Urlauber und junge Südtiroler. Dann, als er mit seinen Freunden aufbrechen wollte, kläffte sein Hund plötzlich einen Wolfswelpen an, der unter einer Bank der Italiener lag. Jul riss seinen Hund an der Leine zurück, aber das Gebell hatte die Italiener so erschreckt, dass sie empört aufsprangen und ihn umringten. Er sagte, es sei ja ihrem jungen Hund nichts passiert, wollte auch erklären, dass ältere Hunde (wie seiner) Welpen nie etwas antun, das Gekläffe sei doch nichts als eine Drohgebärde, um Respekt für das Alter einzufordern. Aber sie schrien auf ihn ein, die Frauen kreischten, und er keifte zurück, und während er sein Geschrei belauschte, berauschte er sich daran und steigerte sein Schreien noch. Einer der Italiener, ein drahtiger Fünfziger mit kurzgeschorenem grauem Haar, fixierte ihn stechenden Auges, schließlich keuchte er ihm entgegen: Vada nel paese da dove viene e rimanga lì! Verschwinden Sie, kehren Sie in das Land zurück, woher Sie kommen! Juls Stimme bellte: Fascista! Faschist! Immer wieder schleuderte er diesem kurzstoppeligen, graumelierten Schönling in Shorts und Sommerhemd diese Anklage ins Gesicht, ohne dass dieses Gesicht sich deswegen jäh verändert hätte – er sah die Bewegungen im Wangen- und Augenbereich wie in Zeitlupe, dieses Gesicht wurde überrascht von einer fremden Wut, vielleicht aber auch von der Richtigkeit der herausgepressten Worte. Jul hörte sich noch mehrmals „fascista“ schreien.

Verschwinden Sie dorthin, woher Sie gekommen sind! hatte dieser städtische italienische Tourist ihn aufgefordert, als ob er hier daheim wäre auf diesen felsigen Abhängen, und Jul hatte geantwortet: Ich bin hier in meiner Heimat, in meinem Geburtsland. Darauf der Graustoppelige: Siamo in Italia / Das hier ist Italien / wir sind in Italien! Jetzt kehlte Jul: Verzieht euch! vattene / andatevene / verpiss dich / haut ab!

Von diesem Moment an wütete er wie ein Privatbesitzer, als wäre er der Eigentümer dieses Almlandes. Jul tobte wie ein Heimatverteidiger, wie ein Stammtischgroßmaul – er war plötzlich auf der Seite jener, die er seit Jahren, seit mehr als zwei Jahrzehnten mit seinen Kommentaren und Glossen zu entlarven versucht hatte als Verhinderer eines toleranten, weltoffenen Lebens. Jetzt war er selbst ein hosenlederner Hinterstubenpatriot, der wutschäumend das fremde, stadtbleiche Gesicht des Italieners näher und näher vor sich sah und gleichzeitig – soll ich? dachte. Es wäre unberechenbar dumm gewesen. Trotzdem hob Jul den rechten Arm, als könnte er im nächsten Augenblick ... Sein Arztfreund drängte sich zwischen ihn und den Italiener, versuchte zu beschwichtigen, doch ebenso entschieden baute sich ein kaum Vierzigjähriger mit Wuschelhaarkopf neben Jul auf – ein Sohn, Verwandter oder Bekannter des Graustoppeligen. Auch der war laut, bedrohlich laut, fistelte ihm dünnstimmig ins Ohr, dass er Hundeschullehrer sei, und schon standen sie sich Bauch an Bauch gegenüber. Non toccarmi / fass mich nicht an, zischelte er ihm pausenlos zu, und schon schubste Jul ihn einige Zentimeter vor sich her. Der Italiener wiederholte: Non toccarmi! Und Jul spürte kaum noch eine Hemmschwelle. Schließlich aber waren es die Hüttenleute und die jungen Südtiroler Burschen an den Nebentischen, die den Frauen der Italiener eher Angst machten – abhauen! verschwindet! riefen die Bergler, die von den Holzbänken aufgestanden waren, und der grauhaarige Hüttenwirt brüllte: Via, via, haut ab! Hier sind wir in Südtirol!

Die Italiener – eben noch gut bediente Gäste – waren in eine feindselig gestimmte, ihnen bisher unbekannte antiitalienische (barbarische) Fremde geraten, und das auf eigenem Staatsgebiet. Jul sah es ihren Mienen an, die, anfänglich geprägt von selbstherrlichem Staatsbürgerbewusstsein (in meinem Land, gesetzlich abgeschirmt, polizeilich beschützt, Fernsehpolster also sicher), von einer biederen Wir-sind-in-Italien-Gewissheit plötzlich in ein Das-kann-ja-nicht-wahr-sein-Erschrecken verzerrt worden waren. Und so verstummten sowohl der Hundeschullehrer als auch der graustoppelige Schönling, beide drehten sich wortlos um und folgten ihren Frauen, die schon den Berg abwärts vorangingen. Jul hingegen bestand darauf, dass sein friedenswilliger Arztfreund sich noch einmal mit ihm zu einem Bier an den Tisch vor der Almschenke hinsetzte, mit dem Rücken an die sonnenwarme Balkenwand, auch wenn Mara und die übrigen Ausflugsfreunde sich nicht mehr vom Abstieg ins Tal abhalten ließen. Der Kampfplatz, die Almwiesenarena – diese zwei Quadratmeter, auf denen sie einander angeschrien, angefletscht und bedroht hatten mit Worten, Blicken und Gebärden –, war jetzt wieder leer und almstill. Nur Jul wiederholte noch ein paar Mal, dass sein Hund – wo war der übrigens? ja doch, der zog nun wohl mit Mara und dem Freundestrupp talwärts zum Parkplatz – völlig ungefährlich sei, nichts als gekläfft habe, und dann dieses Idiotentheater der Italiener! Als ob sie die Herren hier wären –. Während Jul seinen Zorn zu rechtfertigen versuchte, gleichzeitig aber auch den Burschen und Mädchen an den Nachbartischen wiederholt beteuerte, dass er sonst und im Übrigen ja nichts gegen Italiener habe, schrie (mit immer wieder jäh aufgerissenem Mund, in dem vor allem die Lücken zwischen den kräftigen Zähnen auffielen) der Hüttenwirt, dieser Alte, der vielleicht noch gar nicht so alt war – vielleicht sogar jünger als er –, eine Wutlawine nach der anderen gegen diese und gegen alle Italiener hinaus: „Oi mit eanan – hinunter mit ihnen! Siamo in Italia? Was –! wir hier in Italien?“ Er sei schon mehr als einmal auf den sogenannten Grenzgipfel (den die Italiener als ihre nördlichste gebirgige Kulturscheide zwischen Deutsch und Italienisch halten), den Glockenkarkogel, gestiegen und habe mit den Schuhen die Grenzlinie ausgewischt. „I wor schon merere mol obn auf der Grenz – auf ihrer Vetta d’Italia – und honn mit meine Fiaß die Grenz ausgewischt!“ Der junge Alte mit dem ungekämmten, grauschlierigen Haar führte mit dem rechten Fuß vor, was er meinte, schabte mit dem Schuh über den erdigen Boden vor der Hüttentür. Verschwindet, lasst euch ja nie mehr hier blicken! hatte er, der Wirt, den italienischen Gästen (die zuvor bezahlt hatten) hinterhergeflucht. Und Jul wusste, dass er unter seinesgleichen war, zu denen er sich aber nie gezählt hatte – unter deutschsüdtirolerischen Mir-sein-mir-Patrioten. Die jungen Burschen auf den Bänken, die wahrscheinlich das Skifahrer-Rennass Alberto Tomba verehrt hatten und vielleicht auch Fußballfans von Juventus, Inter oder Milan waren, grinsten ihm kumpelhaft über die Biergläser zu.

44

Sie laufen alle in die Kirche, füllen sie bis zum Bersten – eben erst hatte die Zwanzigwattbirne ihre Petroleumlampe ersetzt, und schon waren sie, beinahe ohne Übergang, ans Internet angeschlossen. Und hatten dabei die längste Zeit als Faschismusopfer gut überlebt, sie, die von Natur aus auf Bergwände und Enge, nicht auf Weite und also auch nicht auf Veränderung eingestellt waren, sondern von Natur aus stillschweigend sowieso für die schweigende Mehrheit, auf jeden Fall immer gegen alles Linke, gegen alles nachdenklerisch Machende, schließlich Geschäftsstörende. Südtirol, seine Heimat, eine erstklassig kaschierte Berufsprostituierte (= illusionslos, aber mit Kassiererinstinkt die

Führungsschicht), eine Ausverkaufsbereite, die heilige Litaneien sang und unentwegt für Weihnachtsstimmung sorgte. Schließlich war der Bozner Christkindlmarkt nur ein matter Abglanz davon, auch wenn er wochenlang täglich Dutzende Touristen-(Käufer-)Busse vor allem aus dem verachteten tiefsten Süden herauflockte – Busse aus Bari, Neapel und sogar aus Catania. Wir sind ein Volk von Zynikern geworden, ohne es bemerken zu wollen, wir laufen mit braven Buben- und lieben Mädchengesichtern herum, nein, wir sind nicht dümmer als andere, haben ja auch eine stattliche Anzahl von Drogensüchtigen, HIV-Positiven und ziemlich aufsehenerregende Mordfälle im Land, nicht zu reden von den Selbsttötungsmethoden (Auspuffgas mit Schlauch ins Auto – Einzeltod oder mit Freunden etc.).

Er war einer von ihnen – einer von denen, die den Waldboden noch im Schlaf rochen, er war ein sensibler Rassist, obwohl er gegen Faschisten und Nazis demonstriert hatte. Alles stand scharf umrissen vor seinen Augen: die Almhütte und das Holz der Bänke, die klobigen Tische, die Biergläser und die jungen Gesichter. Ich muss mir das einprägen, hatte er gedacht, diese neuen Gesichter, eckig und doch kindlich schmal, die kurzstoppelige Wiese rund um die Hütte, auch die deutschen und italienischen Ausflügler. Er hatte noch immer den weißschäumigen Bach im Kopf, die katzensilbrigen Schieferwände und das Reden mit seinem Arztfreund über die Hungerkinder in Afrika und Nordkorea u. a. Es war Mittag, kalter Wind kam auf – Jul zog dennoch die Jacke aus, stieg mit nacktem Oberkörper zwischen den Schieferfelsen die steile Höhe hinauf – keuchte, dachte an einen Freund, der auf dieser Marschroute, an einem fernen Augusttag, tot umgefallen war – Herzinfarkt, Jul folgte der gleichen Route über Geröll, vorbei an zitronengelben Anemonen, an blauen, kurzstängeligen Vergissmeinnicht, an ockerigen Arnika auch und zwergenhaften, blassblauen Glockenblumen. Oben aber auf der Kammschneide kroch er, höhenkrank, auf dem Bauch einem grünlichen Edelweiß entgegen und hielt es endlich stolzängstlich zwischen seinen Zähnen, um die Hände frei zu haben.

Und nach dem Abstieg die Schutzhütte mit den wartenden Freunden, Frauen und Kindern und seinem Hund; Bier, Gerstsuppe und einen Schnaps – ein Mädchen spielte auf der Ziehharmonika. Dann das Kläffen seines Hundes.

Ihm bleibt dieses Bild: sein Gesicht, das er selbst nicht sehen konnte, aber der Mund war aufgerissen, wusste er, seine Augen drohten, sein ganzer Körper wollte vorpreschen, ja, er war kontrolliert mordlustig gewesen. Und vielleicht gingen ihm diese naturfremden Italiener gar nicht einmal so sehr auf die Nerven. Vielleicht wollte er nur auf diese buntsockige Fremdheit losgehen, weil sie so anders war als das Geröll und das kurze Gras ringsum.

Dabei hatte er so oft gesagt: Der Mensch in einer Hafenkneipe, ganz gleich, ob in einer griechischen oder sizilianischen, die träg gehende, schwarzhaarige Frau, der von der Sonne zerklüftete Stein (weiß von Hitze und Wind), der Macchiageruch, alles in Mittelmeernähe ist mir näher als die Trübseligkeit der Bergenge, der verregneten Tiroler Bauerndörfer. Dies alles war richtig und doch nicht wahr, jedenfalls lange nicht die ganze Wahrheit. Er wusste weniger denn je, wohin er wirklich gehörte. Die Römer oder Neapolitaner jedenfalls, denen er im Gebirge begegnete, malträtierten seine Nerven. Vor allem ihr lärmiges, rudelhaftes Auftreten im Familienclan oder mit einem Schwarm von Freunden. Ja, genau diese affige Gruppenabhängigkeit – das war es, was ihn schmallippig über sie lächeln machte. Plötzlich faszinierte ihn die Sprachlosigkeit der Einheimischen: Sie litten, vielleicht oder wohl auch ohne das, was ihnen fehlte, benennen zu können. Sie passten zu den Steinbrocken auf den abschüssigen Wiesen. Obwohl er wusste: Im Herrgottswinkel lief der Fernseher unter dem Gekreuzigten, auch während des abendlichen Rosenkranzes. Und im Dorfladen kauften sie so manches lieber aus der Tiefkühltruhe – auch den Spinat, den sie doch in ihrem Garten vor der Küche hätten haben können (den Wein und das Cola brachten ihnen die Lieferanten gleich en gros ins Haus). Trotzdem waren sie für ihn wie der Geruch von altem Holz, feuchtem oder auch von verkohltem, untermischt manchmal von Säuerlichem, sei's von Milch, Schweiß oder Kuhseiche.

Wenn Jul den Dorfplatz überquerte, grüßte er auf dem Weg zur Post oder Bank oder in den „Mini-Market“ alle ihm entgegenkommenden Gesichter, außer denen der Touristen. Er grüßte die alten und jungen Männer, die er meist nur flüchtig vom wiederholten Aneinandervorbeigehen kannte, er grüßte leicht und gerne die älteren Frauen, auch die jungen Mütter. Nicht immer wurde er zurückgegrüßt.

Aber er hatte hier niemandem einen Vorwurf zu machen. Wenn schon, nur sich selbst, und dazu sah er auch nur einen halben Grund. Er war ein einheimischer Fremder, der zwischen diesen Wäldern und Wiesen wie ein Stadtmensch lebte. Diesen Ort im Gebirge hatte er fast wie ein Pokerspieler dem Zufall abgewonnen (ein Zeitungsinserat gelesen). Es hätte ein Aufenthalt für ein paar Wochen im Jahr sein können. Und wurde zum Exerzierfeld seiner Gegenwart.

Ganz anders die Welt seiner Erinnerungen und Hoffnungen: Theaterklappsitze und das vertraute Halbdunkel der Kinosäle, vor allem aber das ziellose Dahingehen, Dahinschlendern durch Straßen und Gassen, das Stehen und Schauen an Kreuzungen, das Überqueren und Umrunden von kleinen, staubsandigen Plätzen, die Verlassenheit der Fassaden, die ihm keine Ödigkeit bedeuteten, im Gegenteil, inspiriertes Denken, tatsächlich noch da zu sein. Und in dieser stummen Solidarität mit den Dingen gab es keine Vergangenheit, es gab immer nur die Gegenwart, die er in jedem Augenblick genoss – und die unendliche Auswahl der möglichen Hoffnungen.

Warum hatte er bedenkenlos, spielerisch böse vielleicht gegen sich selbst – warum hatte er sich unter diesen Leuten hier ein Zuhause gesucht? Um so zu sein wie sie? Vielleicht war er überheblich, aber er wollte nicht sein wie sie – er wollte kein Bauer werden. Er war bloß neugierig gewesen aus Freude am Leben.

Jetzt lag er da auf dieser Hotelmatratze und rief sich so viele Liebessätze wie nur möglich, alle, die er jemals gehört hatte, in die Erinnerung herein, aber plötzlich schmeckten sie ihm nicht mehr auf der Zunge. Alle die: Sag es mir, es tut mir gut, sag es, sonst hätte ich nicht … Eine Handbreit unter der Zimmerdecke war dieses mehr oder weniger runde, ausgesparte Mauerloch für Elektro- oder Telefonanschlüsse aus Nachlässigkeit unverdeckt geblieben. Auf dieses unregelmäßig gerundete Loch, weniger als zehn Zentimeter unter der längst nicht mehr weißen Zimmerdecke, starrte Jul oft hin, obwohl es ihn beunruhigte. Etwa einen Meter darunter war der Lichtschalter, fast auf gleicher Höhe wie der Türgriff. Innerhalb dieser schräg verlaufenden Meterlinie ertrank Natalie immer wieder hinter seinen Augen. Immer, solange er mit dem Rücken auf diesem Drahtmatratzenbett lag, ertrank Natalie zwischen den gelbcremigen Flecken an der Wand, innerhalb dieser schrägen Meterdistanz. Manchmal hörte er auch jähe Schreie. Aber Natalies kleine Stimme war nie darunter, es waren die betrunkenen Keifereien der Hotelgäste in der Nacht oder am Tag die Stimme des Portiers, der nach seinem Bruder rief.

Vielleicht war es, weil Jul immer wieder auf dieses offene und doch dunkel wirkende Anschlussloch seinen Blick richtete, dass die Augen nicht mehr imstande waren, ein gewisses Flimmern zu verscheuchen, so dass dieses Flimmern zunehmend zu seinem Schauen gehörte, gleichzeitig mit dem dumpfen Trommeln unter der Schädeldecke, Punkte und Striche, die seine Pupillen (oder was immer sonst) auf diese Zimmerwand hinwarfen, bis sie in Funken auseinanderstoben, ein Feuerwerk für Natalie, ein immer weiter ausschwingender Schmerzbogen aus Zacken und wegspringenden Sternen. Bis er sich herunterrollte von seinem Bett und die Augen mit den Bodenfliesen verdunkelte.

45

Aus seiner kleinen, mit Palmen verzierten Traubenkur-Stadt war Jul ja schon mit vier Jahren in eine richtig große oder wenigstens mittelgroße Stadt (mit Schlossbergturm an der braunen Mur) gekommen, damals, als sich seine Eltern in einer selbstmörderischen Zugehörigkeitswahl („Option“ genannt) für Mussolini oder Hitler, für Italien oder Deutschland, entscheiden mussten. Und so war er in der Ostmark des Dritten Reiches gelandet, in einer Stadt mit Trambahngeleisen und einer Herrengasse.

Von diesem Kindesalter an erinnerte er seine Welt als Stadt, und zwar vom dritten Stock eines Gebäudegevierts aus, das sich gerade eine Viertelstunde Gehweges vom Rathaus und der Herrengasse entfernt befand. An einer Außenmauer floss der Stadtkanal offen vorbei; durch zwei oder drei Fenster der Wohnung konnte er auf diesen Kanal hinunterschauen, der für ihn ein Fluss war. Auch wenn er hinunterlief auf die Straße und sich ans Eisengeländer lehnte und aus so kurzer Entfernung das Skelett eines Schirmes auf dem Grund des Wassers sah oder die Hälfte eines weißen Tellers – für ihn war das rasche Strömen die geheimnisvolle Entfernung oder überhaupt die Öffnung zur Ferne.

An diesem offenen Kanal hatte er, über die Fensterbrüstung gebeugt, Soldaten in graugrünen Uniformen vorbeimarschieren gesehen; seine älteste Schwester hatte ihn nur lose gehalten, und mit der freien Hand hatte sie eine Orange – die erste und letzte Orange, an die er sich aus seiner Kinderzeit erinnern konnte (es war noch ein Sommer der ersten vierziger Jahre) – den dahinmarschierenden, aus voller Kehle singenden Soldaten hinuntergeworfen. Aber die Orange war in das Kanalwasser geplumpst.

Das große, schwerflügelige, fast immer offen stehende Haustor ging auf eine Straßenkreuzung hinaus – linker Hand der Eingang zum Postamt, davor aber noch ein kleiner Souvenirladen, in dessen Auslagefenster er als Kind die ersten und auch schönsten Elefanten, Nilpferde, Nashörner, Löwen und Affen in reinstem Gips bestaunen konnte. Mit wenigen, sonst fast nicht verwendbaren Markstücken (Lebensmittel und Kleider waren rationiert) konnte er sich nach und nach einen kleinen gipsernen Zoo anschaffen. Kaum fünf Meter nach dem Postamt stand ein Zeitungshäuschen, es stand eigentlich auf einer Brücke, die niemand bemerkte, denn das Kanalwasser floss unter dem Asphalt der Kreuzung hindurch, ohne dass die Straßenbahnfahrer oder die wenigen damals zirkulierenden Autos davon etwas hätten bemerken können. Der Kanal war eine Naturansicht für Fußgänger, der Zeitungsstand aber der Ort, wo Juls Mutter Zeitungen, das heißt eher Zeitschriften oder Wochenromanheftchen, einkaufte. Sehr früh nahm sie ihn auf diesem Weg mit; an ihre Hand geklammert, hatte er zum ersten Mal zu gedrucktem Papier hinaufgeblickt.

Gleich gegenüber dem Zeitungsstand, aber auf der anderen Straßenseite, prangte die Auslagenfront des „Gummінegers" – für Jul damals ein Kaufhaus voll von Dschungelgummibäumen, obwohl er weder diese noch irgendein schwarzes oder braunes Gesicht darin sah, sondern vor allem Gummiwärmflaschen und Klistiergummispritzen. Die Mutter hatte ihm dort ein ellenbogenlanges Segelboot gekauft – einige Monate bevor die Bomben auf die Stadt herunterzufallen begannen. Er war sehr stolz auf dieses Boot, es war das einzige für ihn gekaufte Spielzeug, an das er sich erinnerte. Und es verschwand für immer aus seinem Blick, bald nachdem er es auf dem Teich des Hinterhofes aufgesetzt hatte. Der Teich war zwischen den Kastanienbäumen und Linden mitten in der Nacht entstanden, als eine Bombe in den Innenhof einschlug und eine Wasserrohrleitung zerfetzte. Er begann als Erster mit Steinen sein Segelboot über das brauntrübe Wasser zu treiben, und seine Freunde machten das Gleiche, bis einer mit einem großen Stein das Boot so traf, dass es versank.

Der Innenhof war groß und bot viele Fluchtwege an; von ihm führten niedere Durchgänge, spärlich oder gar nicht beleuchtet, nie geradeaus, sondern verwinkelt, auf die Tramwaygeleise hinaus oder auf eine Parallelgasse oder von einem Haus ins andere oder in den Hinterhof von nebenan. Einerseits war er so etwas wie ein kleiner Park – in der Mitte geteilt von einem breiten Kiesstreifen (der aber mehr und mehr von festgetretener Lehmerde glänzte) und umzirkelt von einem ebenso einstmals bekiesten Promenierweg, anderseits war er jedoch etwas total Lebendiges, weil er für jede mögliche Abkürzung wie für jede Art von Spielfläche benutzt wurde – solange keine Bombenalarmsirene aufheulte. Er kannte die schnellsten Abkürzungen, um immer zu entkommen. In drei Richtungen gab es Ausgänge, die verschließbar waren, aber sie standen alle Tag und Nacht offen, vielleicht, dass man für den Haupteingang (den an der Straßenbahnlinie) nach Mitternacht einen Schlüssel benötigte – das wusste er, das Kind, nicht – wahrscheinlich war auch dieser Zugang noch offen, wenn Jul endlich im Bett lag (mit meist ungewaschenen Füßen). Nicht einmal die Alarmsirenen, dieses Mark und Pein durchdringende Heulen, hatten ihn auf Dauer aus seinem Kindesschlaf reißen können, vielmehr waren es immer die Hand der Mutter gewesen, die ihn aus dem Bett zerrte, und das Geschrei und Gewimmer der älteren Schwester.

Bevor dieser Bombenalarm jäh von Nacht zu Nacht und schließlich auch am hellen Tag zum jederzeit möglichen Schrecken wurde, zog ihn eine Mechanikerwerkstatt an, eigentlich nicht so sehr, was man als Werkstatt hätte bezeichnen können, sondern die sehr grüne, von Mauern umstellte Wiese vor den zwei Arbeitsunterständen (diese ummauerte Wiese war eine Art Mini-Nebenhof eines Nebenhinterhofs), diese kleine Wiese breitete sich bis zum Kanalwasser aus und war das einzige Stück grünes Ufer, das er von der Wohnung aus sah. Aber er sah keine Fahrzeuge, auch keinen Schrott herumliegen, vielleicht hatte da einmal ein Fahrradmechaniker gearbeitet, doch sah er auch davon nichts, kein einziges Fahrradrelikt. An den Holzwänden nur Blechreklamen und an Haken hängendes Werkzeug, sonst nichts, außer – und das war es ja, was diese umschlossene Wiese noch anziehender machte – ein paar aufgestapelten Holzkisten, mit dünnem Maschendraht vergittert, und darin waren echte weiß- und grau-fellige Hasen, die still kauernd die gespaltenen Lippen bewegten und unerwartet jäh von einer Kistenecke in die andere schossen und dann doch bis zum Luftgitter heranhoppelten. Außerdem stand auf dieser kleinen, ungestört grünen Wiese ganz nahe zum Kanal hin ein mächtiger Baum, der für Jul bis zum Himmel ragte, es war der einzige Baum, auf den er zwei oder drei Jahre lang von einem Wohnungsfenster hinschauen konnte, sein Sommerwald der Kindheit. Vielleicht war es eine Rosskastanie, vielleicht eine Linde.

Dazu gehörte auch der Geruch der Kellerstiege, dieses kühlfeuchte Moderige, das er einatmete im mageren Licht einer Zwanzigwattbirne. Als kühnes Versteck beim Fang-mich-Spiel gewählt, in den zwei, drei Jahren, bevor die ersten Bomben fielen (er war zwischen sechs und acht), meistens war er dort freilich mit der Schwester oder mit seiner Mutter unterwegs zu dem kleinen Braunkohlehaufen hinter einer hölzernen Gittertür, ihrem Heizvorrat im Keller. Später wurde er mitten in der Nacht über diese Stiegen hinuntergezerrt von seiner Mutter oder der Hand seiner Schwester, im stickigen Gedränge der Hausbewohner. Ihm kam lange nicht in den Sinn, dass sie (dass wir alle) getötet werden sollten, dass sein Kindheitshaus von einer englischen oder russischen Bombe zerfetzt werden könnte. Ich war noch zu dumm, um Angst haben zu können, sagte er sich heute. Ich litt nicht, ich sah nur diese ganz anderen Gesichter, und wie sich manche die Hände vor die Augen drückten oder gegen die Ohren. Und alle kauerten, entweder auf einem Pritschenplatz gegen die Kellermauer gedrückt oder am Boden zwischen Taschen und Koffern. Seiner älteren Schwester wurde aber immer übel, sie begann nach Luft zu ringen, schlug mit den Händen um sich, und erst wenn ihr jemand Baldriantropfen in den Mund geträufelt hatte, schien sie ruhiger zu werden, auf jeden Fall so, dass Jul mehr auf seinen kleinen Hund achtete als auf sie.

Wenn die Sirene wieder aufheulte, war Bombenpause, vielleicht für Stunden, vielleicht für einen halben Tag oder für eine halbe Nacht. Auf jeden Fall stiegen sie, wenn sie den Keller verließen, immer an einer dicken Frau vorbei, die einen Helm trug, es war die Frau des Friseurs (wohin er und seine Freunde alle gingen mit zu langen Haaren). Sie war die Blockwartin, behütete und bewachte alle, und sie war vor allem die Tante eines plötzlich aufgetauchten Mädchens mit dem seltsamen Namen Mira; Jul hatte Mira nie zuvor auf dem Hinterhof gesehen, aber plötzlich war sie da gewesen, vielleicht sogar um zwei Fingerbreit größer als er, ein schmales, sehr bleiches Gesicht und glatte, kurzgeschnittene dunkle Haare, möglich, dass auch ihre Augen dunkel waren (an ein auffälliges Blau würde er sich wohl noch jetzt erinnern). Und er weiß nicht einmal, wie und warum er mit ihr in einem Bett zu liegen kam. Nicht dass sie schliefen, er lag langgestreckt neben ihr unter einer ziemlich schweren Bettdecke. Sie berührten sich nicht, sie redeten auch kaum, lagen fast Haut an Haut nebeneinander unter einem Bettdach an einem hellen Nachmittag. So klein und unwissend, waren sie zu einem abenteuerlichen Schweigen unter eine gemeinsame Decke gekrochen.

Was Jul – außer dem Bild des Zusammenseins im Bett der Friseurin an einem Nachmittag im Frühling oder Frühsommer – ein Leben lang nicht mehr aus dem Sinn ging, ist: dass dieses magere, schmale Mädchen ein paar Tage später tot war. Er erfuhr es erst Wochen danach. Niemand, auch ihre Tante nicht, hatte es nötig gefunden, mit ihm darüber zu reden. Jul sagten sie schließlich nur, dass Mira nicht von einer Bombe getötet worden war, sondern einfach so gestorben sei. Oder hatte man sie geraubt – abgeführt? Hätte Mira auch neben ihm, während sie, zwei Kinder, so aufgeregt schwiegen, plötzlich tot sein können?

Das Totwerden – er war zu sehr Kind, um es auf sich zu beziehen, aber er wusste sehr gut, was Totsein bedeutete –, er sah es im letzten Kriegsjahr immer wieder: aus dem Schutt herausgezogene Leiber, in Bündel zusammengetragene Körperteile, er stieß daran einmal mit einem Fuß. Jul wusste es, aber er verstand dennoch nicht, er war ein Kind, das wie ein Kind lebte – er dachte nicht: Will ich leben? Der Tod gehörte zu ihm, ohne dass er es nur ahnte. Er war bei vielen Begräbnissen als Ministrant dabei, als Begleiter des Pfarrers stand er in knabenkurzer, schwarzer Kutte mit silbernem Kragenrand in der Aufbahrungskapelle bei den Sargträgern herum und roch den Geruch der wasserbesprengten Kränze und auch den Geruch der Aufgebahrten. Es waren immer drei oder vier offene Särge (die kerzengelben Gesichter darin hat er lange vor dem Ende der Volksschule, lange vor dem Eintritt in das Gymnasium gesehen). Jul sah, wenn er als Acht- und Neunjähriger zwischen den Gräbervierecken herumbalancierte, das samtene Blütenbraun oder Dunkelblau der Stiefmütterchen wie das Rote und das Weiße von Nelken und Rosen. Und er war vom Begräbniszeremoniell nie bedrückt – im Gegenteil, auf einer Heimfahrt in der Straßenbahn sagte ihm eine schwarzgekleidete junge Trauerfrau (vielleicht war es ein zwanzigjähriges Mädchen): Hau ab, wann immer du kannst, ich hab's auch gemacht, reiß aus von zu Hause – es ist gottvoll, weg zu sein.

Nein, er musste nicht davonlaufen, ihm war ja nie langweilig. Auch wenn er schon damals an Platzangst litt und zu ersticken glaubte in diesem Angstgedränge nach dem Bombenalarm, im Gewimmel von Menschenleibern an den Stolleneingängen des Schlossberges, wohin sie sich immer öfter hineinflüchteten und wo sie schließlich im letzten Kriegsjahr, als die Entwarnungspausen zwischen den Bombenabwürfen immer kürzer wurden, fast ausnahmslos ihre Tage verbrachten.

Einmal aber drinnen im weitläufigen Labyrinth des ehemaligen Bergwerkes und des letzten einzig sicheren Zufluchtsortes der Stadt fühlte er stets aufs Neue ein geradezu abenteuerliches Gefühl der Nähe mitten unter Fremden: Die Leute saßen auf ihren Koffern, in Eile bekleidet, viele trugen sogar im Sommer ihre Wintermäntel, die Frauen alle mit Kopftüchern, Männer gab es nur sehr alte, und die waren wenige. Es war für die Erwachsenen bestimmt eine Zeit endlosen Wartens, in Angst, mit Hunger und Durst, bei sehr spärlich verteiltem Deckenlicht und dem beizend scharfen Geruch, der aus den blechernen Urintonnen aufstieg, die jeweils hinter einem Brettereck aufgestellt waren. Dieses Hocken auf einem Koffer oder einem Bündel musste die Mutter ertragen, dieses tagelange Vor-sich-hin-Kauern, nicht so Jul und seine ältere Schwester, sie zwei waren fast dauernd unterwegs. Sie durchforschten alle Stollenverzweigungen, drängelten oder liefen zwischen den Stehenden oder Kauernden hindurch, rochen das Kondensat des Angstatems, der Ausdünstungen, sie hörten das Jammern und Seufzen und auch das eine oder andere jäh und gellend ausgestoßene Lachen, alles Farbige war aber wie farblos, auch ein roter Fäustling sah wie ein verschimmelnder Schwamm aus. Die Großen saßen alle gleichsam in schimmeligen Lumpen da (und wenn du angehalten wurdest von einer Hand und in ein Gesicht sahst, waren die Augen darin wie blanke Nachtfenster, und auf dem Jacken- oder Mantelaufschlag glänzte meist eine Partei-Brosche).

Fast alle hatten nur wenig Essbares bei sich – es gab keine Ausspeisung, keinen rinnenden Brunnen. Alle litten an Durst, die wenigsten hatten dagegen vorgesorgt. Wenn die Warnsirene aufschrillte, hastete man ja fluchtartig aus der Wohnung, rannte über die Stiegen in den nächsten Keller, oder man zog schon am Morgen zum Schlossbergbunker, und die Thermosflasche reichte nicht für zehn oder mehr Stunden. Und bevor nicht Entwarnung gegeben wurde, ließen die Luftschutzwarte mit den Hitlerkreuzbinden am Ärmel keinen Erwachsenen ins Freie. Aber ihn, den kleinen Buben, und seine um drei Jahre ältere Schwester ließen sie von Zeit zu Zeit zwischen ihnen durchschlüpfen und zum nächsten Haus rennen, wo sie im Gang des Parterres einen Wasserhahn wussten und ihre Flaschen füllen konnten.

Dies wurde ihre Hauptbeschäftigung – sie zwei verteilten Wasser in den Stollen, ihnen wurde nie langweilig, alle wollten von ihren Flaschen trinken oder einen Becher voll haben.

46

Obwohl Jul schon so oft die Via Giuseppe Garibaldi hinuntergerannt war, hatte er erst am zweiten Sonntag nach seiner Ankunft diesen kleinen, verstaubt wirkenden Laden entdeckt, an einer der engsten Stellen der Straße in einem Haus wie eine graue Felswand, als ob in den drei Stockwerken darüber längst nur mehr die Leere hauste. Der Laden war nicht viel breiter als sein Hotelzimmer, vielleicht dreieinhalb Meter, und nicht länger als vier in der Tiefe. Gleich hinter der Glastür ein offener Holzsarg mit einem Warenzettel „Certificato di qualità“ (Qualitätsnachweis) und zu beiden Seiten an den Wänden übereinandergestapelt hellbraune bis ebenholz-dunkel lackierte Särge. In der schmalen Vitrine neben der verschlossenen Geschäftstür lagen Kruzifixe mit und ohne Korpus aus Messing oder Zink, dahinter eine offene Schachtel mit Nägeln. Jul wechselte die Gassenseite, kehrte aber noch einmal zurück, um sich zu vergewissern, ob der Laden ausgeleuchtet sei, und da zuckte er zusammen, weil Wassertropfen einzeln auf seinem Kopf zerplatzten, er blickte auf und sah den Arm und das Gesicht einer alten Frau, die über ihm Wäsche vor das Fenster hängte. Er machte schnell einen Schritt zur Seite und freute sich über die lebendige Alte dort oben. Auch wenn gleichzeitig wieder dieser pulsierende Druck im Hinterkopf einsetzte, als hätte ein Wassertropfen seine Schmerztastatur getroffen.

Beinahe ein halbes Leben hatte er inmitten einer Bergwiese, nahe am Waldrand, hinter Hausmauern verbracht, deren Steine vor Hunderten Jahren übereinandergeschichtet worden waren, ohne Zement, nur mit Kalk, Erde und Kuhmist verbunden. Jetzt schlenderte er ziellos, die Hände in den Hosentaschen, das erste Schattenstück der Via Garibaldi hinunter, ein Ruinenquartier, trotzdem auch bewohnte Häuser links und rechts, dazwischen halbverfallene barocke Fassaden von einstigen Palazzi. Mit Ines in Wien und mit Mara am Berg hatte er immer wieder von einem Haus im Süden geschwärmt, und nun dachte er, mit Blick auf Porto Empedocle, an die grauesten Straßen von Wien, an diese Vorstadtstraßen oder noch mehr an diese scheinbar toten Seitengassen der Innenstadt ebenso wie an jene zwischen Ring und Gürtel, wo er sich auf seltsame Weise in seiner ureigenen Heimat angekommen fühlte. Es war ein Übergehen in alles gewesen, in die Mauern der Häuser, in den Verputz, ja sogar in die Aufschriften („unter Bürgermeister Jonas“). Wie wenn die Straßen seiner Kindheit in Graz mit ihm erwachsen geworden wären. Manchmal hörte er sogar die Stimme seiner Mutter und er sah auch den ärmlichen Küchentisch, an dem mit ihr die

Frauen und Mädchen aus den Nachbarwohnungen saßen und kartenspielend von der Welt schwärmten. Wenn er durch die Wiener Berggasse hinunterging – rechts das spelunkenhaft düstere Café, in dem er und sein Freund nach Kellertheaterabenden manchmal einkehrten und Coca-Cola mit Rum tranken, während sie über Sartre („Die Eingeschlossenen“) redeten oder über Ghelderode („Die Clowns – die Irren“), oder wenn er allein bei dichtem Schneefall durch die Wimberger-Straße stapfte (die beleuchtete BP-Tankstelle in Gelb und Grün als Lichthöhle des vertrauten Hierseins mit Benzingeruch), und seine Wanderungen dem Gürtel entlang, parallel zum Schnellbahnviadukt (als Freund der schwarznassen, mageren Alleebäumchen), gelegentlich den flaumigen Morgenschnee mit den Halbschuhen wie mit Pantoffeln aufstäubend, und erst recht in Schönbrunn: die winterschwarzen Rosskastanienalleen, an einem Morgen schneegepolstert, still wie für Leser, hüpfende Amseln und Krähenspuren, alles, was er von der Welt wollte, war schon anwesend in diesen schwarzweißen Alleen, kaum Spaziergänger außer ihm. Das Orchideenhaus natürlich verschlossen um sieben Uhr früh, ebenso das gelbe Sommerschloss und die Stallungen des toten Kaisers und selbstverständlich auch der Zoo.

Damals – was hatte ihn die Vergangenheit (der Kaiser?) schon gekümmert, auch keine Heimat, denn auf der Mariahilferstraße oder auf der Kärntnerstraße war er mit Ines am richtigen, an ihrem Ort, ohne Zugehörigkeitskonflikt, alles war Gegenwart und

Zukunft. Aber hier in dieser Via Garibaldi, die den halben Vormittag im Schatten lag, war für ihn alles Vergangenheit, auch wenn er Natalie wie zum Greifen vor sich sah: Natalie hat alle ihre Puppen versammelt, auf sämtlichen vorhandenen Fauteuils gelagert, auch auf der Eckbank vor dem offenen Kamin (ein Notlager). Sie selbst hat sich von Mara eine weiße Schürze ausgeborgt und holt ihren roten Arztkoffer: Gegen Ende des Sommers müssen alle Puppen einer Generaluntersuchung unterzogen werden. Bei Tomby, dem grauen Riesenstoffkater, hat sie schon was rausgefunden: plötzliche Blutarmut! Und hat schon die Ursache entdeckt: eine Zecke im Schweif, muss sie sofort operieren, sehr schwierig, zuvor ein Tröpfchen Olivenöl (auch ein Wassertropfen gilt) auf den Schmarotzer träufeln, und dann erst ... Vor der Operation aber noch die Hände waschen (sie ist eben vom Kindsein in die Arztschürze geschlüpft), alle Puppen gut zudecken, draußen bald Nordwind und graue Wolken. Jul muss das Ordinationszimmer, den Operationssaal, er muss alles inspizieren, einen Blick auf jeden einzelnen Patienten werfen, so wünscht sie es, er soll auch Tomby gut zureden. Und mitten im Operationssaal ist die Bibliothek mit Fernseher, und alle Fauteuils sind in Krankenbetten umgewandelt, er möchte nun doch die Nachrichten sehen und hören, Natalie wirft die Arme hoch: Jetzt, mitten in der Operation! Sie verzieht den Mund, ja, meinetwegen, aber niemandem weitersagen. Er holt sich einen Stuhl und schaltet einen Nachrichtenkanal an.

Er wusste, dass Mara sich mit Luca traf. Aber sie redeten nicht darüber. Luca hatte sie lange vor ihm gekannt – mit Luca, der nur Italienisch sprach, kaum mehr als zwei Sätze Deutsch, war Mara im Zelt unterwegs gewesen in Kalabrien, in jenem Sommer, in dem Jul sie beim Polentafest angesprochen hatte. Er war sogar sein Freund geworden, als er ihnen beim Hausumbau geholfen hatte. Luca kam, auch als er schon eine eigene Zahnarztpraxis in Venedig hatte, mehrmals im Jahr allein oder mit seinem kleinen Sohn zu ihnen auf den Berg, selten mit Marina, seiner Frau.

Trotzdem, dieser Ort des Zufalls war ein guter Ort zum Leben geworden, auch wenn er seit Jahren – statt hinter einem Kaffeehausfenster, statt auf dem Plüsch eines Theatersessels, statt auf einem Sitz der U-Bahn – in einem Berghaus auf dreißig Grad Hangneigung hockte, den Wald wie einen grünen Pelz um den Nacken, kaum zehn Meter entfernt von seiner Bücherwand. Natalie krähte am Morgen nach Mara, wollte aber ihm, Jul, einen Traum erzählen (... in der Speisekammer mehrere Schubladen voll Lakritzen und Bonbons, und Mama durfte davon nichts wissen). Und er wusch sich den Nachtschweiß von der Brust und lief mit dem Hund durch den dämmerigen Wald hinauf. Wohin denn, zum Teufel?

Das Gehen mit ausgelöschten Gedanken: im Sommer die antrainierten Blicke links und rechts des Weges, ob ein Pilz oder Pfifferlinge –, im Winter, durch den Schnee stapfend, immer aufs Neue den Schnee bewundern, genauso die Bäume zu jeder Jahreszeit grüßen. Ein Gehen beinahe in Trance, im Wiederholungstrott, in einer Beinahe-Bewusstlosigkeit. Erst im Nachhinein wusste er: Ja, die dunklen, grünen Nadelzweige gesehen und die verschiedenen Braunfarben, die hellbraunen Nadeln am Boden oder auf dem Schnee, die rötliche Baumrinde der Kiefer und die graurötliche der Föhre und die grünbraune der Fichten. Und stets das uneinsehbare Zufluchtsdunkel unter den tiefhängenden Ästen, dies alles, auch die Steine und Gräser zu schneefreien Zeiten auf dem Waldpfad, auch die knotigen Wurzelstränge, die ihn manchmal zum Stolpern brachten. Er sah das alles täglich, meistens zwei- bis dreimal täglich, ohne sich anderer Gedanken bewusst zu werden, außer den Erinnerungen, die ihn manchmal wie Nebel einhüllten während dieses Gehens durch den Wald. Er war so allein mit sich selbst geworden, dass er mit den Bäumen sprach wie mit seinem Hund – er hätte immer so leben mögen, dachte er tatsächlich zwischendurch.

In diesem verfallenden Haus, dessen Mauern er und Mara mit starkem Wasserstrahl gewaschen und mit Spezialzement gefestigt hatten, in diesem Haus waren Generationen von Menschen vor ihnen geboren und gestorben. Unter dem Dachgestühl, durch das der Kamin ins Freie führte, ein Kamin (der, als sie einzogen, noch umgeben war von zusammengetragenem Heu und Stroh bis unter das Dach), durch dessen Löcher im ersten Sommer der Regen in die von ihm untergestellten Blechkannen tropfte, hatte Jul einige Schusterleisten gefunden, und die einst darauf hergestellten und dann durchgetretenen Schuhe tauchten nebst weißen, grünen, braunen Glasscherben und verrosteten Konservenbüchsen noch immer in jedem Frühjahr nach der Schneeschmelze, sozusagen ratenweise, aus dem auftauenden Waldboden auf. Jahrzehntelang, jahrhundertelang waren die Bewohner dieses Hauses durch den angrenzenden Wald gegangen, der jetzt Maras und Juls Wald war. Er hatte das lange nicht bedacht, war an diesen Ort gekommen als ein Fremder, dem der Platz wie einem Touristen gefiel: herrlicher Ausblick bis in die Sextener Dolomiten, aber gegenüber keine wuchtigen Bergzacken, sondern ein langgezogener, bewaldeter Höhenbuckel, Fichten- und Lärchenwald ohne Gehöft, ohne Wohnsiedlungen, eine dunkelgrüne, schräggestellte Wand aus Nadelbäumen. In diese Waldwand würde er, hatte er gedacht, noch oft unzählige Male täglich hinüberstarren, und hat er dann auch hinübergestarrt, hat gleichsam über die Entfernung hinweg den Kopf, das Gesicht in diesen Wald hineingelegt, hineingedrückt an Sommertagen, an denen die Zeit stillzustehen schien: von ferne das Geräusch der arbeitenden Bauern, surrende Mähmaschinen und das Brummen des Schwerverkehrs unten im Tal, regelmäßig auch das Signal des Lokalzuges auf der anderen Seite des grünkalten Bergflüsschens Rienz. Am Fenster stehend, nahm er die Bewegungen auf dem Talgrund kaum wahr. Er hörte Geräusche und konnte, wenn er nur wollte, auch kurze Streckenabschnitte der Staatsstraße beobachten, aber die Bewegungen der Autos interessierten ihn nicht, diese Fluchtvisionen langweilten ihn. Den Bergfluss unten im Tal, die Rienz, liebte er hingegen, auch wenn er das Wasser nur im Winter sehen konnte, wenn die Uferweiden und Haselbüsche kahl waren. Weglos und ohne Häuser wucherte der Wald über dem Bergkamm auf der anderen Talseite. Und am Beginn seines Hinschauens – besonders an Regentagen oder im Winter, wenn der Schnee den Wald weiß einpolsterte, dachte Jul sich die Unschuld der Welt in diese Waldwand. Und konnte sich das Verirren vorstellen und das Verlorengehen an einem hellen Nachmittag.

47

Ein Verlorengehen – so weit entfernt von dieser Waldwand –, weil dieses Stechen im Hinterkopf nicht aufhören wollte, minutenlang nicht, stundenlang nicht, und dann endlich nur dieser Druck, der ihn immer öfter aus dem gewohnten Rhythmus des Gehens hob, an den längst vertrauten Auslagenscheiben der Via Atenea vorbei, mehr als einmal hatte er sich schon mit der rechten Hand an einer Vitrine abstützen müssen, ohne die Sekunden wahrzunehmen, die vergingen, bis eine junge Frau, eine Verkäuferin oder die Boutique-Inhaberin, auf die Straße trat und ihn fragend ansah. Er vertraute seinem Körper nicht mehr, zum Glück öffnete sich ein paar Meter weiter ein Gässchen, eine Scaletta, fensterlos am Anfang, so dass er sich unbeobachtet erbrechen konnte. Wo ist der Tod?, rief er. Und verstand nicht, warum seine Augen plötzlich so glasklar bis zum Meer hinuntersehen konnten, und kein Funkengeschwader jäh in seinem Kopf. Er setzte Schritt für Schritt die Discesa Gallo hinunter. Ja, er wollte in diesem Augenblick Mara hier bei sich haben, ihr dies alles zeigen als Teil des Wertvollen. Dazu gehörten, eins nach dem anderen oder auch durcheinander: der mit Ziegeln provisorisch vermauerte Eingang zu diesem ehemaligen Albergo. Über dem Portal ragten nur mehr die verrosteten Eisentraversen eines Balkons aus der lachsrot verblichenen Fassadenmauer, die Rahmenfassung der Balkontür blassgrün und hellrostig gestreift von oben nach unten. Na, da schaust du, Mara, alle diese kupfernen Vorhängeschlösser an längst toten Wohnungstüren und die angewehten, vom Regen nassgeschwemmten Erd- und Mörtelhaufen in den Stiegenecken und ein Spinnennetz aus Schläuchen, Röhren und Leitungskabeln, die über dieses scheinbar ausgestorbene, verwinkelte Gässchen hängen. Räudige Katzen, siehst du, und da und dort Kartonpappe statt Glasscheiben an den Fenstern. So lebe ich, Mara, ohne dich. Und sehe immer wieder zwischen diesem Röhren- und Leitungswirrwarr jäh ein Stück blaues Meer, fast nach jeder Scalatabiegung.

Er war hier nicht daheim oder genauso zu Hause wie irgendwo. In seinem Hotelzimmer war er inzwischen sogar mit dem Resopalschrank in der Ecke vertraut geworden. Wenn er auf das schwarze Anschlussloch unter der Zimmerdecke starrte, sah er aus dem Augenwinkel auch die hellgelbe Farbe des schmalen Kleiderkastens. Zwei Hosen hingen darin und zwei Jacken. Aber dieser Schrank war für ihn sehr wichtig, seine Körperlichkeit hatte für Jul etwas Beruhigendes, er sah auf ihn, als hätte er das Dachgestühl seines Berghauses über sich.

Als Jul zum ersten Mal mit seinem Auto, begleitet von einem Verkaufsvermittler, zu diesem entlegenen, verfallenden Bauernhaus gefahren war, dachte er an einen zufälligen Randpunkt zu fahren, auf jeden Fall weg von jeder Art Zentrum. Die Straße, ein verbreiterter Wiesenweg, herausgekratzt aus einem abschüssigen Berghang. Weit und breit kein Asphalt. Als hätte er genau das gesucht: im Rücken Wald, vor ihm eine Absprungwiese.

Mara gefiel dieser Ort der Fremde wie ihm, sie sagte es auf ihre Art, eher wortkarg: Hier bleib ich. Und sie lebte, hauste am Anfang die längste Zeit tagsüber alleine mit sich und mit Natalie unter diesem durchlöcherten, halbverfaulten Schindeldach (erst ein Jahr später bauten sie das Haus um), er kam oft erst gegen Abend von der Arbeit in der Stadt, aber zwei- oder dreimal in der Woche auch schon am frühen Nachmittag.

Immer aber freute er sich zurückzukommen, und noch bevor er von der Straße abbog, sah er, solange der Tag hell war, Natalies kleine Gestalt mit den ausgebreiteten Armen eines Verkehrspolizisten auf dem bekiesten Platz unter dem Haus. Lange bemerkte er nicht, wurde ihm nicht bewusst, wie diese wachsende Vertrautheit mit dem Haus, in dem Mara und Natalie auf ihn warteten, ihn mehr und mehr von den Freunden in der Stadt und überhaupt von den Gewohnheiten des Stadtlebens entfernte. Er schritt nun als ein anderer die Häuserwände entlang, ohne vor Auslagen stehen zu bleiben, obwohl er sie sah, der Straßenlärm beengte ihn, wie die Gerüche, die aus den Häusern drangen und sich mit den Auspuffgasen vermischten, er hörte Stimmen aus Haustüren, Bar- und Gasthaustüren und ging schnell weiter.

Allmählich spürte er immer weniger das Bedürfnis, unter die Leute zu gehen, ja, er verlor, so schien ihm, die Fähigkeit, über Belangloses zu reden – entweder kam ihm das Reden der anderen banal vor oder von einer so treffsicheren Eloquenz, dass schon alles gesagt war, was er hätte sagen können. Und daher blieb er außerhalb der eigenen vier Wände fast immer stumm. Außer er wurde direkt angesprochen, dann konnte er jäh lossprudeln, oft sogar unnötig scharf antworten oder im Gegenteil übertrieben leutselig, wenn nicht selbstbekennerisch, auch selbstzerstörerisch. Die gelassene Umgangsart ging ihm mit den Jahren zwischen Wiesenrändern und Waldbäumen mehr und mehr abhanden. Andererseits fühlte er sich viel unmittelbarer, ohne irgendein Dazwischen verbunden mit jedem Ort, der ihm einfiel. In seiner von innen und außen holzverschalten Kammer, aber auch an einem menschenverlassenen Wieseneck war ihm die Bleeker Street in New York so gegenwärtig vor Augen, dass er zwei dunkelhäutige Frauen vorbeischlendern ließ, bevor er seine Bierdose in den Müllkorb warf.

Er war mit Mara und Natalie oft im Wald oder auf den Feldern unterwegs. In den ersten Jahren trug er das Kind in einem jeansblauen Gestängesack auf dem Rücken, hatte Natalies Plappern im Ohr und ihre krabbelnden Hände im Haar; mehr als einmal ließen sie die Strampelbeinige im gelben Löwenzahngewoge herumwaten und später sich hineinwälzen ins hochstehende Maigras.

Dann, als Natalie nicht mehr da war, gingen Mara und er noch immer über die gleichen Wege. Es war meist in den Vormittagsstunden, wenn Mara ihren unterrichtsfreien Tag hatte, oder in den frühen Nachmittagsstunden. Jul hatte die Zeit auf seiner Seite, nachdem er bald nach dem Begräbnis nicht mehr imstande war, mit diesen Schmerzblitzen im Schläfenbereich, dieser nicht aufhörenden Migräne, jeden Morgen in den Wagen zu steigen und in die Stadt hinunterzufahren (täglich tausend Meter Höhenunterschied abwärts und aufwärts zurück). Er hatte schließlich als freier Publizist weitergearbeitet, hatte sich auf das Schreiben von Randbemerkungen eingeschränkt, weniger zur Welt- als zur Existenzlage, u. a. auch, wie es mit den Kohlweißlingen bestellt ist im Vergleich zur Schmetterlingsliebe der Menschen.

Wenn der Weg breit genug war, damit Mara und er ungestört nebeneinander hergehen und reden konnten, redeten sie, als ob sie Bauern wären, sie, die keine sein wollten, sie redeten über das Ausbleiben des Regens oder über das Zuviel an Regen, sie ärgerten sich über den Güllegestank und schimpften über die zunehmende Rücksichtslosigkeit, mit der aus Dummheit oder blinder Gewinnsucht die Natur verseucht wurde. Statt einmal von sich zu reden, von ihrem Glück oder Unglück, kamen sie bei jedem gemeinsamen Gehen auf diese verdammten überdüngten Wiesen und regensauren Wälder zu sprechen. Dann konnte es geschehen, dass er plötzlich das gemeinsame Gerede harsch abbrach, und beide verfielen sie in ein erschöpftes Schweigen. Wortlos stiegen sie eine Weile nebeneinander aufwärts. Manchmal rettete ihn die Erinnerung an eine andere Zeit (das Erwachen an einem Morgen im dürren Augustgras neben der Straße, wo er gegen vier Uhr früh den Wagen abgestellt hatte auf der Fahrt zur ligurischen Küste, mit der schlafenden Natalie auf den matratzenartig zurechtgemachten Rücksitzen, die aufsteigende Sonne im Gesicht und das unentwegte Zirpen der Zikaden als Dauergeräusch im Ohr, Maras Haare kitzelten seinen Hals). Solche Augenblickserinnerungen behielt er freilich fast immer für sich und brachte selten noch die Leichtigkeit auf, Mara zu umarmen.

Mara hatte ihm gegenüber nie geleugnet, dass Luca bei ihr gewesen war, damals, als Jul zu dieser Suizid-Recherche nach Passau fahren musste (für zwei Tage). Im Übrigen wussten es auch die Leute im Dorf, hatten diesen Italiener mit ihr gesehen, diesen Touristen, wie sie glaubten. Aber natürlich konnte niemand sagen, ob Mara gerade in den Minuten des Unglücks mit dem Italiener an der Hotelbar gesessen oder gestanden hatte oder auf die Toilette gegangen war.

48

Obwohl er Maras Mutter hatte weinen gesehen, zum ersten Mal, bevor Natalies weißer Sarg geschlossen wurde, war ihm diese Frau fremd geblieben, ja, war ihm von Jahr zu Jahr sogar noch fremder geworden, beinahe gegen seinen Willen, und schließlich hatte er kaum noch ihre Nähe ertragen. Jul machte sich Vorwürfe deswegen, hatte sich vor jedem Zusammentreffen mit guten Vorsätzen gerüstet – sie ist eine alte Frau, sie ist eine gute Mutter, eine großzügige Oma –, es half nichts. Kaum sagte sie etwas zur Tagespolitik, ärgerte ihn dieses Nachplappern der vorherrschenden Meinung, ihr vorauseilender Gehorsam, ihre Bewunderung für alles, was Macht und Geld hatte. Und seine Antworten waren immer zugespitzt, scharf, oft kränkten seine Worte ihn im Nachhinein selber (denn wenn sie nicht da war, verstand er sie – wie die meisten hatte sie nichts Böses im Sinn). Tatsächlich ließ sie sich vieles gefallen, wortlos. Mit einem schmalen, vielleicht maliziösen Lächeln ertrug sie vieles, als ob sie gehörlos wäre.

Nicht anders Mara. Oft sagte sich Jul: Halt dich zurück, und wollte die eigenen Worte nicht mehr hören. Aber redete dennoch. Spülte seine Grobheiten aus dem Mund: Du bist wie deine Mutter (ich bitte dich, hör auf, deiner Mutter zu gleichen, mit jedem Tag, mit jeder Stunde wirst du ihr ähnlicher, benimmst du dich wie sie, hörst mir nicht zu, kehrst dich weg und machst drei oder fünf Sachen gleichzeitig – bleib doch stehen, Mara, schau mir ins Gesicht, ich kann sonst nicht reden mit dir!).

Und Mara drehte sich zu ihm um und hörte ihm zu und verstand ihn, antwortete ihm, war seiner Meinung, dass dieser politische Paranoiker Soundso eigentlich ... Jul heizte den Ofen, vor dem Fenster noch ein verschwommen dunkler Morgen – die Katze mauzte, er rief aus der Küche ins Wohnzimmer oder vom Wohnzimmer in die Küche wieder nach Mara, weil er ihr seinen Ärger über eine eben gehörte Radionachricht mitteilen, sich mit ihr darüber empören wollte, aber Mara war in irgendeinem Zimmer beim Aufräumen, hörte ihn nicht. Sie lebte, so dachte er oft, wie gegen den Wind – lebte, als ob sie ihm ihre Langsamkeit als eine Art Heilmittel vordemonstrieren müsste. Sie ließ sich selten oder kaum jemals aus dem Gleichgewicht heben, lächelte fast immer, und nicht etwa spöttisch oder verächtlich, sondern eher aus Zerstreutheit. Er schaute ihr zu, als sähe er sie durch eine Glaswand – sie waren sich so fern und doch wieder nahe. Er wunderte sich, wie sie das alles nur überlebte, wie sie das durchstehen konnte. Zeitweilig hatte er sich damit stumm gemacht: Ich – wir – alle sind allein, also tu ruhig Griff um Griff und

Schritt für Schritt, bis du hinter den Wänden deiner Arbeitszelle verschwinden kannst. Also: aufstehen, Bad, anziehen, heizen, Tee oder Kaffee zubereiten, Hund und Katze füttern – im Winter die Haustreppe und die Autozufahrt freischaufeln, dann endlich Rückzug in die kleine Arbeits-Freiheit zum Lesen und Kommentieren oder zum Schlafen auf dem Kanapee. Am liebsten waren ihm die Regentage, die nie mehr aufzuhören schienen, die Wiesen ertranken, die Felder wurden zu Inselstücken, und Mara war wie hautlos, so selbstverständlich vertraut, während sie Knoblauch und Basilienkraut für die Pestosauce feinstampfte (die sie in kleine Gläser abfüllte für die Tage, an denen ihr zum Kochen wenig Zeit bliebe). An solchen Regentagen waren sie einander nicht im Wege, waren sie beide scheinbar grundlos müde und gestanden es sich ein. Sie krochen gleichsam ineinander, ohne sich zu berühren, ruhten sich einer am anderen aus. War das die ihnen zugemessene Nähe?

Im Grunde war vieles austauschbar geworden, als hätte er ein Spezialtraining hinter sich, möglichst viele Hände zu mobilisieren, die sich nach ihm ausstreckten und ihn zu greifen suchten.

Die Nächte in seinem Kopf wurden klar und klarer: Hellwachheiten. Und manchmal, oft lange bevor das dumpfe Hämmern auf der Schädelrückseite anfing, überkam ihn diese blöde, irrwitzige Wildheit, eine Euphorie, so dass er es im Bett nicht mehr aushielt, er hätte mitten in der Nacht Eisschränke aus dem

Haus tragen können oder Schränke über die Stiegen schmeißen. Dabei hatte er sich wie erschöpft frühzeitig zu Bett gelegt (während der Abendnachrichten mehrmals eingenickt). Doch dann, mit dem Gesicht auf dem Kissen, diese plötzliche Hellwachheit, die ihm auch die Dauer der Nacht bewusst machte, die vor ihm lag. Es war dunkel im Zimmer, Mara schlief neben ihm, und er starrte gleichsam in eine zunehmende Panikhelle hinein, schutzlos, ohne eine Stimme, ohne ein Geräusch, das ihn abgelenkt hätte – nichts, keine vertraute Banalität erlöste ihn. Seit langem schon, eigentlich bald nach dem Unglück, vermochte sich Jul nicht mehr arglos der Nacht zu überlassen, die Nacht war zu einer Bewusstseinsmaschine mutiert, die ihm seine Unschlüssigkeit, sein Zaudern, ja, seine Unfähigkeit, sich zu entscheiden, vorführte: Er sah sich im Schlafzimmer vor einem offenen Koffer, und Mara stand daneben, er sah ihr schlaffes Lächeln und in diesem Lächeln Natalies bettelnde Augen, er stellte den Koffer weg – er war zu feig, ein Schwächling, er klammerte sich an Mara, als bestünde sie aus Ziegeln und Holzverschalungen. Er hätte fortgehen, wegrennen müssen mit oder ohne Koffer, er hätte Mara und sich befreien müssen von diesem Unglück.

Tagsüber konnte er lächeln, auch über die vorangegangene Nacht. Aber er war kein Sieger mehr, vielleicht wollte er gar nie einer sein, nur – jetzt wusste er, wie dünn der Boden war, über den er ging, so dünn, dass er hindurchsehen konnte. Oft sogar bei Tage.

Trotzdem eine Art Normalität, meistens sogar völlig friedliche Tage. Auch Nächte. Im Großen und Ganzen fast harmlos verlaufende Stunden. Mara arbeitete in der Küche, er rührte den Salat um, trug Teller und Besteck ins Esszimmer, stellte Gläser auf den Tisch. Und sie aßen.

Um diese Mittagszeit war Natalie von der Schule gekommen, es war ihre heftigste Plauderzeit gewesen, sie erzählte wie ein Sturzbach, was in der Klasse heute abgelaufen oder was ihr eben eingefallen war, schwatzte und schwatzte und schäkerte mit der Katze, bis die Spaghetti kalt waren. Kann ich es lassen? Ich mag nicht mehr. Sie tanzt um den Tisch herum, will, dass er sie in die Arme nimmt, sie hochhebt: Aber ja nicht kitzeln! Natürlich nicht. Er schwingt sie ein paar Mal nach links und nach rechts, hält sie fest, lässt sie mitfliegen durch die Zimmerluft. Genug, genug! kreischt sie, und wieder am Boden: Noch einmal.

Bist du schon alt? fragte sie, deine Hand zittert. Und er hielt die rechte Hand flach hingestreckt, die Handfläche nach unten: Siehst du, sie zittert nicht!

Doch, lachte sie, du zitterst.

An einem sonnigen Novembertag war Mara mit dem Zug nach Venedig gefahren zu Lucas Begräbnis. Als sie am nächsten Tag zurückkam, sagte sie, der Canal Grande sei im Nebel erstickt. Luca war an Lungenkrebs gestorben, neun Monate nach Natalie. Sein Junge hatte kurz zuvor das erste Schuljahr begonnen.

49

Jul stapft neben Mara in der Novemberkälte den Berg hinauf. Das Gelbgrün des verdorrten Grases schimmert durch den Frost wie Schimmel. In den Wegrinnen der gefrorene Tau als Schneemehl, das unter den Schritten knirscht. Beide stumm. Er hätte stehen bleiben und sie an sich ziehen mögen, doch er geht weiter, schließlich sagt er, an so einem November wie diesem sei Natalie eines Abends plötzlich in Stiefeln und mit dieser großen schwarzen Stablampe in seinem Arbeitszimmer aufgetaucht – draußen längst stockdunkel, er drinnen im hellsten Hundertwattlicht, aber Natalie fragt: Wo bist du, Teddy, warum versteckst du dich? Und habe ihm mit der großen, schwarzen Stablampe ins Gesicht geleuchtet.

Am Morgen, noch in der Wärme des Nachtschlafs, hatte er Maras Fuß an seinem Bein gespürt, eine Fußsohle, die gegen sein Schienbein drückte. Er war regungslos geblieben, geradeso als schliefe er. Nach einer Weile fragte sie: Wie spät ist es? Wortlos rückte er in ihre Wärme, legte eine Hand auf ihren Bauch.

Er hat sie nie über Luca ausgeforscht, ein einziges Mal, Jahre nach dem Begräbnis, fragte er sie nach dem Namen des Friedhofs in Venedig. Sie sagte nur: Eine Toteninsel, ich will den Namen nicht wissen. (Aber es gab für sie nur diese Friedhofinsel San Michele – Jul wusste es.)

Oben auf dem Hügelrücken liegt ein bisschen Schnee. Die erstarrte Gülle riecht man aber noch durch die dünne Flockenschicht.

Es stinkt, schnaubt Mara. Haben alle zu viel Vieh, kaufen noch Heu von den Autobahnrandwiesen zu, vergastes Bleigras für naturreine Alpenmilch.

Müssen wir uns täglich darüber aufregen?

Perché fa schifo, weil mich diese Heuchelei der braven Tiroler Heimatverteidiger anwidert, sagt Mara halb italienisch, halb umgangsdeutsch.

Und plötzlich ärgert dies Jul. Obwohl er Maras Meinung teilt, muss er auf einmal etwas verteidigen.

Warum italienisch? Sie heucheln nicht, widerspricht er, auf jeden Fall heucheln sie nicht weniger als deine pathetischen Landsleute, die ihre Herzlichkeit ja auch nur vortäuschen.

Auf einmal ärgert er sich über die Italiener, obwohl die keine Gülle hier ausschütten und kein Weggebüsch roden, keine Zitterpappeln oder Weiden, Eschen oder Birken hier abhacken. Trotzdem: Warum muss Mara plötzlich am Waldrand italienisch auf die Einheimischen, auf die Tiroler Bauern schimpfen? Grund dazu hätte auch er, aber er gehört zu ihnen und versteht sie besser, denkt er und weiß, dass sie bis vor nicht langer Zeit, bis weit nach dem Krieg jedenfalls, armselig gelebt haben: eingebrannte Mehlsuppe zum Frühstück, statt Kaffee also Einbrennsuppe mit Erdäpfelbrocken darin und steinhartes, am Dachboden gedörrtes Schwarzbrot. Nur an Festtagen Fleisch und vielleicht für den Bauern, den Hofbesitzer, ein Glas Wein, aber nur für ihn, nicht für die Knechte, die Dienstboten, die oft auch seine Geschwister waren. Jetzt freilich vor jedem Hof ein Auto pro erwachsenes Kind und zu jeder Haustür eine Asphaltstraße, doch nach dem Krieg nicht einmal Zahnpasta im Haus und lange, oft stundenlange Fußmärsche bis zum Lebensmittelladen im Dorf, und der Arzt auf der anderen Seite des Tales: An Scharlach konnte man leicht sterben. Heute kaufen die Frauen Brot, Spaghetti, Büchsenfleisch und Tiefkühlkost (Chips, Spinat, Fisch, Erbsen, Huhn) im Market; besonders beliebt natürlich die Regale mit Süßigkeiten, fünf oder sechs Regale, eine ganze Wand mit Regalen voll von Süßigkeiten: Keksschachteln, Bonbonnieren, Schokoladen, Zuckerln in allen Farben. Früher kaum Schleckereien gehabt, Kuchen oder Krapfen nur an den höchsten Feiertagen, jetzt aber täglich und immer: Schokoladenbonbons, Törtchen. Warum hat er sich aufgeregt? Über die Italiener? Und gegen die Italiener die schokoladeessenden Jung- und Altbäuerinnen verteidigt, gegen die espressoschlürfenden Italiener die Wein und Bier und Schnaps saufenden Tiroler Bergbauern in Schutz genommen? Nur weil Mara einen Satz auf Italienisch –? Jul bleibt stehen, bittet sie, auch stehen zu bleiben, er zupft an ihrem Ärmel, zeigt aber nur auf die stark abfallenden, vom Waldrand fast steil abfallenden, graugefrorenen Wiesen, einige überwachsene Steinhügel von silberig schimmerndem, kahlem Hasel- und Erlengebüsch besetzt, weiter unten wieder Wald, darüber dieser schlierige, blaukalte Himmel. Und Mara versteht ihn, sagt: Ja, es ist auch mein Zuhause, doch irgendetwas anderes ist noch in mir, was du nicht hast und deshalb vielleicht nie wirklich verstehen kannst. Ich habe in mir meine deutsche Mutter, aber auch meinen sizilianischen Vater. Ich kann nicht für die Deutschen sein und gegen die Italiener, ich kann auch nicht für die Italiener sein und gegen die Deutschen.

Vielleicht ist es ein Vorteil, sagt Mara, und doch fehlt mir etwas, was die anderen haben – die Eindeutigkeit, es ist wohl leichter, eindeutig wo hinzugehören.

Und wir, sagt er, waren eine eindeutige Familie, Natalie, du und ich, das war wohl ein eindeutiges Dazugehören, Zusammengehören.

Ein Zuhause der Erinnerung, sagt sie, wenn du willst, aber dann schimpf mich nie mehr Italienerin.

Sie hat recht, denkt Jul und sagt nichts, spürt die hoppeligen, gefrorenen Feldwellen durch die Schuhsohlen hindurch, muss die Schritte abwärts vorsichtig setzen oder zu laufen beginnen, mit Sturzrisiko, aber er läuft nicht, bewegt sich in seinem alten, schwarzen Valentino-Mantel schräg von Mara weg und dann wieder schräg zu ihr hin, holt sie, die gemächlich abwärts trabt, immer wieder ein. Er hat nichts gegen Italiener, um Himmels willen nichts gegen Rom oder Venedig. Und schon gar nichts gegen seinen Friseur Enrico, der mit ihm deutsch spricht, obwohl Jul beim Betreten des Ladens immer mit „Buon giorno" oder „Buona sera" grüßt und der Friseur ihm auf Deutsch „Morgn" oder „Guat Nammittag" antwortet. Seinem Friseur drückt er beim Weggehen sogar die Hand, streckt sie freiwillig hin, überrascht damit meistens den Meister und gibt jedes Mal ein Trinkgeld, obwohl der Meister sein eigener Meister ist.

Aber nicht nur zu seinem Friseur ist er freundlich, zu allen Italienern, die er kennt. Sind alle auch freundlich zu ihm, lachen ihn an, wenn er sie grüßt. Vielleicht ist Jul sogar zu freundlich, zu höflich, zu zuvorkommend. Als ob er auch auf der Straße ein Gastgeber zu sein hätte, in jedem Lokal, jedem fremden Lokal er ein Gastgeber für Italiener, demonstriert ihnen, erklärt ihnen sozusagen immer aufs Neue seine Art und die Art seiner deutschen Landsleute, öffnet, meint er, unsichtbare Fenster und lässt die italienischen Freunde hereinschauen in seine Tiroler Heimat. Er nimmt sie tatsächlich nicht ganz so ernst wie seine Freunde, die Deutsch sprechen. Vielleicht verwechselt er auch die ortsansässigen Italiener mit den Zeitungsitalienern, den Fernsehnachrichtenitalienern, mit den stets aufgeregten, mit den Rabbia- und Dolore-Italienern, den Immer-Schlauen, den Immer-Übertreibern, den Paura-Italienern, Angstitalienern, den Verwöhnten, den Faulenzern.

In Wirklichkeit kennt er natürlich keinen einzigen von denen.

Sein Freund Francesco ist bedächtig, behäbig und bedächtig, wägt jedes Wort ab, hört ihm zu, hört ihm mit aufmunternder, zwinkernder Aufmerksamkeit zu, streicht sich mit ruhiger Hand die dichten Haarsträhnen in den Nacken, denkt über Juls Worte nach, fragt nach vertiefenden Argumenten; er ist belesen, betastet jedes Weinglas, jeden Serviettenring, er übersieht nichts, liebt das Gediegene, lässt sich nicht blenden, täuscht niemanden, ein Mensch, der sich Zeit nimmt. Wenn Francesco bei ihm ist, vergisst Jul, dass er eine andere Sprache spricht, dass er Italienisch spricht. Francesco, der breitschultrige Francesco, lacht wortlos, mit halbgeschlossenen Augen, wenn er aus seinem milchigweißen Renault 4 steigt, stets begleitet von seiner breitwangig lachenden Mariolina. Wenn Mara dann auf der Balkonterrasse auftaucht mit einer Schüssel voll Käse-, Spinat- und Speckknödeln, seufzt Francesco auf. Er hat einen massigen Oberkörper, aber keinen Schmerbauch. Und er lässt sich auch durch die dampfendheißen Tiroler Knödel, die er stückchenweise auf der Zunge hin und her jongliert, nicht abbringen von seinem Fragen und seinem Hinhören. Francesco gestikuliert nicht, redet stockend und mit Schweigepausen. Kaut und trinkt gemächlich den Merlot oder Cabernet, wischt sich von Zeit zu Zeit winzige Schweißperlen von der Stirn und zündet immer aufs Neue den inzwischen erkalteten Toscanello an.

Und Giovanni, der Weinhändler, der selbst keinen Wein trinkt, nur berufshalber verkostet? Giovanni, der mit seiner Familie die Reben im Frühjahr beschneidet und im Herbst erntet, der die Literatur liebt (ohne dass Jul sich ihn an einem Tisch mit einem Buch in der Hand vorstellen kann), Giovanni, der die Maler liebt, der seinen Malerfreunden Dutzende Sektflaschen in die Ausstellungsgalerien liefern lässt, selbst aber zu jeder Vernissage mit stundenlanger Verspätung oder überhaupt nicht kommt, Giovanni liebt alle Menschen, die etwas aus dem Nichts machen, Schreiber, Komponisten und auch Fußballer, die Traumtore schießen, wie Roberto Baggio. Er liebt sogar Architekten. Obwohl ihm Francesco ein prachtvolles Tor zur Familienkellerei entworfen hat, ein bewundertes Schmuckstück – aber seither behindert es die Ein- und Ausfahrt der Lieferwagen.

Giovanni ist mit Francesco vor zehn Jahren erstmals vor Juls Haus am Berg gestanden und die folgenden Jahre mindestens einmal, meistens aber im Winter und im Sommer, und war jedes Mal gemeinsam mit Francesco und Mariolina auf Besuch gekommen. Erst seit kurzem tauchen sie getrennt auf, und man darf weder bei Giovanni noch bei Francesco das Kellereitor erwähnen. Giovanni winkt sofort mit schlapper Hand ab, und Francesco hebt den Kopf und fragt mit leicht zusammengezogenen Brauen, ob Giovanni –? Nein nein, beschwichtigt Jul, aber er spürt, dass Francesco misstrauisch wird.

Immer wieder lief Jul durch diese Schattenstraße hinunter, das erste Schluchtenstück der Via Garibaldi, um in das sonnige Ruinenquartier zu gelangen. Ein schwarzes Pferd (mit einer schwärenden Wunde auf der rechten Hinterflanke) weidet heute auf einem unkrautbewachsenen Schutthügel. Aus einer Haustür kommen fünf oder sechs schwergewichtige Frauen, steigen auf Kleinmotorräder, brausen davon. Am Ende der abschüssigen Via Garibaldi sieht Jul auf einem Müllberg drei schwarze Holzkreuze, auf dem mittleren, das die anderen um einen Meter überragt, flattert die Schleife eines weißen Perlonschals.

Gerade noch blendete ihn die Sonne, da beginnt feiner Regen auf ihn niederzusprühen, so dass er umkehrt und wieder in die Via Atenea einbiegt. Als er die Piazza Purgatorio (Fegefeuerplatz) erreicht, sieht er eine große, braungraue Ratte unter den Stufen der Chiesa San Lorenzo den kleinen Platz überqueren, Sonntagvormittag, denkt er, sie zuckelt, ohne Eile, geradezu sonntäglich zu ihrem Mittagstisch – zwei Mülleimer in einer Ecke der Piazza. Die Hauptstraße verlassen, kaum jemand außer ihm unterwegs zu dieser Essenszeit, da hört er plumpe Schritte hinter sich und wird schon überholt. Es ist das schwarzhaarige Bettelmädchen mit klobigen, dicksohligen Marschierschuhen und pluderigen Après-Ski-Hosen. Ohne ihn mit einem Blick zu streifen, lacht sie mit zuckenden Lippen in sich hinein, ein leerer Rucksack schlappt über ihrer rechten Schulter. Nur wenige Meter zurück folgt ihr ein fülliger junger Kerl in hellgrüner Joggingmontur, weiße Streifen längs der Ärmel und Hosen, er wechselt mehrmals die Straßenseite, bemerkt Jul, der stehen geblieben war und den beiden nachblickte. Der Bursche hätte das Mädchen längst überholen können, tut es aber nicht, hält sich auf zwei, drei Meter Distanz, so dass es so aussieht, als triebe er die Lachende vor sich her.

Es war nicht so, dass Jul dem Dorfarzt nicht geglaubt hätte – dieser Dr. Sepp Valentin war sein Freund, seit

Jahren sein Freund, nicht irgendein Dorfarzt, nein, ein Philosoph, Eigenbrötler, sagten die einen, Trinker, die anderen, doch für Jul war er vor allem ein Mensch, der nicht alles wusste, aber fast alles verstand, einer, der mit ihm über Kant und Heidegger im Flüsterton diskutierte und dann beim Feuerwehrball mit seinem Fiat 500 ins Festzelt hineinfuhr. Trotzdem dachte Jul nicht daran, sich operieren zu lassen. Sein Arztfreund hatte ihm eine Diagnose gestellt, die von allen Fachärzten in Bozen, Innsbruck und Wien bestätigt worden war. Aber Jul wollte keine Operation, er wollte nicht aus der Narkose aufwachen als ein anderer.

Am Sonntag war die Via Atenea trostlos sauber, fast ohne Menschen. Wenn wenigstens das Fischgeschäft geöffnet hätte. Jul roch gerne den Meeresgeruch der Fische, die während der Wochentage in flachen Kisten auf dem Gehsteig angeboten wurden.

50

Im Waldstück (Jul sieht es nach all den Jahren wie gegenwärtig vor sich), das er mit Mara durchquert, zeigt er ihr etwas, das er selbst tags zuvor erstmals bemerkt hat: die Steine, die bei so tiefen Minustemperaturen im hartgefrorenen Wegboden versinken. Auch Mara staunt, hat so etwas noch nie beobachtet, weiß aber gleich die Erklärung: Ja, natürlich, der feuchte Boden zieht sich gefrierend zusammen, und die Erde, die den großen und den kleinen Stein bis vor wenigen

Tagen so fest umschlossen hatte, dass ihn kein zustoßender Fuß hätte bewegen können, sie hat ihn nun losgelassen, so dass er der zurück- und abwärtsweichenden Erde um ein bis zwei Zentimeter nachsinkt; man könnte zwischen die gefrorenen Erdränder und den Stein leicht den Zeigefinger schieben, zumindest die Fingerkuppe.

Plötzlich fragt er: Warst du einmal verliebt in mich? Es klingt wie Hohn, so ungewiss ist er sich selber geworden. Hab ich das gefragt?, fragt er Mara, die im Weitergehen sagt: Aber ja. Und sie zwinkert ihm zu. Eine Vertraute, denkt er (lacht es in ihm), die er um ein schöneres Leben betrogen hat? Hätte sie ein schöneres, ein ihr eigeneres Leben gehabt mit einem Italiener, der ihre (die ihr seelen- und zungengerechtere) Sprache gesprochen hätte? Ein gelösteres, also unverkrampfteres Leben ohne ihn, Jul, der ungeduldig ist und sich in seiner deutschen Sprache selbstverständlich und eindeutig zu Hause fühlt, während sie nur Gast, nicht Ureinwohnerin, keine Sprachheimische ist? Ohne sein Besserwissenwollen, ohne sein dauerndes Maßnehmen und ohne seine Überempfindlichkeit, sein Beleidigtseinmonopol.

Eine Kleinigkeit, die banalste Banalität konnte ihn zum Rasen bringen. Wie das mit dem Spinat. Und zwar an einem Weihnachtstag, kurz vor dem großen Mittagessen, Truthahn gefüllt mit Rinds- und Kalbsfaschiertem und Apfelschnitten, dazu Salat und gekochtes Gemüse. Er, schon beim Tischdecken, ruft von der Stube in die Küche hinaus: Welches Tischtuch? Mara versteht ihn nicht, hebt die Stimme: Spinat! Und er, der ihr bei so viel Überfluss etwas an Kochmühe ersparen will, fragt zurück: Wozu noch Spinat? Darauf Mara, unerwartet barsch: Weil er sonst kaputtgeht! Das bisschen Raue, der kurz vor dem Festessen unerwartet heftige Ton ihrer sonst leisen, oft kaum hörbaren Flüsterstimme entsetzte ihn, ja verwandelte seine heiter gelassene Stimmung schlagartig in Empörung, in helle, blanke Wut. Er stand im Flur, zwischen den offenen Türen von Stube und Küche, im blauen Feiertagshemd und hatte einen vollen Wasserkrug in der einen und einen Brotkorb in der anderen Hand. Im ersten Moment wollte er das Körbchen mit den Semmeln an die weiße Flurwand schleudern, aber dann wirbelte er herum und schüttete das Wasser in weitem Bogen aus dem Krug; von der Decke zurückspritzendes Wasser überträufelte sein Hemd und das Brot. Weihnachten! schrie er und schüttelte drohend seine Faust samt dem leeren Wasserkrug: Weihnachten! Als ob es kein böseres, kein verletzenderes Schimpfwort jemals gegeben hätte. In der Küche beugte Mara sich mit ihrer goldgelben Seidenbluse zum Backrohr hinunter und kehrte ihm das pralle Hinterteil ihrer schwarzen Jeans zu. Beruhig dich, sagte sie, während sie die Bratpfanne auf den Herd hob: Wir können essen.

Er hatte mit einem Tuch den Flurboden aufgewischt, und mit einer Küchenschere zerschnitt er den Truthahn.

Ein Freund hatte ihn einmal mit der Behauptung verblüfft: Du willst dein Unglück genießen. Jul hatte irritiert geantwortet: Bist ja verrückt. Und hatte für sich doch gedacht: Du hast recht. Obwohl ihm erst durch den Satz des Freundes klargeworden war, dass es wohl so sein musste. Denn in der Dunkelheit der Schlafnacht lag er neben Mara ohne Fremdgefühl, griff in ihr Haar und kraulte es. Jetzt zeigte er ihr, wie im Frost der Minusgrade die Waldsteine im Waldboden einsanken. Sie musste ihn besser kennen als andere, er konnte sie kaum noch beleidigen, und für sie klang es offenbar nicht wie Hohn, wenn er sie fragte: Warst du einmal in mich verliebt?, sondern wohl eher wie das Aufseufzen eines Verunglückten. Sie berührte ihn mit dem leichten Schlag einer Handfläche.

Obwohl es kalt war, hatte er seinen Mantel aufgeknöpft und wenig später zog er den schwarzen Filz seines Hutes tiefer über die Stirn. Er kam sich letzte Zeit so fahrig vor – als ob er nichts mehr festhalten könnte. Er sah auf die vertraute Landschaft wie auf eine Theaterkulisse, alles wie unwirklich, die Bergkonturen am Horizont, als wären es bewegliche Wolkenformationen, die Waldbäume zwar zum Anfassen, aber wie verstaubte Versatzstücke, Magazininventar auch die Haselsträucher, jetzt kahl wie die Erlen und Eschen. Er stapfte auf einen Haselstrauch zu, knickte und riss eine Rute ab. Schon war sein Hund neben ihm, lauerte mit gesenktem Kopf und gespreizten Vorderläufen auf den Wurf. Jul sprang zwei- oder dreimal hin und her, bevor er den Haselzweig hügelaufwärts warf. Aus dem Augenwinkel sah er Mara, die über die

Spiellust des Hundes schmunzelte. Sie stellte sich neben Jul, und während er das Haselholz ein weiteres Mal über das Feld schleuderte, hörte er sie sagen: Ich bin schon lange eine andere für dich. Und er wusste kein richtiges Wort darauf, fand kein richtiges Gegenwort, sondern deutete auf den Schneefleck, über den sich ihr Hund wälzte, er wälzte sich mehrmals hin und her, als ob er den Duft des Schnees oder den Duft des Sommers unter dem Schnee ins dichte Winterfell reiben wollte. Sie warteten, bis der Hund aufsprang und sich schüttelte, dass Schneestaub aus seinen schwarzbraunen Haaren flog. Jetzt lächelte Mara, und er dachte: Sie kennt das Unglück vielleicht weniger als ich.

Am nächsten Tag wollte Mara in die Stadt fahren. Obwohl es in der Nacht geschneit hatte, wollte sie nach Bozen fahren, über den Obstmarkt gehen und ihre Mutter besuchen. Ihm war nicht danach, sie zu begleiten. Er wollte hinauf in den Wald.

Seine Stiefel tauchten bis zu den Waden in den flaumigen Schnee. Oben auf der Bergkuppe stand der Wald wie ein weißgemauertes Bauwerk. Keine getretene Spur vor ihm, aber er musste nur seinem Hund folgen, der bis zum Bauch einsank. Es hatte wieder zu schneien begonnen, winzig zarte Flocken, die ihm nicht Angst machten.

Keine dicht und schräg niederstürzende Nadelspitzen wie damals vor Jahren, als er durch die Fensterscheiben des Dorfgasthauses vergnügt auf einen zuerst dünnen, dann immer dichter werdenden Schneevorhang hinausgeschaut hatte, während eines sogenannten Totenessens (Leichenmahlele). Schon während der Beerdigung waren die ersten Flocken kitzelig auf Nase und Wangen heruntergetanzt, aber als der Sarg im Erdloch versenkt war und sie alle stumm oder einander Höflichkeiten zuflüsternd durch das schmiedeeiserne Friedhofstor dem Gasthaus gegenüber der Kirche zustrebten, hatte der Schneefall diese Schräglage angenommen. Staubgraue, nebeltrockene Fetzelchen, die das Tageslicht verdeckten, stürzten quer durch den gelben Lampenschein, der schon um halb vier dieses Novembernachmittags aus den Gasthausfenstern auf den Kirchplatz hinausstrahlte.

Er war zu diesem Begräbnis (oder wie es hier hieß – Leichenbegängnis) einer Fremden, der Mutter eines im Ort geachteten Bauern, eigentlich nur gekommen, um sich mit ein paar Freunden, die er hier hatte, in gemütlicher Runde zu treffen. Er hockte mit Sepp, seinem Arztfreund, dem Zeichenlehrer und einem jungen Baggerfahrer an einem Fenstertisch, redete und lachte mit ihnen bei Speck und Rotwein. Mehrmals ließen sie die Kellnerin eine neue Flasche bringen. Höhlenhaftes Wohlsein überkam ihn, wenn er auf das gelbbeleuchtete Schneegeflocke vor den Fenstern hinaussah, und mit jedem Schluck Wein wuchs dieses Wohlsein. Schließlich riet ihm sein Freund zum Aufbruch: Erst fünf Uhr nachmittags, doch bei diesem Wetter ... Sein Wagen hatte eine dicke, ellenbogenhohe Schneehaube, aber der Motor sprang sofort an.

Er kam gut über die Dorfstraße hinaus bis zum ersten Waldstück, obwohl die Scheibenwischer es kaum schafften, ihm die Sicht freizuhalten, und außerdem musste er ständig gegensteuern, trotz Winterreifen schlingerte der Wagen, arbeitete sich wie ein Schneepflug an den kaum noch erkennbaren Leitplanken vorbei, bis er nach einer Kurve endgültig stecken blieb. Jul legte die Stirn auf das Lenkrad und lachte, er war betrunken, jedenfalls nicht besorgt. Stieg aus, zog den Hut bis zu den Augen herab und klappte den Mantelkragen hoch: kaum zwei Kilometer bis nach Hause. Wie nasse Fetzen schlug der Schnee in sein Gesicht, gleich waren seine Schultern weiß gepolstert. Als er aus dem Waldstück herausstampfte, reichte ihm der Schnee schon bis zu den Manteltaschen. Den Verlauf der Straße kannte er, auch wenn inzwischen völlige Dunkelheit jeden Feldstrauch, jedes Gebüsch verschluckt hatte. Aber er wusste: Es ging eine längere Wegstrecke leicht abwärts, dann etwas rechts aufwärts, immer zwischen freiem Wiesengelände. Er hörte sein Schnaufen, vielleicht nur mehr tausendfünfhundert Meter, sagte er sich, oder schon weniger. Seine Brille nützte ihm nichts, war zugekleckst, trotzdem nahm er sie nicht ab, glaubte, mit ihr noch immer besser die Orientierung halten zu können. Und war sich plötzlich nicht mehr sicher, ob die Straße noch unter seinen Stiefeln war, ob er sich geradeaus oder vielleicht aufwärts oder gar abwärts bewegte. Nirgends ein Licht – kein Stalllicht, keine Stubenlampe. Pass auf, warnte er sich, irgendwo kommt die Felswand, die „Schwalbenwand“, der Abgrund. Er fühlte sich längst ernüchtert – Windböen peitschten ihm den Schnee gegen Mund und Hals. Er hörte das Wirbeln, sein Hut wurde weggerissen, Nässe saugte sich in die Haare. Plötzlich rutschte er aus, stürzte vornüber in die Schneemasse. Panikartig schlug er um sich, suchte mit den Händen nach etwas Festem, um sich daran aufzurappeln. Aber alles war weich, flaumig und wich vor seinen Händen körperlos zurück. Schnee drang in seinen Mund, in Augen und Ohren. Er hörte sich röcheln, aber im Kopf hatte er seinen langgezogenen Schrei: Natalie!

Schweißnass kam er endlich wieder auf die Füße, versuchte den vollgesaugten Mantel abzustreifen, brachte aber nicht mehr genug Kraft auf – die Finger klamm, ohne Handschuhe. Schritt für Schritt schob er sich durch den hüfthohen Schnee. Natalie war seit fünf Jahren tot. Vor ihm und über ihm Finsternis, er sah auch den Schnee nicht, durch dessen unheimliche Ausdehnung er mit den Händen ruderte. Dann – irgendwann – glaubte er einen Lichtschimmer auszunehmen, ein schummrig funzeliges Licht, das ihm Kraft gab. Es war eine petroleumgetränkte Dochtflamme in der Küche des Nachbargehöfts, einen halben Kilometer entfernt von zu Hause.

Er stand in dieser Küche, starrte auf die Petroleumlampe (die Stromleitung, sagten sie, war längst gekappt von niederstürzenden Waldbäumen) und hörte ein Schluchzen. Sie redeten auf ihn ein, über Nacht zu bleiben, die Bäuerin und die Großeltern, auch der

Bauer. Die Leuchtziffern der Küchenuhr zeigten erst auf sechs Uhr abends. Nein, nur mehr ein halber Kilometer, sagte er, und da wusste er, dass das Schluchzen von ihm selbst kam.

Aber der Nachbar ließ sich nicht davon abbringen, ihn wenigstens bis in seine Hausnähe mit einer Taschenlampe zu begleiten. Ein Bauer in den Vierzigern, wortkarg und drahtig und außerdem Revierjäger. Er hakte sich bei Jul unter, doch auch Seite an Seite zusammengedrängt kamen sie nur mit vorgestemmten Schultern gegen den heranstürmenden Schnee weiter. Jeden Meter mussten sie sich mit dem vorwärtsgepressten Körpergewicht freistampfen. Als Jul wie durch Schalldämpfer gefiltert das heisere Kläffen seines Hundes zu hören glaubte, bat er seinen Nachbarn umzukehren: Du hast drei Kinder, sagte Jul zu ihm. Und sein Helfer nickte und ließ ihn los.

Das Gesicht kaltnass vom herangepeitschten Schnee, verharrte Jul einige Augenblicke mit gerecktem Nacken, das Jaulen seines Hundes war verstummt, aber dann hörte er eine dünne, immer wieder abbrechende Stimme: Es war Mara, die nach ihm rief. Und bald darauf fuhr die warme Zunge des Hundes über seine Wangen, und er klammerte sich mit einer Hand an sein ledernes Halsband.

Er war auf dem Stubenboden seines Hauses erwacht, Maras Augen über ihm, und Mara hatte ihm den Mund abgewischt, hatte sein Gesicht mit lauwarmem Wasser abgetupft und das Erbrochene neben seinem Kopf mit einem Tuch entfernt.

Tatsächlich hatte er sich vorher keine Gedanken gemacht, sich nicht im Entferntesten vorstellen können, wie radikal ein Unglück, ein Verlust oder ein plötzlich festgestellter Metastasentumor die Weltsicht verändern kann und natürlich auch die Gefühle, überhaupt die Fähigkeit zu fühlen. Er hatte Mara immer wieder geradezu stumpfsinnig aufgefordert: Greif mich an, berühr mich, zupf meine Haut. Als ob das hätte helfen können. Sie beide hatten eigentlich nichts falsch gemacht, und immerhin hassten sie sich nicht. Bis zuletzt hatten sie noch im selben Bett geschlafen. Er hätte auch jetzt Mara wann immer am Ohr haben können. Alle hundert oder zweihundert Schritte blinkte ihm das Lachsrot eines Telefonapparats entgegen. Aber er lief nur zwischen den Leuten herum. Auf der Via Atenea hatte er mit dem Zeigefinger hintereinander zwei Mantelrücken gestreift. Plötzlich jedoch ertrug er nicht mehr den Anblick der Leute und bog von der Hauptstraße in ein enges, aufsteigendes Gässchen ab. Von der Via Lo Cicero gelangte er in die Via Oblati und von dort in den Vicolo Seminario. Er wollte noch einmal von den Stufen der verschlossenen Kathedrale auf die Mandel- und Olivenfelder schauen und vor allem auf das Meer, die letzte Horizontlinie.

51

Mitte Jänner ging die Sonne vor seinem Schreibtischfenster fünf vor halb fünf unter. Sie verschwindet immer zu dieser Jännerstunde hinter dem Bergkamm im Westen. Sein Nachbar hat sie eine halbe Minute länger, so lange scheint sie noch auf die Stirnseite des Nachbarhauses, das etwas tiefer liegt. Ein Tag mitten im Jänner. Jul sieht Hundespuren im Schnee unter seinem Fenster, Katzenspuren, Vogeltritte. Die Spurenränder, von der Sonnenwärme aufgewölbt, beginnen zu gefrieren in der Kälte der Dämmerung. Auf den Bäumen sind die Flockenpölster nur an den dünnen Ästen geschmolzen, auf den breiten Gabelungen leuchten sie aus dem Dunkel. Seit dem letzten Schneefall schon wochenlang blauer Himmel. Er hört das Tropfen vom Dach, mitten im Jänner verwünscht er die warmen Tage, die graswollig schneefreien Waldränder. Mara hingegen ist heiter wie schon lange nicht. Sie hilft Natalie in die Skischuhe, sie bäckt gnocchi alla romana, knusperig braun, wie Natalie sie liebt. Er sieht sie mit geschlossenen Augen – hier in Agrigento in einem Herbst mit spätsommerlichen Temperaturen –, sein Arztfreund hatte ihn gewarnt: Angst, Überempfindlichkeit, Erschöpfung, Halluzinationen. Aber er litt wenigstens nicht an Hautausschlag, auch wenn er schwitzte, jetzt, Ende Oktober, bei offenem Hotelfenster und sogar in der Nacht. Trotzdem, wenn nicht dieser Brechreiz ihn jäh angefallen hätte, auf der Via Atenea, dieser Zwang zum substanzlosen Ausspucken von Bitterem, als wäre es grünbraune Galle und kein Erinnern.

Erst nach dem Unglück hatte er sich wie eingesperrt gefühlt hinter seinen Zimmerwänden und anderseits doch auch gejagt, gehetzt, von sich selbst in die Enge getrieben. Bergketten am Horizont. Besonnte Waldhänge. Urlauberland. Ferienland. Ich ersticke an meiner Freiheit. Ich bin mein eigener Kettenhund. Und bellt die Sonnentage an. Was hat Mara von ihm? Sie trinken gemeinsam Tee. Am Nachmittag sucht er sie, ruft sie und stellt Wasser auf. Magst du auch eine Schale? Natürlich.

Er allein mit dem Hund (immer wieder) über die gleichen Wald- und Feldwege den Berg hinauf. Wo die Sonne breite Löcher in die Schneewiesen geleckt hat, sind auch die Wege weniger abweisend, und er kann ohne Stapfen in den Waldkopf eindringen.

Es war schon lange her, dass Natalie ihm erzählt hatte, sie sei mit den Bäumen unten an der Straße befreundet, sie rede mit ihnen, während sie auf den Schulbus warte. Auch nach der Schule, wenn sie aus dem Bus gestiegen sei, begrüße sie immer die große Fichte und die kleinen Föhren.

Manchmal dachte er, der Schnee verschluckt die Geräusche in seinem Kopf, der Schnee macht alles weiter, höher und breiter und gleichzeitig auch enger. Diese Bäume passen in kein Stadtzimmer, jedes Stadtzimmer aber ein Nummernsarg für ihn ohne sie, ohne diese Lufthüter, diese Stillesteher, Erdwächter. Er sagt kein Wort, streift unter ihren Zweigen umher, als suche er etwas, als könnte er die Spuren der Tage und Nächte, die hier bei Schneefall und nach dem Schneefall ohne Menschen vergangen sind, im Schnee entdecken.

In seiner Jackentasche hatte Jul den Zettel mit Angelos Handy-Nummer, manchmal dachte Jul daran, stand auch schon vor einer Telefonmuschel und ging dann doch weiter, immer wieder vorbei an alten, kleinwüchsigen Männern, die wie er durch die Gassen, die Vicoli hinauf- oder die Discese hinunterschlurften. Wo immer sich ein kleiner Platz, eine Piazzetta, öffnete, oft mit Ausblick zum Meer, da standen sie herum mit den Händen auf dem Rücken und schauten. Worauf (wohin?) schauten sie? Auf die dahinhuschenden, verwilderten Ruinenkatzen oder auf eine vorbeituckernde Vespa? Vom Schauen schon am Morgen wie erschöpft, dachte Jul, wunder-, also hoffnungssüchtig: als könnte um die nächste verrottete Mauerecke das Unerwartete auftauchen – das Glück. In der Via Matteotti überholte er eine alte Frau, die sich mit winzigen Schritten die Straße hinaufschleppte. Aber kaum hatte Jul sie hinter sich, blieb er stehen und ging wieder zehn Schritte zurück, weil er glaubte, einen Wasserspiegel blinken gesehen zu haben. Tatsächlich war da zwischen zwei Häuserblöcken unter der drei Meter tiefen Straßenmauer eine kleine, sorgfältig gepflegte Gartenanlage: ein Mimosenstamm und ein kahler Feigenbaum auf weniger als zehn Quadratmeter Fläche. Und darin dieses in der Sonne blinkende Wasser am hinteren Gartenrand, kein Schwimmbecken, nein, aber ein etwa zwei mal zwei Meter großer Fischteich. Jul sah das grelle Rot von Barben in dem schlierig grünen Wasser. Der Beckenrand war etwa einen halben Meter breit mit einbetonierten Kopfsteinen gepflastert, in der linken Ecke wuchsen zwei Stechpalmen. Die Wassertiefe schätzte er auf einen halben Meter. Keine Ertrinkungsgefahr für eine Achtjährige.

Ja, in den ersten Wochen nach dem Unglück, als im März noch immer Schnee fiel, für einen Tag oder auch zwei, hatte er mehrmals gedacht, in stockdunkler Nacht den Berg hinaufzusteigen bis zum Waldkopf, und zwar ohne Taschenlampe, und sei es mit vorgestreckten Händen, aber finden würde er den Waldrand, und wenn er geradewegs über die verschneiten steilen Hänge aufwärts waten müsste.

Stattdessen jedoch blieb er im Sessel vor dem Fernseher und hörte Fernsehnachrichten, neben ihm Mara, auch in einem Fauteuil. Wenn ich einmal allein sein sollte in diesem Haus, hört er sie neben sich laut sagen, werde ich mir noch einige Hunde anschaffen. Sie ruft nach Tasso, lockt ihn mit Kosenamen, und der trottet auf ihr Zärtlichkeitskommando daher und lässt sich kurz, eigentlich nur im Vorbeistreifen, von Maras Hand streicheln, tatsächlich ist er zu Jul unterwegs. An ihren Waden vorbei drängt er zu ihm, stellt sich zwischen den beiden Sesseln unter Juls kraulende Hand.

Auch Maras Vater hatte einen Schäferhund gehabt, damals, zu seiner Zeit, war überhaupt Schäferhundzeit gewesen, und er, der ranghohe Parteioffizier, hatte wie Duces Kamerad Adolf einen deutschen Schäferhund, er, der Sizilianer, aber einen mit Namen Dago, und nach dem Krieg auch noch einen, als Mara ein Kind war. Sie hatte Jul einmal das Foto gezeigt, auf dem ihr Vater sehr jung war, in dunklem Polohemd und weißen Baumwollhosen und vor ihm sein Schäferhund mit einer erhobenen Vorderpfote, das Maul in Spielerwartung halb geöffnet, Maras Vater spielte in gebückter Haltung mit dem Hund, hatte etwas in der rechten Hand, worauf er den Hund neugierig machte. Das junge, volle Gesicht des Vaters gelöst und wie sorgenfrei, kurze Stoppelhaare, noch lange nicht grau, dicke Nase, die Arme muskulös, ein im Augenblick verlorenes Lachen im Gesicht. Auf einem anderen Foto steht Maras Vater noch in der Centurione-Uniform vor einem Lattenzaun, dahinter nichts als Wiese (wahrscheinlich die Nachbarwiese, über die, Jahre später, Mara als kleines Mädchen im Sommer gelaufen war), neben ihm ein Schäferhund, wohl ein Vorgänger von Dago. War da Maras Vater eben erst von Berlin zurückgekommen? Von der Deutschlandreise, die er mit einer faschistischen Abordnung unternommen hatte, empfangen vom Jugendführer des Deutschen Reiches, Baldur von Schirach? Es gab davon ein Foto mit der Widmung „Zur Erinnerung an unsere Deutschlandreise" – Baldur von Schirach. Mara kam erst elf Jahre später auf die Welt.

52

Natalie ruft nach ihm, er hört sie durch die Wände seines Hotelzimmers, sie will ihm die Windmaschine zeigen, die sie gebastelt hat, einen Windmesser, wie sie sagt, mit einem gekippten großen Joghurtbecher, festgemacht mit Kneteteig auf einem kleinen Brett und darüber ein Pfeil mit Heckruder. Und weil er sein Staunen mit hochgezogenen Augenbrauen unterstreicht, lässt sie ihn auch noch einen Luftmesser bewundern, oder ist es eine Wasseruhr? Jedenfalls ein Marmeladeglas und ein Saugröhrchen aus Plastik. Siehst du, es kommt schönes Wetter, sagt sie und weist mit dem Finger auf einen horizontal gestrichelten Karton auf der Innenseite des halb mit Wasser gefüllten Glases.

Tatsächlich steigen seit Tagen die Temperaturen, aus den Kronen der Fichten und Föhren rutschen die letzten Schneepolster, von der Dachtraufe fällt ein dicker Wasserstrahl unaufhörlich herunter und zerspritzt auf den Steinen. Natalie holt einen Plastikbehälter und fängt damit das Schmelzwasser auf. Was hast du vor? fragt er. Ich weiß noch nicht, sagt sie, vielleicht gieße ich heißes hinzu. Wofür? Lass mich, sie wird ungeduldig, ich weiß noch nicht.

Quer über die geteerten Wege fließen unentwegt Rinnsale, aber auf den Wiesen liegt der Schnee noch stiefelhoch, manchmal sinkt Jul bis zu den Knien ein. Mitten im baumlosen Schneefeld hatte er auf dem schmelzenden Weiß eine Spinne krabbeln gesehen. Aber bei genauerem Hinschauen war es eine dünne Raupe, und zwar nicht nur eine – die tauende Schneefläche ist gesprenkelt von winzigen Punkten, die sich bewegen, alles Raupen, die sich bei der geringsten Berührung zu Kügelchen einrollen. Doch in der Wärme seiner Hand dehnen sie sich zentimeterlang, schokoladebraun oder eher graubraun wie Erde ist ihr haarloser Körper.

Beim Mittagstisch fragt er Natalie, ob sie traurig sei. War etwas in der Schule? Ich bin nicht traurig, sagt sie und stochert in ihrem Salat herum, ich ärgere mich nur, sie stockt und schiebt sich ein Salatstück in den Mund, schließlich sagt sie, dass sie ausgespottet werde.

Warum?

So eben ... weil ich nicht von hier bin.

Bist doch hier geboren wie die anderen.

Aber ich rede nicht wie sie.

Er isst seine Spaghetti, sagt nichts, sagt kein Wort von dem, was er denkt, schaut nur flüchtig auf Maras Mund. Soll er dem Kind sagen, es soll sich wehren, soll zurückspotten, soll denen an die Haare gehen oder gar an die Ohren? Sie lassen mich nicht mitspielen, sagt Natalie, immer die Gleichen kommandieren, und alle tun, was die sagen, alle, weil sie sich nicht anders getrauen.

Als er die letzten Spaghetti geschluckt hat, sagt Jul schließlich: Lass sie necken, und tu, was dich interessiert.

Ich will mitspielen, ich will mit ihnen spielen, ruft Natalie und hat wieder einmal nur den halben Salatteller ausgegessen.

Mehr als einmal hat er (bei Besorgungen im Dorf) Natalie während einer Pause auf dem Schulhof gesehen – von ihr unbemerkt –, die kleine Gestalt am Rande einer spielenden Gruppe stehen gesehen, sie schaut, beobachtet, was die anderen machen, weicht manchmal einem wegspringenden Kind aus. Ein einziges Mal hatte er ihren Namen gerufen, halblaut, dann lauter, bis sie den Kopf in seine Richtung hob, ohne zu lächeln oder die Hand zu schwenken.

Erstaunlich, was sie alles bemerkt und beschreibt, sagte auch die Lehrerin zu Mara, nur sollte sie mehr aus sich herausgehen und vor allem reden, ja, sie sollte mehr reden.

Und wie sie zu Hause redete! Begann gleich beim Erwachen zu erzählen, hatte die Augen noch halb geschlossen und fing schon an: Weißt du, was ich heute in die Schule mitnehme? Das Experimentierbuch und das Wetterbuch – und weißt du, was ich nach der Schule mache? Ich werde eine Wasseruhr basteln, oder vielleicht statt der Wasseruhr …

Aber warum wehrte sie sich nicht auf dem Schulhof? Schämte sie sich, weil die Mutter manchmal italienisch mit ihr sprach und der Vater keinen Ortsdialekt?

Obwohl er nackt am helllichten Nachmittag auf dem Bett lag, schwitzte er wie bei Schwerarbeit. Dabei war es draußen noch kühler geworden, vierzehn Grad hatte er am Morgen von der elektronischen Apothekenuhr auf der Via Atenea abgelesen. Und ihm sickerte am Nachmittag der Schweiß aus der Haut, auf der Brust, vom Gesicht und aus den Achselhöhlen. Gleichzeitig spürte er, wie ihm das Tastgefühl aus den Fingern abhandenkam, die Fingerspitzen waren kalt, er tastete damit an seine hämmernden Schläfen, fühlte aber kein Pulsieren unter dem Haaransatz.

Und doch glaubte er den Druck des Blutes geradezu zu hören. Immer wieder zuckte er unter jähen Schmerzattacken zurück auf das Kopfkissen. Die Fensterläden waren geschlossen, aber durch die Spalten drang genug Nachmittagslicht, um die Umrisse des Kleiderkastens, des Tisches und des Stuhls deutlich ausnehmen zu können. Mehr noch – in den Schmerzpausen sah er nicht nur die schwarze Rosettenhöhle, sondern sogar den dunklen Punkt, gut einen Meter über sich, rechts an der Bettwand. Als er ihn zum ersten Mal bemerkte, diesen nagelkopfgroßen runden Fleck, hatte er zunächst an eine platte Wanze gedacht, hatte sich vom Bett aufgerichtet, um sie zu zerdrücken, aber dann gesehen, dass da jemand mit Bleistift einen zwei Millimeter breiten Kreis gestrichelt hatte. Trotz geschlossener Fensterläden sah Jul diesen Punkt immer deutlicher; je länger er auf dem Rücken lag, desto deutlicher sah er alles im Halb- oder Fastdunkel des Zimmers, er sah sogar den gewellten Querriss, der etwa zwanzig Zentimeter unter dem Bleistiftkreis horizontal durch die Wand lief, sah nach langem Hinblicken auch die vertikal aufsteigenden Haarrisse im Wandverputz. Überlaut nahm er jeden schlurfenden Schritt auf dem Korridor wahr, sogar jedes noch so geflüsterte Wort. Aber es wurde ja fast nur geschrien. Über mehrere Stockwerke (von unten oder von oben herab) hörte er den röchelnden Husten des Portierbruders Salvatore, ebenso das Herumstochern mit den Zimmerschlüsseln, das Seufzen und Fluchen, bis endlich die jeweilige Tür aufging und bald darauf wieder ins Schloss fiel. Die offene Steckdose, dieses kinderhandgroße Loch, und der Nagelkopfpunkt an der Bettwand – diese Distanzen wurden für Jul mehr und mehr zum Metermaß seiner Existenz.

53

Immer wieder hatte er gedacht: Mara ist wie ihre Mutter. Und Natalie? Natalie hatte sich zu Hause nichts gefallen lassen. Du willst immer der König sein, rebellierte sie, wenn Jul sie bei Tisch zum wiederholten Mal bat, mit dem Singen aufzuhören und endlich das erste Fleischstückchen in den Mund zu schieben. Nichts jedoch, so schien es, konnte sie zum Verstummen bringen. Ihre Augenschlitze schossen ihm Wut und Rache über Teller und Schüssel zu. Und sie verteidigte auch Mara, wehe, wenn er nur ein wenig den Ton hob oder so etwas wie eine kritische Bemerkung machte, dann flog ihm Natalie wie eine Raubkatze augenblicklich an die Gurgel und knurrte bedrohlich: Was, du willst alles besser wissen? Mama hat recht, lass sie in Ruhe! Und sie lief zu Maras Stuhl und zog Maras Kopf zu sich herunter, schmiegte ihr Gesicht in Mamas Halssenke.

Zu Hause war Natalie eine Wildkatze oder eine kleine, zornige Füchsin, schlau wie Oma, aber widerspenstig, wie er, Jul, in den Schuljahren gewesen war. Tatsächlich erinnerte sie ihn mehr und mehr an den drahtigen schmalen Jungen, der er gewesen war in seinen vielen Schulen, am Anfang jedes Mal still und anpassungswillig, vertrauensvoll und neugierig, eigentlich wie einer, der zuerst das Terrain erkundete, beobachtend und lauschend, aufmerksamer Zuhörer und Zuschauer so lange, bis er zu wissen glaubte, welcher Platz ihm zukam, und der erst dann, aber für die anderen unerwartet plötzlich, zu reden begann, seine Meinung ganz selbstverständlich zu äußern anfing, eine Gegenmeinung oft, zuerst zum Erstaunen der anderen, dann mehr und mehr zum Ärger der Lehrpersonen: Er störte mit Kritik den ruhigen Unterrichtsverlauf und hätte doch stumm oder mit allem einverstanden sein sollen. Zuerst brav und still, anpassungsfähig, aufnahmewillig, dann, wenn er sich dazugehörig fühlte, wollte er sich wie ein Zugehöriger benehmen. Darin lag die Selbsttäuschung. Er sollte dankbar sein, dass man ihn wie einen Dazugehörigen behandelt hatte, aber er sollte so viel Höflichkeit nicht allzu ernst nehmen.

Natalie erinnerte ihn mit ihrer kratzbürstigen Kindlichkeit, mit dieser stolzen Vertrauensseligkeit auch an den neun- und zehnjährigen Jul, der für allein lebende ältere Frauen auf dem Schwarzmarkt im Grazer „Volksgarten" nach zwielichtigen Zigarettenhändlern Ausschau hielt und hinter Parkbäumen – einer

Rosskastanie oder einer Linde – Lebensmittelmarken (Brot- oder Zuckermarken) für Zigaretten eintauschte, aber einmal vertrauensvoll zu früh die Zuckermarken hinstreckte, worauf der junge Schwarzhändler sie schnappte und sich damit verabschieden wollte, ohne die Zigaretten dafür herauszurücken. Da trat er dem Kerl gegen das Schienbein, schrie wie am Spieß, krallte sich an dem fremden Mantelärmel fest, bis ein paar Burschen ihm zu Hilfe kamen und er schließlich mit den ihm zustehenden Zigaretten abziehen konnte, beschämt wegen der gebrauchten Hilfe und doch stolz auf seinen erfolgreichen Widerstand.

Mit neun oder zehn Jahren war Jul ein kleiner Erwachsener gewesen, der bei seiner Mutter und gegen den Einspruch seiner viel älteren Schwester durchgesetzt hatte, dass er die behördlich auf seinen Namen zugeteilten Lebensmittelmarken selbst verwalten durfte, damit handeln konnte und nach eigenem Entscheid seinen Beitrag für den Haushalt beisteuern. Und doch spielte dieser kleine Erwachsene mit einem hölzernen Segelboot an einem mit Leitungswasser gefüllten Bombentrichter des Hinterhofs und weinte, als es, von den Steinen seiner Spielkameraden getroffen, für immer im braunen Wasser versank.

Mara hatte sich von ihm und von Natalie sogar auslachen, von ihm manchmal ohne Wimpernzucken auch anschreien lassen, aber nicht immer von dem Kind, das mit ihm lachte, wenn er sagte: Schau, wie Mama jetzt ihren dickbuschigen Fuchsschweif um die Ohren legt, oder: Schau, wie sie im Flur herumsteht, wollen wir ihr sagen, wo sie eben ist, damit sie uns hier am Mittagstisch findet? Und Natalie lachte entzückt über ihre Mama, schüttelte lachend die Haare ins Gesicht, während sie doch gleichzeitig zu ihm hinblinzelte: ob und wie lange er noch weiterlache.

Oft schien ihm, als bewege Mara sich wie in Trance, sie behielt trotz Geschreis ihre ruhigen, gemessenen Gesten, als wäre sie immunisiert, geimpft gegen jede Art Wortschmerz, und war in Wirklichkeit eine selbstgewisse Regisseurin, stur und widerspenstig wie ihre Mutter.

Sie lebte für das Haus (mit heulendem Staubsauger), so wie sie früher ganz für das Kind da gewesen war, kaum für ihn, hatte er oft gedacht, aber nicht aus Enttäuschung (schon gar nicht mit Verbitterung wegen Luca), eher in einer Art Einverständnis, dass sie beide (ohne Natalie) ihr ganz verschiedenes Zellendasein führten unter demselben Dach, und er war sich bewusst gewesen, dass er es so wollte und so verursacht und wohl auch verschuldet hatte. Denn statt wegzugehen, wie er hätte müssen, war er von dort nicht weggekommen, von den Wänden, an denen weiter die ungelenken Kinderzeichnungen und Klecksmalereien hingen – Natalies Zimmer war noch wie gestern. Mara und er hätten sich aneinanderklammern können. Aber sie taten es nicht. Im Grunde war er mit gesenktem Kopf täglich weiter in sein Glossenzimmer gegangen, als hätte er ohne Liebe weiterkommen können, jedenfalls ohne Maras Liebe.

Im Übrigen wusste er, dass Mara die Charakterzüge ihres Vaters mit seinen verglich, und er wusste auch, wie sehr seine Verhaltensweisen, seine Schwächen, denen des Patriarchen Caetano de Pasqua ähnelten. Wie war ihm sein toter Schwiegervater x-mal geschildert worden? Ein fürsorgliches Familienoberhaupt, ein liebender Vater, der aber schnell die Geduld verlor und im Haus herumbrüllte, einer, der selbstverständlich Respekt erwartete und seinen Beruf, seine Geschäfte, eigentlich ohne Einbeziehung, ohne Mitwisserschaft seiner Frau vollzog, seine Frau aber als gute Mutter und fleißige Hausfrau schätzte, vielleicht ohne sich Gedanken zu machen, auch als Putzfrau, Köchin und Gebärerin und, solange es Spaß machte, natürlich als Liebesspielgefährtin. War das alles, was Jul an Mara hatte? Nein, sie zwei waren trotz allem gleichwertige Verschwörer (gegen die Zeit?), Komplizen, die es mit der Hoffnung trieben und mit der Fremdheit, die immer wieder über sie herfiel. Diese Fremdheit hatte sie zusammengekoppelt, dieses Anderssein hatte sie am längsten in eine Selbstvergessenheit getrieben, in eine Vertraulichkeit, die sie, wie er glaubte, voneinander abhängig gemacht hatte. Mehr noch als sein Verliebtsein hatte ihn so etwas wie Lust am Ungewissen in die Ehe mit diesem deutsch-italienischen Mädchen gedrängt. Er hatte Mara in Bozens Altstadt Häuser gezeigt, in denen sie vielleicht einmal ihre Wohnung aussuchen könnten, Villen am Berghang aus der k.u.k. Zeit und Schlösser im Etschtal: Wenn wir nur wollen ..., hatte er ihr zugezwinkert, und sie hatte ein wenig gönnerhaft zurückgelächelt, als gönnte sie ihm im Namen der Liebe solche Hirngespinste.

Was aber von Anfang an einen Schatten zwischen sie warf, den er lange nicht wahrhaben wollte, war Maras starke Bindung an ihre Familie, das Sizilianische in ihr, dachte er, der tote Vater aus Sizilien, sein früher Tod hatte die Geschwister zusammengeschweißt. Der Kopf der Familie war seither die deutsche Mutter. Es war, als hätten diese jungen Männer und Frauen nie das Haus ihrer Mutter verlassen. Und als schließlich jeder Bruder und jede Schwester einen eigenen Hausstand gründeten, blieben die angeheirateten Frauen und Männer irgendwie Halbfremde, so hatte es Jul jedenfalls empfunden, angeworbene oder eingekaufte Geschlechtspartner, im besten Fall Satellitengeschöpfe, die Satellitenfamilien mitbegründen durften, sozusagen Unterfamilien – die Hauptfamilie blieb unangefochten jene des toten Sizilianers und der deutschen Mutter. Maras Mutter war und blieb die Regentin, das unbestrittene Oberhaupt, über das alle gerne einmal auch lächelten, liebevoll, wenn Oma beispielsweise nicht verstehen wollte, dass Bedienstete, Arbeiter und Bauern sich heutzutage Autos leisten konnten und schön eingerichtete Wohnungen, diese Oma, die täglich schon frühmorgens angerufen hatte, um zu wissen, ob Natalie gesund zur Schule gefahren sei und ob es am Berg regne oder auch so windig sei wie bei ihr in der Stadt.

54

Ein Hubschrauber, der nicht aufhören will, über seinen Kopf zu kreisen, Jul weiß, denkt sich jedenfalls – ein Richter wird eingeflogen oder ein Mafia-Angeklagter, das Justizgebäude ist das Nachbargebäude des Hotels. Seine Sehstörungen haben nachgelassen, aber der Hubschrauberlärm bohrt sich in seine Schläfen, mit der Hand tastet er eine Arterie über dem Ohr ab und zuckt zurück, erschrickt über die Schwellung. In seiner Schläfenarterie wird der Hubschrauber explodieren. Jul liegt ohne Pyjama auf seinem Bett. Durch die staubiggrünen Rollläden sickern Sonnenstrahlen, die auf der Bettwand zittern wie Gelatinekleckse. Ödigkeitsanfälle und diese jähe Kraftlosigkeit, obwohl er doch fast ein glückliches Solodinner hinter sich gebracht hat (rigatoni mit melanzane / Auberginenschnitten und Schwertfischstückchen und dann den Goldbarsch / orate). Als er den Nachtisch von dem jungen, stotternden Kellner serviert bekam, hatte sich eine platinblonde Blinde an den Nebentisch gesetzt, eine nordische Touristin vielleicht, die hier heimisch geworden war, denn sie fragte mit der Vertraulichkeit einer Hausfreundin nach dem Küchenangebot und schwenkte dabei so lebhaft eine Hand, dass ihr weißer Blindenstab von ihrer Stuhllehne ins Rutschen geriet und Jul auf das rechte Knie fiel. Alle drei – der Kellner, die Blinde und er – entschuldigten sich für nichts und wieder nichts, außer vielleicht für den Umstand, dass eine unerwartete Nähe sie überrascht hatte. Jul aß sein Dessert – einen weißgrünen Pfirsich – und verabschiedete sich mit einem Arrivederci, das der Blinden genauso wie den grünlich getünchten Saalwänden galt. Und dann dieser Helikopter in seinem Hinterkopf und zwischendurch über seinen Augen das blitzartige Wissen, er werde das alles nicht mehr schaffen.

Im Halbdunkel über seinem Hotelbett sah er, wie ein Jahr vor dem Unglück am Berg die Kirschbäume blühten, weiße Riesensträuße, während im Tal die Äpfel- und Birnbäume schon knopfgroße Früchte trugen. Mara stand in grünen Gummistiefeln im Gemüsegarten und grub die Erde um, er karrte Kompost, hackte armdicke Eschen und Erlen um. Natalie, der Hund und die Katze tummelten sich in der Nähe, Natalie war begeistert, wenn sie alle zusammen draußen sein konnten, sie hatte viel zu tun, um ihr windschiefes, ziemlich aus den Fugen geratenes Bretterhäuschen neben der alten, noch blattlosen Esche wieder bewohnbar zu machen. Jul half ihr ein wenig, bog die Wände gerade, befestigte sie mit in die Erde getriebenen Pflöcken, ordnete auch die Dachbretter (hob sie ab und schichtete sie neu). Und karrte weiter Laub und Kompost vom Waldrand herunter bis vor Maras in der Erde steckende Stiefel. Zwischen den noch kahlen Haselsträuchern sieht er blaurote Primeln und hinter dem Waldhügel in der schattigen Senke weiß und violett die Krokusse, dicht aneinandergedrängt haben sie die Krustenschicht des im Herbst ausgeworfenen Kuhdungs durchbrochen.

Woanders werden Haustüren aufgebrochen, Kinder und Mütter und Väter geschlagen, auf die Straße getrieben, Söhne und Väter gefoltert, massakriert, Mädchen und Frauen vergewaltigt, Jul sieht es am Abend auf dem Fernsehschirm, Häuser brennen, Dörfer zerfallen in Schutt und Asche. Tausende, Zehntausende, Hunderttausende werden aus ihrem Land gejagt, marschieren tagelang, nächtelang, wissen nicht, wann die Minen wo die Erde unter ihren Füßen zerreißen. Wenn sie Glück haben, retten sie sich über die Grenze, sitzen endlich auf fremdem Boden, im Regen, im Morast, unter einem Stück Plastik.

Natalie beobachtete die Kaulquappen in einem von Mara und ihm ausgebuddelten Wasserloch, ihrem „Teich", schon längst morastig und belebt von Fröschen. Wenn die Krokusse blühen, schwimmen die ersten gallertigen Klumpen im trüben Wasser. Natalie kauert auf einem Randstein, sie möchte die Augen der Kaulquappen sehen.

Kaum hatte der Löwenzahn in diesem letzten Frühling für Natalie graue Haare bekommen, besetzte der blassgelbe Hahnenfuß die gesamte Wiese unter dem Haus. Und warmer Westwind färbt die Äste der Eschen grünspanig, auch sie – die letzten – beginnen zu knospen. Natalie hustet und muss sich immer wieder die Nase trocknen, klagt über Halsweh. Sie hat sich ein rotes Halstuch umgebunden und lässt Hunderte Seifenblasen vom Balkon zum Kirschbaum hinüberfliegen. Nur ein paar Minuten, sagt sie, dann schließe ich das Fenster.

Am frühen Nachmittag war er mit Mara hinauf in das kleine Waldstück und hat ihr die drei Lärchen gezeigt, die er in der Vorwoche selbst an einer anderen Waldseite ausgeharkt und hier eingesetzt hatte. Mara küsst ihn auf die Wange, sagt: So große, hoffentlich wachsen die noch an. Er ist zuversichtlich, obwohl die feinen Wurzelausläufer beim Harken abgehackt worden sind. Und denkt: Warum bin ich zurückgewichen vor ihrem gespitzten Mund? Und will sie deshalb jetzt an sich heranziehen, zeigt aber stattdessen wieder nur auf einen abgedorrten Zweig einer jungen Fichte: Saurer Regen. Natalie hütet alleine das Haus, hustet, hustet noch stärker als Tage zuvor, aber es ist gut, wenn sie alles heraushustet, meint Mara, Bakterien, Viren, Gifte, alles was durch die Luftröhre entweichen kann, sagt Mara. Und Natalie hütet auch die drei Kaulquappen, die sie mit dem großen Nudelsieb aus dem Teich gefischt hat, und füttert sie mit Grasspitzen und ein bisschen Erde. Schade, dass ihm das mit den Lärchen erst so spät eingefallen ist. Hätten von Anfang an Lärchen und nicht Fichten pflanzen sollen, sagt er zu Mara. Er hatte die kinderhohen Lärchen mühsam aus dem Dickicht des Waldrands herausgeharkt und sich dabei das Gesicht zerkratzt an Fichten- und Föhrenzweigen. Aber er hatte auch seine Freude an den sechs bis acht Meter hohen Fichten, die er mit Mara vor vielen Jahren gepflanzt hat und die jetzt ihre Dunkelheit über dem Nadelboden verbreiten.

Natalies Gesicht hinter der Fensterscheibe, als sie mit dem Hund über die Wiese zurückkommen.

Sie hat sich aus dem Keller ein altes Aquarium aus honigbraunem Plexiglas geholt, den Boden mit Kies und Erde bedeckt und ihren drei Kaulquappen darin ein Zuhause bereitet, natürlich das Aquarium bis auf einen Zentimeter unter dem Rand mit Wasser gefüllt und Löwenzahnblätter sowie Grasspitzen darüber gestreut, sieht alles trüb und geheimnisvoll aus.

Mehr als eineinhalb Jahrzehnt nach jenem Frühling glänzte die Gartenerde auch im vergangenen März und war weißgetupft von Kirschblüten Anfang Mai. Im Kopf hatte er eine nächtliche Autofahrt durch Trentiner Dörfer, durch italienische Wälder (die Lärchen und Buchen aber wie tirolerisch, auch die Fichten und Föhren), die Serpentinen ausgeleuchtet von seinen Scheinwerfern, einsame Asphaltlöcher, zeitweilig unschlüssiger Regen, Scheibenwischer quietschten. Niemand weiß, ob Frieden wird, am Bildschirm brennende Treibstoffdepots, Häuserruinen und Flüchtlinge. Kaum dass er es bemerkt hatte, schon waren zehn Wochen Krieg vergangen, nicht weit hinter seinen Bergen, sozusagen unsichtbar vor der Haustür, und bevor er sich versah, waren die Kirschen abgeblüht. Seit drei Wochen regnete es, das Gras stand schon knöchelhoch, es regnete, trommelte im Schlaf auf seine Träume ein. In dieser Nacht hatte er wieder Koffer gepackt und im Traum die Koffer am Straßenrand abgestellt und später die Straße nicht mehr gefunden, vergeblich sämtliche Hafenstraßen durchlaufen, ohne den Koffer zu finden, stattdessen aber an einem Bankschalter, wo er sich nach der Straße erkundigt hatte, die erstaunliche Auskunft erhalten: zehntausend Mark Guthaben. Und das in einer fremden Stadt. Er öffnete sein Zimmerfenster, und die Welt sprang ihm mit grellem Grün in die Augen.

Einmal war er von einer Autostopp-Reise in sein Geburtsland zurückgekehrt, um sich auszuruhen, quasi Haut zu wechseln, um möglichst bald weiterzuwandern, notfalls auch zu Fuß bis nach Russland und weiter nach Sibirien, wenn möglich südöstlich in die Mandschurei. Aber dann war Mara gekommen, und Natalie.

Wie oft hatte er in seinem Arbeitszimmer die Augen geschlossen und sie wie zum ersten Mal geöffnet: sein Tisch voll Papierstöße und Bücher, der rotblaue Teppich, der schlafende Hund – ich kann alles angreifen, ich bewohne ein festes Haus, kaum Mäuse, höchstens ein paar Waldameisen, und es ist Natalies Welt von Anfang an. Er wird nicht mehr zu Fuß nach Sibirien wandern, er wird hierbleiben bei seinen Bäumen, dachte er dann.

55

Durch die schuppigen Fensterläden seines Hotelzimmers hört Jul von Zeit zu Zeit den schrillen Pfiff eines Beos – für die Italiener eine indische Amsel (il merlo indiano). Heute früh saß dieser Vogel – wahrscheinlich ist es immer der gleiche – im Stacheldraht, der die Dachterrasse des Gerichtspalais gegenüber seinem Fenster absichern soll. In den ersten Tagen hatte Jul an einen Papagei gedacht, aber dann hatte er in fast jeder Gasse auf einem Balkongitter oder einer Dachrinne diesen schwarzen, amselähnlichen Vogel mit gelbem Schnabel gesehen. An diesem Morgen jedenfalls hatte ihn der schrille Pfiff aus der Tiefe eines Traumes geholt, und dieses Beo-Pfeifen war anscheinend eine Weile lang die Melodie seines Traumes wie das Singen eines Delphins.

Durch einen Bergwald abwärts laufend hatte sich der Wald plötzlich verflüssigt, die Baumstämme lösten sich, während er an ihnen vorbeilief, in Wasser auf, alles, auch die Erde, die Wurzeln und die Steine, zerrann in Sekundenschnelle zu Wasser, und das Wasser stieg rasend schnell und schwappte über ihn hinweg, so dass er unwillkürlich zu schwimmen begann, notgedrungen schwimmen musste, aber ohne Panik, im Gegenteil, mit Leichtigkeit und mit Lust, gerade so wie ein Wassertier, als wäre dies überhaupt schon immer seine wahre Natur gewesen, obwohl er sich im Traum nicht als Fisch sah, sondern von sich nur die Augen und das Maul eines Fisches wusste.

Er war am Abend mit Angelo, dem Maler, über die Via Vittoria gebummelt, diese Promenade mit Blick auf die darunterliegende griechische Tempelstadt – die Hälfte dieser Siegesstraße (wer hatte wo wieder einmal über wen siegen müssen?) war der städtische Treffpunkt aller Jugendlichen. Die Sonne war schon im Meer verschwunden, als der bartstoppelige Angelo und Jul sich in die weißen Plastiksessel eines der Promenadencafés setzten. Mit dem Henkelglas voll Bier zeigte Angelo auf die vorbeipromenierenden Teenager, versuchte seine Blickfreude in ein distanziertes Wissenslächeln zu verwandeln. Jul prostete ihm höflich blinzelnd zu. Er wollte ohne Begleitung zurück zum Hotel. Aber Angelo bestand darauf, mit ihm wenigstens bis zur Porta Atenea zu gehen. Auf einem Stuhl des Café Patti sah er dort (in einem anscheinend neuen Jogginganzug) dieses schwarzhaarige, vielleicht irre Mädchen. Und er sah auch, wie Angelo jäh die Hand hob, als hätte er nicht vergessen dürfen zu grüßen.

In seinem Hotelzimmer stellt sich Jul oft die stromlosen Nächte in Belgrad und in anderen serbischen Städten vor: die von den Graphitstreubomben der NATO erzeugte Stadtfinsternis, Straßenfinsternis, Wohnungsfinsternis, Stiegenhausfinsternis und die leeren Wasserleitungen, die zerbombten Wasserwerke. Und das schreckverzerrte Gesicht von Natalie, wenn sie jemals etwas davon hätte miterleben müssen. Am Morgen ihres achten Geburtstages hatte Natalie durch die Zimmerwand gerufen: Niemand kommt und wünscht mir was! Wie spät ist es?

Verstehst du, hatte Jul zu Mara gesagt, dass jeder die Zeit ist, insofern er ist: Was und wie ich bin – das ist die Zeit. Er versuchte ihr klarzumachen, was er letzte Nacht erlebt, was er erstmals in seinem Leben mit Händen zu fassen imstande zu sein geglaubt hatte: die Zeit – natürlich menschliche Notwendigkeit und Illusion. Ich, sagte er zu Mara, bin ganz einerlei dreißig oder dreiundvierzig Jahre alt, du könntest meinetwegen auch dreiundsechzig sagen, eine beliebige Ziffer, hat mit dem Kalender auf jeden Fall nichts zu tun. Mara sah ihn amüsiert an: Und warum nicht? Weil, sagte er, jeder Mensch (überhaupt jeder Gegenstand) das ist – was er ist, und zwar ohne Zeit, ich meine: Ich bin nur (als Dauer), wenn ich wirklich bin.

So mag ich dich, sagte Mara und lachte. Und er wollte ihr noch für alle Fälle den Delikatessenladen beschreiben, das Feinkostgeschäft „Schatzl“ in der Hauptstraße seiner Kindheit, durch die er tatsächlich einmal Adolf Hitler im offenen Cabriolet hatte vorbeifahren gesehen, mit gestrecktem rechten Arm durch das Spalier der fähnchenschwingenden Leute, aber im Traum spazierte er mit seinem Deutschlehrer und ehemaligen „Seelenführer“ Pater Sutter („Geh zum Direktor und sag ihm: Ich will entlassen werden.“ Und Jul ging und sagte: „Herr Direktor, ich will weg!“) über einen breiten Wiesenweg und hörte sich sagen: Gott kann doch nicht so klein sein, dass er Zeit hat, Menschen zu bestrafen. Und als sich Pater Sutter über dieses dumme Reden empörte, fragte Jul: Glauben Sie, ich bin der Teufel? Da wandte sich der Seelenführer brüsk ihm zu und zischelte: Villaicht bisches?

So wie er jetzt auf dem Hotelbett liegt, so stand er im Berghaus immer wieder, besonders wenn sich ein Gewitter ankündigte im Sommer, vor einem Fenster und schaute in die herunterschießenden Schnüre des Sturmregens, sah die vom Nordwestwind geschüttelten Äste und Wipfel der Eschen, das hohe Wiesengras, durchgepeitscht; immer wieder zuckte er vom Fensterglas zurück, wenn ein Blitz die Regenwand zerriss. Er hatte sich wie belagert gefühlt und doch zwangseingekuschelt, er legte sich auf den Teppich zu seinem Hund, spürte das Zittern des Bodens.

Und wenn er durch den sommerlichen Wald gegangen war, hob er oft über lange Wegabschnitte nicht den Blick, und je länger er den Blick nicht vom Boden löste, desto dichter wurde das Netz aus abgefallenen Baumteilen. Unter seinen Schuhen federte der Wald, wahrscheinlich meterhoch toter, abgestorbener Wald unter seinen Füßen, metertief die moosüberwucherten Nadelpolster. Dies war sein Boden, wie er auch Maras Boden war. Er dachte daran, was Mara ihm erzählt hatte, wie sie, so alt wie Natalie an ihrem letzten Geburtstag, im weitläufigen Dachboden ihrer Großmutter über dem Porzellanwarengeschäft eine Kaiserfahne gefunden habe, vielleicht eine Vereinsfahne aus Kaiser Franz Josephs Zeiten, und in einer Kiste die italienischen Ausgaben der Ilias, Odyssee und Äneis, Bücher aus der Schulzeit ihrer Mutter. Also hatte Maras Mutter italienische Dichtung im Auge, als sie die Odissea, die Iliade und die Eneide las. Nicht weit von dieser Bücherkiste habe Großvaters Gewehrkasten gestanden: ein halbes Dutzend Jagdbüchsen hinter verschlossenen Glasflügeln. Ihr Großvater, der kaisertreue Dolomitenkrieger, war einmal dort oben gewesen an der Hochgebirgsfront und hatte geschossen, um die Heimat gegen den italienischen Feind zu verteidigen. Und seine Tochter, Maras Mutter, war in einer schwarzen Hochzeitskutsche mit schwarzen Pferden zur neugotischen Pfarrkirche von Bruneck gefahren, und an der Hochzeitstafel saßen Faschisten und Nazis, Walsche und Walschenfresser in feuchtfröhlicher Eintracht.

Sie hatte diesen Caetano de Pasqua einfach geheiratet. Das war es. Sie hatte den Sizilianer in seiner schwarzen Faschistenuniform zum Mann genommen, ohne verliebt zu sein, einen Fremden, vor dem sie sich im Bett fürchtete. Und den sie, wann immer es zu ihrem oder ihrer Kinder Vorteil war, in aller Zukunft um Kleinigkeiten beschwindeln würde.

Er, Caetano, der viel öfter abwesend als anwesend war, dieser Mann musste nicht alles wissen, was ihren Alltag als Mutter und Frau ausmachte, er war ein anderer, an den sie sich allmählich gewöhnte, ohne dass er vielleicht jemals ein Teil ihrer selbst wurde. In der Stadt wurde getratscht, dass sie, Hermine, verkuppelt worden sei, und zwar von einem anderen Sizilianer, auch einem schwarzhemdigen, der im Haus ihrer Mutter wohnte, es gab sogar Klatschmäuler, die ihn zum Geliebten der Kaufmannsmutter (Maras Oma) erklärten. Vielleicht, dass dieser Sizilianer, von den Faschisten als Podestà (wie Mussolinis Bürgermeister hießen) der Stadt aufgezwungen, ein Freund des Centurione war, möglicherweise mehr sizilianischer Landsmann und

Gesinnungsgenosse als wirklicher Freund, außerdem um etliche Jahre älter. Eingeführt wird er ihn wohl haben, nicht verkuppelt, diesen Balilla-Führer aus Girgenti, diesen Dottor Caetano de Pasqua, der regelmäßig aus der Provinzhauptstadt Bolzano zur Inspektion kam. Vor dem nicht nur die Balilla-Buben strammstanden, in ihren schwarzen kurzen Hosen. Wo immer er auftauchte, wurde er mit dem gestreckten Arm gegrüßt. Ein gedrungener, sportlich gestählt wirkender, junger Mann, der aber schon auf die Mitte dreißig zuging.

Einmal eingeführt im Hause dieser deutschen Pusterer Kaufmannsfamilie, kam Caetano de Pasqua immer wieder, wurde bald zum gewohnten Überraschungsgast, dem die älteste Tochter des Hauses, Hermine, unübersehbar großen Eindruck machte. Ermina nannte er sie, die ihre Mutter nie allein ließ mit dem Sizilianer, immer musste eine Schwester oder der jüngste Bruder, der dreizehnjährige Stefan, in ihrer Nähe sein, wenn die beiden in einer der drei großen Wohnstuben über dem Porzellan- und Haushaltsgeschäft auf einem Diwan saßen. Mit Blumen und Schokolädchen sei der Vizefederale immer wieder auf Besuch gekommen, erinnerte sich Jahrzehnte später Maras Onkel Stefan, mit Schokolädchen seien er und die Schwestern überhäuft worden, und Schokolade sei im dritten Kriegsjahr schon eine köstliche Rarität gewesen. Er sähe die beiden noch vor sich, und wie Caetano seine älteste Schwester immer wieder zu küssen versucht habe und Hermine sich jedes Mal mit einem Blick auf ihn, Stefan, weggedreht, weggebeugt habe. Vielleicht habe sie es wirklich nur seinetwegen getan, er sei sich ja elendiglich komisch vorgekommen als Aufpasser mit diesen beiden auf dem Diwan, aber so habe die Mutter es gewollt.

Und auf diesem Diwan hatte sich über Hermine der italienische Redeschwall des Pirandello-Lesers aus Agrigent ergossen, ihr Italienisch war nicht brillant, beschränkte sich noch auf die Worte, die dem alltäglichen Umgang, vor allem dem Haushalt, genügten. Ihre Mutter hatte sie zwar, bald nachdem sie von der Bürgerschule abgegangen war, in ein Mädcheninternat nach Venedig geschickt, damit sie ein gutes Italienisch sprechen lerne. In ihrer Heimatstadt hatte Hermine bei katholischen Ordensschwestern die Schule besucht, und Schreiben und Lesen wurde ihr auch dort nicht auf Deutsch, sondern auf Italienisch beigebracht. Aber mit ihren deutschen Mitschülerinnen sprach sie außerhalb des Unterrichts trotzdem nicht Italienisch, sondern Pusterer Dialekt. In Venedig gefiel es ihr übrigens gar nicht, sie konnte dem Canal Grande, dem Markus-Platz, den verwinkelten, nach Meer riechenden Gässchen gar nichts Traumhaftes, Geheimnisvolles oder exotisch Romantisches abgewinnen. Sie fühlte sich eher abgestoßen von so viel andauernder Wassernähe und penetrantem Fischgeruch, auf jeden Fall sehnte sie sich so sehr nach ihrem Gebirgsstädtchen zurück, dass die Mutter sie nach zwei Monaten wieder heimkommen ließ.

Zu Hause war sie als Älteste für ihre Geschwister so etwas wie ein Muttterersatz, denn die Mutter fand in ihrer Geschäftstüchtigkeit kaum Zeit für die Kinder, aber auch im Haushalt und im Geschäft (als Bedienung) war Hermine unentbehrlich geworden, sie kontrollierte und kommandierte die Dienstboten in Küche und Haus, fasste überall auch selbst an und wurde schnell zur besten Dienstbotin ihrer Mutter. Ihr Leben lang war sie übertrieben freundlich zu jeder Bedienung und lobte Kellnerinnen und Kellner wohlwollend für Selbstverständlichkeiten, und zwar in der Dritten-Person-Anrede, als wäre sie die Chefin („Schau, wie Sie das schön aufträgt", oder: „Schau, wie schnell Er das bringt, bravo!").

Auch der Federale war von Bolzano gekommen, um seinem jungen Vize de Pasqua beim Hochzeitsglück beizustehen, faschistischer Gauleiter und Vizegauleiter, und dazu noch ein paar hochrangige Militärs vom Divisionskommando. An der Tafel saßen natürlich auch Hermines Brüder, von denen zwei gegen Ende des Krieges Naziuniformen trugen (einer stürmte zwei Jahre später an der Spitze einiger SS-Männer ins Haus seiner Mutter und führte eine Hausdurchsuchung durch, Ausschau haltend nach unerlaubt gehorteten Nahrungsvorräten, und konnte keine entdecken, somit seine Mutter nicht verhaften). Nein, Hermine wusste nichts von den Gerüchten, wonach Caetano eine Affäre gehabt hätte, demzufolge sie nicht die erste deutsche Blonde in seinem Leben, er vielmehr zuvor in eine blonde Bozner Friseurin verknallt gewesen sei, Gerüchte, übles Geschwätz. Tatsache hingegen war, dass Caetano de Pasqua als oberster Jugendführer des Alto Adige Hermines jüngsten Bruder Stefan mehrfach mit dem Verdienstkreuz, dem Croce al Merito, ausgezeichnet hatte. Ich habe mich vor den anderen geschämt, ich war ein schlechter Turner und war ja erst dreizehn oder vierzehn Jahre, schüttelte Jahrzehnte später Onkel Stefan Schulter und Kopf. Vor der strammstehenden, zum Rapport angetretenen Reihe der Avanguardisten sei er von Caetano de Pasqua (in Paradeuniform mit Glanzstiefeln und Brustriemen) aufgerufen worden, und Hermines Bräutigam habe ihm unter den neidvollen Blicken seiner Kameraden das zweite, dritte und vierte Verdienstkreuz an die Brust geheftet. In ziemlich kurzer Aufeinanderfolge habe er tatsächlich vier solcher Verdienstkreuze gekriegt, und die anderen, meistens italienische Offizierssöhne, hätten natürlich über ihn getuschelt, über den Deutschen, der ein Croce al Merito nach dem anderen bekam, während sie leer ausgingen. Über ihn, der die Avanguardisten-Uniform im Sackl zu den Versammlungen getragen und sie erst im Parteigebäude der GIL (faschistischen Jugend Italiens) angezogen habe, aus Scham, weil er unterwegs von niemandem in dem „Faschi-Gwandl“ gesehen werden wollte. Obwohl wir für die Stadt sowieso schon „die Walschen“ waren, Heimatverräter, sagte der Onkel, und zwar nicht etwa weil der Podestà bei uns wohnte oder weil meine Schwester einen Faschi-Bonzen heiratete, vielmehr weil meine Mutter nicht wie die meisten deutschen Brunecker für Deutschland, sondern für Italien optiert hatte, seither waren wir „Dableiber“, also „Walsche“, sozusagen Italiener – und daher auf der anderen Seite. Nein, mit der Hermine habe das nichts zu tun gehabt, betonte der Onkel, diese wahnwitzige Zeit der Abstimmung in den letzten drei Monaten des Jahres neunzehnneununddreißig. Seine Mutter und Franz, ihr Liebling (obwohl nur Stiefsohn aus Vaters erster Ehe), hätten erst in der letztmöglichen Stunde optiert, kurz vor Mitternacht, vor Ablauf der gesetzlich vorgesehenen Frist, Mitternacht des Silvesters 1939. Wenn Franz für Italien gestimmt hätte, hätte die Mutter bestimmt für Deutschland optiert, sagte der Onkel. Aber da Franz für Deutschland stimmte, es ihr glaubhaft nach dem Herauskommen aus der Wahlkabine erklärt habe, optierte sie für Italien. Obwohl auch sie, die Mutter, wie alle, wie auch die anderen Familien (vier oder fünf) der Stadt, die noch für Italien optiert hatten, sehr deutsch gesinnt gewesen sei, anfänglich sogar von Hitler begeistert. Zum Umdenken habe die Mutter vielleicht der Selbstmord ihres Schwagers Valentin veranlasst, ihres Mannes Bruder, der ein Bezirksarzt in Wien war und eine Jüdin zur Frau hatte. Nachdem Hitler 1938 in Österreich einmarschiert war, hatte man Onkel Valentin nahegelegt, sich von seiner Jüdin scheiden zu lassen, und da er dies nicht tat, verlor er zuerst sein Amt als Bezirksarzt, dann hagelte es Anzeigen (unter anderem: Er habe Abtreibungen vorgenommen), schließlich, als er sich noch immer nicht von seiner jüdischen Frau trennen wollte, holten sie ihn ab. In der Zelle hat er sich erhängt.

Immer wieder einmal hat die Mutter uns – auch mit brutalen Einzelheiten – geschildert, was sie in Wien erlebt hatte, als sie zu Onkel Valentins Begräbnis gefahren war. Was sie dort sah, entsetzte sie, erzählte Onkel Stefan. Ganze Straßen mit geschlossenen Geschäften, eingeschlagenen Fensterscheiben und auf vielen Auslagen und Ladentüren das Wort Jude hingeschmiert. Sie war schockiert, war sich der Onkel sicher. Und das könne sie schon beeinflusst haben, so dass sie dann bei der Abstimmung nicht für Deutschland optiert habe. Der andere Grund sei wohl Franz, ihr Lieblingssohn, gewesen, der Älteste – ein Charmeur, der ihr immer geschmeichelt habe, auch mit Blumenbouquets, aber geschäftlich ein Versager gewesen sei, ein für Mutters Geschäft gefährlicher Hasardeur, der in einer geradezu hochstaplerischen, auf jeden Fall leichtsinnigen Art Projekte eingegangen sei (er installierte die ersten Zentralheizungen in den Hotels der näheren und weiteren Umgebung, habe sich aber mehr um seine Sportautos als um die Zahlungstermine seiner Kundschaft gekümmert), die den Familienbetrieb fast in den Konkurs getrieben hätten. Um das Unternehmen zu retten, musste die Mutter sich von Franz trennen, war Onkel Stefan überzeugt, und deshalb habe sie unbedingt anders bei der Option abstimmen müssen als der geliebte Stiefsohn. Damit er ins Reich abwandere und das Geschäft in Italien bliebe.

Mara war überzeugt, dass ihre Großmutter in keinem Fall das von ihr ausgebaute Geschirr- und Porzellangeschäft im Stich gelassen hätte. Ein kleiner, gepachteter Geschirrladen war das ja noch, als sie, fünfundzwanzigjährig und eben noch Kellnerin „Zur Post“, den um elf Jahre älteren Spenglermeister Ferdinand geheiratet hatte, mitten im Ersten Weltkrieg einen verwitweten zweifachen Vater, dessen erste Frau eben im Kindsbett gestorben war. Bald nach der Heirat musste er an die Dolomitenfront und ließ sie zurück mit dem zweijährigen Franzl und dem Säugling Seppele. Da kaufte sie kühn mit geliehenem Geld das prächtige Haus in der Stadtgasse und arbeitete den Parterreladen zu einem feinen Porzellanwarengeschäft hinauf. Schließlich half ihr noch der Krieg. Ohne Vorkenntnisse fuhr sie, schon schwanger mit ihrem ersten Witwerkind, mit der Bahn in den deutschsprachigen Teil der Tschechei und kaufte waggonweise Porzellan ein: Teller und Tassen von Rosenthal und Meißen, aber auch Nachttöpfe, Klobecken und Waschschüsseln, kaufte zu günstigen Kriegspreisen ein und ließ Waggons beladen, die von Böhmen nach Südtirol abgingen. Das Porzellangeschäft von Hermines Mutter war bald weit und breit konkurrenzlos, das einzige mit gediegener Ware. Eine schwarzgelockte, schlanke Frau, die anzupacken wusste, die überhaupt wusste, was sie wollte, diese Karoline, die den Spenglermeister Ferdinand beim Kartenspielen in der „Post“ mit Wein bedient und über faule Witze nicht einmal mit der Schulter gezuckt, höchstens kurz und spöttisch aufgelacht hatte. Aber der Spenglermeister, der ihr bewundernd zuzwinkerte, hatte immerhin der Stadtpfarrkirche ein kupfernes Dach aufgesetzt, ein Könner, ein Kunsthandwerker sozusagen, der in Leipzig gelernt (und dort ein Kind mit unverheirateter Mutter zurückgelassen) hatte. Karoline verstand, dass er es ernst meinte, aber dass sie sich doch am besten nur auf sich selbst verließ. In Kaiserjägeruniform fuhr er an die Front, und sie richtete das dreistöckige Haus ein mit den weiten Kellergewölben und einem ebenso weitläufigen Dachboden (war alles einmal ein k.u.k. militärisches Kommandogebäude, inklusive Arrestzellen), kaufte das alles mit geliehenem Geld und fuhr mehrmals in die Tschechei. Zurück von diesen Geschäftsreisen, erweiterte sie allmählich die Geschäftsräume und den Personalstand, sie baute aus und baute um, schließlich hatte sie zwischen zwanzig und dreißig Lohnempfänger. Die meisten von ihnen lebten bei Kost und Logis im Haus, schliefen und aßen im Haus, das immer mehr ein lärmiges und fröhliches Haus wurde. Im Keller, in den Gewölbewinkeln überall Stroh, jede Menge Holzwolle zum Verpacken, und im Dunkel oder Halbdunkel (nach Feierabend) Versteckspiel, Getuschel und Kichern, aber auch plötzlich ersticktes Schnaufen, und später jede Art von Gemunkel, Liebestränen, Schwangerschaften und Entlassungen.

Auch Hermine hatte, so erzählten ihre Geschwister, keine Ahnung und doch viele Verehrer. Freilich Verehrer, die in den Augen ihrer Schwestern alle nichts taugten und daher verlacht und verspottet wurden – mit zwei Ausnahmen: ein junger Architekt, der allen Mädchen in der Stadt den Hof machte und allen gefiel, auch Hermine und ihren Schwestern, und dann dieser Florian, ein hübscher, blonder Fabriksdirektorsohn, den Hermine angeblich wirklich liebte und den auch ihre Schwestern beeindruckend nett fanden. Seine Eltern gaben Tanzfeste in ihrer Villa, und die Schwestern waren stolz darauf, mit Hermine dazu eingeladen zu werden. Mit Florian durfte sich Hermine treffen und ins Kino gehen, ohne dass die Schwestern sie deshalb neckten. Aber Florian kam gleich zu Kriegsbeginn an die Front und fiel als einer der ersten Söhne der Stadt. Vielleicht hatten es deshalb die anderen Verehrer umso schwerer, kaum ernst zu nehmen der sardische Alpinigeneral, der nicht bei Hermine, sondern bei ihrer Mutter um Hermines Hand anhielt, wie zu feudalen Zeiten, und eine Absage erhielt, auch weil zu alt, aber da war ja noch der „Rollmops", wie die Schwestern den Botschaftsrat oder Ehrenkonsul irgendeines exotischen fernen Zwergenstaates nannten, ein Mann mit Lorgnon, der Hermine und Hermines Schwestern mit einer Stielbrille ins Auge fasste, wie er alles und alle zu lorgnettieren pflegte, eben ein Rollmops, halb kahl und ein schwabbeliges Gesicht.

Als Caetano de Pasqua aufzutauchen begann im Verkaufsraum des Porzellangeschäfts, das erste Mal, um Geschenke einzukaufen für Freunde, dann wieder und wieder kam, schließlich um ganz große Verkaufspartien von Geschirr für die von ihm kommandierte und verwaltete faschistische Jugendorganisaton

GIL zu bestellen, da hatte Hermine den toten Florian noch nicht vergessen, aber der Trauerschmerz trübte nicht mehr ihren Blick. Seither kam nur mehr Caetano de Pasqua, Hermine hatte sich entschieden: Für den nächsten Sonntag lud sie ihn zu einer Bergtour ein, zusammen mit ihren zwei Schwestern Birgit und Lotte bestiegen sie den Pué-Gipfel.

56

Ich phantasiere doch nicht, sagte sich Jul, er hatte im Wald um sieben Uhr morgens einen toten Rehbock gefunden, zuerst allerdings dachte er an einen großen Herrenpilz. Und wusste noch immer, dass er in seinem Hotelbett lag. Es war heller Nachmittag. Aber was sein Hund zwischen den Fichtenstämmen beschnupperte, sah von weitem, gut zehn Meter vom Waldweg entfernt, tatsächlich wie ein Stück rotbrauner Pilzkappe aus. Erst als Jul näher trat, schaute er auf den halb verwesten Kadaver eines Rehbocks. Die vermeintliche Pilzkappe war der behaarte Kopf, das Gehörn von Heidelbeerkraut überwachsen, die Augenhöhlen leer und trocken, Rippen und Rückgrat schon fleischlos und gebleicht, aber größere Fellstücke lagen wie angeschmort auf dem Waldboden, ein Hinterlauf abgetrennt, gleichsam weggeschmissen.

Jul hatte nach dem Mittagessen bei „Totuccio“ – nur eine Gemüsesuppe – sofort ein paar Tabletten geschluckt, war gleich ins Hotel zurück, in seinem Kopf explodierten bunte Kugeln, hinter seinen zusammengekniffenen Augenlidern zersprühten Feuerwerksgarben.

Jetzt, da der Schmerz mit den letzten Sprühfunken erlischt, durchquert er eine Lichtung, es riecht nach verbranntem Zimt, nach vermodernden Baumstümpfen, er watet durch wadentiefes Lichtungsgras, saftiges Grün, sein Hund wälzt sich darin. Und Natalie hat ihm einen Brief geschrieben, auf der Adressenseite ein rotes kleines Herz in einem roten großen Herz und auf dem Blatt im Kuvert noch vier Worte: Du Schwämmeklauber! Bussi, Natalie.

Und das Glück? hatte ihn Marina, die Frau seines Freundes Luca, gefragt. Man hat es doch leichter ohne störrischen Widerstand. Willst du nicht das Glück? Er war wie vor den Kopf gestoßen: das Glück? Glücklichsein? Es leichter haben, geliebt werden, beschirmt werden, einfach dazugehören, bescheiden und dankbar. Und jene, die die Macht haben, haben auch unser Gewissen. Glücklichsein? fragte er die Frau seines Freundes. Wer will denn sooo glücklich sein? Und plötzlich trank er seinen Gästen den Kaffee aus den Mokkatässchen, trank allen den Schnaps aus den Gläsern, stellte sich auf die Zehenspitzen und trompetete: Widerstand! und: Zweifel! immer wieder Zweifel! Das Glück! Er möchte zwischen den Kaffeeschälchen und Schnapsgläsern einen Kopfstand ..., am liebsten mit einem Schwung auf den Tisch, aber dann doch nicht heute. Selbstrespekt, alles aus Selbstrespekt. Aber es war doch so, dass ein Koffer genügen musste, und im Übrigen war auch der Koffer keine Bedingung. Er musste sich ein Haus einrichten mit Wänden aus Luft, mit Wänden aus Luftaugen.

Jul wollte keinen Arzt aufsuchen, nicht hier in Agrigent. Und er rief auch Mara nicht an.

Über all die letzten Jahre oder immer wieder hatte er an seine Mutter gedacht, aber seine Vorstellung von ihr hatte kein Fleisch und Blut mehr. Abschied hatte er von ihr genommen mit kaum zwölf Jahren und seither ohne sie gelebt (höchstens in Gedanken und nur anfangs mit Heimweh), ohne eine ausgelebte Kindheit, Glückspilz, der er war, hinein hinter das Tor eines gymnasialen Instituts, und die Mutterlosigkeit begann, weit und breit nur hämische oder ebenso bedrückte Mitzöglinge, weit und breit nur Lehrer, lauter Gottesmänner, die ihm das Schuldbewusstsein beibrachten und das Pflichtbewusstsein ebenso wie den entsprechenden Verantwortungssinn. Seither ohne Mutterkuss eingeschlafen, aber mit Reuegebet. Trotzdem Muttertagsgedichte gereimt und nach Hause geschickt. Ja, es gab die Mutter, es gab ihr Lächeln auf dem kleinen Foto, das er hatte, und es gab dieses Lächeln auch, wenn er die Ferien und später den Urlaub wenigstens teilweise bei ihr verbracht hatte, und je mehr ihre Schwerhörigkeit zunahm, desto dauerhafter wurde ihr Lächeln. Seine Mutter, so fern vor Vergangenheit. Seit Jahrzehnten hatte Jul sich an ihre Abwesenheit gewöhnt, an sie als Name manchmal ja gedacht, aber wie an etwas Fleischloses, trotzdem auch von ihr geträumt, so deutlich, als wäre sie Wirklichkeit mit Knochen und Wangen. Immerhin hatte sie ihm das letzte kleine Segelboot gekauft, als die Engländer bereits begonnen hatten, Bomben auf die Stadt zu werfen, ja, und sie hatte ihm auch den wöchentlichen Garry-Took-Krimi und andere Bücher, wie Karl Mays Winnetou, gekauft. Natürlich war Mutter einmal vorhanden gewesen, war mit ihm und seinen Schwestern und seinem Zwergpinscherhündchen im Grazer „Volksgarten“ spazierengegangen, und dann, als die Sirenen jede Nacht zu heulen anfingen, mit ihm und den Schwestern und dem Hündchen (in der selbstgenähten Brusttasche) in den Luftschutzkeller gelaufen – schnell, schnell, angstvoll ihre Stimme. Und zu essen gab es nicht viel, kaum noch etwas Warmes, auch kaum Brot und Milch. Wie schaffte es Mutter, uns nicht verhungern zu lassen? Was aß sie selbst denn eigentlich? Kartoffelschalen – die angebrannten Kruspen auf dem Pfannenboden? Er hatte sie sogar einmal (oder mehrmals?) gefragt, ob sie ihn am meisten auf der Welt liebe. Aber er war ja nicht ihr einziges Kind, und sie sagte ihm, dass sie ihn wie seine Geschwister liebe. Trotzdem: Sie hatte ihn bis zum Gittertor des Schulinstituts begleitet, in dem er für alle folgenden Tage und Nächte verschwand, ihr Gesicht vor den Gitterstäben verschwand nicht mehr aus seinem Kopf. Und später, als er sie wiedersah, war Mutter schon eine kranke Frau und konnte ihm nie mehr auf zwei gesunden Beinen gegenübertreten, ihn nie mehr mit zwei starken Armen an sich ziehen. Fortan war sie eine Invalidin, ein Hascherl, gut für Kurzbesuche. Und sie hörte und verstand ihn immer schwerer. Vielleicht hätten sie einander auch bei bestem Gehör nicht mehr verstanden, er hatte sich von ihr mit zwölf Jahren verabschiedet.

An seinen Vater kann er sich fast besser erinnern, obwohl er den Abschied von ihm noch früher zu üben begonnen hatte – da war er erst sieben, als Vater eine Kriegeruniform bekam, eine Wehrmachtskluft, die ihm um Arme und Beine schlotterte, es war ja schon fünf Jahre Krieg, und er musste nehmen, was man ihm hinschmiss. Ein guter Vater, der nicht freiwillig an die Front rannte, versteht sich. Einer, der mit seinen Kindern umging wie eine Mutter und doch kein Weichling war; monatelang lag er in schlammigen Gräben an der Ostfront, holte sich kaputte Nieren und eine kranke Lunge, Zwölffingerdarmgeschwüre sowieso. Und war, wenn er zu Hause sein konnte, nach dem Krieg und nach der Arbeit (und für die meiste Zeit als Arbeitsloser oder Kranker), ganz da für die Kinder, und zwar als Zuhörer und als Tierliebhaber, vor allem als Vogelkenner, aber auch als Züchter von Mehlwürmern für fleischfressende Hausvögel. Ihm, Jul, hatte er schon ab März, kaum dass im Hinterhof Gras zwischen den Rosskastanien zu wachsen anfing, die Kohlekiste in der Küche überlassen, damit er darin Kaninchen halten konnte. Später, als die Kaninchen geschlachtet werden mussten, erhielt Jul ein Meerschweinchenpaar, das sich zu seinem Gaudium sehr schnell vermehrte. Vater schwärmte immer davon, eines Tages einen kleinen Zoo zu besitzen, mit wenigstens einem Affen und mindestens einem sprechenden Papagei und natürlich einer echten Besucherkassa, versteht sich, und bezahlbaren Eintrittspreisen. Aber vorerst reichte das Geld nur zur Anschaffung einer Schildkröte, einigen weißen Mäusen und einem blaugrünen Wellensittichpärchen (nebst den mit Leimruten selbstgefangenen Vögeln – Kreuzschnäbel, Zeisige und Stieglitze). Ja, mit Vater hätte er irgendwann, auf jeden Fall später, auch ernsthaft über ernste Dinge reden können. Denn Tatta (so nannten sie ihn) interessierte sich für alles, was Jul aus den Schulbüchern herauslas, er selbst hatte sich nur die Volksschulklassen leisten können, umso größer war seine Hochachtung vor Büchern und „gebildeten Leuten“. Besonders interessierten ihn die Zoologie- und Botanikhefte, die Jul ihm in den Ferien zeigte, aber auch die Chemie- und Physikbücher wollte er von ihm erklärt haben, sogar noch auf seinem Krankenbett, das sein Sterbebett wurde im Meraner Spital. Jul massierte seine blutlosen, kalten Zehen, knetete seine weißen Fußsohlen, und Vater fragte ihn, was sie zurzeit in der Chemiestunde durchnahmen.

Es war später Oktober, das vorletzte Lyzeumsjahr, und Vaters Nieren wollten nicht mehr, seine dünnen Beine hatten sich mit Wasser gefüllt, er fror an den Zehen, obwohl es im Krankenzimmer stickig warm war und draußen noch eine strahlende Herbstsonne

(Zeit der Törggelekastanien). Jul und seine Schwester Brigitte banden ihm Luftballons an die großen Zehen, abwechselnd rote, gelbe, blaue und grüne Luftballons mit einem starken Zwirn an die rechte und die linke große Zehe; sie animierten ihn dazu, die Füße so zu bewegen, dass auch die Ballons sich bewegten und immer wieder aneinanderstießen. Vater schüttelte über ihren Einfall den Kopf, trotzdem ließ er sich beim ersten Mal sogar etwas wie Spielfreude entlocken und lachte schwach auf, wenn sich die Ballons furzend aneinander rieben. Doch zum Heben der Füße war er schon zu schwach, Jul knüpfte daher die selbstaufgeblasenen Ballons ans Bettende, und Vater war dankbar für die bunten Farbkugeln, die unter der weißen Zimmerdecke schwebten.

Wir sprachen nicht über den Tod, dachte Jul später immer wieder, wir sprachen auch nicht über das Leben, nicht über meines und nicht über seines. Der Vater war ein sehr gläubiger Mann (er hinterließ einen Koffer voll Gebetbücher und Devotionalien, Rosenkränze, Kruzifixe, Madonnenstatuetten und jede Menge und Sorte von Heiligenbildchen), aber er hielt ihm keine Endzeitpredigt, Jul erinnerte sich nicht an ein einziges „letztes Wort“ oder irgendeinen Lebensratschlag. Er und seine Schwester erzählten dem Vater im Spital, wie es seinen Vögeln daheim ging und dass Mama schon tagsüber den Küchenherd heize (dem gegenüber sie die längste Tageszeit sitzend verbrachte). Bei jedem Spitalsbesuch wollte der Vater möglichst viele Einzelheiten des Tagesablaufs von daheim wissen, allerdings nur in den ersten Wochen, mit fortschreitender Krankheit fragte er immer weniger, bald hörte er nur mehr lächelnd zu, ganz gleich, was sie ihm erzählten, oder vielleicht lächelte er zuletzt nur so, als hörte er zu.

Im Grunde hatte Jul den größten Teil seiner Jugend weder in der Nähe seiner Mutter noch in der seines Vaters verbracht, tatsächlich ist er ohne selbstverständliche Elternnähe groß geworden, das heißt, Vater und Mutter waren eine Weile als Vorstellung (als das Wissen, dass sie lebten) und dann als Erinnerung vorhanden, obwohl diese zunehmend verschwommener wurde. Ja, er hatte eine zunehmend abstraktere Erinnerung an seine Eltern, aber mitten in diesem weitläufig abstrakten Erinnerungsfeld scharf umrissene Bilder von banalen Vorkommnissen, wie den Pappkoffer, mit dem Vater eines Tages zur Tür hereinkam und den er auf dem Küchentisch aufklappte: bis zum Rand voll mit dunkelroten, knackig süßen Herzkirschen. Oder der Frühlingsnachmittag, an dem ihm der Vater von der niederen Brücke eines Baches herunter die im klaren Wasser hin und her schießenden Forellen zeigte. Solche Augenblicke blieben in der Erinnerung unverändert scharf erhalten, so dass sie wie nicht zusammenpassende Bauklötzchen in seinem Gedächtnis herumkollerten, oft wie für immer versunken, aber dann, fast unerfindlich warum, tauchte das eine oder andere Klötzchen plötzlich wieder auf. Und je schärfer und abgegrenzter diese einzelnen Bilder für sich da waren, umso mehr schien der Großteil der übrigen Erinnerungsmasse ausgelöscht zu sein. Wenn Jul an seine Eltern dachte, war es, als ob er sie nie gebraucht hätte, dabei war es nicht Undankbarkeit (vor ihm hatten drei Geschwister die Geburt nicht überlebt), es war nur so, dass er auch in seinen Alpträumen nicht nach der Mutter rief. Als das erste Institutstor hinter ihm zugefallen war, hatte er eigentlich seine Eltern verloren, mit jedem Buch, mit jeder Zeile, die er fortan las, entfernte er sich von ihnen, von ihrer Welt, wurden sie ihm mehr und mehr fremd. Was ja natürlich war, denn gleichzeitig wurde ihm die eigene Welt immer eigener.

Seither auf Liebessuche, seither immer in einem selbsterfundenen Exil. Und hatte sich eingerichtet (zeitweilig so gut, so abenteuerlich intensiv, dass er dieses Separiertsein für das richtige, das volle Leben nahm: Es schäumte!). Dann, bei heiterem Himmel, der Gedanke: wenn Mara froh wäre, dass du gingst?

57

Von Tag zu Tag fielen ihm mehr und mehr diese kleingewachsenen, alten Männer an Ecken und Enden auf, vielleicht aber waren sie gar nicht so alt, jedenfalls ohne Arbeit, im sogenannten Ruhestand. Mit scheinbar frisch gebügelten Hosen standen sie zwischen dem Patti- und Milano-Café des Moro-Parks oder auf den kleinen Plätzen der Altstadt, oben an den Ecken einer Gasse, einer Scalata oder Discesa, meistens mit einer Flasche im Plastiksack, standen sie da, wo nie ein Auto vorbeikommen konnte, weil alles zu eng war, und doch standen sie da mit den Händen auf dem Rücken, als käme doch irgendetwas vorbei, auf das sie warteten oder worauf sie hinschauen könnten.

In dieser sonst so baumlosen Altstadt schritt Jul eines Morgens mit nur leichtem Druck im Hinterkopf auf eine Pinie zu, plötzlich, dachte er, hat dieser Baum da seine Äste nach allen Seiten ausgestreckt, die Häuser weggeschoben und sich Raum geschaffen für diesen wolkenlos blauen Morgenhimmel. Und er freute sich, als er auf dem Gehsteig, nur zehn Meter etwa entfernt, eine graugefleckte Katze vergnüglich sich hin- und herwälzen sah, gerade auf dem Sonnenfleck, den die Pinie jetzt freigab. Unter dem Baum war ein kleiner Spielplatz für Kinder, eine Rutschbahn mit einer zwei Meter langen Welle. Dieser Platz hatte sogar ein Terrassengeländer. Als Jul herantrat und die Knie gegen das Metallgestänge presste, wunderte er sich über das noch saftige Grün des dicht wuchernden Unkrauts auf dem baufreien Hang darunter, und ihn störten auch nicht die Wollmatratze da und die rostige Drahteinlage dort, nicht weit von einem Eukalyptusstamm. Er musste lange hinschauen, bis er auch die Plastikflaschen zwischen dem hochstängeligen Grün ausnahm, Coca-und Pepsi-Dosen, Wattebinden und anderen Müll. „Fottiti della vita / come essa se ne fotte di te“, las er auf einer der kurzen Geländersäulen aus Beton. Mit schwarzer Schrift geschrieben:

Scheiß auf das Leben, wie es auf dich scheißt. Und gleich darunter ebenfalls mit schwarzem Tintenfilz: „La vita è un sogno / sulla via della morte“ (Das Leben ist ein Traum / auf dem Weg zum Tod). Auf derselben Säule ein ihm völlig fremder Liebesname: Saviour – ti amo / by Claudia. Jul setzte sich in einen der herumstehenden dunkelgrünen Plastikstühle und dankte dem blauen Himmel über sich. Weiß Gott, dachte er und fühlte sich vertraut auch mit den überquellenden Müllkübeln. Am liebsten hätte er der jungen Frau, die neben ihm zwei volle Plastiksäcke unter einen schon halb aufgeklappten Deckel warf, zu ihren fast aus den Jeans platzenden mächtigen Oberschenkeln gratuliert. Aber er wagte nicht einmal zu lächeln.

Zehn Jahre nach Natalies Tod – sie saßen in der Stube, in Bosnien war Bürgerkrieg – sagte ihm Mara, dass die Vergangenheit ihres Vaters sie und ihren Bruder Carmine gerade in der Zeit der Studentenrebellion beschäftigt habe. Es war uns bewusst, sagte Mara, dass unser Vater ein Faschist gewesen war, aber wir lebten anders – die Gegenwart war uns wichtiger. Immer wieder hätten sie sich auch gefragt, woran und wie weit er beteiligt gewesen sei, ob er gewusst habe, was mit den Juden geschah – mit ihnen und mit den Regime-Gegnern in der Reschenstraße, in diesem sogenannten Bozner Durchgangslager, das die Nazis im Frühling vierundvierzig am Rande der Etschtaler Obstwiesen errichtet hatten. Von der Mutter und natürlich auch von keinem Onkel oder einer Tante sei darüber jemals eine Antwort zu erwarten gewesen. Vielleicht habe sie auch nicht dringlich genug nachgefragt, habe womöglich selber nichts wissen wollen. Sie habe ihren Vater ja nur als Vater erlebt und gesehen, natürlich nie in einer Uniform, als einen Familienmenschen, den sie, seine Kinder, geliebt hätten. Ja, ich habe ihn beschützt –, sagte Mara fast zornig (er dachte: zornig gegen sich selbst), vor dir und vor allen, die in ihm nur einen Faschisten sehen wollen und ihn gar nicht kannten.

Jul verstand Mara, sie wollte nicht den Vater verlieren, nicht noch einmal nach seinem Tod, sie wehrte sich dagegen, dass ihr das Bild des liebenden Vaters weggenommen, beschmutzt, zerstört werden könnte. Sie hatte ein Recht, ihren Vater lieben zu dürfen. Er war sein halbes Leben, schrie Mara plötzlich, nein, viel länger, weit weg von seiner Heimat – das hier war die Fremde für ihn.

Er wollte ihr nicht wehtun – ihr Vater war Natalies Großvater. Aber was wir wissen können, müssen wir zu erfahren suchen, sagte er.

Ich weiß, dass er korrekt war und dass er vielen geholfen hat, mir genügt das, was ich weiß. Mara verließ schroff die Stube.

Und was war denn das für eine Fremde? Doch kein Exil? Offizier und hoher Parteifunktionär der faschistischen Unterdrücker in diesem Land, das er zur Heimat seiner Kinder machte.

Jul folgte Mara in die Küche und fragte: Meinst du, dass Hitlers Generalgouverneur von Polen, der Treblinkas Ofen mit Juden beheizte, sich im polnischen Exil befand?

Ein hirnrissiger Vergleich –. Maras Vater hatte Balilla-Buben mit Holzgewehren versorgt und sie für jede Art faschistischer Feierstunde aufmarschieren lassen, sie Lagerzelte aufstellen lassen, sie ein Lagerleben (romantisch oder paramilitärisch) führen lassen, wenigstens ein paar Wochen oder Tage im Sommer. So sahen es Mara und ihre Familie. Er war eine Art Pfadfinderführer gewesen, bestenfalls ein Pfadfindergeneral. So hätte ihn jedenfalls Mara am liebsten gesehen, ihren Vater, als idealistischen, romantischen, altruistischen Menschen, der sich für die Erziehung der Kinder einsetzte, von früh bis spät.

Und außerdem hatte er einigen Italienern (Bewohnern der Semirurali-Häuser, nämlich der einstöckigen Häuser, die von den Duce-Behörden in die enteigneten Obstwiesen der Bozner Bauern hineingesetzt worden waren) geholfen, dass sie nicht an die Front einrücken mussten, sagte Mara, habe sie erzählen gehört.

Die meisten Nazi-Bonzen haben einen Vorzeigejuden gehabt, hielt Jul ihr entgegen, sie alle haben scheinbar ihren Privatjuden gehabt, dem sie geholfen, ja das Leben gerettet hatten. Meinst du wirklich, dass dein Vater als Spitzenparteifunktionär nichts von dem Durchgangslager in Bozen gewusst hat? Nichts von der Reschenstraße, von wo aus die italienischen Judentransporte über den Brenner zu den Konzentrationslagern und Öfen der Nazis gingen? Er quälte sie mit diesen Fragen und wollte doch nicht ihre Qual.

Jul legte sich in jener Nacht in ein anderes Zimmer zum Schlaf hin. Es war die erste Nacht, in der er und Mara nicht im selben Zimmer dieses Hauses schlafen wollten. Dabei hätte sich jeder einmal in die Hinterstube oder in die Dachkammer zurückziehen können. In den Sommernächten waren die Zimmerfenster stets offen; auch wenn es zwischendurch wieder kühler wurde, kalter Regen fiel, ließen sie die Fenster festgehakt offen. Mara wollte sogar im Winter wenigstens ein Fenster offen halten, hätte sich am liebsten auf die Daunendecke schneien lassen. Sie hatte nie genug frische Luft, neigte zu Atemnot, katzenallergisch, wie sie war, und drückte dennoch mehrmals am Tage die Katze an die Brust.

Es war ein befreiendes Gefühl, einen Raum plötzlich für sich selber zu haben. Als hätte er nicht nur mehr Atemluft für sich, sondern die Welt überhaupt als unbehinderte Fülle denkbarer Möglichkeiten, war plötzlich die Nacht eine andere: Er konnte das Licht brennen lassen, zur blassbraunen Holzdecke hinaufschauen und so Mozarts Klaviersonaten hören, gespielt von Mitsuko Uchida. Die Tonstärke hatte er auf minimal eingestellt, um Mara nicht zu beunruhigen, aber die Nacht und der Raum waren so hautnah, dass sogar das Adagio ihn laut wie ein Fluss durchströmte. Er kannte das Alleinsein in Hotels und Gästehäusern, wo sogar ein großer Schlafraum oft eng von Wänden umstellt schien, hier jedoch im eigenen Haus wurde die kleine Hinterstube weit wie die Nacht, wie der nahe Wald und die aufsteigenden Wiesen dahinter.

Und zugleich wurde ihm die Entfernung von Mara bewusster denn je: Brauchten sie einander nicht mehr?

Er wehrte sich seit Jahren gegen eine Antwort, auch jetzt, und wusste doch, dass er in Maras Gesicht nichts anderes als Natalies Gesicht suchte und es manchmal, nicht immer, fand. Er spielte die Mozartsonate nur zweimal ab, kehrte dann in Maras Zimmer zurück. Ohne eine Lampe anzuknipsen, sah er ihr Gesicht, durch das Fenster fiel genug Mondlicht herein, um ihren schlafenden Mund deutlich zu sehen. Er erschrak vor dieser fremd gewordenen Nähe. Der Schlaf hatte sie weit fortgerissen, von ihm weggetragen. Wo war sein Leben? Warum war er hier? In Natalies Zimmer nebenan drang kein Mondstrahl mehr, ihre Fenster waren mit Holzläden verschlossen, wie für immer zugenagelt. Er legte sich langsam, fast vorsichtig, auf seine Bettseite.

Einmal, in Natalies letztem Sommer, war er kurz vor dem Mittagessen hinter Mara, die vor dem Haus ins Wiesengras schaute, herangeschlichen, hatte sie ohne Vorwarnung um den Bauch gefasst, sie hochgehoben und herumgeschwungen, im Halbkreis hin und her, bis sie sich strampelnd befreite. Natalie war mit ausgebreiteten Armen herbeigestürzt und hatte stürmisch verlangt, ebenso herumgewirbelt zu werden. Es war ja Sommer, vergesst das nicht, August, schon fielen die ersten Nüsse ins Gras, sein Hund umtanzte Natalie und kläffte. In jenem Jahr wurden sie außerdem nicht von Wespen heimgesucht, auch die Ameisen hielten sich zurück (keine Marschkolonnen über den Teppichen, man konnte eine halbe Williamsbirne, auch Pfirsichkerne über Nacht auf einem Teller herumliegen lassen, ohne dass sie ein wimmelndes Ameisenheer anzogen).

58

Jede größere Abzweigung von der Via Atenea führte, wie immer auch verwinkelt, zu einer Kirche. Selten, dass Jul in eine hineintrat – lieber aß er in einer Bar (in den kopfwehfreien Intervallen) eine Focaccia mit Speck und Salat oder Mozzarella mit Tomaten. Trotzdem saß er immer wieder einmal auf Kirchengestühl – für ihn waren es die einzigen geöffneten Theatersäle in dieser Tuffsteinstadt. In der S.-Lorenzo-Kirche, nur ein paar Meter tiefer unter der Via Atenea, geriet er mehr als einmal in eine lockere Männerversammlung. Am helllichten Vormittag saßen pensionsreife Grauhaarige verstreut in den Kirchenbänken, den Arm lässig über die nächste Betlehne hängend, links und rechts goldgerahmte Heiligengemälde, tiefgedunkelte, fast gelöschte Farben, sogar der jugendliche Korpus des gekreuzigten Jesus an einem verschnörkelten Seitenaltar wie aus vergipstem, abbröckelndem Zucker. Eine Pensionistenversammlung, dachte Jul, oder einfach eine Freundesrunde im Kühlen. Trotzdem beugte er ein wenig das rechte Knie und fühlte sich dabei wie ein Provokateur. Er drehte sich schnell um. Mara wusste doch, dass Natalie nicht richtig schwimmen konnte, schon gar nicht im Tiefen. Draußen blickte er auf die Frontseite der Kirche und las das Restaurierungsdatum: Jänner 1927. Da war Maras Vater zwanzig. Vielleicht hatte der junge Faschistenführer auch einige Male vor dem damals eben restaurierten Portal hier gestanden (oder war er mit dem Duce-freundlichen Klerus sogar bei der Einweihung?). Als Jul die paar Meter hinaufstieg zur Via Atenea, sah er das schwarzhaarige, vielleicht irre Mädchen an einer der zwei öffentlichen Telefonsäulen (diese orangeroten Apparatkästchen mit einer durchsichtigen Nonnenplastikhaube). Aber sie schien gar nicht zu telefonieren, hielt den Hörer lose in der Hand, hatte ein versonnenes Gesicht, als überlegte sie etwas. Und doch war ihm, als hätte sie die andere Hand gehoben und ihm zugewinkt.

Eine Woche vor seinem Weggehen war er das letzte Mal in Bozen gewesen, hatte die Stadt durchstreift, war mit dem Bus von der Industriezone (an den kahlen Fabrikmauern vorbei) zum Friedhof und durch die italienischen Viertel (Bronx, Shanghai) und die Europa-Allee zum Mussolini-Bahnhof gefahren, von dort zu Fuß durch die deutsche Altstadt, über den Walther-von-der-Vogelweide-Platz, durch die Silbergasse und Goethegasse zum Obstmarkt, er war wie benommen gewesen von den immer wiederkehrenden schönen Gesichtern, Frauen- und Mädchengesichtern, meistens Italienerinnen, und so viele davon schon am Vormittag an den weißen Metalltischchen vor den Bars. Er hatte hintereinander drei Espressi in verschiedenen Lokalen getrunken, um dem anderslautigen Plaudern zuzuhören, und später noch zwei Campari Soda mit Zitrone in zwei anderen Bars. Die steinernen Fischbänke in der Dr.-Streiter-Gasse hatten sich in mit Planen überdachte „Ausschanktheken im Freien“ verwandelt, auf denen nun statt Forellen oder Brassen die üblichen Flaschenbatterien zu sehen waren: Liköre, Schnäpse, Whiskys, Brandys und eine große Auswahl an Weinen. Die Fische haben sich verflüssigt, denkt Jul, steht und schaut, da wird er angeredet und sieht in ein altjunges Gesicht, aus früheren Jahren vertraut, bartstoppelig und schlaffwangig. Über der linken Brustseite wölbt sich das Hemd. Ein Blutdruckmessgerät, erklärt ihm der halb vergessene Freund, ja, einen Herzinfarkt auch schon gehabt. Und sie schütteln sich gleich einmal die Hände, weil sie beide genau um neun Uhr woanders sein müssen, wahrscheinlich nur wollen, jedenfalls ich, sagt sich Jul und wirft, nachdem der andere mit seinem Messapparat in ein Haustor eingetaucht ist, einen Blick in die Pizzeria, die früher keine Pizzeria gewesen ist, sondern ein Weinlokal mit Kreuzgewölbe, dessen Pächter ihm sein erstes Zimmer vermietet hatte in dieser südalpinen Stadt und dessen Tochter (mit dem blauschwarzen Haar bis zu den Hüften) im Zimmer neben dem seinen schlief. Er steckt den Kopf durch die offen stehende Glastür – das Gewölbe brütet noch immer über den Tischen, die jetzt am Morgen ohne Kunden und ohne Beleuchtung grauweiß dastehen, eine Pizzeria, aber immerhin noch kein Maklerbüro und auch kein Souvenirladen. Auf diesem Obstmarkt hatte für ihn einmal der Süden begonnen, mit den ersten Bananen, Kokosnüssen und Ananas, und wo die herkamen, da musste auch das Meer sein und eine unaufhörliche Weite. Jetzt waren mehrere Standflächen leer, die einstigen blauschürzigen Händler wohl schon auf dem Altenteil oder auf dem Friedhof. Jul sah auf die ehrgeizig zu Pyramiden getürmten rotbackigen Äpfel an den Ständen daneben, auf die gelben Birnen, die blauen Vernatschtrauben, die grüngoldigen Muskateller und die violetten Herbstfeigen; in niederen Holzkisten Steinpilze und großlappige Pfifferlinge. Ich könnte, ich sollte hier wieder wohnen, dachte er, wenigstens für einige Zeit.

Er saß im Bus am Fenster und wünschte sich nicht mehr wie früher hinter die dicken Mauern alter Weinbauernhöfe, an denen er vorbeifuhr, wünschte sich auch nicht mehr in eine der von hohen Zedern umstellten Gründerzeitvillen (dort, wo er sich früher die heißen, verschlafenen Sommernachmittage hineinphantasiert hatte), nein, jetzt wäre ihm ein klammheimliches Zimmer in einem italienischen Viertel lieber gewesen, ob in der „Bronx" oder in „Shanghai", in der Palermostraße oder in der Reschenstraße, einfach mitten unter ungekannten Menschen, möglichst unsichtbar, aber mittendrin.

Als Natalie geboren wurde – viel früher als vom Arzt prognostiziert –, war eigentlich noch Winter, aber über den Talferwiesen strahlte ein Vorfrühlingshimmel, da und dort färbten sich schon Goldregenbüsche auf der Promenade, dazwischen die bunten Kostüme der Kinder, die Luftballons und die aufwirbelnden Konfettiwolken. Mara hatte ihn in der Redaktion angerufen, hatte über Schmerzattacken in der Nierengegend geklagt, und er war noch kurz vor den Mittagsnachrichten nach Hause gefahren. Aber sie wollte nicht mit dem Auto ins Spital – die Schmerzen kamen jäh und ließen auch jäh nach –, Mara wollte mit ihm über die Talferbrücke spazieren, es war Rosenmontag, sie wollte ein bisschen vom lustigen Treiben der Kinder sehen auf den Wiesen (von der Brücke in Richtung Sarntal). Spazieren wollte sie, doch immerhin nicht weit entfernt vom Spital, und tatsächlich bewegten sie sich immer schneller darauf zu, denn Maras Kolikanfälle dauerten immer länger an. Er führte sie am Arm, hätte sie schließlich am liebsten getragen, und zwar die letzten hundert Meter im Lauf. Kaum dass Jul ihr im Spital zulächeln, ihr noch etwas sagen konnte. Mara wurde ihm abgenommen, ihm entzogen – eine Nierenkolik vielleicht? rief er und setzte sich ohne Antwort vor der gläsernen Türenwand der gynäkologischen Abteilung auf eine weiße Wartebank. Betrachtete die weißen Korridorwände und dachte, wird mit fünfundzwanzig Jahren doch nicht Nierensteine haben? Da hört er ein gläsernes Klopfen, sieht ein greinendes Baby (in einem Windeltuch) hinter der Glaswand hochgehoben – ihm entgegenstreckt: sein Kind, Natalie.

Er hat Natalie durch die Nacht getragen, stundenlang durch die Zimmer um zwei Uhr nachts, um vier

Uhr früh, hin und her, quer und rund durch den Raum kreisend, abwechselnd mit Mara, die erschöpft war. Er hat Natalie fast ununterbrochen die Bruchstücke seiner Kindheitslieder vorgesungen, sich anfangs auch geschämt vor sich selber, vor seiner Stimme, aber weitergesungen.

Ein Jahr später – Jul kam von einer Reise zurück – stapfte sie, von Mara gehalten, ihm durch die offene Stubentür o-beinig entgegen, quietschend vor Vergnügen. Natalie mit ihren kugelig schwarzen Augen in einem durchscheinend weißen Gesichtchen. Diese dunklen großen Augen würden ihn überall anschauen, und auch ihr Gesicht würde immer elfenbeinblass bleiben wie das von Mara.

Kaum blühte der Löwenzahn, marschierte er mit ihr auf dem Rücken über den eigelben Teppich der Talferwiesen, setzte die Eineinhalbjährige mitten in die Blumen und ließ sie krabbeln und herumtorkeln und herumplumpsen, bis sie gelb war von Blütenstaub wie eine summende Biene.

Sie war Maras Kind, mehr Maras Kind als seines, Natalie hatte in Maras Bauch Maras Fernsein von ihm und Maras Traurigkeit darüber (oder über Lucas Fernsein) mitgelebt und wohl auch mitgegessen, sie kannte Mara besser als er, sie beide waren Verbündete gegen sein Anderswohin.

Und doch spürte er, dass Natalie ihn mochte, als müsste sie, der Winzling (und dann die Acht- und fast Neunjährige), ihn beschützen vor ihm selbst. Zuletzt, als sie beide im Oktober, vier Monate vor ihrem neunten (nicht mehr erlebten) Geburtstag, ohne Mara, die als Wächterin des Hauses und Betreuerin von Katz und Hund daheim geblieben war, mit dem Auto nach Wien fuhren, weigerte Natalie sich, vorne neben ihm Platz zu nehmen. Sie zog es vor, im Wagenfond zu sitzen und stumm zu sein. Und sie verbot ihm, das Radio einzuschalten oder Kassettenmusik zu hören. Sie bekomme davon Kopfweh, sagte sie und wollte auch nichts zwischendurch essen oder trinken – kein Brötchen, keinen Apfel, keinen Schluck Mineralwasser, davon werde ihr während der Fahrt schlecht, sie wollte nicht einmal den Mond in der Morgendämmerung sehen, gerade dass sie sich die herbstlichen Farben der Laubwälder – Buchen und Eichen – zeigen ließ. Jedes Mal wenn er in den Rückspiegel schaute – sie wird eingeschlafen sein, dachte er, weil sie kein Wort sagte –, sah Jul sie mit offenen Augen an ihre lebensgroße Puppe gedrückt, still und geduldig auf das Ende der Sechsstundenfahrt warten. Aber sie freute sich trotzdem, nach Wien zu kommen. Wenn er sie fragte, was denkst du?, lächelte sie matt und lispelte: An den Prater, dass wir im Autodrom fahren werden und vielleicht auch mit der Geisterbahn. Obwohl sie nichts haben wollte, nicht einmal ein Päckchen Kaugummi, kaufte er ihr an einer Raststätte, hundert Kilometer vor Wien, eine Getränkedose. Doch schon nach dem ersten Schluck reichte Natalie sie ihm während eines Überholmanövers und begoss seine Hose mit dem klebrig süßen Saft. Da endlich lachte sie. Als Jul am gelben Schönbrunnerschloss vorbei in die Rosskastanienallee einbog und am Technischen Museum entlangfuhr, flammten die Straßenlichter auf, und er sah im Rückspiegel, wie Natalie sich ein weißes Tuch unter das Kinn hielt. Aber sie musste sich dann doch nicht übergeben, obwohl er über die Mariahilferstraße nur im Schritttempo von roter Ampel zu roter Ampel vorwärts kam.

59

Von der Piazza Lena war Jul die schmale, abschüssige Via Santa Sofia hinuntergelaufen – die Bar „Arlecchino" hatte Nachmittagspause, und so betrat er das Café „Pirandello", das in Wirklichkeit auch nur eine schmale Bar war mit jeder Menge sizilianischer Törtchenbäckerei und Marzipankonfekt. Er sagte „buona sera" und war der einzige Gast oder überhaupt keiner, denn die Frau hinter der Theke erwiderte seinen Gruß nicht, nahm wortlos seine Bestellung „un caffè macchiato" zur Kenntnis, stellte ihm das winzige Schälchen auf das Thekenmetall und zog sich stumm in einen Winkel zurück. Das gleiche Schweigen, als er zahlte und „arrivederci" sagte, sie ignorierte auch diesen Gruß, und doch war sie keine Taubstumme, denn als sie ihm das Tässchen hinschob, hatte sie „ecco" gesagt.

Wenn es nach ihm ginge, wenn es überhaupt irgendwie ginge, wollte er für den Rest seiner Zeit das

Leben eines familienlosen Mannes seines Alters leben. Alle, die ihn zum ersten Mal sahen, irrten, verschätzten sich, sogar Ärzte hielten ihn für einen Mittvierziger.

Er war mit vorgebeugter Brust durch die Via Bac Bac in sein Hotel zurückgegangen, das sein Zuhause geworden war. Mit diesem wieder erwachenden Schmerzkopf – eben noch hatte er, die Pasticceria „Pirandello" im Rücken, auf dem gelbgrauen Meer vor der Empedocle-Küste weiße Wellenkronen gesehen, Wind war aufgekommen, schüttelte die Palmwedel, hatte ihm beinahe den Hut heruntergerissen, gerade noch, dass er ihn mit einer Hand erwischte. Wie weichgesottene schwarze Eicheln oder eher Brombeeren waren die Früchte der Ficus-Benjamin-Bäume auf das Trottoir gefallen und zerplatzten unter seinen Schuhen.

Er warf sich auf das Bett – in der Nacht hatte es erstmals stundenlang geregnet, er hatte dem Geplätscher, dem Aufschlagen der Regensträhnen auf das Pflaster des Hinterhofes bis um vier Uhr früh gelauscht.

Und immer wieder diese beigegrau gefleckte Mauer vor seinem Blick, ein unbetretener, winziger Hinterhof unter seinem Fenster, mit verstreutem Müll, vor allem Keksschachteln, Zigarettenschachteln, Mineralwasserflaschen aus weißblauem Plastik, von irgendwelchen Hotelbewohnern aus Frustration oder Gedankenlosigkeit zum Fenster hinausgeschmissen und nie oder selten vom Hotelfaktotum Mario oder dessen Bruder Salvatore eingesammelt.

Der Punkt seitlich über der Bettwand und die offene Steckdose neben der Tür – sie begannen zu tanzen, sie drehten sich vor seinen Augen, ohne zu wirbeln, sie kreisten und drehten sich, bis sie sich zu einer schnell länger werdenden Spindel vereinigten: die in seine Augäpfel herein- und wieder hinaussurrte, mit bohrendem Geräusch. Bis schließlich nur mehr dieses Bohren übrigblieb zwischen Stirn und Hinterkopf.

Am Abend konnte er aber plötzlich die Augen wieder schmerzlos öffnen. Es war, wie wenn Türflügel aufgeflogen wären. Und auch wenn er diese kurzen Momente einer berglosen, wellenlosen Fläche inzwischen als trügerisch kannte, atmete er durch, als hätte er einen neuen Körper, der in eine quirlend lebendige Welt passte. Er zog sein schwarzes, kragenloses Lieblingshemd an und schob sich an dem weinduseligen Mario, dem Totenflussbewacher dieses Hotels, vorbei und war schon bald darauf in der Via Vullo. Aber die Düsterheit bremste seine Auferstehungslust – ja, er wollte hinunter zu Angelos Atelier, er wollte unter Menschen sein oder neben einem, mit dem er reden konnte über das Unnützliche. Er lief nicht mehr, sondern nahm Stufe für Stufe und dann mit kontrollierten Schritten die abschüssigen Biegungen der Discesa Gallo. Irgendwie bewegte er sich auf das Meer zu, das gleichsam verdunkelt wirkte, kaum zwei oder drei beleuchtete Segelkutter, und rechter Hand, weit weg, der einstige Salzhafen von Empedocle. Über drei, vier

Betonstiegenknicks fand er den Eingang zu Angelos Atelier, das Obergeschoß eines schmalen, zweistöckigen Hauses, eingeklemmt zwischen Geschäftsgebäuden, aber ziemlich in der Mitte eines verbauten Halbkreises – davor der enorme Parkplatz, an dessen äußerstem Rand zum Meer hin die Dächer der darunter stehenden Häuser wie betonierte Wellenkämme aufragten. Jul war nicht der einzige Gast, er bewegte sich so lange wie möglich stumm zwischen fünf oder sechs anderen Besuchern. Wurzelgrafik im Stiegenaufgang – Allerweltswurzelgeflecht, spinnenhaft auf der Fläche und dann doch wie eine wütend verknorpelte Faust (aus jeder Perspektive). Was ihn alles letztendlich nicht interessierte, jedenfalls nicht aufwühlen konnte. Erst im hinteren Raum des Ateliers, einer fensterlosen Kammer, hingen drei Bilder – der Anriss eines Schiffskiels (überdimensional), der vergrößerte Knoten eines Landungsseils und das gnadenlos kaltdüstere Wasser eines Kais in den Farben eines olivgrauen Werftalltags.

Mit seinem unrasierten Höflichkeitsgesicht stand ihm Angelo auf Schritt und Tritt im Wege. Jul sagte kein Wort, obwohl ihm der überdimensionale Schiffskiel, der kinderkopfgroße Knoten und die olivgrüne Farbe des Kaiwassers gefielen. Angelo bot kein Glas an – es war ja keine Ausstellungseröffnung. Trotzdem staunte Jul, als er unter dem halben Dutzend „amici", wie Angelo seine Besucher allesamt nannte, auch dieses Mädchen plötzlich entdeckte, diese Irre oder Bettlerin.

Sie stand oben auf der Dachterrasse, zu der eine metallene Wendeltreppe hinaufführte. Angelo wollte ihm wohl wieder den grandiosen Ausblick vorführen, den er Tag und Nacht von seiner Dachterrasse aus haben konnte. Und da stand sie, mit dem Rücken zu ihnen, am Terrassenrand, auf den ersten Blick nur ein dunkler Umriss, aber ihre Haltung – die Hände auf dem Geländer, den Kopf zurückgeworfen – und wie ihr die dichten Haare über die Schultern fielen, das alles erinnerte ihn jäh an Ines, gerade so, als wäre er von einem Traum erwacht, in Kalymnos oder Mykonos, mitten in der Nacht, und hätte sie, Ines, am Balkon ihres Appartements stehen gesehen, wie sie ins nachtschwarze Meer hinausschaute. Teresa ist taubstumm, sagte Angelo in ebendem Moment, da Jul von ihm vorgestellt zu werden meinte. Sie, die sein Malerfreund Teresa nannte, drehte sich nicht einmal nach ihnen um, sie trug schwarze Flatterhosen und eine ärmellose, schwarze Bluse, nichts erinnerte an eine Bettlerin. Angelo und Jul stellten sich neben sie und blickten auf das Lichternetz, das zum Meer hin schnell weitmaschiger wurde und bald nach der Wassergrenze erlosch. Mit weitausholendem Arm bezeichnete Angelo ihm die Richtungen zu den Tempeln, nach S. Leone und Empedocle. Dann legte er einen Arm um Teresa, die erst jetzt Jul bemerkt zu haben schien und ihm zulachte, ohne die Lippen zu verzerren, aber mit einem verhaltenen Gurgellaut im jäh geöffneten Mund.

In Juls Kopf war der Himmel plötzlich graukalt und der Fluss ein bleierner Lavastrom, er hielt Natalies kleine Hand in seiner, und sie beide bückten sich vor den Windstößen, die ihnen auf dem Fußgänger- und Radweg unmittelbar unter dem Fahrbahnrand der großen Wiener Donaubrücke (der einstmals eingestürzten Reichsbrücke) entgegenbliesen. Er ging mit Natalie bis zur Brückenmitte, von dort schauten sie eine Weile wortlos auf das entgegenströmende Wasser hinunter. Vom westlichen Horizont lösten sich hintereinander zwei Schiffe, in Zeitlupe, schien ihm, aber sie vergrößerten sich überraschend schnell, und schon bald sahen sie einen breiten, langgezogenen Frachter mit ukrainischer Flagge und nicht weit dahinter einen bulgarischen Lastkahn auf die Brücke zufahren. Natalie machte die Andeutung eines Handkusses und spuckte vornübergebeugt in die Strömung. Vorher hatte sie nichts gewusst von dieser Donau.

Angelo bat ihn zu bleiben – die anderen (er meinte die „amici") würden bald gehen. Dai, klopfte er Jul auf die Schultern, drück dich nicht, wir können jede Art Spaß haben, sagte Angelo und zog die Taubstumme an sich, die mit breitgezogenen Lippen Jul aufmunternd zulachte. Doch er spürte einen unwiderstehlichen Drang zu gehen.

In seinen Beinen, in seinen Armen war auf einmal unbemessene Kraft, er hätte die Altstadt wie ein Jogger kreuz und quer ablaufen mögen. In seinem Kopf ein wellenhaftes Lebensgefühl, fast schmerzlos in den Intervallen, so dass er mit Natalie – er sah sich wie in einem Film neben ihr hergehen –, ohne einen Zebrastreifen oder die Unterführung zu benützen, die breite Lassallestraße zum Wiener Wurstelprater überqueren konnte. Sie stiegen über abgeblühte Blumenbeete, marschierten quer über taunassen Parkrasen in Richtung Riesenrad. Er sah sie und sich, wortkarg und wie er auf sie herabschaute. Oft hörte er nicht richtig, was sie da unten vor sich hin sagte. Aber jetzt waren sie endlich Verbündete, auch wenn das Kind ihn ein wenig zu beschützen versuchte. Vor einer Zierhecke ordnete ein ausgemergelter Penner seine Plastiksäcke, Natalie fragte: Wohnt der da? Ja, wohl möglich, sagte Jul, solange es nicht regnet oder schneit.

Das Riesenrad bewegte sich, aber sie sahen niemand in den Kabinen. Natalie und er waren die Einzigen, so schien es, die zwischen Schießbuden, Autodrom, Hochbahn, Ringelspiel und Geisterbahn umherstreiften. Die meisten Etablissements waren geschlossen. Der Sommer längst vorbei. Aber nicht weit vom Riesenrad fanden sie alles, was Natalie sich am meisten gewünscht hatte: einmal im Autodrom fahren (muss ich da nicht zwölf sein?) und auch in der Geisterbahn (vielleicht doch ein andermal), und wo ist das Lachkabinett? und die Ponys? Im Moment freilich wollte sie nur die Augen aufreißen, schauen. Es war ziemlich kühl, der Hochnebel ließ kein bisschen Sonne durch. Schließlich sah Natalie eine ältere Dame mit zwei Kindern, einem Mädchen und einem Buben ungefähr ihres Alters, vor einer Bude, wo man mit Stoffbällen Blechdosenpyramiden herunterschlagen sollte (als Gewinnprämien lockten kleine, große und riesige

Plüschtiere). Natürlich wollte auch Natalie, und sie traf ganz gut. Um den Spaß mit ihr zu teilen, schleuderte sogar Jul ein paar Bälle, verfehlte freilich öfter als sie das Ziel, und der gefinkelte Liliom der Bretterbude beeilte sich, eine halb eingestürzte Pyramide sofort wieder aufzurichten. Natalie war kaum noch zu bremsen, schließlich zog sie hochbeglückt mit ihrer Trophäe ab: einem großohrigen Riesenmausmädchen mit rotweiß kariertem Jäckchen und Hosenrock. Und sie hatten sofort einen Namen dafür: Prater-Lilly.

Im Autodrom hatten Natalie und er die gesamte Fahrfläche für sich allein, Natalie zum ersten Mal hinter einem Lenkrad und mit dem Fuß auf einem Beschleunigungspedal. Der Kassenjunge musste ihr helfen. Aber dann riss sie das Lenkrad herum, war flugs dort, wo sie gerade nicht sein wollte, nämlich auf Frontalkurs mit Jul, er wich im letzten Sekündchen aus, streifte ihren Wagen (genüsslich) ein bisschen, ließ sich dann von ihr – schon hatte sie Mut gefasst – verfolgen, fuhr in Kreisen um sie herum, hörte ihre kleinen Schreckensschreie, die natürlich Jubelschreie waren. Sie wollte, sagte sie, als das Schlussgebimmel der Glocke ertönte, spätestens am nächsten Tag wiederkommen.

Und das Eintauchen in die U-Bahn-Stationen (Natalie liebte das Fahren mit den Rolltreppen zu den Stationen hinauf und hinunter – hüpfte immer mit ängstlicher Lust auf die erstbeste Metallstufe, unsicher schwankend und sprang beim Ankommen ab, als hätte sie sich gerade noch vor einem Sturz gerettet).

Dieses Herumstehen in den neonhellen Untergrundhallen zwischen stummdüster wartenden Menschen – hier blieb Natalies Gesicht verschlossen, und auch in der fahrenden Bahn blieb sie stumm, fragte ihn nie, als ob sie sich schämte, ihre oder seine Stimme hören zu lassen, aber er sah, wie sie alles mit ihren Blicken aufsaugte: die an den Wänden aufgeklebten grellen Reklamefarben – das traurige Gesicht der weißhaarigen Frau, das Zucken um den Mund eines Invaliden. Er wusste nicht, in was sich dies alles in ihrem Kopf verwandelte, und wollte es auch nicht wissen.

60

Von einem dieser khakiroten Telefonkästchen rief er Zia Delia an, obwohl es schon später Abend war. Er fühlte sich gut, hatte an der Theke des Café Patti einen kleinen „Four-Roses" getrunken mit viel Soda und noch ein Glas Mineral mit zwei Tabletten. Im Moment genoss er den sanften Nebel hinter seinen Augen, auch diese Leichtigkeit seines Schritts, fast tänzelte er. Seit Wochen hatte er sich bei Zia Delia nicht mehr blicken lassen, eigentlich für immer, hatte er gedacht. Und jetzt rief er sie bedenkenlos am späten Abend an, als könnte er bei ihr Mara treffen. Zia Delia ließ ihn ins Haus, erschrocken und schon in einem Schlafmantel. Statt sich zu entschuldigen, wollte Jul, kaum dass er sich im Wohnzimmer auf das Kanapee gesetzt hatte, wissen (und er wunderte sich selbst über die Dringlichkeit in seiner Stimme), um was es sich bei den „sogenannten Problemen“ gehandelt habe, die Maras Vater dort oben im Alto Adige, in Südtirol, nach dem Krieg habe überleben müssen.

Dass sie ihn aufhängen wollten, sagte Zia Delia völlig unvermutet geradeheraus. Vielleicht weil Jul mit seiner Frage so vehement über sie hergefallen war, sagte ihm Zia Delia unter dem von Mücken umschwärmten Lampenschirm des Wohnzimmers, dass „die da oben“ in Bruneck – sie sagte natürlich Brunico – für ihn, Caetano de Pasqua, und für zwei oder drei andere Galgengerüste vor der Kapuzinerkirche aufgepflanzt hätten – bei Kriegsende, aber zum Glück seien da schon die ersten amerikanischen Panzer in das Städtchen hereingerollt, non è successo nulla – passiert sei ihm daher nichts.

Jul nickte, er sah sich tatsächlich zu, wie er nickte, sah sich im spiegelnden Glas der Balkontüre und schwieg, er blieb auch stumm, als Zia Delia einen schmalen Stoß Fotos vor ihm auf dem Rauchertischchen auszubreiten begann, Fotos, die sie anscheinend für ihn zusammengesucht hatte. Es waren vor allem Bilder von der Hochzeit des Balilla-Führers de Pasqua: mehrere schwarze offene Kutschen, Landauer oder Fiaker mit zurückgezogenem Stoffdach, und sie, die junge blonde Hermine, ganz in Weiß, mit weißem Schleier und weißem Blumenbouquet. Fotos von der Feier in der Kirche: außer Verwandten und Freunden offensichtlich wenig einheimische Neugierige, aber der Mittelgang voll von Balillas. Caetano de Pasqua in graugrüner Paradeuniform. Beim Auszug aus der Kirche sah Jul auf einem Foto einen Balilla-Führer mit gestrecktem rechten Arm den römischen Faschistengruß präsentieren. Durch die leere, obere Stadtgasse – so die Fotos – liefen Kinder hinter den Kutschen her. In einem der Fiaker war auch Hermines Mutter, die Kaufmannsfrau, in deren Haus das Hochzeitsmahl gegeben wurde (zu dem Caetano offensichtlich wieder im Zivilanzug erschienen war). Vor der Kirche: außer Tellermützen der faschistischen Offiziere auch schmalkrempige Hüte von Südtiroler Bauern. Vielleicht war darunter sogar der eine oder andere von denen, die ein paar Jahre später, bei Kriegsende, die Galgengerüste vor der Brunecker Kapuzinerkirche aufstellten, eines davon bestimmt für Maras Vater – eines der sogenannten Probleme, die Caetano de Pasqua hatte, als es aus war mit dem Faschismus in Südtirol.

Jul wusste es schon – Maras Mutter hatte ihm davon erzählt im Plauderton – eine Woche bevor er wegfuhr, an einem herbstlichen Sonntag, als Jul sie im Wagen den Berg hinaufgefahren hatte. Sie saß neben ihm, und er konnte ihr Kopfschütteln und ihr indigniertes Lächeln gut von der Seite her sehen, sie lachte kurz auf, wie über einen dummen Witz, der ihr eingefallen war, sozusagen: Was da gewissen übereifrigen Mandern in ihrer Geburtsstadt einmal eingefallen sei! Passiert sei ja zum Glück nichts, niemandem sei ein Haar gekrümmt worden, auch ihrem Mann nicht. Im Lagerraum, dem Magazin ihrer Mutter, hätten die

Amerikaner, bald nachdem sie mit ihren Panzern in Bruneck eingefahren seien, ein Proviantlager eingerichtet, und Caetano habe in einem Zimmer über dem Porzellanladen als Advokat zu arbeiten begonnen.

Jul hatte noch Zia Delias Stimme im Ohr und ihre Frage: Wie lange willst du eigentlich hierbleiben, und warum bist du überhaupt in Agrigento? Hatte er gesagt: Ich wollte zum Meer? Oder: Ich wollte weg vom Berg und endgültig weg von Mara – endlich fremd und im Süden. Oder hat er mit ihr auch noch darüber gesprochen, was er schon immer hatte wissen wollen über Maras Vater: Wie fremd war das Leben eines Menschen aus dieser sonnenöden Tempelstadt im alpenländischen Norden? War es fremder gewesen als Juls Dahinvagieren in der Via Atenea –? Natürlich hat er dieser uralten, vertrockneten Mathematiklehrerin nichts davon gesagt, auch nicht, dass er diese unbefristete Fremdheit im Süden gesucht hat, um in Maras anderer Heimat zu verschwinden.

Er sah das Friedhofsgitter wieder, das sich mit diesem knarrenden Geräusch am helllichten Tag, bald nach vier, hinter einer Dorffrau geschlossen hatte, die wie zu jedem Begräbnis wohl auch zu Natalies gekommen war. Jul versuchte, gelassen die abschüssige Via Gioeni hinunterzugehen, aber er stolperte sogar auf dem glatten Asphalt des Trottoirs. Natürlich hat niemand Natalie in das Schwimmbecken des Hotels gestoßen, sie war doch mit Daniela und Manuela, und die konnten schwimmen. Aber wo war Mara? Sie trank nie – also was hätte sie an der Theke zu suchen gehabt? Nur weil dieser Luca gerade an diesem Tag von Venedig gekommen war? Er konnte es nicht – er wollte es auch nicht glauben, dass dieser Freund für Mara noch so wichtig sein konnte. Dies war es wohl, was er, Jul, nie begreifen würde. Und dabei ging es ja nur um Sekunden, vielleicht nur um eine einzige zu lange Minute, bis Daniela oder Manuela die beiden von ihren Barhockern heruntergeschrien hatten.

Natalie aber lag, von keiner Strömung bewegt, am Beckengrund.

Über dem Meer türmten sich grauschwarze Wolken, die er, Jul, mit dem Finger hätte nachzeichnen können, obwohl es schon gegen Mitternacht ging und Wolken, wie er dachte, zu dieser Zeit elektrisch angestrahlt hätten werden müssen.

In der Geisterbahn hatte er beruhigend auf Natalie eingeredet, um ihren Schrecken abzumildern, er hatte gewitzelt und den aus dem Dunkel vorspringenden Orang-Utan angeredet, ebenso die weißbemalten Gipsskelette und phosphoreszierenden Riesenspinnen. Natalie hatte sich in seinen Trenchcoat gepresst, japsend und kichernd. Immer hatte sie sich eine Geisterbahnfahrt gewünscht, in Angst und Neugier, tatsächlich wollte sie im letzten Moment dann doch nicht, aber er hatte sie zur Kasse geschoben und war mit ihr in ein buntbemaltes Schienenwägelchen gestiegen. Einem aufgesperrten Krokodilmaul zeigte sie vor Schreck und Übermut die Zunge, doch zu spät versuchte er die Hand über ihre Augen zu legen, als sie plötzlich auf den abgehackten Kopf eines Delinquenten zufuhren (aus dessen Mund und Hals rotes Kunstblut quoll).

Er nahm eine angstlösende Tablette. Als er nach etwa vier Stunden erwachte, strömte kühle Luft durch die Spalten der grünen Jalousien ins Zimmer, und er hörte den Regen.

Die Dunkelheit des Zimmers bedrückte ihn, aber er ertrug auch das Licht seiner Tischlampe nicht mehr, knipste sie an und sofort wieder aus. Trotzdem, kein Stechen über den Augen, und der Druck im Hinterkopf war nicht wirklich böse. Er versuchte den Traum wiederzufinden, der ihm ein wohliges Glücksgefühl zurückgelassen hatte. Dieses Mädchen, zwischen ihm und Natalie auf dem Polsterfond eines Autobusses, sie drei zusammengekuschelt, er kannte das Mädchen, ohne wirklich zu wissen, wer es war: Ines oder Mara oder beide in einem einzigen Gesicht? Das Mädchen flüsterte ihm ins Ohr, mitzukommen in ihre Wohnung. Tatsächlich waren sie zwei nun allein, liefen auf ein Haus zu, kamen aber nie an. Denn da stand Natalie todmüde neben ihm an der Wiener Busstation Heiligenstadt. Sie hielt wortlos seine Hand, der Asphalt glänzte unter dem Neonlicht schillerndschwarz im Regen, und Jul dachte: Hier ist mehr Waldstille als auf unserem Berg. In diesem Moment rumpelte gummigedämpft der städtische Bus heran.

Er wollte sich unter die Dusche stellen, aber seine Beine rutschten ihm weg. Ruhig den ersten Cappuccino erreichen, nahm er sich vor, Benito Peri hat sowieso vor acht nicht offen, also zur „Concordia“-Bar, auch über die Piazza Giuseppe Sinatra und dann vorbei an der Chiesa Madonna Addolorata. Über sich selber kichernd, schlüpfte er in seine Sommerschuhe. Und war bei seinem zweiten Cappuccino einer der ersten Gäste im Café an der Porta del Ponte, saß an einem der weißlackierten Metalltischchen. Die Sonne hatte im Südosten die Wolkenwand durchbrochen, das Meer schimmerte in den zartesten Farben – Graublau und Sandgelb, Türkis in Stufen und am westlichen Horizont noch immer Blaubleiern. Die Sonne und der Kaffee machten Jul das Herz leichter, er hörte das Hupen der Autos wie fröhliches Trompeten, und die Schreie des Käsehändlers, der seine Ware – riesige (ganze und angeschnittene) Käselaibe – auf der Ladefläche eines kleinen Lieferwagens anbot, katapultierten ihn zurück an blaue oder grüne Tischchen nach Kalymnos und Eressos in Hafennähe. Zwischen den herumstehenden gestikulierenden Pensionisten sah Jul etwas unklar den Alten, der in zwei oder drei kleinen Körben lebende Meeresschnecken verkaufte. Minutenlang starrte er auf diese Körbe, beobachtete das emsige, auf den ersten Blick kaum bemerkbare Gewühl der schleimigen Muscheltiere, die wie in Zeitlupe, aber unentwegt über- und durcheinanderkrochen, sogar über den Korbrand und aufs Trottoir.

Die ganze Via Atenea lag vor ihm, seine Beine hatten doch nicht Kopfweh?, er war ein Bergläufer, wollte in sein Zimmer, wollte sich einrollen, die Rollläden zuziehen und die Decke (kein Licht, unbedingt kein Lichtstrahl) über sich ziehen.

Hai la faccia da Basole, sagte Benito Peri zu ihm in der „Arlecchino"-Bar, in die er hineintaumelte, um noch einmal nicht allein zu sein, bevor er die Hotelzimmertür hinter sich schloss.

Unverwüstliches Pflaster, hörte er Benito Peri sagen, alle die Pflastersteine der vicoli und Plätze rundum – alles Lavagestein von Catania, ausgespuckt irgendwann vom Ätna. Wenn einer so ein Totengesicht macht wie du, hat er una faccia da Basole, was vom Sizilianischen ins Italienische übersetzt für pietra lavica di Catania stehe, also Lava, erstarrtes Feuer.

Jul wusste, wovon Peri redete, tage-, wochenlang hatte er – immer wieder stillstehend – das Schillern der grauen, schwarzen, auch staubweißen Schattierungen der Gässchen rund um den Pirandello-Platz betrachtet und oft festzuhalten versucht mit einem einzigen Augenaufschlag im grellen Sonnenlicht.

Eine fast fröhliche Müdigkeit überkam ihn jetzt, während er Benito aus zunehmender Ferne reden hörte, „Jägermeister" – dieses Flaschenwort hatte er im Flaschenwald hinter Peris weißgrauem Löwenkopf noch entziffert wie ein Bahnhofsschild –, Heimat oder Jägermeister oder Meran. Seinen Cinzano ließ er in dem Gläschen, so wie ihn Benito Peri eingeschenkt und er ihn gleich bezahlt hatte, unangerührt und schillernd im mageren Thekenlicht. Diese Müdigkeit, die ihn schon auf der Via Atenea kaum einen Schritt hatte vor den anderen setzen lassen, war wohl keine

Nachtmüdigkeit, sondern dieser blöde Druck, der sich in seinem Hinterkopf wie ein Schwamm über sein Denken legte und anscheinend wie Gips sich schnell verhärtete.

Jul kam noch über die Bac Bac und in dieses kleine Hotel neben „Da Totuccio“ hinein. Mario – er sah Mario leibhaftig vor sich hinter dem nutzlosen Portiertresen –, er sah Marios weinfreundliches Lächeln wie ein aufgerissenes Sonnenmaul vor sich, ohne ihm noch sagen zu können, wie müde er war, stattdessen schmierte er ihm Maras Telefonnummer auf einen Zettel.

Dann ließ er seine Knie tun, was sie tun wollten. Er kniete, weil er anders nicht mehr konnte, auf dem schmierigen Teppich vor der Portiersloge nieder, fiel auf die Seite und zog die Beine instinktiv zum Bauch. Er rollte sich ein wie sein Hund, weit weg in den Bergen.

Anhang

Peter Hamm

Ein einheimischer Fremder

Lobrede auf den Südtiroler Dichter Joseph Zoderer

Wenn einer 1935 im Südtiroler Meran geboren wurde und als Vierjähriger nach Graz kam, weil seine arbeitslosen Eltern 1939 im Zuge der sog. „Option" für Hitler und damit für den Umzug nach Großdeutschland optierten, wenn er danach in Graz die Bombennächte in Luftschutzkellern erlebte und 1945 mit einem Staatenlosen-Pass versehen in ein katholisches Internat in die Schweiz verfrachtet wurde, wo er eines Tages, weil seine Eltern inzwischen wieder in ihre Südtiroler Heimat zurückgekehrt waren, von dort einen italienischen Pass erhält, obwohl er kein Wort Italienisch kann, und mit diesem Pass in den Ferien in seine neue alte Heimat fährt, wo er sich so fremd fühlt, dass er noch vor dem Ferienende wieder in sein Schweizer Internat zurückreist, wenn er dann etwas später vom Internat verwiesen wird und sich als Stallknecht und Metzgersgehilfe durchschlägt, bevor er in Südtirol wieder ein Internat bezieht und auch von diesem wieder verwiesen wird, schließlich doch noch irgendwie die Matura nachholt und nach Wien zieht, wo er ziemlich halbherzig studiert und sich als Schneeschaufler, Statist beim Film und journalistisch betätigt – dann verwundert es nicht, dass er, zum Schriftsteller geworden, die Erfahrung der Grenze und die damit verbundene Erfahrung der Fremde und des Fremdseins den Protagonisten seiner Romane und Erzählungen wie eine Krankheit vererbt hat. Eine Krankheit, die manchmal aber auch wie ein Gut – ein Guthaben – erscheint, weil eben nur die Begrenzung – die Enge – das Verlangen nach Entgrenzung, nach dem Grenzenlosen nährt.

Das Motiv der Fremde – der Entfremdung – ist ein Leitmotiv in Joseph Zoderers Werk, nicht nur Leidmotiv, sondern immer wieder auch Freudenmotiv, denn unter den vielfältigen Formen der Fremde gibt es auch die der anziehenden, der verlockenden, der wärmenden Fremde, jener Fremde, in der der sich selbst Entfremdete wieder zu sich selbst zu finden glaubt. Und dann gibt es noch jene „vernünftige Befremdung", von der Peter Handke einmal, im Blick auf Franz Nabl, gesprochen hat und die so etwas wie eine unerlässliche Voraussetzung für den Schriftsteller ist, der alle Erscheinungen der vorinterpretierten Welt nicht als bekannt hinnehmen darf, sondern wieder als fremd erleben muss, eben als vernünftige Befremdung, will er dieser Welt etwas abgewinnen, was sich als ihr poetischer Mehrwert umschreiben ließe. Der Schriftsteller, der sich auf den Weg macht, muss immer wieder vom Weg abkommen, muss sich zielgerichtet verirren, oder um es mit einem Satz von Elias Canetti zu sagen: „Einer, der sich nach Hause nur verirren kann; er muss jedes Mal einen anderen Weg hinfinden." Dieser Canetti-Satz könnte als ein Motto über allen Büchern Joseph Zoderers stehen, die immer Ich-Bücher sind und immer von einer leidenschaftlichen Suche nach sich selbst künden.

Im Bewusstsein der literarischen Öffentlichkeit zählen die Romane *Das Glück beim Händewaschen* und *Die Walsche*, die beide 1982 erschienen (und beide gleich verfilmt wurden), als diejenigen, mit denen Zoderer erstmals auf den Plan trat. Doch publizierte Zoderer bereits viele Jahre früher bei Kleinverlagen nicht nur Lyrik, die noch ziemlich zeitgeistverhaftet wirkt, sondern auch einen ersten Roman: *Der andere Hügel*. In diesem 1966/67 geschriebenen Roman, der noch in manchem dem *nouveau roman* verpflichtet ist, erscheint Zoderers Generalthema, also die Fremdheit oder Entfremdung, reduziert auf jene unbegreiflich anziehende und unversehens wieder abstoßende Fremdheit der Körper. Einer will sich da von einer schmerzhaften Liebeserinnerung befreien, indem er alle Liebesrituale mit einer Ungeliebten, einer flüchtigen Bekannten von früher, vollzieht, einer Art Ersatzfrau, die er zur „Sache" erklärt, zum Studienobjekt, das ihm ermöglicht, zum kühlen Zuschauer seiner selbst zu werden. „Er sah dem allen wie von fern zu, fand sich schäbig und auf diese Weise doch am richtigen Platz", heißt es von ihm, der jede äußere und innere Bewegung in dieser Beziehung oder Nicht-Beziehung mit der sachlichen Genauigkeit eines technischen Lehrbuchs beschreibt, sozusagen alles in Großaufnahme und wie in Zeitlupe, und der dabei doch weder sich noch der Frau, geschweige denn dem Phänomen der Liebe auch nur um eine Spur näher kommt, im Gegenteil, die Fremdheit wächst und er wird sich selbst immer fremder. Bezeichnenderweise spielt das Kino eine bedeutsame Rolle in diesem frühen Roman, also jener Ort, an dem unerreichbar ferne Leinwandmenschen die größtmögliche Illusion von Nähe erzeugen.

Ende der sechziger Jahre wurde Zoderer wie so viele andere auch erst einmal ein Opfer jenes aufgeregten Aktionismus, der ihn im Irrglauben, auf revolutionäre Art die Entfremdung aufheben zu können, zeitweise auch der Literatur entfremdete. Es gibt ein Zoderer-Buch aus dieser permanent die Chimäre der „Massen“ beschwörenden 68er-Zeit, dessen Titel die Verwirrung anzeigt, in die damals einer stürzen konnte; er lautet *Schlaglöcher / Dauerwellenroman*. So wie hier Aktion, Agitation oder „totale Befreiung“ nur als Worthülsen herumgeistern, erscheinen auch alle Rudimente der sog. Realität nur noch als Absplitterungen einer universalen Absurdität. Wenn es in diesem Buch einmal heißt: „Eine besondere Gefahr sah er in den Verallgemeinerungen, zu denen er sich selbst zählte“, so hat Zoderer damit genau den wunden Punkt getroffen, von dem aus es für ihn als Schriftsteller nicht mehr sinnvoll weitergehen konnte, es sei denn hinab in die Beliebigkeitspfade der Postmoderne. Um wieder zu sich zu kommen, musste Zoderer zurückgehen, zurückfinden in jenes Kindheitsgelände, das für jeden ernsthaften Autor so etwas wie die geheime Goldreserve seiner literarischen Währung darstellt.

Es musste 1976 werden und Zoderer musste vierzig Jahre alt werden, bis er in seinem Roman *Das Glück beim Händewaschen* die Geschichte jener ersten kolossalen Entfremdung erzählen konnte, die mit der Reise des Zehnjährigen von Graz in die Schweiz und in ein katholisches Internat im Rheintal begann. Das Kind, das die Schrecken der Grazer Bombennächte gerade hinter sich hat, lernt nun die Schrecken der „Klerikerfabrik“ kennen, die er auch „das

Haus der Regel“ nennt, lauter lautlose Katastrophen, sind doch die Benediktiner-Patres so wenig wie die Mitschüler nur brutale Monster, nein, es ist so etwas wie die Heimatlosigkeit schlechthin, der sich dieses Kind ausgesetzt sieht, eine Heimatlosigkeit, die noch dadurch verstärkt wird, dass sie kein Heimweh gebiert, kommt Zoderers Zögling doch aus dem Asylland Steiermark, das ihm nie wirklich Heimat war, und er kennt nicht mehr und noch nicht wieder seine eigentliche Heimat Südtirol; er ist im „Haus der Regel“ nichts als „der Öschterreicher“, für dessen Herkunft sich niemand wirklich interessiert.

Als Pater Zeller, einer der sog. „Seelenführer“, diesen Zögling erstmals zum Rapport bittet, da sieht dieses Treffen im weiß gestrichenen Zimmer mit dem grünen Gummibaum und dem braunen Betschemel so aus: „Es war kein Gespräch, ein Gespräch war nicht möglich; es wurde ein harmloses, belangloses Verhör. Routine der Seelenführung, Hirtendienst wie Fellkraulen. Keine Frage danach, wie meine Mutter, wie mein Vater, wie meine Geschwister lebten, keine Frage nach dem Russlandfeldzug von Onkel Hans, keine Frage nach dem Bombentrichter im Hinterhof. Eher Fragen nach der Schweiz. Wie es mir in der Schweiz gefalle. Wie mir das Schwyzerdütsch gefalle. – Alles gefiel mir. Nur dass ich noch kein Schweizer war und mich deshalb fremd fühlte, verschwieg ich.“ Das „Haus der Regel“ ist ein perfektes Unterwerfungssystem, das in den ihm Ausgelieferten Schuldgefühle zu wecken versteht und ihnen als höchstes Lebensziel das lehrt, was Zoderers Ich-Erzähler „Widerstand gegen unsere Wünsche“ nennt. Wie

Robert Walsers Zögling *Jakob von Gunten*, der einmal in sein Tagebuch schreibt: „Wir kleinen Menschen dürfen nicht ausschweifen, nicht phantasieren, es ist uns verboten, weit zu blicken, und das stimmt uns zufrieden", so rettet sich auch Zoderers Zögling in die Affirmation, in die vollkommene Anpassung – eben in das, was er mit der Metapher „das Glück beim Händewaschen" umschreibt. Auch er führt ein Tagebuch, und in diesem, dessen „Sprache aus den Predigten, aus den Beichtzusprüchen, aus der Mittags- und Abend-Nachfolgechristi-Lektüre und aus der Erdäpfelschällektüre" gespeist ist, bezeichnet er einmal das, was ihm zum Thema Charakterbild einfällt, als „jauchzende Opfer". Und nach einem Vortrag des Ortspfarrers, worin dieser die Heilige Messe als „eine kleine Kreuzigung des eigenen Ich" bezeichnete, notiert Zoderers Zögling zustimmend das Wort „Selbst-Kreuzigung".

Von solcher Selbst-Kreuzigung zur Autorwerdung ist es nicht weit. Auch wenn Zoderer seinen Roman *Das Glück beim Händewaschen* von nachträglichem Wissen weitgehend freigehalten hat, handelt es sich bei ihm doch nicht um reine Rollenprosa, die nur aus der Perspektive eines Halbwüchsigen erzählt, es ist vielmehr der Autor Zoderer, der sich hier erinnert an das Kind, das er einmal war. Und wie in nahezu allen seinen späteren Büchern erzählt Zoderer auch bereits hier nicht linear oder chronologisch, sondern verzahnt Vergangenheit und Gegenwart, innere und äußere Wirklichkeit zu einem dauernden Neben- und Miteinander. So werden die Erinnerungen an das „Haus der Regel" durchsetzt von Erinnerungen an die Zeit vor dem Internat, an die Familie, deren Genealogie so gar nicht passen will zu der Welt, die das Kind vom Katheder herunter kennenlernt, eine Welt, die nur aus lauter Großen zu bestehen scheint: Karl der Große, Karl der Kühne, Karl der Fünfte. „Dies alles erzeugte keinen Verbindungsfaden zur Waschküche in Graz. Ich schrieb nach Hause, mir gehe es gut. Meine Mutter habe noch eine Totgeburt gehabt, las ich in einem Brief. Vater hatte für alle Fälle notgetauft. Zwei Gewächse in der rechten Hüftgegend habe man Mutter herausoperiert, zwei oder drei Rippen herausnehmen müssen. Und dann die Übersiedlung. Die Rücksiedlung hinter den Brenner. Das erfuhr ich aus spärlich eintreffenden Briefen. Ich hatte nicht die Zeit, mir etwas genauer vorzustellen. Brutus erdolchte gerade Cäsar."

Als Zoderers Zögling dann einmal in die Ferien fährt, überkommt ihn Scham über die elenden Verhältnisse daheim: „Ich schämte mich, wenn ich zuhause eine Wanze sah, und ich schämte mich wegen der Feuchtigkeit der Wände. Alles war anders, früher ... Am wenigsten fehlten mir jetzt die Freunde der Annenstraße in Graz, dafür fehlten mir die Nicht-Freunde der Schweiz ... Jedesmal, wenn der Vater mich herumzeigte und sagte, dass ich in der Schweiz gratis studierte, hätte ich ihn an der Hand packen und wegzerren mögen." Zugleich entdeckt dieser Zögling nun, dass sein Vater „zwar vieles oft erzählte, aber anderes überhaupt nie". Aber er bringt schließlich doch heraus, dass der Vater früher nachts oft unterwegs gewesen ist mit dem Totschläger, dass er das „Duce-Kappl" getragen hat und später bei der Wehrmacht Zugführer für die Partisanenbekämpfung im Windischen war. Mit der Geschichte seines Vaters und seiner Familie holt ihn mitten in der Geschichtslosigkeit des Internats, in dem es nicht einmal Zeitungen gibt, die große Geschichte ein, mithin die tragische Geschichte Südtirols, jenes Landes, in dem er sich bei einem späteren Ferienaufenthalt fast noch fremder fühlt als je zuvor und wo er von sich sagt: „Ich war weder Österreicher noch Schweizer und auf gar keinen Fall Italiener." Von diesem Ferienaufenthalt fährt er sogar vorzeitig ins noch leere Internat der verschonten Schweiz zurück und ins Glück beim Händewaschen. Irgendwann aber ist es mit dem grauen Glück der Anpassung dann doch vorbei, und als Zoderers Zögling erstmals aufsässig wird und Zweifel äußert an Dingen, die im „Haus der Regel" unter keinen Umständen bezweifelt werden dürfen, wird er unsanft daran erinnert, dass für ihn in der Schweiz Spenden gesammelt wurden und er dankbar dafür zu sein habe. Noch um seine Entlassung muss er unterwürfig bitten.

Zoderers nächster Roman *Die Walsche* signalisiert schon im Titel eine Ausgrenzung, die Ausgrenzung einer Fremden oder zur Fremden Gemachten, denn Olga, die Lehrerstochter aus einem Südtiroler Bergdorf, hat sich nicht angepasst, sondern hat es gewagt, mit Silvano, einem Neapolitaner, zusammenzuleben und mit ihm im Bozener Italienerviertel, das man hier verächtlich „Schanghai" nennt, eine Cafeteria aufzumachen. Jetzt bezeichnet man sie als „Walsche" in ihrem Heimatdorf, in das sie für drei Tage zurückkehrt zum Begräbnis ihres Vaters, ein Begräbnis, von dem sie sagen wird, es sei in Wahrheit „nichts anderes als eine Hinrichtung, eine nachgeholte". In der fürchterlichen Fremde, zu der ihr das Heimatdorf geworden ist, gibt ihr auch der Gedanke an ihr anderes, eigentliches Leben in der Stadt kaum Trost, denn mit Silvano und dessen lärmenden italienischen Freunden hat sie sich „plötzlich fremd und ohne Halt, auf jeden Fall heimatlos gefühlt, als ob sie, Silvano und sie, nie ganz zusammenkommen, nie durch eine letzte Trennwand hindurch [...] zueinanderstoßen könnten". Und wenn sie auch die Fremdheit zwischen sich und Silvano manchmal als „Abenteuer" empfinden konnte, so wurde diese durch Wiederholung und viele Missverständnisse immer öfter zum Gefühl eines „langsame[n] Vernichtetwerden[s]", und manchmal schon hat sie in der Trauer und Wut darüber Silvano selbst als „Walschen" beschimpft. Doch dann wieder „machten die Missverständnisse sie auch auf eine gute Art fremder, sie achteten aufeinander mit Ängstlichkeit".

Nicht einmal die Ahnung einer Achtung wurde freilich jenem Mann zuteil, um dessentwillen Olga in ihr Bergdorf zurückgekehrt ist und der sich hier zu Tode getrunken hat. „Hinaus in die Welt, nichts als hinaus in die Welt", das war einmal der Wahlspruch von Olgas Vater gewesen, der aber lebenslang nie aus seinem Bergnest herauskam – außer für die Soldatenzeit in Russland und später für die Aufenthalte in der Trinkerheilanstalt. Irgendwann hat dieser Vater alle in seiner Umgebung so verachtet, wie sie ihn verachteten, aber ist ihnen zugleich immer unterwürfiger begegnet und sagte „schließlich jedem für ein Glas Wein mehrmals Vergeltsgott". Olga war sechzehn Jahre alt, als ihre Mutter mit ihr in die Stadt floh vor diesem Mann, von dem sie sich jetzt, um noch irgendetwas Liebenswertes an ihm zu finden, vergegenwärtigen muss, dass er einmal als Findelkind hierher kam und auf dem Hof, wo man ihn großzog, stets als Fremder behandelt wurde. Als ein ebensolcher Fremder sitzt ihr nun auch ihr Halbbruder Florian gegenüber, den die Schulwartin dem Vater gebar, nachdem dieser von Frau und Tochter verlassen worden war, und für diesen behinderten, immerzu zuckenden und schlenkernden Menschen fühlt Olga nun jene erlösende Trauer, „die sie sich für den Vater gewünscht hatte“. „Neben ihm sitzend, verspürte sie jede seiner Zuckungen wie einen Schlag in die Hüfte, ein ununterbrochenes Gestoßen- und Geschlagenwerden, das sie erst, als sie auf seine Worte zu hören anfing, nicht mehr abstoßend empfand. Einerseits wusste er nichts, konnte er nichts wissen, andererseits wusste er alles, sie musste ihm nichts vormachen.“

Für das Gefühl der Befreiung, das Olga nach der Beerdigung ihres Vaters überkommt, findet Zoderer ein wunderbar eindringliches Bild: „Als sie sich in ihren Wagen setzte, sah sie durch das Scheibenglas die weißgrünen Flechten am Lattenzaun vor dem Holzschuppen und dahinter die Wiese bis zum Wald, Vaters Welt, in milchiger Dämmerung. Sie startete den Motor und legte den Rückwärtsgang ein, bevor sie aber den Fuß von der Kuppelung nahm, beugte sie den Kopf zum Lenkrad hinunter und küsste den Rücken ihrer Hand.“

Im nächsten, 1984 erschienenen Zoderer-Roman *Lontano* zieht es den Er-Protagonisten, einen Journalisten, in die fremdeste Ferne, weil er keine Form von Festigkeit mehr in und für sich in der Nähe zu finden vermag und Selbstbewusstsein fast nur noch fingieren kann. Sein Aufbruch nach Amerika ist Flucht und Hoffnung auf Verwandlung zugleich; er flieht den Ort, an dem ihm seine Frau Mena immer fremder wurde und ihn schließlich verlassen hat, weil sie unter der Ambivalenz seiner Gefühle zu sehr litt. „Sie wusste“, heißt es von ihr, „dass er alles haben wollte, wie schon immer, ihr Dableiben und ihr Weggehen“, und sie wollte, „dass er sich frei fühlte und sie frei lassen würde“. Je weiter er sich jedoch von zuhause und von Europa entfernt, desto näher rückt ihm Mena, der er alle Eindrücke, die sich ihm auf seiner Fahrt durch Amerika nach Kanada aufdrängen, zwanghaft mitteilt – wenn auch nur in seinen Selbstgesprächen. Das Selbstgespräch erscheint als höchster Ausdruck der Liebe, und über dieser permanenten Vergegenwärtigung Menas im Selbstgespräch verliert die reale Gegenwart Amerikas für ihn fast jede Bedeutung. Nur noch die Bewegung an sich scheint zu zählen, weil sie stets auch eine Bewegung auf Mena zu sein könnte. „In Wirklichkeit war für ihn nur noch das Fahren wichtig“, heißt es von ihm, und so fährt er sogar an den Niagarafällen vorbei, ohne sie gesehen zu haben, und auch in Quebec lässt er sich nicht auf die neue Umgebung ein, sondern will nur einen alten Freund sehen, weil dieser „mit Mena und ihm Speckknödel auf dem weißgedeckten Nähtisch gegessen hatte in dem Zimmer mit dem langen Fenster und der Bücherwand [...] Ja, das war es vielleicht, dass er Mena besuchen wollte, wenn er seinen Freund in Quebec besuchte, diesen Freund, mit dem sie einmal über die Schwellen einer Lokalbahn gewandert waren, parallel zu einem Donauarm." Am Morgen setzt er mit diesem Freund über den Sankt-Lorenz-Strom, „aber es gab plötzlich über Mena nichts zu sagen". Und so fährt er gleich am nächsten Tag weiter nach Montreal zu einem anderen Freund, der auch schon einmal an Menas Nähtisch saß.

Währenddessen geht zuhause das Leben seiner schwer verwirrten Mutter elend zu Ende, und er macht sich kaum bewusst, dass er ihr in dem, was er einmal seinen „Schmerzegoismus" nennt, jene Nähe und Zuflucht versagte, die er in seinen Selbstgesprächen bei Mena sucht. Zuletzt sehen wir ihn, den es so tief ins *lontano* gezogen hat, unterwegs im Niemandsland mit einem Hippie-Pärchen, das er kaum kennt, aber chauffieren darf. Und die Verwandlung, nach der er verlangte, besteht allenfalls in jener Form der Gleichgültigkeit, die er einmal „zielgerichtete Gleichgültigkeit" nennt und die sich in dem Satz artikuliert: „Er genoss es, dass man ihn weder liebte noch hasste und ihm dennoch das Lenkrad überlassen hatte." Einmal wollte er sich so frei fühlen wie Mena und jetzt ist diese widerstandslose Verlassenheit vielleicht zu seiner Freiheit geworden. Aber sie sieht der Regression und der Resignation doch auf traurige Weise ähnlich.

Auch im Roman *Lontano* zieht, wie in den früheren Büchern Zoderers, nicht nur die immer auf Hochfrequenz gestimmte Leidenschaftlichkeit den Leser in Bann, sondern es sind vor allem die stilistischen Nuancen und Details, in denen sich die Meisterschaft dieses „Heimatlosigkeitsschriftstellers“ (Reinhard Baumgart) zeigt, ohne dass dabei diese Nuancen und Details je als Paradestückchen ausgestellt werden oder jene große unablässige Bewegung unterbrechen oder hemmen, die den Strom dieser Prosa bestimmt.

In Zoderers nächstem, 1987 erschienenem Roman *Dauerhaftes Morgenrot*, der schon im Titel in die Sphäre der Illusion führt, wird die Bewegung, die *Lontano* bestimmte, zur panischen Getriebenheit, zur fiebrigen Phantasmagorie. Und wieder ist es kaum auszumachen, ob Lukas, der Protagonist dieses Buches und Zoderers Alter Ego, bei seiner kopflosen und kofferlosen Reise in eine südliche Hafenstadt vor seiner Frau Livia oder seiner Geliebten Johanna oder vor sich selbst flieht. Angst vor dem Sichverlieren und Lust, verloren zu gehen, sind fast so ununterscheidbar wie Lust- und Schreckensschreie. Und Liebe und Tod sind einander so nahe, wie es jene von Lukas erinnerte Szene symbolisiert, in der Livia einmal am Strand mit gespreizten Beinen über ihm stand und mit einem Platsch ein stinkendes Etwas auf ihn fallen ließ, eine tote Möwe. Auf seinen „endlosen Zickzackwegen“ durch die südliche Hafenstadt oder auch in seinem Hotelzimmer, das an einen zu groß geratenen Sarg erinnert, erhalten alle Dinge, die Lukas wahrnimmt, zeichenhafte Bedeutung, werden zum Spiegel seines unglücklichen Bewusstseins – und damit auch zu Fremdkörpern, die sein eigenes Fremdheitsgefühl nur noch verstärken. Und auch die Frau, die ihm hier begegnet, Gianna, eine Prostituierte, wirkt nicht nur wie eine Doppelgängerin seiner Geliebten Johanna, sondern verdoppelt noch seine Entfremdung, die er vornehmlich als Gefühllosigkeit erfährt. „Und trotzdem“, so heißt es einmal von dieser Gefühllosigkeit, „begehrte er zeitweilig nichts so sehr wie diese betörende heftige Leere.“ Am Ende scheint es pure Erschöpfung zu sein, die Lukas wieder zurück in die heimatliche Wohnung und zu Livia treibt.

Acht Jahre liegen zwischen dem Roman *Dauerhaftes Morgenrot* und dem nächsten Roman *Das Schildkrötenfest*, der 1995 erschienen ist. Auch er handelt wieder von einer Reise, die eher einem Delirium ähnelt und die Zoderers Helden oder Antihelden, der bedeutungsvoll den Namen Loris trägt, den sich der junge Hofmannsthal gab, diesmal durch die USA nach Mexiko führt. In *Lontano* war es Mena, die auf der Reise durch Amerika und Kanada in der Form der Abwesenheit immerzu anwesend war, im *Schildkrötenfest* ist es Nives, die Loris im Überlandbus nach Mexiko kennengelernt hat und später auf allen seinen Reisestationen wieder trifft, die in der Form der Anwesenheit, ja Omnipräsenz zugleich doch stets abwesend zu sein scheint und wie ein Traum- oder Trugbild wirkt. In diesem Roman ist es die aus der erotischen Verblendung resultierende Entfremdung, die Zoderer vorführt, wobei die Wirklichkeit der erotischen Verlockung und Verstrickung so stark ist, dass vor ihr die äußere Wirklichkeit – in diesem Fall ein mexikanisches Hafennest voll von amerikanischen Aussteigern – seltsam unwirklich zu werden beginnt, sich die Fiktion als stärker erweist als die Realität. Die eigentlichen Grenzen in diesem Buch des Grenzspezialisten Zoderer sind denn auch keine geographischen oder kulturellen, sondern emotionale, „Liebe mich!“ und „Verschwinde!“ ruft Nives im selben Augenblick.

Der junge Hofmannsthal notierte 1891 in sein Tagebuch: „In der Natur gibt es nichts Festes, Begrenztes, nur Übergänge.“ In diesem Sinne war Zoderers Erzählen stets ein mäanderndes, übergangsreiches, das seinen Geschichten nicht die Grenzen eines sog. plots einzog. Nur im *Schildkrötenfest* erliegt er zuletzt der Gefahr eines solchen rundenden plots – und streift damit die Kolportage. Polizei stürmt da mit Hubschraubern jenen mexikanischen Ort, von dem es hieß, er sei „der falscheste aller Orte“, und verfrachtet Loris und das übrige 68er-Strandgut samt seinen Drogen und Politparolen zurück an die amerikanische Grenze und damit zurück in jene vermeintliche Wirklichkeit, die Zoderer sonst so souverän ignoriert.

In seinem 2002 erschienenen Roman *Der Schmerz der Gewöhnung*, der in manchem wie eine Rekapitulation seines ganzen bisherigen Werkes wirkt, schon weil er an viele Schauplätze seiner bisherigen Romane führt, bündelt Zoderer alle seine Grenz- und Fremdheitsthemen, doch den Kern dieses Buches bildet die Überschreitung einer Grenze, die keine Rückkehr erlaubt, die Grenze vom Leben zum Tode. Jul und Mara, die ein einsames Haus an einem Südtiroler Berghang bewohnen, haben ihre neunjährige Tochter verloren – in einem unbewachten Augenblick ist sie in einem Schwimmbassin ertrunken –, und der Verlust ihres Kindes bewirkt, dass beide, statt aneinander Halt zu suchen, einander immer fremder werden. „Brauchten sie einander nicht mehr? Er wehrte sich seit Jahren gegen eine Antwort, auch jetzt, und wusste doch, dass er in Maras Gesicht nichts anderes als Natalies Gesicht suchte [...] Er erschrak vor dieser fremd gewordenen Nähe." Als Tochter eines Sizilianers, der einst als faschistischer Funktionär Südtirol italianisieren sollte und nach dem Krieg mit seiner Frau, einer Einheimischen, hier hängen blieb, ist auch Mara eine „Walsche". Vieles von dem, was einmal an Mara, die Jul in der antifaschistischen Bewegung kennengelernt hat, für ihn anziehende, wärmende Fremde war – etwa ihre Sprache, die sie beide wie eine Geheimsprache von Verschwörern benutzten –, ist jetzt zu einer schwer lastenden Fremdheit geworden, zum Schmerz der Gewöhnung.

Und wieder einmal begibt sich ein Protagonist Zoderers auf die Reise, auf die Flucht, die ihn freilich nur noch tiefer in die Fremdheit führt, denn Jul fährt ausgerechnet in jenen sizilianischen Herkunftsort von Maras Vater, in dessen Sterbebett er einst mit ihr Natalie gezeugt hat. Jul, der sich nach dem Tod seiner Tochter in Südtirol als „sein eigener Kettenhund" gefühlt hat, gleichzeitig von sich gejagt und gehetzt und „von sich selbst in die Enge getrieben", gerät mit jedem Schritt, den er in Sizilien tut, nur noch tiefer ins Labyrinth jener Erinnerungen, die ihn alle an Südtirol ketten, und er gerät dabei vor allem an jene unsichtbaren Grenzen, die quer durch Familien- und Freundesbande verlaufen, quer durch ihn selbst. Er erfährt sich hier als jene „verdammte Grenznatur", als die sich der Philip Kobal in Peter Handkes Roman *Die Wiederholung* einmal bezeichnet hat. Jul, der Mara im Zorn die politischen Verfehlungen ihres Vaters vorhält, entdeckt mit Schaudern in sich selbst den Faschisten, jenen, der von Max Picard einst als „Hitler in uns“ apostrophiert wurde. Nicht anders als die ihm doch verhassten heuchlerischen Heimatverteidiger hat er noch unlängst in einem Südtiroler Ausflugslokal allzu fröhliche Italiener wüst beschimpft und zur Flucht gezwungen und bei einem Familientreffen hat er sogar Mara und ihre Brüder, die alle bereits in Südtirol geboren wurden und bekennende Linke wie er selbst sind, als Fremde verteufelt: „Ihr wisst nicht, dass ich euch schütze, dass ihr unter dem Schirm meines deutschen Namens steht.“

Im Roman *Das Schildkrötenfest* hatte Loris auf die Frage der schönen fremden Frau im Bus, warum er so gut Italienisch könne, die Antwort verweigert: „Er wollte jetzt nicht darüber reden, seine italienische Sprache und die andere Staatszugehörigkeit hatten ihn immer vor die Wahl gestellt, entweder eine Geschichtsstunde zu geben oder suspekt zu sein.“ Gegenüber Nives blieb Loris lieber suspekt. Jul aber lässt sich so unmittelbar wie noch keine frühere Zoderer-Figur auf das ein, was man gemeinhin die Südtirol-Problematik nennt, genauer: Er verkörpert sie mit all der Ambivalenz, die dieser Problematik innewohnt. Dieser „einheimische Fremde“, wie er sich selbst einmal nennt, der immer wieder behauptet, jede griechische oder sizilianische Hafenkneipe sei ihm „näher als die Trübseligkeit der Bergenge, der verregneten Tiroler Bauernhöfe“, weiß doch ziemlich genau, dass dies nicht die ganze Wahrheit ist. Und wenn er auch von sich sagt, er „wusste weniger denn je, wohin er wirklich gehörte", identifiziert er sich doch in manchen Momenten zu seiner eigenen Verwunderung gerade mit jenen seiner Landsleute, für die er selbst ein Fremder bleibt. „Plötzlich faszinierte ihn die Sprachlosigkeit der Einheimischen: Sie litten, vielleicht oder wohl auch ohne das, was ihnen fehlte, benennen zu können. Sie passten zu den Steinbrocken auf den abschüssigen Wiesen. Obwohl er wusste: Im Herrgottswinkel lief der Fernseher unter dem Gekreuzigten, auch während des abendlichen Rosenkranzes. Und im Dorfladen kauften sie so manches lieber aus der Tiefkühltruhe – auch den Spinat, den sie doch in ihrem Garten vor der Küche hätten haben können (den Wein und das Cola brachten ihnen die Lieferanten gleich en gros ins Haus). Trotzdem waren sie für ihn wie der Geruch von altem Holz, feuchtem oder auch von verkohltem, untermischt manchmal von Säuerlichem, sei's von Milch, Schweiß oder Kuhseiche."

In der Vergegenwärtigung seiner und Maras „zwiespältiger Heimat" wird sich Jul mehr und mehr auch der Zwiespältigkeit aller seiner Gefühle bewusst und kommt sich dabei als Betrüger seiner selbst vor. Seine Sizilien-Reise endet mit keiner Rückkehr. Seine Zeit ist um, wie Natalies Zeit um war. Vor dem Portiertresen seines kleinen Hotels bricht er zusammen. „Er rollte sich ein wie sein Hund, weit weg in den Bergen", so lautet der letzte Satz dieses Buches. Aber der da zusammengekrümmt liegt, ähnelt, könnte man glauben, auch einem Embryo. Vielleicht ist die Verwandlung, nach der es ihn verlangte, ein Zustand vor der Geburt. Ein Satz Kafkas aus einem seiner

Briefe an Milena kommt einem in den Sinn: „Mein Leben ist das Zögern vor der Geburt", ein Satz, der auf bestürzende Weise die fundamentale Furcht vor der Fremdheit der Welt formuliert. Zoderers Werk ist nicht nur erfüllt von verzehrendem Weltverlangen, das sich am heftigsten als Liebesverlangen zeigt, sondern ebenso oder vielleicht mehr noch von Weltfurcht und Menschenfurcht. Im Roman *Das Schildkrötenfest* träumt der dem Mädchen Nives wie einem Verhängnis verfallene Loris davon, sie könnten einander vom Menschsein erlösen: „Wäre sie dieses Wasser, dachte er, wäre sie ein Fluss!"

Als ich jetzt in einem Zuge Joseph Zoderers Bücher wieder las, drängte sich mir immer wieder der Eindruck auf, dass vielleicht die größte Leistung dieses Schriftstellers darin besteht, nicht in die Verzweiflungsroutine eines Thomas Bernhard abgerutscht zu sein und sich nie, wie dieser, mit einer Aburteilungsinstanz verwechselt zu haben, obwohl doch auch Zoderer ein Zorn erfüllt, der nicht immer ein heiliger Zorn ist. Vor dem Bernhard-Schicksal bewahrte ihn neben seiner leidenschaftlichen Weltliebe wohl vor allem jene „vernünftige Befremdung" über die Welt, die ihn zwang, die Welt immer wieder neu als unbegriffene und im Tiefsten unbegreifliche wahrzunehmen. In einem Gespräch mit Franz Tumler, der nicht nur für Joseph Zoderer als eine Art Übervater der modernen Südtiroler Literatur fungiert, zitierte Zoderer aus Tumlers Roman *Der Schritt hinüber* die Sätze: „Immer geschieht mehr als geschieht. Was wirklich geschieht, lässt sich nicht herunterdrehen auf eine Geschichte."

Auf dem Sprachweg, den Zoderer bisher zurückgelegt hat, beherzigte er stets diese Erkenntnis, und nie ist er da als einer aufgetreten, der glaubt oder gar verkündet, er habe jetzt seine Sprache gefunden; er weiß, dass das bedeuten würde, er habe sie bereits eingebüßt. Joseph Zoderer setzt sich immer neu der Sprachlosigkeit aus – zwischen den einzelnen seiner Bücher gibt es lange Schweigeperioden –, aber er wird auch immer neu angezogen von dem, was er im Roman *Der Schmerz der Gewöhnung* als „die stumme Solidarität mit den Dingen“ bezeichnet hat. Die Dinge danken es ihm, indem sie durch ihn zu sprechen beginnen mit jener Dringlichkeit, die auch Zoderers Menschenstimmen unwiderstehlich erscheinen lässt und sie heraushebt aus dem Wörtergetöse des Allgemeinen, in dem auch unsere Literatur oft unterzugehen droht.

Irene Zanol

„daß Du eines Tages zurückgehen wirst zu Deinen besonderen Problemen, die Dir das Land aufzwingt"[1]

Zur Entstehung, Veröffentlichung und Rezeption des Romans[2]

Die Idee und erste Vorarbeiten zum Roman *Der Schmerz der Gewöhnung* reichen bis ins Jahr 1988 zurück,[3] die Umsetzung erfolgte zwischen 1997 und 2002 in Eresos auf der griechischen Insel Lesbos, auf Zoderers Hof in Terenten und in Agrigent. Wie für kaum ein anderes Buch recherchierte der Autor für den Roman ausgiebig: Er führte Interviews, unter anderem mit dem damaligen Regionalpolitiker der neofaschistischen Alleanza Nazionale, Pietro Mitolo. Einige Lektüren, die ihn näher an das Thema bzw. die Themen des Romans heranführen halfen, nennt der Autor ebenfalls im Tagebuch: die Mussolini-Biographie von Denis Mack Smith, *Mein Sizilien* von Leonardo Sciascia sowie den ebenfalls auf Sizilien spielenden historischen Roman *Die stumme Herzogin* von Dacia Maraini. Literarisch beeindruckt zeigte sich Zoderer in dieser Zeit u. a. von William Faulkners *Licht im August*[4], von Truman Capotes *Andere Stimmen, andere Räume*[5], Jack Kerouac und Luigi Pirandello[6].

Bereits 1997 nahm Zoderer brieflich mit seinem damaligen Verleger, Michael Krüger, Kontakt auf und kündigte ihm den Roman als einen „möglichst dichte[n], gedichtete[n] Informations-Roman aus der Ecke Südtirol" an.[7] Für Krüger war das eine „gute Nachricht": „Ich wußte immer, daß Du eines Tages zurückgehen wirst zu Deinen besonderen Problemen, die Dir das Land aufzwingt."[8] Im November desselben Jahres reichte der Autor ein Exposé des Romans in einem Ansuchen um ein Jahresstipendium beim Deutschen Literaturfond e. V. ein, das ihm im darauffolgenden Herbst auch zugesprochen wurde.[9] In den folgenden Monaten schrieb Zoderer kontinuierlich an seinem Roman. Im Sommer 1999 umfasste das Manuskript etwa 700 handschriftliche Seiten, ein Ausschnitt daraus wurde am 12.7.1999 von Radio BR2 ausgestrahlt und im August an die Zeitschrift *manuskripte* geschickt.[10]

Zwei wesentliche Änderungen sind im Laufe der Arbeit am Roman vollzogen worden: Der Wechsel von der Ich-Form zur Er-Form (in einigen wenigen Stellen im Roman wechselt die Erzählperspektive aber ganz plötzlich zurück zur Ich-Form), sowie die Einführung der Tochter, auf deren Verlust der Grundkonflikt zwischen Mara und Jul zurückzuführen ist. Die Zuspitzung auf die Figur der Tochter bzw. die Idee, die Romanhandlung nach Natalies Tod beginnen zu lassen, hatte Zoderer Anfang Januar 1999. Obwohl das große Thema des Romans (die Geschichte Südtirols und Italiens und die damit verbundene Identitätsproblematik) schon vorher feststand, dürfte der Auslöser dafür ein tragischer Unfall im Umfeld des Autors bzw. in Terenten gewesen sein.[11]

Josef Zoderer

Exposée
zum Roman-Projekt
"Maras Vater" (Arbeitstitel)

In dem Roman "Maras Vater" (der Titel wird bestimmt verändert werden) will ich die Geschichte zweier Familien im Grenzland Südtirol erzählen. Zum einen von der Familie eines ehemaligen hochrangigen faschistischen Funktionärs (seinerzeit verantwortlich für die Schul- und Sporterziehung der Provinz Bozen und also mitverantwortlich für den Italienisierungsversuch Mussolinis in diesem Gebiet), zum anderen von einer deutschsprachigen Südtiroler Arbeiterfamilie, die als Folge von Hitlers und Mussolinis Pakt ihre Heimat verlor. Erzählt wird aber aus dem Heute, aus der Gegenwart der Gesellschaft dieses Berglandes, in dem zwei große Kulturen aufeinanderstoßen. Erzählt wird aus der Perspektive des Alltags eines Ehepaares – sie, Mara, die Tochter des inzwischen verstorbenen Faschistenführers, ihr Mann, ein Sohn der Südtiroler Optanten-Familie: sie haben sich als Aktivisten innerhalb der 68er-Bewegung kennengelernt und geheiratet. Daß sie italienisch sprach und er deutsch störte ihre Liebe genausowenig wie sie sich nicht um ihre gegenseitige Vergangenheit kümmerten. Erst der täglich gelebte Alltag bringt die Verschiedenheit ihrer Herkunft, das Andere ihrer Kulturen an die Oberfläche; sie leben aber die Konflikte dieses Grenzlandes anders als die Mehrheit der italienischen bzw. deutschen Bevölkerung. Dieses Leben wird für sie zunehmend ein Überleben, ein Kompromiß aus Verzicht und Privileg. Immer wieder führen die Fäden zurück in die Vergangenheit, auch Scham und Rechtfertigung. Ein Südtirol-Roman total? Nein, will ich nicht. Ich will das Kleine unserer Gegenwart heute erzählen und über das Detail die Welt von heute erzählen: die zunehmend plurikulturell werdende Gesellschaft, die Konflikte und die Wunden, die damit unvermeidlich werden, die entsprechend wichtiger werdende Bewußtheit von Wurzeln und die notwendige Toleranz; Öffnung zum Anderen.

Roman-Exposé, FIBA Zoderer, Sig. 184-25-01

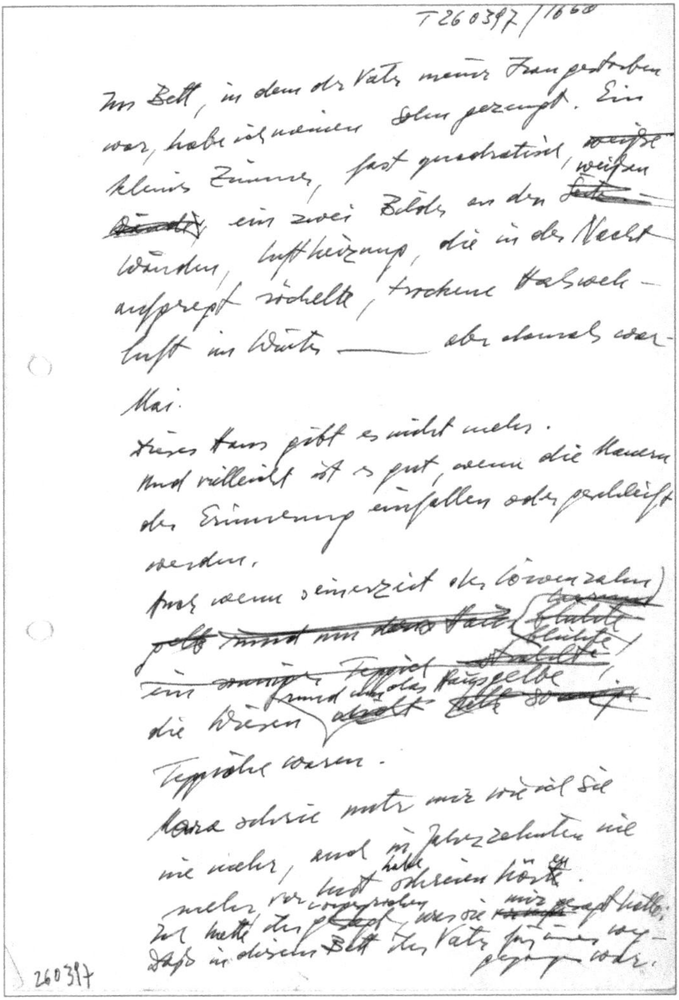

Romananfang in der 1. Manuskriptfassung mit Datierung „T[erenten] 26.03.97“, FIBA Zoderer, Sig. 184-25-04 (links) sowie in der 1. Typoskriptfassung mit handschriftlichen Korrekturen, undatiert, FIBA Zoderer, Sig. 184-26-01 (rechts)

1 ~~Gegen Morgen, es graute noch nicht, war er mit einem dumpfen Druck im Kopf aufgewacht, durch ein offenstehendes Fenster drang die kühle Nachtluft ins Zimmer, aber nicht genug Dämmerlicht, daß er~~ Maras Gesicht auf dem Kissen neben ihm hätte ~~erkennen~~ können. ~~Doch~~ er hörte ihren leisen Atem. ~~Er~~ streckte ~~seinen~~ Rücken durch, legte die Hände flach auf ~~seinen~~ Bauch, dachte sich als Embryon, halb eingerollt in seinem Bauch, ~~sein~~ Kopfweh, das jedoch kein stechender Schmerz war, ließ nicht nach, ~~er wußte jetzt, daß~~ es schon im Schlaf dagewesen sein ~~muß, daß es~~ stärker und stärker geworden war, bis es ihn geweckt hatte. ~~Es war~~ ein dumpfes Drücken, das von innen gegen sein Schädeldach drängte. Ohne die Lampe anzuknipsen, schob er die Beine zum Bett hinaus, tastete vorsichtig nach der Tür. Im Bad machte er Licht, sah auf ~~seine~~ Armbanduhr: halb vier. Sein Gesicht sah ihn im Spiegel forschend an, er hatte nicht getrunken, seit Wochen, Monaten hat er nichts mehr getrunken; Wasser, Tee, Kaffee ja und ein zwei Gläser Wein beim Mittagessen, und das auch nicht immer. ~~Ihm fiel auf, daß der Kopfdruck~~ jetzt da er vor dem Spiegel stand, ~~nach~~ließ, er trat auf die Terrasse hinaus: durch einen dichten Hochnebelschleier schimmerte ein halber Mond. Es würde ein sonniger Tag werden, ein heißer Nachsommertag. Langsam gewöhnte sich sein Blick an das Dämmergrau, er atmete tief durch. Der Druck im Kopf war verschwunden - die frische Luft, sagte er sich, aber als er wieder im Bett lag, auf dem Rücken, war der Druck wieder da.

1

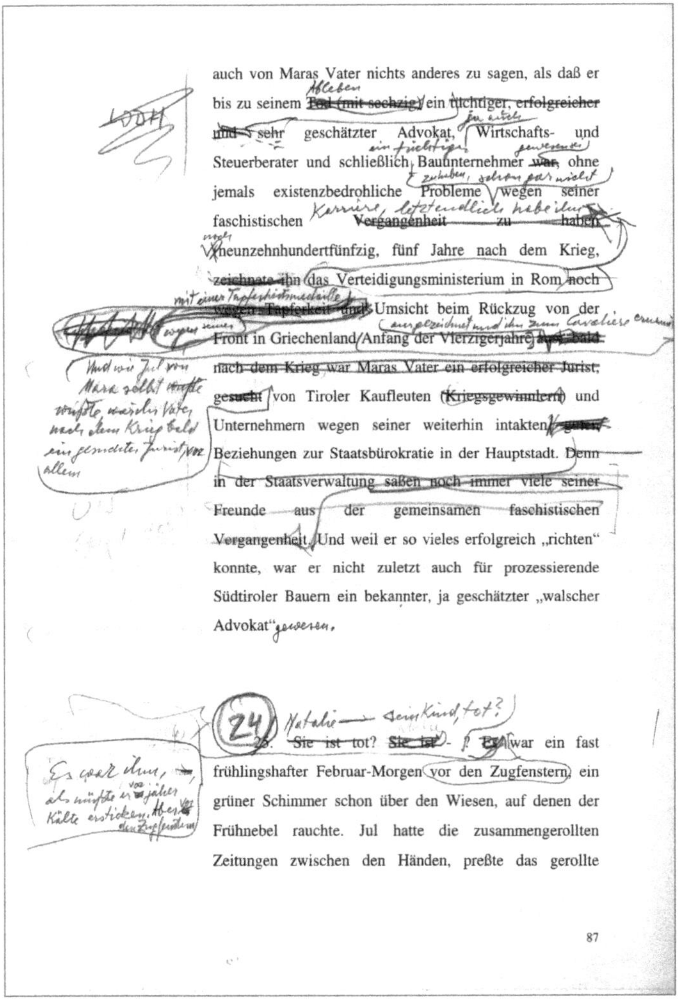
auch von Maras Vater nichts anderes zu sagen, als daß er bis zu seinem Tod (mit sechzig) ein tüchtiger, erfolgreicher und sehr geschätzter Advokat, Wirtschafts- und Steuerberater und schließlich Bauunternehmer war, ohne jemals existenzbedrohliche Probleme wegen seiner faschistischen Vergangenheit zu haben.

Neunzehnhundertfünfzig, fünf Jahre nach dem Krieg, zeichnete ihn das Verteidigungsministerium in Rom noch wegen Tapferkeit und Umsicht beim Rückzug von der Front in Griechenland Anfang der Vierzigerjahre aus. Bald nach dem Krieg war Maras Vater ein erfolgreicher Jurist, gesucht von Tiroler Kaufleuten (Kriegsgewinnlern) und Unternehmern wegen seiner weiterhin intakten guten Beziehungen zur Staatsbürokratie in der Hauptstadt. Denn in der Staatsverwaltung saßen noch immer viele seiner Freunde aus der gemeinsamen faschistischen Vergangenheit. Und weil er so vieles erfolgreich „richten" konnte, war er nicht zuletzt auch für prozessierende Südtiroler Bauern ein bekannter, ja geschätzter „walscher Advokat".

23. Sie ist tot? Sie ist – Es war ein fast frühlingshafter Februar-Morgen vor den Zugfenstern, ein grüner Schimmer schon über den Wiesen, auf denen der Frühnebel rauchte. Jul hatte die zusammengerollten Zeitungen zwischen den Händen, preßte das gerollte

87

2. Typoskriptfassung mit handschriftlichen Korrekturen des Autors, undatiert, FIBA Zoderer, Sig. 184-28-01

Von Ende September bis Mitte November 1999 hielt sich Zoderer auf Sizilien auf um, wie er schreibt, „dort Atmosphäre für meinen Roman aufzunehmen"[12] und die Rahmenerzählung zu verändern: „Auch der ‚Plotrahmen': Der Er-Protagonist mit seinem ‚Status quo im Kopf' (könnte auch sterbenskrank sein) bricht auf, ein letztes Mal bzw. ‚Noch einmal bevor'."[13] Anfang 2000 lagen drei Leitz-Ordner mit Material vor[14] und im April kam auch eine erste Rückmeldung aus dem Verlag: „Lieber Joseph – das wird ein *sehr gutes* Buch: schön erzählt, sehr plastisch, gut zu lesen."[15] Gleichzeitig wies der Verleger in seiner ersten Rückmeldung darauf hin, dass der Romananfang aber „*dramatischer* werden [müsse], damit man hineingezogen wird: ein Mord, ein Totschlag, eine wüste Szene."[16] Vom Lob des Verlegers ermuntert, entschloss sich Zoderer bald für eine Anfang-Variante: „daß Natalies Unfall schon seit längerem zurückliegt. Aber dieser Verlust war der folgenschwere Knax in Maras und Juls Existenz, der alles andere stetig schwerer machte... [...] Und so könnte alles anfangen: ‚Bald nach Natalies Tod hatte dieses Kopfweh begonnen...'"[17]. Etwa zur gleichen Zeit änderte Zoderer auch den Namen des Protagonisten von Bertram zu Jul und vereinbarte mit seinem Lektor Wolfgang Matz (er hatte die Betreuung Joseph Zoderers mit diesem Buchprojekt von Christoph Buchwald übernommen) die Abgabe des Manuskripts im November 2000. Pünktlich am 3. November notiert er: „Habe den letzten Satz geschrieben."[18] Als vorläufigen Titel setzt Zoderer „Die Glücksgegner".[19]

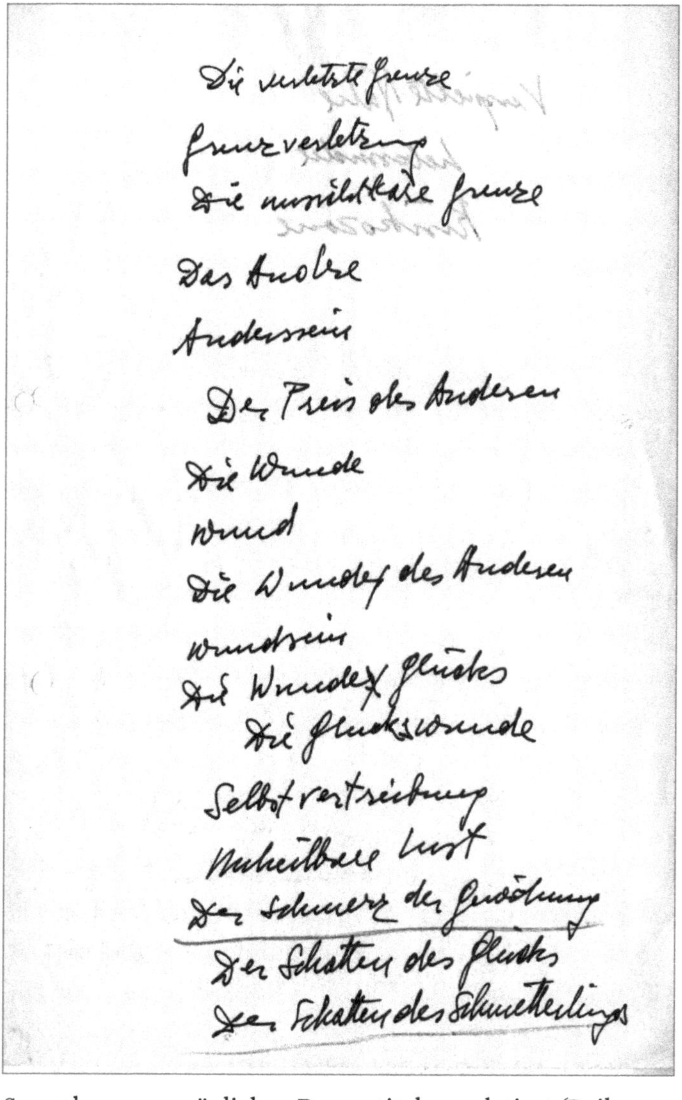
Die verletzte Grenze
Grenzverletzung
Die unsichtbare Grenze
Das Andere
Anderssein
Der Preis des Anderen
Die Wunde
wund
Die Wunde des Anderen
Wundsein
Die Wunde des Glücks
Die Glückswunde
Selbstvertreibung
Unheilbare Lust
Der Schmerz der Gewöhnung
Der Schatten des Glücks
Der Schatten des Schmetterlings

Sammlung von möglichen Romantiteln, undatiert (Beilage zur 3. Typoskriptfassung), FIBA Zoderer, Sig. 184-30-05

Zwischen November 2000 und Juni 2001 wird der Roman lektoriert und von Zoderer überarbeitet.

> „Der (mein) Roman ist ein Teig, der sich immer in eine andere Richtung weiterwalken läßt; was mich beengt ist seine Unersättlichkeit, ich könnte, schlimmer: müßte eigentlich stets weiterschreiben oder ewig anfangen [...]. Ob ich mit meinen Ergänzungen bzw. Weiterschreiben [...] den ganzen Roman in eine Schräglage bringe. So aus dem ‚Kontext' weg korrigierend, könnte ich – fürchte ich – auch kitschig werden = Schweißängste."[20]

Im August wird der Roman – im Verlag hat man dem Titel *Der Schmerz der Gewöhnung* mehrheitlich den Vorzug gegeben[21] – gesetzt, im September erhielt der Autor die Fahnen mit der Post: „Schaut alles schön aus", schreibt er, „– aber was drin steht, macht mich schwitzen. Was für Folgen."[22]

Im Oktober fand nicht nur die Vertreterkonferenz im Verlag statt, auf der der Roman sehr gut aufgenommen worden ist[23], sondern es wurde auch am Umschlagsentwurf gearbeitet. Von der Gestaltung, dem Foto einer Bergstraße mit einem Strommasten im Vorder- und zwei Kirchtürmen im Hintergrund[24], das den Umschlag großflächig ziert, war Zoderer zunächst nicht begeistert[25], aber er ließ sich davon überzeugen, dass dieses Südtirol-Konnotationen auslösende Cover für den Verkauf von Vorteil sein würde[26]. Zum Jahresende lag das Buch, das den „Ablagerungen der Geschichte im Privaten"[27] nachgeht und das Zoderer über

Jahre beschäftigt hatte, schließlich vor. Er notiert in seinem Tagebuch: „Ich bin glücklich wie der sonnige kalte Himmel. Hab meinen Roman. Und bis lange nach Mitternacht stumm geschrien, gejauchzt u. geweint."[28]

Erste Ausgabe bei Hanser 2002, Taschenbuch-Ausgabe Fischer Verlag 2004, italienische Ausgabe 2005

Die Literaturkritik nahm das Buch überwiegend sehr positiv auf. *Der Schmerz der Gewöhnung* wurde in vielen, auch überregionalen Zeitungen, darunter in der *Frankfurter Allgemeinen Zeitung* und der *Frankfurter Rundschau,* der *Süddeutschen Zeitung* und der *Neuen Zürcher Zeitung,* dem *Tagesspiegel* und der *Welt* besprochen, zum Teil von sehr namhaften KritikerInnen. Etliche RezensentInnen nahmen den Roman zum Anlass, auf das bisherige Gesamtwerk Zoderers zu blicken[29], da *Der Schmerz der Gewöhnung* von vielen als eine Art Resümee, als die „Summa seines Schreibens"[30] gelesen wurde.

In mehreren Besprechungen wurde auf die Parallelen zwischen Jul, dem Protagonisten des Romans, und dem

Autor hingewiesen. „[W]as die Person belastet, beflügelt den Künstler“[31], meint etwa Ulrich Weinzierl in der *Welt*, und Beatrice von Matt bemerkt die gelegentlichen Wechsel in der Erzählperspektive: „Jul steht seinem Autor sehr nahe, so nahe, dass das ‚Er‘, von dem berichtet wird, gelegentlich ins ‚Ich‘ kippt.“[32] Häufiger wird aber die Verflechtung der Familiengeschichte mit der Zeitgeschichte Südtirols und Italiens erwähnt: „In dieser Ehe spiegelt sich die gesamte historische Problematik Italiens – nicht zuletzt der seltsam unbefangene Umgang mit dem Erbe des Faschismus. Doch Zoderer beschreibt das mit der Kunst des Indirekten und der Andeutung.“[33] Heinz Ludwig Arnold sieht eine thematische Fortschreibung der *Walschen,* aber zugleich auch eine Entwicklung im Erzählen, die aus den veränderten Verhältnissen zwischen 1981 und 2002 resultiert: „Was damals fast linear erzählt wurde, steht in Zoderers Roman in einem Geflecht komplexer individueller und genereller Probleme. So folgerichtig [...] läßt sich das Fremdheitsthema heute offensichtlich nicht mehr fassen.“[34] In einigen Texten werden ähnliche interethnische Konflikte genannt. Beatrice von Matt weist etwa auf den Hass hin, der in „Bosnien, Kosovo oder anderswo“ nach langem friedlichen Zusammenleben plötzlich zu Kriegen geführt habe[35]. Damit wird auf die Allgemeingültigkeit des Romans hingewiesen, der sich eben nicht nur mit Südtirol beschäftigt, sondern größere Themen abhandelt. Am deutlichsten betont Georg Mair diesen Aspekt in der *FF.* Er will den Roman gegen die regionale Rezeption in Schutz nehmen, da man in Südtirol immer alles „persönlich, provinziell“ nehme. Mair schlägt vor, den Roman „als eine Geschichte von Fremdheit und Entfremdung, vom vergeblichen Bemühen, den anderen oder das andere zu begreifen" zu lesen und geht dabei so weit, zu behaupten, Zoderer habe „ein Buch über den Tod geschrieben – nicht über Südtirol."[36]

Der einzige deutliche Verriss stammt vom Rezensenten der Wiener Stadtzeitung *Falter*, Matthias Dusini. Er liest den Roman wie von Mair vorgeschlagen und stört sich an den „klischeehaften Darstellungen, [die] auf der zerbrechlichen Geschichte über Sterben und Trauer [...] lasten."[37] Die Tatsache, dass das Bemühen, „den anderen oder das andere zu begreifen"[38] vergeblich ist, veranlasst Dusini zu starker Kritik:

> „Durch die perspektivische Verengung auf den hasserfüllten Hauptdarsteller (über das Seelenleben Maras erfährt man fast nichts) hat Zoderer einen in seiner politischen Tendenz bedenklichen Roman geschrieben, der auch den interethnischen Optimismus seiner früheren Romane relativiert [...]"[39]

Samuel Moser (*Der Standard*) findet hingegen die Rahmenerzählung rund um den Tod Natalies „eine drastische, zu drastische Geschichte. Zoderer hätte Überhöhungen gar nicht nötig", meint er, betont aber, dass die „leisen, nicht leicht formulierbaren und doch hörbaren Dinge: die vielfältige Erfahrung von Fremdheit noch in den letzten Residuen des Privaten [...]"[40] überzeugend dargestellt seien.

Hans-Peter Kunisch liest den Text auch als eine „Reise durch die gesamte zweite Hälfte des 20. Jahrhunderts", legt den Schwerpunkt aber – der Titel seiner Rezension, „Das Echo Rudi Dutschkes in Südtirol“, nimmt es vorweg – auf die Kritik am „wachsende[n] Konservatismus der älter werdenden 68er“.[41]

Sprache und Stil Zoderers werden durchwegs gelobt. Christian Thomas lobt Zoderer in der *Frankfurter Rundschau* als einen „milden Erzähler, der es mit dem Verbinden der Satzglieder sachte meint, Perspektivwechsel wie selbstverständlich einstreut ebenso wie verschiedene Erzählstimmen, woraus sich ein dichtes Gewebe entfaltet.“[42] Erika Fabian unterstreicht die „in den Bann ziehende[...] Erzählkunst“[43], Ulrich Weinzierl betont das Verständnis und die Sympathie, die man für die Figuren entwickele, aber auch die „atmosphärische Dichte“. Zoderer erzähle „lakonisch und genau und so konkret, dass die [Geschichte] zur poetischen Parabel taugt, die Miniatur ein Monumentalgemälde ersetzt.“[44] Heinz Ludwig Arnold lässt sich zu der Aussage hinreißen: „Früher schrieb Peter Handke so gute Sätze und Bücher wie noch immer Joseph Zoderer.“[45]

„Klassische Meisterschaft“ attestiert Katrin Hillgruber dem Autor. Das Buch „beschert ein seltenes Leseglück, nämlich das eines im besten Sinne altmodischen Romans“, heißt es weiter. Vielfach wurde darauf hingewiesen, dass *Der Schmerz der Gewöhnung* Zoderers bestes Buch sei.[46] In jedem Fall ragt es aus seinem Gesamtwerk heraus.

Anmerkungen

1 Brief von Michael Krüger an Joseph Zoderer, 6.8.1997, FIBA Zoderer, Sig. 184-39-28.
2 Eine erweiterte und ergänzte Fassung dieses Beitrags erscheint im Herbst 2020 im Band *Joseph Zoderer. Werk und Leben. Mit Materialien aus dem Vorlass* (Studienverlag). Ein Teil der Vorlass-Materialien, der Informationen zur Entstehung und zu den Hintergründen von *Der Schmerz der Gewöhnung* enthält, ist gesperrt und konnte daher nicht eingearbeitet werden.
3 Vgl. FIBA Zoderer, Sig. 184-25.
4 Vgl. Tagebuch, 22.6.1999, FIBA Zoderer, Sig. 184-55-11.
5 Vgl. Tagebuch, 16.7.1999, ebd.
6 Vgl. Tagebuch, 2.10.1999, ebd.
7 Brief von Joseph Zoderer an Michael Krüger, 1.8.1997, FIBA Zoderer, Sig. 184-39-28.
8 Ebd.
9 Vgl. den Brief des Deutschen Literaturfond e. V. an Joseph Zoderer, 23.3.1998, FIBA Zoderer, Sig. 184-37-20.
10 Der Text erschien unter dem Titel „Und wenn möglich zu Fuß nach Sibirien. Fragmente aus einem Roman in progress". In: manuskripte. Zeitschrift für Literatur, 39 (1999), Nr. 145 v. Sept., S. 87–91.
11 Tagebuch, 18.7.1997, FIBA Zoderer, Sig. 184-55-08.
12 Tagebuch, 17.9.1999, FIBA Zoderer, Sig. 184-55-11.
13 Ebd.
14 Vgl. Tagebuch, 15.1.2000, FIBA Zoderer, Sig. 184-55-12.
15 Telefax von Michael Krüger an Joseph Zoderer, 3.4.2000, FIBA Zoderer, Sig. 184-39-31.
16 Ebd.
17 Tagebuch, 30.8.2000, FIBA Zoderer, Sig. 184-55-12.
18 Tagebuch, 3.11.2000, ebd.
19 Tagebuch, 12.11.2000, ebd.
20 Tagebuch, 21.5.2001, FIBA Zoderer, Sig. 184-55-13.
21 Vgl. Tagebuch, 6.8.2001, FIBA Zoderer, Sig. 184-55-13. Andere Titel-Vorschläge Zoderers waren u. a. „Die Bäume warten auf ihn", „Der Kirschbaum ist anderswo", „Anderswo" und „Der Schatten der Schmetterlinge"(Tagebuch, 15.11.2000 und 16.7.2001, FIBA Zoderer, Sig. 184-55-12 und Sig. 184-55-13; vgl. die Abbildung auf S. 370) sowie „Die verletzte Grenze", „Die unsichtbare Grenze", „Der Preis des Anderen", „Die Wunde", „Verspielte Nähe" u. a. (vgl. FIBA Zoderer, Sig. 184-30-05).
22 Tagebuch, 27.9.2001, FIBA Zoderer, Sig. 184-55-13.
23 Vgl. Tagebuch, 27.10.2001, FIBA Zoderer, Sig. 184-55-14.

24 Es handelt sich dabei um die Pfarrkirche zum Heiligen Andreas und die danebenliegende Maria-Hilf-Kapelle am Friedhof von St. Andrä oberhalb von Brixen.

25 Vgl. Tagebuch, 27.10.2001, FIBA Zoderer, Sig. 184-55-14.

26 Vgl. Tagebuch, 16.11.2001, FIBA Zoderer, Sig. 184-55-14.

27 Hans-Peter Kunisch: Das Echo Rudi Dutschkes in Südtirol. In: Süddeutsche Zeitung, Nr. 149, 1.7.2002, S. 14.

28 Tagebuch, 1.1.2002, FIBA Zoderer, Sig. 184-55-14.

29 Vgl. exemplarisch: Peter Angerer: Das Leben als Abenteuer. In: Tiroler Tageszeitung (Magazin), Nr. 494, 9.3.2002, S. 1.

30 Beatrice von Matt: Der Fremdheit habhaft werden. In: Neue Zürcher Zeitung, Nr. 51, 2.3.2002, S. 35.

31 Ulrich Weinzierl: Ein Hund weit weg in den Bergen. In: Die Welt (Die literarische Welt), Nr. 9, 2.3.2002, S. 4.

32 von Matt 2002, S. 35.

33 Weinzierl 2002, S. 4.

34 Heinz Ludwig Arnold: Mara und ihre Brüder. In: Frankfurter Allgemeine Zeitung, Nr. 221, 23.9.2002, S. 40.

35 von Matt 2002, S. 35. Auch Hans-Peter Kunisch weist darauf hin, dass der „problematische Heimatroman nach Bosnien, Serbien, Kroatien ausgewandert“ ist, Zoderers Buch aber „nicht wenige regionenübergreifende Probleme zwischen Nationalitäten zur Sprache“ bringe (Kunisch 2002, S. 14).

36 Georg Mair: Orte der Fremde. In: FF, Nr. 9, 28.2.2002, S. 42ff.
Er bezieht sich damit auf einen Leserbrief eines „Lesers aus dem Pustertal“, der auch Uwe Ebbinghaus zufolge „von einer italienischen Zeitung abgedruckt[...]“ wurde: „Er beschuldigt Zoderer, sich seiner Lebensgeschichte bemächtigt zu haben. Die Tochter des Capitano sei doch seine Freundin gewesen: ‚Sie war jung, sie war schön, und er hat sie mir gestohlen.‘“ (Uwe Ebbinghaus: Südtirol, seitenweise. Eine Region als Romanvorlage: Joseph Zoderer und Andreas Maier schreiben über ihre (Wahl-)Heimat. Eine Lesereise in die Alpen. In: Frankfurter Allgemeine Sonntagszeitung, Nr. 24, 16.6.2002, S. V4). Abgesehen von dieser Anekdote scheint der Angriff auf die Südtiroler Kritik aber in Anbetracht der erschienenen Rezensionen, u. a. erschien eine äußerst positive Besprechung von Margit Oberhammer in den *Dolomiten* (Aufrichtig – dem Leben auf der Spur? In: Dolomiten, Nr. 64, 16.3.2002, S. 11), einigermaßen ins Leere zu laufen.

37 Matthias Dusini: Die Walschen-Saga. In: Der Falter, Nr. 34, 23.8.2002, S. 53.

38 Mair 2002, S. 44.

39 Ebd.

40 Samuel Moser: Vielfältige Erfahrungen der Fremdheit. In: Der Standard, Nr. 4019, 16.3.2002, S. 7.

41 Kunisch 2002, S. 14.

42 Christan Thomas: Ohne Ankunft. Heimat als andauernde Ferne: Joseph Zoderers „Der Schmerz der Gewöhnung“. In: Frankfurter Rundschau, Nr. 67, 20.3.2002, S. 9.

43 Erika Fabian: Südtirol ohne Verklärung. In: Die Furche, Nr. 28, 11.7.2002, S. 19.

44 Weinzierl 2002, S. 4.

45 Arnold 2002, S. 40.

46 Vgl. exemplarisch ebd.

Editorische Notiz

Der Text folgt der im Carl Hanser Verlag erschienenen Erstausgabe. Im Einvernehmen mit dem Autor werden jedoch in der Werkausgabe die Regelungen der so genannten neuen deutschen Rechtschreibung übernommen.

Inhaltsverzeichnis

Joseph Zoderer
Lontano
Roman
176 Seiten, gebunden mit Schutzumschlag
ISBN 978-3-7099-7280-9

Von der Frau sitzen gelassen, die Mutter im Sterben liegend – die „Heimat", die ihm doch schon lange keine mehr ist, hat ihn verlassen. Auf sich allein gestellt, ratlos und wütend stürzt sich der Heimatlose in eine trotzige Flucht. Er träumt von New York, von großen Veränderungen, will die Enge von Meran und Wien zurücklassen. In die Ferne will er, dorthin, wo alles neu, alles noch möglich ist.

Joseph Zoderer begleitet in seinem großen Sehnsuchtsroman einen gedankenverlorenen Vagabunden, der in der schutzlosen Weite Nordamerikas Zuflucht vor der verlorenen Vertrautheit sucht. In dieser Neuauflage erscheint „Lontano" mit Materialien aus dem Vorlass des Autors sowie einem Textbeitrag von Andrea Margreiter.

„‚Lontano' ist ein kleiner stimmiger Roman voll schöner Bilder."
DIE ZEIT, Henning Klüver

www.haymonverlag.at

Joseph Zoderer
Die Walsche
Roman
200 Seiten, gebunden mit Schutzumschlag
ISBN 978-3-7099-7240-3

Ein Schlüsselroman zur Südtirol-Thematik: Olga hat vor Jahren ihr Bergbauerndorf in Südtirol verlassen und lebt mit einem Italiener, einem „Walschen“, in der Stadt. Als sie zur Beerdigung ihres Vaters in ihren Geburtsort zurückkehrt, fühlt sie sich wie eine Heimatverräterin abgelehnt. Hier, aber auch unter den italienischen Freunden in der Stadt, ist sie eine Fremde, die zwischen zwei Welten ihre Identität finden muss ...

„Die Walsche“ – verfilmt und als Bühnenstück aufgeführt – ist eine Geschichte von Fremdheit und Entfremdung, die bis heute nichts von ihrer eindringlichen Aktualität verloren hat. In Zusammenarbeit mit dem Brenner-Archiv Innsbruck wird dieser Band durch ein Nachwort von Sigurd Paul Scheichl sowie Materialien zur Entstehung des Textes aus dem Vorlass des Autors ergänzt.

„... bis heute Zoderers bekanntestes und vielleicht wichtigstes Buch – berührend, bekennend und dabei den Leser dazu bringend, seinen Blick auch auf sich selbst zu richten.“
Kurier, Johanna Rachinger

Joseph Zoderer
Das Schildkrötenfest
Roman
200 Seiten, gebunden mit Schutzumschlag
ISBN 978-3-7099-7159-8

Eigentlich ist Loris froh, auf der langen Fahrt nach Mexiko mit sich allein zu sein. Dass die Schöne neben ihm entweder Zeitung liest oder schläft, ist ihm nur recht. Aber später, als sie durch die Wüste fahren, beginnt er mit ihr zu sprechen. Eine unerwartete Vertrautheit entsteht – für eine Nacht. Am nächsten Morgen ist Nives, die Schöne, verschwunden. Auf der Weiterreise erhält Loris immer wieder Nachrichten von ihr – und dann überrascht sie ihn in seinem Hotelzimmer …

Joseph Zoderer erzählt mit eindringlicher Intensität von der Sehnsucht nach eindeutigen Gefühlen, vom Abenteuer des Sich-Verlierens und von den Fluchtmanövern, die wir inszenieren, um nicht schutzlos dazustehen vor einem unerwarteten Glück.

In Zusammenarbeit mit dem Brenner-Archiv Innsbruck wird dieser Band der Werkausgabe durch ein Nachwort von Sieglinde Klettenhammer sowie Materialien aus dem Vorlass des Autors ergänzt.

„… mit poetischen Sätzen und sensiblem Gespür für die Widerspiegelungen der inneren Befindlichkeiten in den Objekten des Äußeren, erzählt Zoderer seine Geschichte …“
profil, Nina Schröder